DAS FEUER DER HIGHLANDS

DIE HÜTER DES STEINS

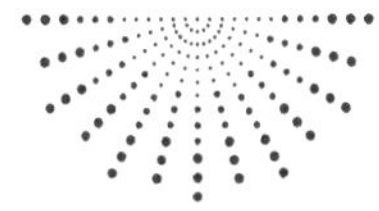

TANYA ANNE CROSBY

Übersetzt von

ANGELIKA DÜRRE

Verlag: Oliver-Heber Books, Traverse City, MI, USA

Deutsche Erstausgabe 2015

Übersetzt von Angelika Dürre

Redaktion: Christina Löw

0 9 8 7 6 5 4 3 2 1

Erstellt mit Vellum

LOB FÜR HIGHLAND FIRE

„Bezaubernde Landschaften, atemberaubender Verrat und herzerwärmende Leidenschaft künden von Tanya Anne Crosbys Rückkehr in das alte Schottland."

— GLYNNIS CAMPBELL,
BESTSELLERAUTORIN

„Tanya Anne Crosby ist eine Meisterin ihres Genres ... Highland Fire kann man nur schwer aus der Hand legen!"

— LAURIN WITTIG, BESTSELLERAUTOR

„Tanya Anne Crosby schreibt wieder historische Romane, wie nur sie es beherrscht: grandios und wunderschön. Liebe, Ehre, Spannung, Leidenschaft ... die Zutaten, die wir in einem *Highlander*-Roman lieben."

— SUZAN TISDALE, BESTSELLERAUTORIN
VON ROWAN'S LADY

„Crosbys Figuren beschäftigen die Leser ..."

— PUBLISHERS WEEKLY

„Tanya Anne Crosby hat sich zum Ziel gesetzt, uns Freude zu machen und das erreicht sie mit Humor, einer temporeichen Geschichte und der richtigen Menge an Romantik."

— THE OAKLAND PRESS

„Romantik angefüllt mit Charme, Leidenschaft und Intrigen ..."

— AFFAIRE DE COEUR

„Frau Crosby setzt genau die richtige Menge Humor ein ... Fantastisch, aufreizend!"

— RENDEZVOUS

„Tanya Anne Crosby hat eine Geschichte geschrieben, die die Seele berührt und auf ewig im Herzen wohnt."

— SHERRILYN KENYON #1 NYT BESTSELLERAUTORIN

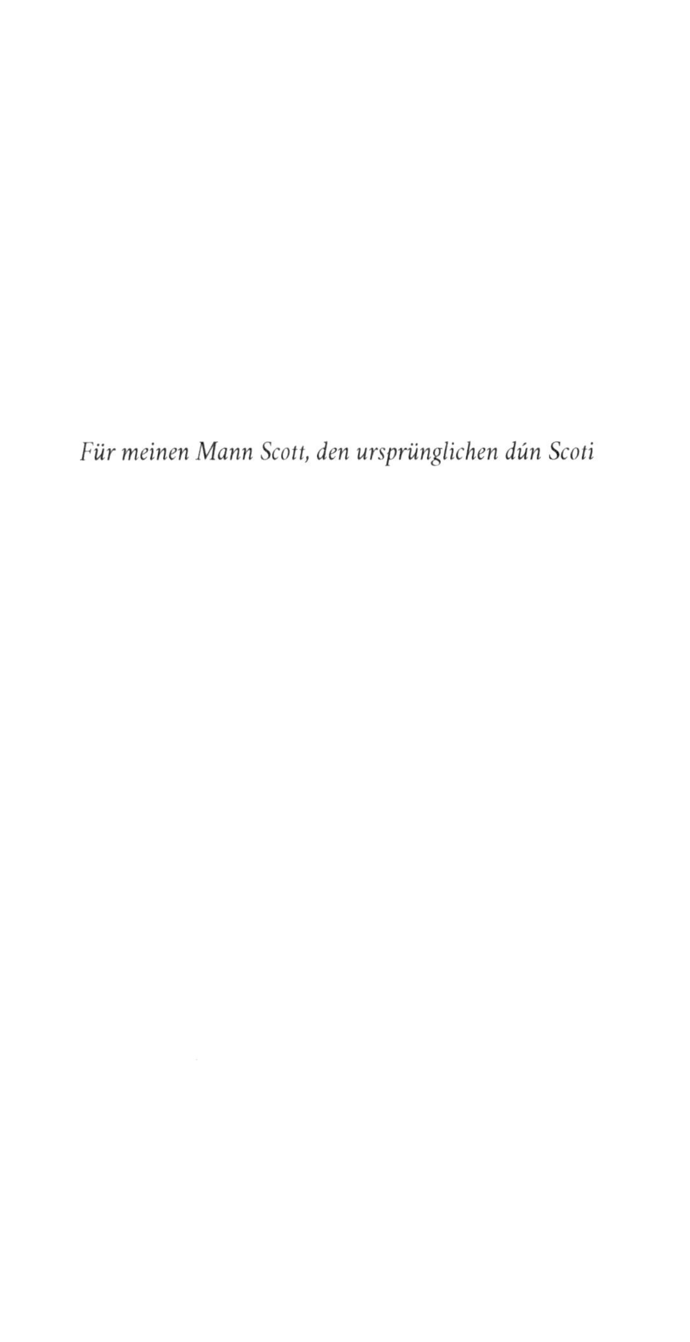

Für meinen Mann Scott, den ursprünglichen dún Scoti

DANKSAGUNG

Dank an Lael Telles, dass ich ihren schönen Namen verwenden durfte.

Dank auch an meine Tochter Alaina Christine Crosby-Barber und an meine lieben Freundinnen und Autorinnen Laurin Wittig, Glynnis Campbell and Suzan Tisdale, wie auch an Barb Batlan-Massabrook und Rima Laham Jean. Meine Damen, ihr habt geholfen, dass dieses Buch mein Haus verlassen konnte.

Dank auch an mein Schreib-Support-Team: Danelle Harmon, Cynthia Wright und Jill Barnett. Meine Damen, ihr habt dafür gesorgt, dass ich mit meinem Hintern auf dem Schreibtischstuhl sitzen geblieben bin!

Zu guter Letzt, aber aus tiefstem Herzen danke ich meinen treuen Lesern, falls ich sie noch nicht erwähnt habe.

BIBLIOGRAPHIE DER REIHE

Es war einmal eine Highland-Legende

Das Feuer der Highlands

Das Schwert des Königs

Für den Laird!

„Lasst uns voranschreiten, wir Geschichtenerzähler, was auch immer das Herz verlangt und habt keine Angst. Alles existiert, alles ist wahr; und die Erde ist nur ein wenig Staub unter unseren Füßen …"

— WILLIAM BUTLER YEATS, THE CELTIC TWILIGHT

EINFÜHRUNG

Du Feuer der Kerze, du Hitze der Flamme,
Bringe Verderben über den Namen der Caimbeuls.
Ich schenke euch jetzt das Geschenk der Schönheit; und siehe!
Seine Kinder werden verflucht aufwachsen
blaue Augen und so helle Haut,
der letzte seines Namens.
Trotz aller Versuchungen wird es so geschehen,
Der erste Kuss der Liebe wird einen Sohn gebären.
Innerhalb von 14 Tagen nach seiner Geburt,
werden die Ehre, das Leben und die Güter verloren sein.
Weder durch Caimbeuls Hand, noch durch seinen Willen
wird er das Blut von Söhnen oder Töchtern vergießen.
Bei allen dort oben und dem Gesetz der drei
Dies ist mein Wille, so soll es sein.

KAPITEL EINS

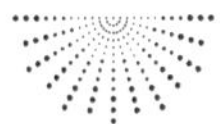

KÖNIG DAVIDS GEHEIMER RAT, IRGENDWO IN SCHOTTLAND, 1125

„Sie ist eine Hexe, sage ich!"

Der König schnaufte ungeduldig. „Nur weil die Spielleute davon singen, muss es nicht so sein. „Sie ist versiert in der Anwendung von Kräutern, na und?"

„Nein, Euer Gnaden, Ich selbst kann wundersame Heilungen durch sie bezeugen. Letzten Herbst reichte sie das Kind einer jungen Frau durch einen Kranz aus Geißblatt und das Fieber ist einfach verschwunden."

Das Gesicht des Königs war voller Hohn. „Ein Kranz, sagst du?" Er brach aus in schallendes Gelächter. „Bist du sicher, dass es nicht vielleicht doch ein Heiligenschein war? Vielleicht ist das Mädchen eine Heilige?"

Stilles Gelächter durchschnitt die Spannung in der Halle.

„Saint Lìleas", scherzte ein Berater, der die Chance wahrnehmen wollte, um sich beim König einzuschmeicheln.

Am anderen Ende des Tisches wurde ein ungehobelter Witz erzählt. „Nicht mit solchen Titten, garantiere ich dir; wenn sie an mein Krankenbett käme, würde ich mich nach diesen süßen Brustwarzen in meinem Mund sehnen!"

Nervöses Gelächter brach aus in der Kammer.

Aber trotz der Lockerheit dieses Moments war das Thema der aktuellen Situation sehr ernst. In seiner privaten bewachten Kammer hatte König David von Schottland seine vertrautesten Berater und eine Gruppe einflussreicher Stammesanführer zu Beratungen hinter verschlossenen Türen um sich versammelt. Jeder grübelte über das von ihm angesprochene Problem. Wie kann man die rebellischsten der Highland-Stämme ohne weiteres Blutvergießen der *Clans* unterwerfen? Der grobschlächtige und müde Rat tagte nun schon seit vielen Stunden in seinem geheimen Versteck. Die Kammer stank nach Schweiß, Gier und Angst. Nach so vielen Stunden der Beratung hatten die Rauchschwaden von den Pechfackeln für weitere Lagen Ruß an der Decke gesorgt. Fliegenschwärme machten sich über das abgenagte Wildschweingerippe auf der Mitte des Tisches her. Es war den Mägden verboten, die Reste abzutragen, damit sie nichts mitbekamen. Die Krüge und Kelche waren schon lange leer.

Die Stimmung vor der Versammlung und die leeren Stühle zeugten davon, dass nicht jeder Stammesanführer den gleichen Einfluss am Hofe Davids hatte. Die Abwesenheit einiger war sehr auffällig; insbesondere die des Anführers der MacKinnons. Dies traf David wohl am Härtesten. Tatsächlich war es so, dass sie nur wegen der Einmischung MacKinnons noch kein wertvolles Pfand auf dem Tisch hatten.

Aber es ging heute nicht um MacKinnon. Im Moment drehte sich die Diskussion um die wahrscheinlich zweitgrößte Bedrohung von Davids Thron. Es ging um einen Rebellen aus den Highlands, der seinen Hintern zwar nicht auf den Krönungsstein von Scone platzieren wollte, aber die *Clan*s gegen David mac Mhaoil Chaluim aufwiegeln konnte. Dies waren unruhige Zeiten und David hatte in seiner Jugend viel zu viel Zeit in England verbracht. Es gab viele, die von seiner Herrschaft nicht erfreut waren.

Der König räusperte sich. „Verflucht werden ist nicht dasselbe wie andere zu verfluchen. Außerdem glaube ich nicht an Hexen. Aber um der Diskussion Willen: welchen Nutzen hat das Mädchen für mich?"

„Aber verstehen Sie denn nicht, Euer Gnaden? *Alle* lieben ihre Farben!"

David verdrehte seine Augen. Er knurrte über sein Unbehagen und bewegte sich in seinem zu kleinen Stuhl. „Soweit ich weiß, ist nur ein Mann jemals gestorben."

„Ja, genau wie vorhergesagt", behauptete der Mann.

David blieb wenig überzeugt. „Durch den zornigen Fluch einer alten Frau? Die gleiche Alte, möchte ich hinzufügen, die das Kindermädchen des dún Scoti *Clan*s war. Nein, der Plan hat schlechte Karten. Der dún Scoti *Clan* würde das Mädchen noch nicht einmal auf eine Wegstunde an *Mounth* heranlassen. Ich bin sicher, dass Aidan sie persönlich töten würde."

„Mit Respekt, Euer Gnaden; ich glaube nicht, dass das stimmt", unterbrach ein weiterer Berater. „Es gibt solche, die behaupten, dass der dún Scoti seinen *Clan* wieder zu der alten Lebensart zurückführen will, als ihre Frauen sie an ihren Schwänzen packten und damit auspeitschten. Er verwöhnt seine Schwestern, als seien sie Männer. Ich sage, er würde dem Mädchen kein Haar krümmen."

Der Laird von Teviotdale sprach als nächster: „Er ist ein Weichling, wie sein Vater."

David runzelte die Stirn, als er Teviotdale ansah. Er

hatte erhebliche Vorbehalte, dass Teviotdale Frauen gegenüber zu wenig Respekt entgegen brachte, hatte er doch seine eigene unverheiratete Tochter aus Raffgier in das Bett eines Mannes getrieben. Der dún Scoti andererseits würde für jede seiner Schwestern sein Leben opfern. Das hatte er in den Augen des Mannes erkannt. „Würdest du dem Mann das ins Gesicht sagen?"

Sie wussten beide, dass David ihn schneller nach Norden schicken würde, als die Mägde den Tisch abräumen konnten, nur um es ihm zu zeigen. Es gab nicht einen unter ihnen, der den Dún Scoti herausfordern würde. Und nun, da David Aidan verärgert hatte, wollte er selbst dem Mann nicht wieder gegenübertreten. Wenn jemand glaubte, er sei mutiger als der König von Schottland, dann würde David ihn gerne dem High *Chief* von Dubhtolargg gegenüber sehen.

Wie David erwartet hatte, schüttelte Teviotdale nur nervös mit dem Kopf und David war besänftigt.

„Bah!", rief Padruig Caimbeul, der am meisten zu verlieren hatte. Es ging hier und heute um das Schicksal seiner Tochter, ein Schicksal, das sehr wohl mit dem Tod durch das Schwert von Aidan dún Scoti enden konnte. „Das sind wilde Pikten.", behauptete er. „Es ist, als ob sie alle mit dem Schwert in der Hand auf die Welt gekommen wären." Er schüttelte den Kopf mit Überzeugung. „Wenn es überhaupt eine Chance gibt, dass meine Lileas sie gefügig macht, dann bin ich bereit, das Opfer zu bringen."

„Ja, wenn sie ihn nur auf unsere Seite ziehen könnte", meinte ein anderer. „Wer kann garantieren, dass der Fluch echt ist? Der Tod des Dún Scoti ist wohl kaum garantiert."

„Ihr erster Mann ist tot", debattierte Caimbeul, als wenn das Beweis genug gewesen wäre. Er fuhr dann fort: „Nur ein verfluchter Idiot stirbt von seinem eigenen Pfeil im Schädel. Nein, es ist sicher, meine

Tochter wurde von einer Hexe gekennzeichnet; und jeder Mann, der sich in sie verliebt, wird innerhalb von 14 Tagen das Weinen Caoineags hören."

„So wurde es verkündet; so ist es bereits geschehen", fügte einer von Caimbeuls Bannerträgerne hinzu.

Caoineag, der Weinende, war der Banshee-Geist, der an den Seen und Wasserfällen herumgeisterte. Es hieß, man könne ihn vor einem Todesfall im *Clan* wehklagen hören – alles unheimliche Geschichten. Aber David war nun langsam verzweifelt.

In der folgenden Stille fingen die flackernden Fackeln an zu zischen. Der rauchige Raum forderte seinen Tribut von Davids Augen und Lungen. „Caimbeul, sie ist immerhin deine einzige Tochter. Willst du es wirklich riskieren?"

Caimbeul nickte ernsthaft. „Was habe ich denn zu verlieren? Kein Mann will sie jetzt haben."

David durchbohrte ihn mit einem dunklen Blick. „Lass dir eins von mir sagen: wenn der Dún Scoti Zweifel an ihr hat, wird sie wahrscheinlich sterben." Er war froh, dass er das Mädchen nie getroffen hatte und ihrem Namen kein Gesicht zuordnen konnte. Das würde ihm die Entscheidung erleichtern.

Caimbeul zuckte mit den Schultern und es wurde noch trübsinniger im Raum. Die Pechfackeln flackerten nervös in ihren Halterungen und alle erwarteten Davids Entscheidung.

„Der Tod des Dún Scoti ist wohl kaum garantiert.", beharrte sein Berater.

„Es gibt schließlich Unfälle", sagte Rogan MacLaren, der zumeist still geblieben war. MacLarens Bruder war Lileas erstes Opfer gewesen; scheinbar war das einfacher gewesen als Brudermord zu begehen. „Es gibt noch andere Wege, um an unser gewünschtes Ziel zu kommen.", schlug er vor. „Vielleicht kann man Lileas überreden. Sie hat einen Sohn."

Jeder der Berater wusste, was MacLaren damit sagen wollte und David verstand sehr wohl. Sie wussten alle ganz genau, wozu MacLaren mit seinem Ehrgeiz fähig war. „Er könnte tatsächlich Lileas dazu bringen, den Schotten aus den Bergen umzubringen, wenn nicht, um sich selbst zu retten, dann vielleicht, um ihren Sohn zu retten.

Niemand sprach oder stellte MacLaren Fragen oder versuchte die trübe Stimmung aufzuhellen.

„Verflucht oder nicht; ich kann bezeugen, dass kein Mann ihr widerstehen kann", fuhr MacLaren fort. „Stuart begehrte sie, wohlwissend, dass er verlieren könnte."

Caimbeul nickte. „Sie hatte viele Freier, obwohl es bekannt war, aber das war vorher", beichtete er. Dann lachte er gluckernd auf. „Ha! Jetzt haben sie vielleicht nicht mehr den Willen, die Hand des Schicksals zu testen. Als niemand lachte, räusperte er sich und blickte argwöhnisch zum König.

David sah Mac Laren vielsagend an. „Und doch hast du ihr widerstanden, MacLaren, obwohl sie bei dir wohnt?"

MacLaren lächelte, er verbog den Mund leicht, lächelte aber nicht mit den Augen. „Ich mag meinen Schwanz recht gern", sagte er. "Und noch wichtiger ist mir der Kopf auf meinen Schultern." Und dann fügte er etwas trübsinnig hinzu: "Ich sehe sie nicht an und ich spreche nicht mit dem Mädchen. Sie und ihr Junge sind meistens für sich."

„Schlauer Mann!", erklärte der Vater des Mädchens. „Ich hätte sie stattdessen an dich verheiraten sollen! Zumindest hättest du mehr Verstand gehabt, als dein Herz an eine Hexe zu verlieren!"

David setzte seinen Trinkkrug mit einem Knall ab. Was für eine Art von Mann sprach so über seine Tochter? Selbst er und seine Brüder, die erbittert gegeneinander um Schottlands Thron gekämpft hatten, hätten niemals schlecht über ihre Frauen gesprochen. Sie hätten ihre Söhne in ihren Betten aufgespießt, aber ihre Töchter hätten niemals ihren Zorn zu spüren bekommen. Er konnte Männer, die ihren Frauen keinen Respekt entgegenbrachten, nicht ertragen. Er kratzte sich am Kinn und dachte über alle möglichen Lösungen nach. Bis jetzt gab es noch keine mit Aussicht auf Erfolg, außer bei diesem einen Vorschlag. „Was ist mit ihrem Sohn?"

„Wir behalten ihn natürlich als Versicherung", schlug MacLaren vor.

Davids Frage war zwar nicht offenkundig, konnte aber auch nicht misverstanden werden. „Aber er ist doch immerhin dein Neffe, oder?"

MacLaren blickte zu Caimbeul. Caimbeul nickte kaum merklich. MacLaren schaute nun wieder den König an. „Für das Wohl Schottlands. Ja, natürlich."

„Du musst das so sehen", unterbrach jemand: „Wenn der Fluch tatsächlich funktioniert, geht das Mädchen mit ihren schönen blauen Augen zum Dún Scoti und er wird ihr nicht widerstehen können. Er wird sie lieben, ihren Leib durchfurchen und dann sofort sterben. Und wenn der Bastard aus dem Weg ist, werden die Leute in den Bergen uns unterliegen, denn ohne ihren Anführer sind sie schwach wie alte Weiber."

David war sicher, dass keiner dieser Idioten jemals einem aus den Bergen gegenübergestanden hatte, aber er unterbrach nicht.

„Und wenn der Fluch sich nicht bestätigt, ... Nun, dann ..." Der Mann sah MacLaren an und hob die Schultern.

„Sag Dún Scoti, dass du ein Bündnis unter Königen wünschst! Das wird seinem Ego gut tun", riet einer seiner Berater.

David nickte und machte sich langsam trotz seiner

Gewissensbisse mit dem Gedanken vertraut. Es war absolut möglich, dass Aidan das Mädchen annehmen würde. Aber er war auch nicht so dumm zu glauben, dass Aidan sich dieses Bündnis ersehnte. Der dún Scoti war viel zu arrogant, sich den Reizen irgendeiner Frau zu unterwerfen, insbesondere einer, die von seiner eigenen Familie verflucht worden war. Es gab allerdings eine Sache, die das Mädchen wertvoller als Säcke voll Gold für Aidan machte: Durch ihre Adern floss das Blut des Mannes, der Aidans Vater getötet hatte.

David schaute Padruig Caimbeul an. Der alte Mann mit seinem langen schmutzigen Bart war einst ein erbitterter Krieger. Er war immer noch ein kalter Hund, der das Leben seiner Tochter für seinen eigenen Vorteil hergab. Aber das war nicht Davids Problem. Viele Leben waren der Bündnisse halber geopfert worden. Noch viele weitere würden folgen.

Und doch hatte er gehofft, Aidans Schwester Catriona an einen Mann seiner und Heinrich von Englands Wahl zu verheiraten, damit diese Maßnahmen vermieden werden könnten. Aber es gab wohl keine andere Wahl. Aidans Schwester hatte einen Rebellen aus den Highlands geheiratet und damit waren Davids Pläne für ein Bündnis zunichte gemacht worden. Wenn es überhaupt eine Chance gab, die Clans ohne Blutvergießen zu vereinen, dann musste es so gemacht werden; arrangierte Ehen und Bündnisse; und er durfte selbst den schlimmsten Schuldgefühlen nicht nachgeben. Im Moment hatte Aidan sein Augenmerk nicht auf Schottlands Thron; aber wenn er verärgert wäre ... Nein, der Mann war unberechenbar. Er wurde schon als *mac na h-Alba'*, der letzte wahre Sohn Schottlands gefeiert. Er seufzte tief und verfluchte Iain MacKinnon als wichtigtuerischen Dummkopf.

Ja, Lileas MacLaren an Aidan zu geben könnte funktionieren. Vielleicht würde er das Mädchen annehmen und wenn auch nur, um ihren Vater unter Kontrolle zu haben.

Rache war ein starkes Motiv.

Wie auch die Liebe einer Mutter.

Er schaute zu Rogan MacLaren. Der Mann war hart genug, das Richtige zur richtigen Zeit zu tun. Er war der Meinung, dass MacLaren seine Pflicht wahrlich mit Vergnügen tun würde. David bezweifelte, dass er überhaupt einen Befehl würde erteilen müssen. Alles würde seinen Gang gehen und David würde nie wieder über seinen Anteil an dieser unehrenhaften Tat nachdenken müssen. Alles würde ohne sein Wissen zu Ende gebracht werden.

Caimbeul saß da und sah recht selbstzufrieden aus. Er war sich sicher, dass nur er die einzige praktische Lösung parat hatte. Das Glitzern in seinen Augen ließ seine Vorfreude auf eine Entlohnung in Gold erahnen.

„In Ordnung“, gab David nach, da er keine Alternative hatte. „Biete Lileas dem Aidan dún Scoti als Braut an.”

KAPITEL ZWEI

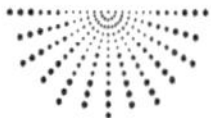

Zwei Habichte stiegen über dem Schloss auf und flogen so dicht nebeneinander wie zwei Lanzenreiter, die im Turnier aneinander vorbeiritten. Lili dachte, sie wären vielleicht den Jägerne gefolgt, die am Morgen zurück gekommen waren. Der Laird von Keppenach war nicht da gewesen, um an der Jagd teilzunehmen; sie wusste aber, dass auch er, von wo auch immer, zurück gekommen war, weil das Lachen um den Hof herum plötzlich aufgehört hatte und alle hatten sich der düsteren Laune des Lairds angepasst.

Egal, Lili erfreute sich an allen möglichen Dingen. Sie hatte heute mit viel Freude und nur in Gesellschaft ihres Sohnes den Kräutergarten bearbeitet.

„Sieh doch, Mama! Schau, was ich gefunden habe!"

Lili blickte zurück auf das Kind, das mit ausgestreckten Händen hinter ihr den Weg entlang lief. Mit seinen fünf Jahren sah Kellen genau aus wie sein Vater. Leider sah er auch dem Bruder seines Vaters sehr ähnlich. Als er zu ihr aufgeschlossen hatte, hielt er seinen Fund hoch, um ihr zu zeigen, was er unter der Erde entdeckt hatte. „Weißt du, was das ist?", fragte er ein wenig außer Atem. „Weißt du's, Mama?"

Lili hielt an, um die Gravur auf dem flachen glatten

Stein besser zu erkennen. Es sah aus wie ein abgerundetes Schild mit Knoten in den Ecken, um die vier Ecken der Erde zu symbolisieren. Es gab viele solcher Artefakte in dieser Gegend, denn Keppenach lag unterhalb der *Am Monadh Ruadh* – der roten Hügel, wo die Bemalten schon lange vor ihnen gelebt hatten. „Das ist ein Talisman, der Schutz bringt", erklärte sie. „Er wird dich schützen auf all deinen Wegen."

Er runzelte die Stirn: „Ein Talisman?"

„Ein Glücksbringer", erklärte Lili, als sie die Verwirrung im Gesicht ihres Sohnes sah. Seine süßen braunen Augen waren tief und dunkel, beladen mit einer Last, die kein Kind tragen sollte. „Wie das Kreuz, das dein Papa um den Hals trug."

Daraufhin runzelte er die Stirn wieder und sah dabei seinem Vater so ähnlich, dass sich ihr Herz zusammen zog. „Aber mein Papa ist gestorben", sagte er traurig. „Also hat's nicht funktioniert."

Bei diesen Worten verspürte Lili einen stechenden Schmerz. Auch, weil sie wusste, dass ihr Sohn eines Tages herausfinden würde, dass jeder sie für den überraschenden Tod ihres Mannes verantwortlich machte. Oder eigentlich machten sie den Fluch, der als Kind über sie ausgesprochen wurde, verantwortlich. Es war derselbe schreckliche Fluch, von dem sie einst hoffte, dass er nur Geschwätz sei. Nur jetzt hatte sie einen toten Ehemann, was ihre Zweifel widerlegt hatte.

Ihr Sohn machte Anstalten, den Stein weg zu werfen. „Nein!", sagte sie sofort. „Behalte ihn, Kellen."

Er hielt inne, denn er hatte Angst, dass er seine Mutter verärgert hätte. Er war so ein guter Junge, so voller Liebe und zu sorgenvoll.

„In diesem Leben brauchen wir jede Hilfe, die die Welt uns zuteil werden lässt. Nimm noch nicht einmal die kleinste Gabe als selbstverständlich hin, mein Junge."

Sein Gesicht verzog sich. „Aber es ist doch nur ein Stein, Mama."

Lili schaute ihren Sohn geduldig an. „Alles liegt im Auge des Betrachters, mein Sohn." Er sah zu ihr auf und war noch nicht überzeugt. „Denke daran, dass nichts zufällig passiert; alles hat einen Sinn." Sie wollte nicht, dass ihr Sohn später glaubte, sein Schicksal läge in den Händen geringerer Männer oder in den Worten einer dummen Prophezeiung. „Unser Schicksal liegt in unseren Händen." Sie sah sich die alte Schnitzerei noch einmal an. „Wie dieser Stein."

Er zog seine Hand zurück und untersuchte den Stein noch einmal. Seine dunklen Augen blickten skeptisch.

„Hebe ihn auf für einen anderen Tag", bat sie ihn. „Vielleicht kannst du ihn dann gebrauchen."

Seine kleinen Schultern zeigten an, dass er verloren hatte. „Alles klar." Er gab nach und seine Lippen verzogen sich zu einem krummen Lächeln. „Ich hebe ihn in meiner Schatzkiste auf, wo ihn keiner finden kann!"

Lili lächelte. In seiner Schatzkiste, einem kleinen hölzernen Kästchen, das einst seinem Vater gehört hatte, versteckte er die Dinge, die ihm sehr wichtig waren. Sie strich ihm über den Kopf. „Guter Junge", sagte sie. „Du bist weise, sogar weiser als dein Papa es war."

Seine Augen funkelten und ein winziges Lächeln erschien auf seinen Lippen. In dem Moment liebte sie ihn ganz furchtbar mit einer echten und wahren Liebe. Eines Tages würde sie ihn vom Einfluss seinen Onkels befreien.

„Lili!", rief eine bekannte Stimme.

Wenn man vom Teufel spricht.

Als er die Stimme des Lairds erkannte, zuckte ihr Sohn merklich zusammen. Lili berührte ihn am Kopf, um ihre Reaktion um seinetwillen zu mildern. Sie schob ihn liebevoll beiseite. „Geh", sagte sie eindringlich. „Warte im Garten auf mich." Er blieb wie angewachsen stehen; aber Lili wollte vermeiden, dass er auch nur ein weiteres unfreundliches Wort aus dem grausamen Mund seines Onkels hören müsste. „Geh jetzt!", befahl sie ihm.

„Ja, Mama", sagte er, zögerte aber, sie zu verlassen.

Sie konnte schon Rogans bedeutungsschwere Fußtritte hören. „Kellen", flehte sie leise.

Zögerlich drehte sich Kellen um und hielt dabei seinen neuen Talisman in der kleinen geballten Faust. Es erschien Lili, als sie sein gebeugtes Haupt sah, als würde er darüber beten. Er blickte nur einmal mit großer Unruhe in seinem Gesicht zurück und der Schmerz in ihrem Herz wurde schlimmer. Dies war kein Ort für ein Kind; hier lag der Schatten großer Bitterkeit.

Als Lili sicher war, dass ihr Sohn nicht zurück kommen würde, drehte sie sich endlich zu ihrem Peiniger um, dem Mann, in dessen Adern dasselbe Blut wie in ihrem Mann und ihrem Sohn floss. „Rogan", sagte sie zu Begrüßung. Das war alles an Freundlichkeit, zu der sie sich überwinden konnte.

Er hatte die Arme ausgestreckt in der Hoffnung einer Umarmung, zu der sie sich noch nie herabgelassen hatte. Bei dem Gedanken, ihn zu berühren und wenn auch nur in einer lockeren Umarmung, wurde ihr übel. Als sie sich nicht in seine Arme stürzte, blieb sein Blick unerschüttert und sie sah den ganzen Hass, der sich dort verbarg. „Ich muss mit dir reden", sagte er kurz und knapp. „Wollen wir ein Stück im Garten gehen?"

Lili schüttelte den Kopf. „Nein, nicht im Garten! Da komme ich gerade her." Sie schaute schnell über die Schulter, um sicher zu gehen, dass ihr Sohn nicht trödelte. „Vielleicht im Hof?", schlug sie weniger vehement vor.

„Du kümmerst dich viel zu sehr um die Pflege von dem Unkaut", schimpfte er, als er über ihre Schulter schaute und sah, wie ihr Sohn zurück ging. In seinen schwarzen Augen glitzerte etwas, das Lili nicht benennen konnte, ein Gefühl, das sie noch nie in anderen Augen außer den seinen gesehen hatte.

Seine Seele war schwarz.

„Wie du willst", gab er nach. Er drehte sich um und ging in Richtung Hof in der Annahme, dass Lili ihm folgen würde. Das tat sie selbstverständlich. Er war viel zu gut gelaunt. Instinktiv hatte sie ein schlechtes Gefühl. Er drehte sich nicht einmal um oder verlangsamte seinen Schritt, obwohl er gemerkt haben musste, dass sie ihm kaum folgen konnte. „Mein Bruder ist jetzt schon vier Jahre tot", sagte er.

"So ist es", antwortete sie

Vier Jahre. Zwei Monate. Zwanzig Tage und jeder Moment war voller Pein gewesen.

Ihre Schultern zogen sich zusammen in Erwartung der üblichen Unterhaltung. Rogan hatte in den vergangenen vier Jahren sechs Mal um ihre Hand angehalten und da waren die vielen Male, wo er nur ihr Bett teilen wollte, gar nicht mitgezählt. Im Gegensatz zu seinem Bruder war dieser Mann nicht im Geringsten irgendwie zärtlich. Er war so grob und kalt wie ein Winter in den Highlands. Zumindest hatte er inzwischen eine Geliebte, die ihn nachts wärmte; aber er wusste das Mädchen überhaupt nicht zu schätzen. Arme Aveline. Ihr Vater war wohl ein bisschen dumm, wenn er glaubte, dass Rogan dem Mädchen irgendwelche Zuneigung entgegenbringen würde. Er würde sie gebrauchen und dann wegwerfen, wie alles andere, das ihm gehörte. Der einzige Grund, warum er Lili haben wollte, war, weil er sie nicht haben konnte.

Rogan blieb plötzlich stehen und musterte sie in seiner gewohnten Art, die ihr eisige Schauer über den

Rücken jagte. Er musterte sie von ihren Füßen bis hoch zu ihrem Busen. Er legte seine Hände hinter seinen Rücken und wippte hin und her auf den Hacken. Dabei plusterte er seine Brust auf, eine Haltung, die seine ganze Arroganz verriet. „Wie du ja wohl weißt, kann ich dich und deinen Sohn nicht weiterhin ohne irgendeine Gegenleistung durchfüttern."

Lili schluckte und wendete den Blick ab.

Jetzt fing es also schon wieder an.

Von den Befestigungsmauern schauten ein paar neugierige Zuschauer auf sie herab. Sie wusste, dass diese sich misstrauisch wegdrehen würden und ihr nicht helfen würden, falls er die Hand gegen sie erhob. Keiner bot Rogan MacLaren die Stirn. Er regierte seinen Grundbesitz ohne Einschränkung und für die meisten war es einfacher, das zu ignorieren, was sie nicht hören oder sehen wollten. Leider teilte Lili diese Einstellung nicht. Sie würde alles geben, hier wegzukommen. Aber es schien, als habe ihr Vater sich endgültig von ihr und ihrem Sohn getrennt, obwohl er wusste, dass alles im Zusammenhang mit Keppenach nun Stuarts bösartigem Bruder gehörte, einschließlich ihrer armseligen Mitgift.

„Ach, Lili, was soll ich tun? Ich habe dir unzählige Möglichkeiten gegeben, einen ordentlichen Titel zu bekommen; aber du hast abgelehnt. Es ist nun Zeit für mich, mir eine Frau und ein eigenes Kind zuzulegen."

Aveline?

Überrascht sah Lili Rogan erneut an. Aber er schaute selbstgefällig und das jagte ihr einen Schauer über den Rücken. Rogan sah gut aus. Das musste sie zugeben. Aber seine tief liegenden dunklen Augen sahen aus wie Gruben mit abgebrannter Kohle. Wenn in ihnen jemals ein Gefühl aufgeleuchtet hätte, dann war dies schon lange erloschen. Lili überlegte, was wohl passiert war, dass er so entsetzlich kalt geworden war.

„Ich bin jetzt ziemlich in der Bredouille; Wenn sie kommt, kannst du nicht mehr hier sein."

Ach, es war doch nicht Aveline.

Aber Lilis nächster Gedanke war die arme Frau zu bedauern, wer auch immer sie war. Aveline konnte sich schließlich glücklich schätzen.

Er grinste. „Es scheint, als wolle kein vermögender Mann dich haben und wer könnte es ihm verdenken?"

Lilis Herz begann ein wenig schneller zu schlagen. Ihr Kopf schwirrte mit den verschiedenen Möglichkeiten: würde er sie jetzt aussetzen? Was genau würde aus ihr und ihrem Sohn werden? Könnte sie vielleicht in ein Kloster gehen? Aber was wäre dann mit Kellen?

„Nimm dir ein Herz; *es gibt* eine Lösung", schlug er vor. „Eine, die es dir ermöglicht, bei deinem Vater Wiedergutmachung zu leisten und seinem Namen Ehre zu machen."

Seine Augen glänzten bösartig und Lili blinzelte und wusste nicht so recht, was sie sagen sollte, denn in Wahrheit hatte sie nichts getan, um den Namen ihres Vaters zu entehren. Sie war Stuart eine gute Frau gewesen, trotz der Kürze ihrer Ehe. Tatsächlich war der Fluch echt. Die Menschen in den Bergen hatten sie wegen der Sünden ihres Vaters und nicht wegen ihrer eigenen verflucht.

Er konnte wohl kaum in ihren Kopf sehen und doch schien es, als habe er ihre Gedanken gelesen. „Du willst doch deinen Vater ehren, oder?"

Sein Lächeln war keineswegs beruhigend.

Ängstlich blickte Lili über ihre Schulter auf der Suche nach ihrem Sohn. Sie hoffte, dass er nicht in der Nähe war, denn wenn sie jetzt Rogans Angebot – welches auch immer – ablehnte, würde sein Temperament sicherlich mit ihm durchgehen. Sie war erleichtert, dass er nirgendwo zu sehen war und als sie Rogan wieder ansah, hob sie ihr Kinn ein wenig. „Sag schon Rogan, was schlägst du vor?"

Rogan nahm sich Zeit mit seiner Antwort, als würde er ihr Unbehagen genießen und dann sagte er endlich: „Ich kenne bislang nur einen Mann, der dich nehmen würde."

Lili stand aufrecht mit breiten Schultern und ließ sich nicht ködern. Sie beschloss, dass alles besser sei als das hier. *Alles.* „Und wer soll das sein?"

"Aidan dún Scoti."

Die Antwort kam über ihre Lippen ohne nachzudenken. „Nein!" Zur eigenen Verteidigung trat sie einen Schritt zurück, wobei sich ihr Herz schmerzhaft zusammen zog.

Rogan stand einfach da und sah die Gefühle in ihrem Gesicht; er genoss ihren Schmerz weidlich, seinem Grinsen nach zu urteilen.

Aidan dún Scoti war ein Wilder! Geschichten von ihm und seinem wilden Bergvolk waren der geeignete Stoff, um den Kindern Albträume zu geben. Sein Volk hatte sich kaum weiterentwickelt von den Pikten und Nordmännern, die einst im wilden Norden lebten. Nur Männer, die so wild wie die schroffen Hügel waren, konnten so lange im tiefen *Mounth* überleben. Und sie würden sie dorthin ohne Gnade ins Exil schicken!

Lilis Kiefer bewegte sich zornig hin und her. „Ich sagte Nein! Ich werde nicht zulassen, dass mein Sohn auf diese Art bestraft wird, Rogan. Diese Behandlung hat er nicht verdient." Wegen Kellen senkte sie ihre Stimme ein wenig und hoffte, die nettere Seite von Rogan zu erweichen. „Er ist dein Neffe! Du kannst ihn nicht an einen solchen wilden Ort ins Exil schicken."

Rogan tat so, als sei er beleidigt. Seine Mimik war geübt wie die eines Schauspielers. Keins seiner Gefühle erreichte jemals seine Augen. „Aber meine Liebe;

ich würde es niemals zulassen, dass mein Neffe die Demütigungen des barbarischen Nordens erleiden muss."

Lili richtete sich wieder auf und ballte die Hände zu Fäusten. Sie war von seiner Antwort überrascht. „Was dann, bitte schön?"

„Du wirst alleine gehen."

„Was soll das heißen: ich alleine?"

Hoch über ihnen kreischte ein Adler. Der Klang echote in Lilis Schädel.

„Genau das natürlich. Du wirst gehen und den Wilden heiraten, deine Pflicht tun, die *Clan*s zu vereinen und deinen Sohn in meiner liebevollen Pflege zurück lassen."

Es gab nichts Nettes oder Liebevolles in Rogan MacLaren. Er war der grausamste Mann, den sie je gekannt hatte. „Ich werde mich bei König David beschweren", drohte sie. Er lachte ihr ins Gesicht.

„Nun komm schon. Wer, glaubst du denn, hat mir den Befehl erteilt, dich dem dún Scoti überhaupt anzubieten, du dummes Weib?"

„Oh nein!", rief sie und ihr Selbsterhaltungstrieb ließ sie ein paar Schritte zurücktreten; sie war bereit zu fliehen.

Rogan streckte die Hand nach ihr aus und hielt sie fest am Arm. „Komm", befahl er und seine Finger gruben sich schmerzhaft in ihr Fleisch. „Ich will dich mit den Einzelheiten deiner Mission für den König bekannt machen."

DUBHTOLARGG, DIE HIGHLANDS VON SCOTIA.

Die Reise nach Norden war lang und anstrengend gewesen. Aidan war reif für eine Pause. Müde und bereit für sein Bett. Er legte seinen *Breacan* ab.

Seine Schwester Lael sprach voller Sarkasmus: „König Davids Bote wartet auf dich in der Halle."

„Lass den Bastard bloß nicht allein!", befahl Aidan und fluchte zu sich selbst, als sich die Tür wieder schloss.

Nachdem er zwei Tage auf dem Pferd in der Wildnis unterwegs gewesen war, sich mit den Problemen seiner Schwester Catrìona auseinandergesetzt hatte, war ein Bote von David mac Mhaoil Chaluim das Letzte, was er erwartete.

König David, humph!

Es war ein Witz, dass der Mann sich als der rechtmäßigen Erbe Schottlands bezeichnete, wo der Engländer-liebende Schurke doch seine gesamte Jugend an den Brüsten englischer Ammen säugend verbracht hatte. Ein echter Schotte stellte sich seinem Feind offen und ehrlich. Sie wendeten sich nicht ab im Angesicht eines kleinen Gefechts. Und dann, als alles vorbei war, hatte er die MacKinnons belogen, als sie fragten, ob Catrìona die Flüchtige sei, die er suchte. Er hatte da gestanden und ohne mit der Wimper zu zucken gelogen, um sein Schwert nicht zücken zu müssen.

Ja, sie waren jetzt Feinde, der Feigling und er.

Wenn die MacKinnons nicht in dem Wäldchen gewesen wären, wohin er vor vier Tagen seiner Schwester Cat gefolgt war, hätte er seinen zwanzig Kriegerne befohlen, den arroganten Schwachkopf anzugreifen und auf die richtige Größe zurechtzustutzen. Das war das allerletzte Mal, dass er den Schurken in sein Haus lassen würde. Hatte er denn nichts aus den Problemen seines Vaters gelernt? Freunde waren die, die er kannte und denen er traute und nicht die, die sich nur so nannten. Aidans größte Schwäche war jedoch seine tief sitzende Sehnsucht nach Frieden. Selbst hier im *Mounth* merkte er, dass die politischen Spannungen zunahmen und er befürchtete, dass die Jahre des Friedens seit dem Tod seines Vaters nun bald zu Ende gingen.

Nun, zumindest war der Idiot schlau genug, nicht selbst zu kommen, denn Aidan hatte ihm einmal vertraut und dann nie wieder. Für sein Vertrauen hatte er ein Messer in den Rücken bekommen. Frieden war bei diesen Kriegstreibern nicht möglich. Er verstand nicht, warum sie nicht einfach lebten und leben ließen. Sein *Clan* hatte sich absichtlich aus Schottlands Politik herausgehalten; aber das war anscheinend nicht genug.

Der Bastard war unter dem Mantel der Freundschaft gekommen, hatte sich in das Schlafgemach seiner Schwester geschlichen und dann das arme Mädchen ohne Aidans Wissen oder Erlaubnis nach Süden geschleift, um sie, wie er sagte, an irgendeinen Lord in der Grenzregion zu verheiraten. All diese Banden-Lords könnten genauso gut Engländer sein, denn sie waren nur schwache Schotten, die niemandem Achtung zollten. Sie plünderten Schotten und Engländer und stahlen alles, einschließlich der Frauen. Er wollte David schon alleine bei dem Gedanken töten.

Es wäre viel schlauer gewesen, ihm im Schlaf einen Dolch zwischen die Schulterblätter zu rammen, denn nun war es so, dass Aidan, so lange er lebte, dem Lakai der Engländer nie wieder würde trauen können.

Er hatte sein Schwert gerade abgelegt, holte es aber nun wieder hervor und steckte es in seinen Gürtel. Er war barfuß und ohne Hemd; denn er fand, dass der Gast es nicht wert sei, sich noch einmal für ihn anzukleiden; aber wenn er mit seinem Schwert und sonst nichts auf dem Rücken kam, sollte seine Botschaft klar sein.

Er fand den Mann, oder doch eher den Jungen, zitternd in seiner Halle. Der Junge schluckte einen riesigen Kloß in seinem Hals herunter, als er Aidan in den Raum kommen sah. Er war alleine. Ohne Zweifel glaubte David, dass Aidan den Boten töten würde und hatte ihm darum seinen armseligsten geschickt, damit Aidan Mitleid mit dem armen Jungen haben würde.

Es funktionierte.

Seine Schwester hatte Lachlann, seinen Offizier, da gelassen, um die Halle zu bewachen. Mit einem wortlosen Nicken bedeutete er Lachlann, sie alleine zu lassen. Der Junge war keine Bedrohung und die Anwesenheit seiner Wache würde der Fassung des Jungen nicht dienlich sein. Aidans Sinn für Nächstenliebe ging aber nur so weit. Er setzte sich nicht an den Tisch, sondern stand stattdessen und starrte auf seinen *Gast* herab. „Das ist jetzt besser etwas Wichtiges, dass ich dafür noch einmal aufgestanden bin", warnte er den Jungen.

Der Hals des Boten wurde immer länger; er hatte die Augen weit aufgerissen und zitterte. Sein Blick fiel auf Aidans Arme, von denen er die blaue Farbe noch nicht abgewaschen hatte, komplizierte Markierungen, die noch aus der Zeit ihrer Vorfahren stammten. Da er zornig über die Entführung seiner Schwester war, hatte er sich in dem Blau seiner Vorfahren für einen Krieg bemalt. Er lächelte kaum, als er dem Blick des Boten begegnete.

„K-König D-David s-schickt m-m-mich", stotterte dieser.

Aidan nickte geduldig und überlegte reumütig, ob der Junge seinen *Breacan* vollpinkeln würde, wenn er auf seinen Schoß blickte. Der Körper des Jungen wurde von nervösen Zuckungen geschüttelt. „Und?"

Der Bote strich sich mit der Zunge über die Lippen und Aidan hatte Mitleid mit ihm. Er rief nach seiner Schwester und seine Stimme durchschnitt die Stille wie ein Dolch. Lael schoss durch die Tür, als ob sie nur darauf gewartet hätte. Erst sah sie besorgt aus, lächelte aber erleichtert, als sie sah, dass es Aidan gut ging.

Aidan zog eine Augenbraue hoch und ließ sie so wissen, dass ihre Sorge um ihn ihn etwas beleidigte, obwohl er sie zu schätzen wusste. „Der Junge hat Durst“, sagte er. „Würdest du ihm bitte einen kleinen Schluck Whiskey holen?”

Die schönen Lippen seiner Schwester verzogen sich nur leicht zu einem Lächeln. Sie warf einen ihrer schwarzen Zöpfe nach hinten und schlenderte in den Raum. „Bist du sicher, dass er unseren guten *uisge-beatha* verdient?”, fragte sie hochmütig.

Aidan ignorierte die bissige Frage. „Bist du hungrig?”, fragte er den Jungen. Der Junge nickte heftig, obwohl Aidan bezweifelte, dass er wirklich ein einziges Wort aus seinem Munde verstanden hatte. Er sprach wieder mit seiner Schwester. „Bring ihm auch einen Kanten Brot.” Der Junge hatte wahrscheinlich seine gesamte Energie beim Erklimmen der Klippen verbraucht und Aidan beabsichtigte, ihn sofort wieder loszuschicken, wenn er seine Nachricht mitgeteilt hatte. Er traute keinem Boten Davids, auch nur eine Nacht unter seinem Dach oder in seinem Tal zu bleiben.

Lael verzog den Mund und funkelte ihn mit ihren hellgrünen Augen, die den seinen so ähnlich waren, an. Aber sie tat das, worum er sie gebeten hatte und brachte nach wenigen Minuten Essen aus der Speisekammer. Anstatt gleich wieder zu gehen, blieb sie, stand da und schaute zu. Nun, da sie schon mal da war, wollte sie bleiben. Aidan war schlau genug zu wissen, wann und wo er streiten konnte, insbesondere mit den Frauen seines Haushalts. Eigensinnige Weiber allesamt; aber er liebte ihren leidenschaftlichen Geist.

Der Bote schien jetzt noch nervöser und schaute auf den riesigen Dolch, der in Laels Stiefel steckte. Seine Schwester war eine Meisterin im Umgang mit den Klingen und außerdem sammelte sie Dolche. Die außergewöhnlichsten Waffen trug sie meist versteckt und unsichtbar. Ihre kleine Vorführung amüsierte ihn, denn sie trug offensichtlich ihr größtes Messer, um den Jungen zu beeindrucken. Sie hatte sich blaue Farbe in ihr Gesicht geschmiert, um so noch beängstigender auszusehen, als sie es sonst könnte mit ihren hübschen feinen Gesichtszügen. Sie verschränkte die Arme und schaute aus der Ferne zu und endlich setzte sich Aidan. Er nahm einen Stuhl gegenüber dem Boten und hoffte, dass dieser nun aufhören würde zu zittern, obwohl der Junge versuchte, es zu unterdrücken. „Nun", sagte er. „Welche dringende Mitteilung hat David mir zu machen, dass er einen Jungen in die *Mounth* mitten in der Nacht schickt?"

„Eu-euer Gnaden—"

Aidan hielt ihn mit einer Handbewegung auf. „Ich sehe hier keinen König und erkenne außerhalb dieser Halle auch keinen an; also sprich keinen von uns noch einmal so an."

Die Augen des Boten wanderten müde zu Lael und wieder zurück. „Ja, mein Lord—"

Aidan schüttelte wieder mit dem Kopf. „Ich sehe hier auch keinen Lord. Das ist ein Titel für die Lakaien der Engländer. „Sehe ich in deinen Augen wie ein Engländer aus?", fragte er den Jungen in einem ruhigen freundlichen, aber unerbittlichen Tonfall. Der arme Junge drehte seinen Kopf hin und her, von einer auf die andere Seite. „Ja gut, dann lass uns jetzt weitermachen."

„Wie soll ich Sie ansprechen?"

Jetzt verlor Aidan langsam die Geduld und es war schon spät. „Aidan", schlug er vor. „Das ist der Name, der mir gegeben wurde und ich höre ihn unheimlich gerne."

Seine Schwester kicherte hinter ihm.

„Ja, a- also..." Der Bote war außerordentlich lange still und schien nicht in der Lage zu sein, den einfachen

Namen über die Lippen zu bringen. Aidan hätte fast gelacht; aber er war viel zu müde für Fröhlichkeit. Der Junge runzelte die Stirn. „K-König D-David", fing er wieder an mit einiger Anstrengung und dann merkte er, was er wieder gesagt hatte und schaute Aidan an, um dessen Reaktion zu sehen.

Aidan ignorierte es, weil er jetzt einfach wollte, dass der Junge wieder wegging.

Als Aidan nicht reagierte, fuhr der Bote fort und ließ dabei aber den Titel weg. „D-David sch-schickt ein F-Friedensangebot", brachte er heraus. „Er sagt, es-es täte ihm leid, dass er so ungeschickt bei Ihrer Schwester Ca-Catrìona war."

Obwohl sie mit dem Rücken zu ihm stand, konnte Aidan Lael brummen hören. Die älteste seiner Schwestern war genauso beschützerisch in Bezug auf die Familie wie Aidan. Die Augen des Boten wurden größer und sein Blick wechselte zu der Frau hinter ihm. Aidan sah zu, wie sich die Pupillen des Jungen weiteten, wobei deren schlammige Farbe zu der dunklen Decke im dämmrigen Licht der Halle passte. In den Augen des Jungen musste Lael furchterregend sein. Und es gab gute Gründe dafür. Der Junge hatte Glück, dass Cat sicher war, denn wenn Lael einmal loslegte, machte sie auch Aidan Angst.

Aidans Kiefer zuckte ungeduldig. „Sag mir", fragte er den Boten. „Findest du es richtig, dass unschuldige Mädchen mitten in der Nacht aus ihren Betten entführt werden?"

Der Junge schüttelte eifrig den Kopf. „Nein, mein L-Lo—er Aidan!"

Aidan nickte. „Also, weißt du ... Ich war gerade zurück gekommen, nachdem ich meine Schwester aus den Fängen eines solchen nichtsnutzigen Lords befreit hatte und daran war einzig und alleine David schuld. Ich habe hier alles stehen und liegen lassen und jagte hinter ihr her, den ganzen Weg nach Chreagach Mhor und dann, als alles mehr oder weniger vorbei war, musste ich sie bei Fremden zurücklassen, weil sie ihr Herz an einen Scheißschotten verloren hatte. „Verstehst Du jetzt, dass ich keine große Lust auf Bündnisse habe?"

„Ja, aber ..."

Aidan unterbrach ihn und damit der Junge auch wirklich verstand, fügte er hinzu: „Du hast Glück, dass ich mit der Wahl meiner Schwester einverstanden bin. Wenn es nicht so wäre, würde ich dich zu David zurückschicken mit der Zunge an einer Kette um den Hals."

Der Bote schluckte. Dann sah er zu Lael und ihren Messern und schluckte noch einmal.

„Also dann. Was schlägt David vor?"

Die Augen des Boten waren weit aufgerissen in ängstlicher Erwartung. Unbewusst legte er seine Hand auf den Mund, als wolle er seine Zunge schützen. Er blickte noch einmal auf Lael und sah dann Aidan an. „Er -er – er möchte dir eine B – B -Braut anbieten und einen Platz in seinem Rat."

„Eine Braut?"

„Ja, mein L-Lo—er Aidan!"

Aidan hätte sich eher die Eier abgeschnitten und dem Jungen in den Mund gestopft, als dass er einen Platz in Davids Rat eingenommen hätte und noch weniger würde er eine von David gewählte Frau heiraten. Ohne Zweifel wollte er das Mädchen zum Spionieren nach Norden schicken. „Und wen bietet mir David zum Heiraten?"

Der Junge schluckte und warf einen kurzen Blick auf Lael. „Lìleas MacLaren", sagte er fast flüsternd.

Aidans Augenbrauen stießen regelrecht zusammen. „Lìleas MacLaren!"

Hinter ihm schrie Lael ob dieser Beleidigung auf.

„Die Tochter des Mannes, der unseren Vater umgebracht hat."

Er hörte, wie sie nach vorne kam; und hielt sie mit einer Handbewegung zurück. Sie hielt an, aber er wusste, dass sie darüber nicht froh war.

Der Bote zuckte merklich zusammen, als wolle er zur Selbstverteidigung unter den Tisch rutschen.

Aidan fletschte die Zähne, beruhigte sich dann aber. „Also... David will mir eine *verfluchte* Braut anbieten?" Er wusste mehr als jeder andere, dass das Mädchen verflucht war, denn die Frau, die den Fluch ausgesprochen hatte, war die Hebamme seiner Mutter gewesen. „Weißt du, dass jeder, der das Mädchen liebt, zum Sterben verdammt ist?", erklärte er, als wenn die ganze Welt es nicht schon wüsste. Spielleute besangen das Elend des Mädchens als warnende Geschichte.

Die Stille auf diese Frage wog schwer, so schwer, dass jeder, der Aidan kannte, davon ausgegangen wäre, dass dieser einen Mord plante. Sogar Lael stand mucksmäuschenstill hinter ihm und hielt die Luft an. Was würde er tun?

Als der Junge so blass wie sonnen-gebleichtes Wachs war, warf Aidan einfach den Kopf nach hinten und lachte schallend.

KAPITEL DREI

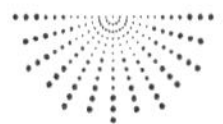

Der Teufel hatte sich mit dem Handel einverstanden erklärt. Also wurde Lìli nach Norden geschickt und durchquerte Wälder und Täler, die von steilen Klippen durchschnitten wurden.

Der *Mounth* war ein unwirtlicher Ort, ein riesiges Bergmassiv, das sich fast bis an die Nordsee zog. Die meisten Menschen überquerten sie auf der alten Straße, aber da, wo sie jetzt hinreisten, gab es keine Straße.

Dubhtolargg.

Sie zitterte bei dem Namen. Die Burg war nach einem König der südlichen Pikten benannt. Sein Spitzname war dubh, der Schwarze, nicht wegen seines Gemüts, sondern wegen seiner Farbe. Man sagte, dass bei seinem Tod sein königliches Blut in Strömen in die Bergbäche floss und das Wasser rot färbte bis hin zu dem Bergsee, wo Cailleach Bheur, die Mutter des Winters mit ihrem blauen Gesicht in ihrer Höhle schlief. Als sie aus dem Schlaf gerissen wurde, um den toten König zu betrauern, verwandelten ihre Tränen das Tal in einen fruchtbaren Ort, der von dem rauesten Gebirge, das der Mensch kannte, umgeben war. In dieses Tal war Aidans Stamm vor mehr als zwei Jahrhunderten geflohen und dort geblieben, hier in den roten Hügeln, die vom Blut des dubh Tolargg tiefrot gefärbt waren.

Man sagte, dass David nicht eher ruhen würde, bis der Bergstamm ihm nicht den Lehenseid geschworen habe. Ihre Zustimmung zu haben war fast so wichtig wie die Krönung in Scone. Aber er musste bedenken, dass der dún Scoti seit dem Tod von Aed, dem Sohn Kenneth MacAilpíns, keinen König mehr gesegnet hatte. Glaubte David, er könne diese Tatsache ändern?

Lìlis Gedanken wurden düsterer, während sie den uralten Kiefernwald durchquerten. Vereinzelt standen dort Eichen, die vom Flechtenbewuchs gefärbt waren, und knorrige Ulmen, die sie an gebeugte alte Frauen mit Geschwüren und Gicht in den Gelenken erinnerten. Auf dem Boden unter ihnen wuchsen Wacholder, junge Birken, Kirschen- und Vogelbeerbäume, die Hirschen, Kaninchen und Eichhörnchen eine Rückzugsmöglichkeit boten. Sie wusste, dass es auch graue Wölfe und Wildschweine in diesen Wäldern gab, ebenso wie Bären. Glücklicherweise begegneten ihnen jedoch keine auf dem Weg. Das Schlimmste, was ihnen auf dem Weg widerfuhr, war eine Plage beißender Mücken – Highland-Fliegen. Sie schlugen um sich wie sich selbst-geißelnde Priester. Doch nur Aveline, Rogans Geliebte, beschwerte sich. Natürlich hatte Rogan ihr diese Gesellschaft für ihre letzten Tage in Freiheit nicht ersparen wollen. Er hatte ihr seine Geliebte als Zofe aufgezwungen, ohne Zweifel als Spionin, um sicher zu gehen, dass Lìli auch tat wie befohlen.

Als sie die Hügel erklommen, wurde der Wald lichter. Mal abgesehen von einer leichten Kühle in der Luft, hatte die Reisegesellschaft auf dem Weg nach Norden nur Glück gehabt. Blauer Himmel und Schäfchenwölkchen auf der ganzen Reise. Man hätte tatsächlich glauben können, dass Gott selbst den Plan gutheißen würde, aber Lìli wusste es besser. Egal, welchen Weg sie gewählt hätte, sie hätte verloren. Wenn sie diese böse Tat nicht ausführte, würde ihr Sohn darunter leiden; und wenn sie es tat, würde ihre Seele bis in alle Ewigkeit verdammt sein.

Egal, wie sie sich entschied, ein Teil von ihr würde für immer verloren sein.

Was immer aus ihr werden würde, sie betete mit all ihrer Macht, dass Gott ihren Sohn beschützen würde. Es tröstete sie ein wenig, dass David versprochen hatte, sich ab und zu um ihn zu kümmern. Aber was nützte das Versprechen eines Mannes, der diesen Plan von Anfang an gutgeheißen hatte. König David hatte diese Worte direkt in ihr Ohr gesprochen, aber sie merkte an seinem Verhalten, dass jedes Wort von Rogan seine Zustimmung erhalten hatte.

Schweren Herzens dachte sie an ihren Sohn. Kellen in Keppenach zurück zu lassen war die schwierigste Entscheidung, die sie jemals hatte fällen müssen. Noch nicht einmal nach dem Tod ihres lieben Ehemannes hatte sie sich so leer gefühlt. Sie hatten gedroht, ihren Jungen umzubringen, wenn sie nicht gehorchte. Das letzte, was sie vor ihrer Abreise gesehen hatte, war Kellens kleines Gesicht oben am Turmzimmerfenster.

Fühlte er sich wohl von ihr verraten?

Lìli hatte das Gefühl, als habe sie ihn verraten.

Genauso, wie sie ihren neuen Ehemann verraten würde.

Aber sie musste hart werden. Wenn sie die Wahl hätte zwischen dem Leben ihres Sohnes oder dem des dùn Scoti, dem Bergschotten, wie er überall um den *Mounth* genannt wurde, würde sie den Laird von Dubhtolargg, ohne mit der Wimper zu zucken, töten.

Sie hatte viele Geschichten über diese barbarischen Menschen gehört, die auch ohne Kleidung und bemalt wie früher umher liefen. Ihre Geistlichen waren Druidenpriesterinnen und sie glaubten an die Götter des

Waldes: Taranis, Shoney, Fionn und *Sluag*. Dies waren auch die Götter ihrer Vorfahren, obwohl ein großer Teil Schottlands, wie auch David, den alten Glauben für die Heilige Kirche aufgegeben hatte.

Ab und an bekreuzigte sich der Priester, der neben ihr ritt, in einer nervösen Geste, in der sie seine steigende Angst lesen konnte. Seit Tagen schon hatte sie seine endlosen Reden ausgehalten; sie wusste, dass er ihre Seele vor den ewigen Hölllenfeuern bewahren wollte. Natürlich war sie eine Hexe, oder zumindest wurde sie so hinter ihrem Rücken genannt. Und nun wurde sie also zum Teufel geschickt.

Es könnte zumindest genauso gut die Hölle sein.

Wie das Tal der Feen. Dubhtolargg war kein Ort, den gute Menschen freiwillig aufsuchten und sie fragte Gott, warum Padruig Caimbeul sich berufen gefühlt hatte, den Bergstamm zu unterwerfen. Nun ja. Ihr Vater hatte es geschafft, ihren Anführer umzubringen, aber unter der Regierung seines Sohnes waren die dùn Scoti gefürchteter als je zuvor. Und Lìli war gänzlich unschuldig an den Taten ihres Vaters. Wenn sie jemand bestrafen wollten, warum dann nicht ihren Vater? Lìli trug keine Schuld, aber sie musste bezahlen. Ja. Wenn es nicht diesen schrecklichen Fluch des Bergstamms in ihrer Kindheit gegeben hätte, hätte sie vielleicht ein glückliches Leben geführt mit einem Mann, der an Altersschwäche in seinem Bett gestorben wäre. Stattdessen war ihr Name im ganzen Land verflucht und es war egal, ob sie an Flüche glaubte oder nicht, wenn alle anderen es taten. Nun hatte man ihr Kind genommen und es würde den grausamen Launen seines Onkels ausgesetzt sein.

Nachdenklich sah sie Rogans Geliebte an. Aveline saß auf ihrem Pferd neben Rogan und rückte ihre Brüste zurecht. Dann schaute sie, dass Rogan es auch gesehen hatte. Ach, wofür brauchte Lìli in der Hölle eine Zofe?

Im Land der *Reiver*, dem Grenzland, wo man inzwischen sowieso halbenglisch war, könnte man dumme Zofen gebrauchen. Lìli war jedoch durch und durch Schottin. Sie brauchte niemanden zum Zöpfe flechten. Sie hatte sich noch nie vor irgendeiner Arbeit oder Aufgabe versucht zu drücken, außer dieser, die König David ihr nun auferlegt hatte.

Um sie herum zwitscherten Vögel, aber das Lied in Lìlis Herz war traurig.

Heute würde sie sich dem Mann hingeben, dessen Familie sie verflucht hatte. Also in Wahrheit ihrem Feind.

War er freundlich oder grausam?

Es war egal, denn sie hatte keine Wahl.

Sie musste sich ihren Glauben erhalten und tun wie befohlen, denn Rogan hatte ihr entsetzliche Dinge angedroht, wenn sie es nicht tat. Der Schurke hatte kein Herz.

Endlich ging es langsam bergab und es wurde grün. Sie kamen an einem zerfallenen Steinhaufen in einem Feld voller Blumen vorbei. Von da wand sich der Weg entlang der Klippe in ein grünes Tal, das auf drei Seiten von Bergen und auf der vierten von einem wunderschönen See begrenzt wurde. Das Tal wurde auf allen Seiten durch natürliche Hindernisse verteidigt und diese Verteidigung konnte somit nur durch Verrat durchbrochen werden. Noch nicht einmal eine gut geplante Belagerung würde diese Menschen in die Knie zwingen, denn sie hatten hier alles, was sie brauchten, dachte Lìli. Es war, als hätte Gott persönlich die Hand gehoben und diese Menschen hier gesegnet. Und tatsächlich sah der ruhige See mit seinen Reflektionen des klaren blauen Himmels aus, als würden sie direkt in den Himmel reiten. Trotz ihrer Laune verschlug es Lìli bei diesem Anblick den Atem. Das Gefühl von etwas Größerem befiel sie, als sie in das Tal kamen, etwas zweifellos Uraltes und Mächtiges. Es war ein Gefühl, von dem sie bislang in ihrem Leben höchstens einen flüchtigen Eindruck hatte erhaschen können. Ihr Haar hob sich von ihren Schultern und wehte in der kühlen Luft, die ihnen entgegen strömte.

Die Zweifel, die sie bezüglich der Zauberei gehegt hatte, schwanden in der Schönheit dieses Ortes, denn nur Magie konnte eine Erklärung für die bezaubernde Schönheit dieser von kahlen Felsen gerahmten Oase liefern.

Unten im Tal standen einige in Reihen angeordnete Reetgedeckte Katen, die durch die vollhängenden Vogelbeerbäume um sie herum vor dem Wind geschützt wurden. Sie wusste, dass die Vogelbeerbäume wahrscheinlich zum Schutz gepflanzt worden waren, ein uralter Aberglaube. Sie hatte immer geglaubt, dass dies eher ein Märchen als die Wahrheit war.

Draußen auf dem Loch gab es ein größeres Gebäude mit einem kegelförmigen Dach. Es sah aus wie eine hölzerne Insel, die durch einen Steg mit dem Land verbunden war.

Als sie ihren Weg entlang des Ufers fortsetzten, sah sie halbnackte Fischer, von denen einige ihre Boote nach einem Tag auf dem Loch festmachten. Sie hatten dunklere Haut als die meisten ihr bekannten Menschen und rabenschwarze Haare; Sie erschienen ihr primitiv und fremd aussehend. Sie standen mit freiem Oberkörper im flachen Wasser und schauten dem kleinen Reiterzug mit einer gewissen Fröhlichkeit in ihren Augen zu. Lìli war hin- und her gerissen zwischen Zorn und Angst und sträubte sich gegen ihre Blicke. Es war allerdings gut, dass ihr Aussehen so hell war, denn das ihre war dunkel, so dunkel wie die Sünde, die man für sie geplant hatte.

„Böse", murmelte der Priester und bekreuzigte sich wieder.

Seine Angst war ansteckend. Als sie sich dem Dorf näherten, hatte sie ein schreckliches Kribbeln im Bauch.

Sie würde jetzt jeden Augenblick ihren Bräutigam treffen.

War er so unzivilisiert, wie in den Geschichten erzählt wurde? Trug er die Knochen seiner Vorfahren als Schmuck? Badete er sich? Würde sie sofort mit ihm schlafen müssen? Würde er ihren Priester aufspießen? Würde es überhaupt eine richtige Hochzeit geben? Oder würde er sie einfach an den Haaren in seine Höhle ziehen?

Ihre Eskorte hatte mit den Scherzen aufgehört. Sogar der Priester wurde still. Die sieben Reisenden ritten still weiter. Aveline, die den ganzen Tag kaum ein Wort gesprochen hatte, saß in dieser Umgebung mit großen, Angst erfüllten Augen. Lìli spürte ihre Unbehaglichkeit und die Spannung in der Luft. Ihr Herz begann schwer zu pochen. Ihre Handflächen wurden feucht und sie wischte sie beklommen an ihrem Hochzeitskleid ab. Das Kleid war ein Geschenk von David, das sie am liebsten in sein Gesicht zurück geworfen hätte, wenn sie ihren Sohn nicht als Geisel gehalten hätten. Es war ein trügerisches Geschenk und sie war eine Braut, gekleidet in den Farben einer Königin auf dem Weg, einen König zu erobern.

Was für eine Farce!

Sie zog ihren Arisaid um ihre Schultern und versuchte das Zittern, das sie immer wieder überkam, zu bekämpfen.

Endlich hatten sie die kleine hölzerne Insel umrundet und der Blick auf das Dorf war nun frei. Lìli sah, dass sich die Dorfbewohner am Strand versammelt hatten, um sie zu empfangen. Die meisten sahen genauso aus wie die Leute zu Hause, aber sie musste schwer schlucken, als sie die kleine Gruppe am Ende des Piers sah.

Ein fast nackter Mann, der nur mit einem *Breacan* bekleidet war, stand da mit drei Frauen und einem jungen Mann. Neben ihnen stand ein altes Weib mit einem hölzernen Stab. Auf Grund der arroganten Haltung wusste sie instinktiv, dass dies Aidan dún Scoti war.

Ihr Bräutigam.

Wo auch immer seine Haut zu sehen war, war sie mit komplizierten Mustern in blauer Farbe bemalt und er beobachtete ihre Ankunft mit gerissenem Blick. Sogar auf diese Entfernung konnte sie sehen, dass seine Augen unnatürlich grün waren. Der Mann überragte alle um ihn herum mit seinen breiten braunen Schultern, die trotz des Spätsommers unbedeckt waren. Sein *Claymore,* eine riesige Waffe, die einen Mann in zwei spalten konnte, steckte in der Scheide an seinem Gürtel. Er trug Schnürstiefel und seine Beine waren ansonsten auch nackt. Er hatte Oberschenkel so stark wie Eichen.

Ihr Herz schlug immer schneller bis es schmerzte, als ihr Pferd zusammen mit ihrer Gruppe zum Stehen kam.

Sie hatte erst bemerkt, dass sie angehalten hatten, als ihre Begleiter von ihren Pferden abstiegen, um sich der Begrüßungsgruppe zuzuwenden. Selbst Aveline stieg ab, während Lìli wie angewachsen in ihrem Sattel saß. Ihr war fast schlecht und sie konnte sich nicht aufraffen, sich zu bewegen.

Aidan wusste sofort, auch ohne, dass es ihm jemand sagte, wer seine Braut sein sollte.

Obwohl sie ja nicht die einzige Frau in der Reisegruppe war, hätte er Lìleas MacLaren nicht verwechseln können. Die andere Frau verblasste neben ihr.

Sie saß verängstigt auf ihrem weiß-gefleckten Pferd, eine Vision in lila mit braunen Haaren und blauen Augen. Ihre Haut war blass, aber makellos und er musste zugeben, dass die Geschichten, die er über sie gehört hatte, nur allzu wahr waren. Er beugte sich herunter und flüsterte in Unas Ohr: „Sie ist so schön, wie sie behaupten."

Die alte Frau lachte tief und stützte sich auf ihren Stock. Sie schaute Aidan wissend an. „Das war einfach genug zu erkennen, wenn man ihr nur ins Gesicht sieht. Aber habe ich dir nicht erklärt, dass ich keinen Fluch rückgängig machen kann?" Sie nickte stolz und sah wieder auf das Mädchen. Dann streckte sie ihr Kinn energisch vor und warnte: „Ihr erster Mann ist genau wie vorhergesagt gestorben. Also verlier besser nicht deinen Kopf bei diesem reizenden Mädchen."

Una war bei ihnen seit Aidan sich zurück erinnern konnte. Ihr Haar war schon immer weiß gewesen und ihre Haut erinnerte ihn an die Steinhaufen, die sie früher gebaut hatten. Sie hatte nur ein gutes Auge und erschien uralt. Noch nicht einmal die Bedeutung ihres Namens war ganz sicher, denn einige nannten sie die große weiße Hexe und andere nannten sie Die Eine. Andere wiederum flüsterten, dass sie Cailleach Bheur in Person war, insbesondere, wenn sie sie jedes Jahr an Beltane verließ. Cailleach Bheur war mit ihrem blauen Gesicht die Mutter des Winters, die sie vor der Härte der Highland Winter beschützte und die überall Felsen hinzaubern konnte. Aidan wusste nicht, wo sie dann tatsächlich jeden Sommer hinzog. Sie behauptete, dass sie in den Highlands umherreiste, wenn der Schnee geschmolzen war, die Winde milder wurden und dass sie dann mit den Nachbarstämmen Handel trieb. Aber sie kam immer im Spätsommer zurück und brachte so eine Art Heimatgefühl mit. Sie war die Mutter ihres *Clans*, ihre Heilerin, ihre Älteste und die älteste Hüterin. Sie war die einzige Mutter, die Aidan je gekannt hatte.

Aidan lachte und beruhigte die alte Frau: „Mach dir darum keine Sorgen, Una."

„Ja?", fragte Lael kritisch. „Pass auf, mein lieber Bruder. Ich habe Augen im Kopf und ich sehe ganz genau, wie du sie ansiehst."

Gemeinsam sahen seine Geschwister ihn finster an und Aidan erwiderte den Blick bei einer nach der anderen. Um ehrlich zu sein, glaubte er nicht an den Fluch. Aber er würde seinen Kopf auch nicht gleich beim Anblick eines reizenden Gesichts verlieren. Aber Flüche und Spaß beiseite, es ging hier um sehr viel und er würde seine Familie nicht aufs Spiel setzen. Sie war die Tochter des Feindes. Das war etwas, was er sicher nie vergessen würde. Das war genau der Grund, warum sie heute hier war. Das und die einfache Tatsache, dass Una zu glauben schien, dass das Mädchen die Antwort auf all ihre Probleme sei.

Die kleine Gruppe kam vor ihnen zum Stehen und Aidan beobachtete seine Braut einen Moment lang. Sie sah aus, als würde sie im Sattel ohnmächtig werden. Sie saß wie versteinert und sah ihn an. Er hatte schon Steine gesehen, die lebendiger waren als sie in diesem Moment. Bei all ihrer Schönheit hätte sie genauso gut ein Totempfahl sein können!

Sie würde sich also dem heidnischen König opfern, oder?

Er lächelte verbissen und als es so aussah, als würde sie niemals absteigen, reckte Una ihren Kopf hoch zu ihm mit Missfallen im Gesicht. „Erlöse das Kind endlich", zischte sie.

Während er zuschaute, ließ seine Braut ihren Umhang nach hinten gleiten und erschien nun in einem eng anliegenden englischen Kleid, das so eng war, dass ihr Busen fast bis unter ihr Kinn hochgeschoben war. Er verschränkte die Arme. „Sie sieht nicht aus wie ein Kind", beschwerte sich Aidan.

„Ja? Und was ist mit Catrìona?", konterte Una. „Ist Cat eine Frau oder ein Kind?"

Genervt von der Frage sah Aidan die alte Frau böse an, denn er wusste ganz genau, was sie damit sagen wollte. Seine Schwester Cat war jetzt eine verheiratete Frau, obwohl sie in seinen Augen wohl immer ein kleines Kind bleiben würde. Ja, Cat hatte vielleicht das Recht, ihr eigenes Leben zu wählen, aber wenn ihr neuer Mann ihr nicht die nötige Achtung entgegenbrachte, würde er ihm das Herz herausschneiden.

Verdammte Schotten.

„Aber Una", protestierte Lael und kam Aidan zu Hilfe. „Wir machen doch nur ein bisschen Spaß."

Aidan sah zu seiner Schwester herüber und sah auf die kühnen Linien, die sie oberhalb ihrer Brauen aufgemalt hatte und mit denen sie so angsteinflößend wie ein Mann aussah. Ihr schwarzes Haar war wie sein eigenes streng zurück gekämmt und in einen dicken Zopf geflochten. An den Schläfen und auf der Stirn hatte sie eine dünne Schicht der blauen Paste aufgetragen, um die losen Strähnchen aus dem Gesicht zu halten.

„Die Farbe juckt", beschwerte sich seine jüngste Schwester. „Wir tragen sie schon viel zu lange!" Sie bückte sich, um sich am Oberschenkel zu kratzen.

Als Antwort versetzte Lael ihr einen Stoß mit dem Ellbogen. „Ihr solltet sie viel öfter tragen, damit ihr nicht vergesst, wo ihr herkommt!"

Sorcha hüpfte, um ihr Gleichgewicht wieder zu erlangen.

„Das ist wohl wahr", fügte Una hinzu. „Wenn ihr die

Farbe zumindest zur Ehre der Götter tragen würdet. So bringt es niemandem etwas."

„Welche Götter?", spottete sein Bruder. Während dieses Geplänkels saß Aidans Braut die ganze Zeit auf ihrem nervösen Zelter. Mit verschränkten Armen neckte Keane die alte Frau nur, weil sie ein geeignetes Opfer war. Aidan wusste, dass seinem kleinen Bruder der Zustand seiner Seele ziemlich egal war. In seinem Alter verehrte er nur, was zwischen den Oberschenkeln einer Frau lag. Aidan war aus dem Alter heraus und er hatte zum Herumhuren keine Lust mehr.

Seine zweitjüngste Schwester blieb still. Er wusste, dass Cailin Cat vermisste und dass sie David von Schottland dafür verantwortlich machte. Unglücklicherweise für das hübsche Mädchen auf ihrem Zelter, gab er in diesem Moment auch Davids Boten die Schuld. Doch wenn er sie zur Frau nahm, würde er ihr alles geben, was ihr zustand, alles außer seinem Herzen.

Wenn er sie nicht vorher umbrachte.

Er bemerkte, dass sie immer noch vom Pferd absteigen musste und bevor Lael auf die Idee kam, ihn wieder mit dem Ellbogen zu stoßen, entfernte er sich von seinen Geschwistern, um seine Braut von ihren Qualen zu erlösen und sie willkommen zu heißen. Er beschloss, dass es nun reichte. Una hatte recht. Es war Zeit, dieser Scharade ein Ende zu machen.

Aber als er sich näherte, riss sie die Augen weit auf, als wenn er seine Eier an seinem Kinn tragen würde. Als er den Schrecken in ihrem Gesicht sah, wünschte er, dass er sein Schwert zusammen mit der Farbe in seiner Kammer gelassen hätte. Es gab zwar Gerüchte, dass sie im Winter mit blankem Hintern und mit dick aufgetragener Kriegsbemalung herum liefen. Dies stimmte aber nicht. Die blaue Farbe war nur eine Ehrung ihrer Vorfahren, die einen von zwei

Zwecken erfüllen sollte, von denen im Moment keiner zutraf.

Er ging hinunter zum Steg und war erstaunt über seinen schwungvollen Gang.

Er widerstand der Versuchung, sich zu Lael umzudrehen und verlangsamte seinen Schritt, denn er wollte beim Treffen mit seiner ausländischen Braut nicht so überschwänglich wirken. Außerdem hatte diese wahrscheinlich Verrat im Kopf.

Lìli hatte den plötzlichen Drang zu fliehen.

Je näher der dún Scoti kam, desto größer wirkte er, bis er neben ihr auftauchte wie ein heidnischer Stein aus den Tiefen der Erde.

Sein Haar war so schwarz wie die Sünde und fiel ihm knapp über die Schultern. Er trug Zöpfe auf beiden Seiten, um die Haare aus dem Gesicht zu halten. Ansonsten war es glatt und sauber. Er hatte hohe Wangenknochen und ein Stirnrunzeln, das wie in Stein gemeißelt war.

Sie versuchte sich zu beruhigen und bot ihm höflich ihre Hand, damit er ihr beim Absteigen helfen konnte. Zu ihrer Überraschung ignorierte er ihre Hand und zog sie kurzerhand von ihrem Pferd. Sie schluckte ihren Protest herunter als er sie auf dem Boden absetzte. Der Wilde hatte sie so einfach getragen, als wäre sie nur ein Kind.

„Fàilte a mo dhachaidh", sagte er in der alten Sprache. Willkommen in meinem Heim.

Lìli hatte ein paar Brocken der alten Sprache von der Hebamme bei Kellens Geburt gelernt. *„Tapadh leat"*, antwortete sie. *Danke schön.*

Er hatte eine Braue hochgezogen. Sie sah aber, dass er ihre Antwort in der alten Sprache schätzte. *„A bheil gàidhlig agaibh?" Du sprichst die alte Sprache?*

„Tha, rud beag", antwortete sie. *Ein wenig.*

Lìli war sich absolut bewusst, dass nun alle Augen auf sie gerichtet waren, aber sie schaute weiterhin in Aidans Augen. Seine grünen Augen musterten sie ausführlich.

Egal wie er war, aber er war bestimmt nicht dumm; da war sie sich ganz sicher, denn sie erkannte in seinen Augen, dass er intelligent war.

Plötzlich lächelte er und zeigte dabei schneeweiße Zähne. Er drehte sich zu seinen Männern um und befahl: „Entwaffnet sie."

Rogan trat einen Schritt nach vorne. „Aber wir können ihnen versichern, dass wir in Frieden kommen."

Aidan lächelte noch breiter. „Dann braucht ihr ja keine Waffen", sagte er auf schottisch. Dann wendete er sich wieder zu Lìli und ließ Rogan stehen. „Du musst müde sein."

„Ziemlich", gab sie zu.

Er hob seinen Arm und mit einer Handbewegung schickte er die Menge, die sich inzwischen versammelt hatte, fort. Sie gingen einfach so, wie Ratten, die vor dem Schatten der Fackel fortlaufen. Er schaute über seine Schulter und bat die kleine Schar der Zuschauer auf dem Steg vor zu treten. Sie taten dies sofort, wenn auch scheinbar zögerlich.

Lìli faltete ihre zitternden Hände und er stellte jeden einzeln vor: drei Schwestern und ein Bruder.

Die hellblaue Schmiere auf dem Gesicht der ältesten Schwester war scheußlich und ohne den geringsten Sinn für Schmuck aufgetragen, als ob sie sich für eine Schlacht vorbereitet hätte und nicht für das Kennenlernen der Braut ihres Bruders. Ihre grünen Augen ähnelten Aidans, hießen sie jedoch noch weniger willkommen, wenn das überhaupt möglich war. Ihr schwarzes Haar war mit blauer Paste aus dem Gesicht gewischt und dies ließ sie sehr streng aussehen, ein

Eindruck, der vom Glanz des riesigen Messers, das in ihrem Gürtel steckte, noch unterstrichen wurde. Ein weiteres Messer steckte in ihrem Stiefel. Ihre Kleidung war einfach – ein sauberes grobes Überkleid aus ungefärbtem Leinen. Über ihrer Brust trug sie Lederstreifen überkreuz, die bei einem Kampf wohl ihrer weiblichen Teile an Ort und Stelle halten sollten. Ihre beiden Schwestern waren genauso gekleidet. Ihre Körper waren auch bemalt, aber Cailin und Sorcha trugen ihr Haar geflochten und hatten keine Farbe im Gesicht.

Die Jüngste von allen, Sorcha, war die einzige, die nicht so eine dunkle Miene wie die anderen zur Schau trug. Sie hatte die gleiche Haarfarbe wie Lìli und auch ihre Augen waren so blau wie Glockenblumen. Sie sah Lìli fragend an.

Neben dem Kind sah das alte Weib so faltig aus wie eine Backpflaume mit hellem weißem strohigem Haar, als wäre sie von einem schrecklichen Sturm überrascht worden. Sie trug eine Kappe aus verblasstem Stoff auf einem Auge. *„Ceud mìle fàilte!"*, rief sie. *Tausend Willkommen!*

„Mòran taing." Vielen Dank.

Die Alte nickte ihr zu und lächelte komisch. Lìli wendete sich den Schwestern zu und begrüßte jede einzeln. Sie mied Aidans Blick, als sie seine Geschwister ansprach. Sie bemerkte, dass eine fehlte, denn das Mädchen hatte einen *Highlander* irgendwo nahe Chreagach Mhor geheiratet. Lìli hatte mitbekommen, wie Rogan Aveline die Geschichte mit gespielter Empörung erzählt hatte.

„Willkommen", sagte die, die Lael hieß, machte aber keine Anstalten Lìli zu umarmen. Das war auch ganz gut so, dachte Lìli, denn sie konnte keine Farbe auf einem ihrer wenigen mitgebrachten Kleider gebrauchen.

„Fáilte", sagte das Mädchen namens Cailin. Das rote

Haar des Mädchens umrahmte ihr Gesicht wie eine lodernde Flamme und in ihren hellgrünen Augen funkelte etwas wie Feindseligkeit. Sie war schön wie eine Rose und wahrscheinlich genauso stachelig. Keiner von ihnen erschien sehr erfreut und das Gefühl beruhte auf Gegenseitigkeit.

Die jüngste Schwester hob ihr Kinn mit finsterem Blick, obwohl sie nicht so feindselig schaute wie ihre Schwestern. Das Mädchen bückte sich primitiv, um sich ihre blau bemalten Oberschenkel zu kratzen und dann ihre Arme und zuletzt schob sie einen Finger in ihre Stiefel und kratzte dort. Dabei schaute sie ihren Bruder zornig an.

„Falls du pinkeln musst", fragte der Bruder mit verschränkten Armen und weigerte sich, auch nur einen Zentimeter weiter vor zu treten. „Ich kann dir zeigen, wo du gehen kannst ohne dir den ganzen Hintern an den Nesseln zu verbrennen."

Lìli blinzelte beim Gespräch über ihre privaten Geschäftchen, aber sie behielt die Fassung und lächelte den Jungen etwas unsicher an, während die alte Frau ihn hart mit dem Ende ihres Stabes auf den Kopf schlug. Es hörte sich an wie der Schlag eines Hammers gegen eine Steinmauer, aber der Junge schaute die alte Frau nur von der Seite an.

Es schien Lìli, dass sie und Lael ungefähr in einem Alter sein müssten und sie überlegte, wie alt Aidan denn wohl sei. Sie machte den Fehler und sah den *Laird* von Dubhtolargg an. Er schaute mit finsterer Miene zurück und hatte die Stirn in tiefe Falten gelegt. Er strahlte Missfallen aus. „Ich hatte erwartet, dass du einen Sohn mitbringst", sagte er.

Er hätte in Lìlis Augen nichts Falscheres sagen können. Sie fühlte sich grässlich, dass sie Kellen zurück gelassen hatte. „Warum, mein Herr?", fragte sie freundlich, aber mit einer gewissen Schärfe. „Damit Ihr Bruder ihm auch beibringt, wo er pinkeln kann?"

Er lächelte dünn und die alte Frau kicherte und schlug dem Bruder des *Laird*s noch einmal auf den Kopf. Lìli runzelte die Stirn. Dies waren seltsame Leute.

„Ich weiß, dass deine Zunge auch verflucht ist", sagte der *Laird* mit einem Funkeln in seinen grünen Augen und Lìli hob ihr Kinn noch ein wenig höher, als sie merkte, dass sie nur bis an seine Brust heran reichte. Aber was ihr an Größe fehlte, hatte sie an Geist; und wenn er auch nur für einen Moment glaubte, er könnte ihr schon durch seine Gegenwart Angst machen, dann hatte er sich geschnitten.

„Das sollte Sie nicht überraschen, mein Herr, da es ja Ihre Leute waren, die mich verflucht haben." Sie sprach sehr sanft, aber mit einer unterschwelligen Bitterkeit, die nur einem Tauben entgangen wäre.

Die alte Frau kicherte wieder und schlug den Bruder des *Laird*s einmal mehr. Lìli hätte fast vor Entsetzen gelacht; aber jemand zog schmerzhaft an ihrem Arm.

AIDAN SAH, WIE EINER DER BEGLEITER SEINER BRAUT SIE am Arm packte und nach hinten riss. Dieser flüsterte ihr etwas ins Ohr und plötzlich wurde sie blass, ihr Gesicht senkte sich. Dann zog sie die Schultern hoch und drehte sich zu dem Mann um.

Unglaublicher Zorn stieg in ihm auf und er musste sich zurückhalten, den Mann nicht auf der Stelle zu verprügeln. Er hatte sie nur einen Moment mit seiner Hand berührt; aber von diesem Augenblick an mochte Aidan den Mann nicht.

Ganz und gar nicht.

Außerdem gefiel ihm dieses Gefühl, das schottische Weib beschützen zu wollen, überhaupt nicht. Unter den gegebenen Umständen war ihm gar nicht wohl dabei.

Die Tochter seines Feindes war auch sein Feind, rief er sich ins Gedächtnis.

Nun aber sah sie ihn nicht an. „E- Es tut mir leid, mein Herr. Sie haben Recht. Ich bin tatsächlich müde." gab sie zu. „Es scheint, als habe ich schlechte Laune nach der langen Reise."

Ihre Worte passten nicht zu dem Feuer, das er noch einen Moment zuvor in ihren Augen lodern sah. Ein Feuer, das ihn fasziniert hatte, obwohl er wusste, dass es ihm nicht wohl bekommen würde.

Offensichtlich hatte das Mädchen noch viel mehr Angst vor etwas anderem als vor ihm, und er hatte das Gefühl, dass es etwas mit ihrem abwesenden Sohn zu tun hatte. Er wollte sich später damit befassen.

Sie starrte zurück. In ihren Augen sah man die unvergossenen Tränen. Sie schienen ihn irgendwie anzuflehen; aber sie sprach kein Wort mehr.

Verwirrung und Zorn kämpften in ihm.

Mo chreach! Er hatte seine getauschte Braut eigentlich hassen wollen. Er hatte sie ablehnen wollen. Er war überhaupt nicht vorbereitet auf diese Welle an besitzergreifendem Zorn, die er jetzt fühlte wegen der Art, wie sie behandelt wurde. Sie sah gleichzeitig traurig und verzweifelt aus und dieser Blick verwirrte ihn unendlich.

Sie ist dein Feind.

Plötzlich war er wütend. Obwohl er wusste, wozu diese schwachen Schotten in der Lage waren, hatte er offensichtlich nichts aus der Vergangenheit gelernt. Hier war sie zusammen mit ihrem Gefolge und stellte alleine durch ihre Anwesenheit eine Bedrohung für seinen Clan dar.

Verflixte Una. Das war ihr Tun, überlegte er, denn sie

hatte ihn entsprechend beraten. Vor vielen Jahren hatte sie den Fluch über Lìleas MacLaren ausgestoßen und nun behauptete die alte Frau, dass sie die Rettung seines *Clans* sei. Es machte nur wenig Sinn für Aidan und doch wollte Una nicht mehr dazu sagen. Leider riss schon alleine der Anblick von Lìleas wieder die Wunden auf, von denen er glaubte, dass sie schon längst verheilt seien. Ach ja. Er hatte mehr als 13 Jahre gebraucht, um die Erinnerungen an jenen Tag aus seinem Kopf zu verbannen. Er sah die alte Frau neben ihm von der Seite an.

Una schien seine Gedanken zu lesen und nickte ihm zu.

Aber Aidan war plötzlich blind vor Zorn. Ein winziger Muskel zuckte an seinem Kiefer und verriet seine Gefühle. Er merkte, dass er seine Gefühle nicht mehr lange in Schach halten könnte. Aber das musste er.

„Achtet darauf, dass meine Braut alles hat, was sie braucht", instruierte er seine Schwestern. Dann drehte er sich auf dem Absatz um und ging weg. Er schwor sich, sein Herz gegen die schottische Hexe zu stählen.

Sie ist nicht aus Liebe hier, rief er sich ins Gedächtnis. Sie wollte auch keine Liebe geben.

KAPITEL VIER

Aidans Bruder musterte die Truppe und Lìli ein letztes Mal, drehte sich um und folgte seinem Bruder. Dabei zog er die Braue hoch, wie sein älterer Bruder. Nachdem er sie nun den Frauen seines *Clans* überlassen hatte, ging ihr Bräutigam den langen Steg entlang zu dem seltsamen Gebäude auf dem Wasser. Er drehte sich nicht einmal nach ihr um; aber seinem Gang nach zu urteilen war es klar, dass er nicht erfreut war.

Sie war sich nicht sicher, was ihn so sehr verärgert hatte. Lìli schaute zu, wie die Brüder weggingen. Sie wusste, dass Rogan ihrem vorlauten Mundwerk die Schuld geben würde und sie vermied es, ihn anzusehen. Wenn ihr Sohn nicht gewesen wäre, wäre sie lieber tausend Tode gestorben als zu schweigen.

„Lass dich von ihm nicht ärgern", sagte die alte Frau neben ihr und knuffte Lìli nicht eben sanft mit dem Ellbogen. „Er ist ein streitsüchtiger alter Miesepeter."

Bei dieser Erklärung schaute Lìli hoch. Obwohl sie die Abfertigung durch den *Laird* schmerzte, zauberte das Grinsen in dem faltigen Gesicht der alten Frau ein zögerliches Lächeln auf ihre Lippen. Sie fand es ziemlich absurd, dass die Alte, die mindestens 100 Jahre alt zu sein schien, den *Laird* von Dubhtolargg als *alt* beschimpfen würde.

Tatsächlich war ihr Bräutigam wohl kaum ein alter Mann. Er war in hervorragender Verfassung, obwohl seine Manieren flegelhaft waren und viel zu wünschen übrig ließen.

Sie sah einen Moment zu, wie er weg ging.

Egal, was Stuarts Bruder gerade dachte, sie war dankbar, dass er es für sich behielt oder vielleicht wollte er einfach nur nicht, dass es jemand mitbekam. Wie auch immer, Lìli war dankbar, dass er nicht mit ihr sprach. Alleine schon seine Stimme zehrte an ihren Nerven und fürwahr; im Moment waren ihre Nerven schon äußerst angespannt.

Ihren Stab schwingend komplimentierte die alte Frau sie in Richtung Dorfmitte. „Komm", sagte sie und nahm Lìli am Arm.

Ungefragt trat eine Handvoll Dorfbewohner vor, um sich um ihre Pferde zu kümmern.

„Du willst dich sicher vor dem Abendessen etwas ausruhen."

Lìli blickte noch einmal zurück auf Aidan. Er verschwand in dem seltsamen Gebäude, gefolgt von seinem Bruder und sie biss sich auf die Lippen, wobei sie versuchte herauszufinden, was sie nun gerade empfand: War es Erleichterung?

Oder Enttäuschung vielleicht.

Sie war auf jeden Fall dankbar, dass er kein schmieriger alter Mann mit zitternden Lippen war; aber so hatte sie ihn sich auch nicht vorgestellt. Und doch – nur weil er gut aussah – war dies keine Beruhigung an sich, denn Rogan sah auch gut aus und sie hatte gelernt, dass gutes Aussehen keine Garantie für Freundlichkeit war.

Aber Aidans Blick war keineswegs tröstlich.

Wenn Lìli Erleichterung fühlte, dann nur, weil es

den Anschein hatte, dass sie noch einen Aufschub hatte bis zu seiner Gesellschaft. Das erklärte jedoch kaum das intensive Gefühl der Enttäuschung, das ihr noch nachhing nach seinem unhöflichen Abgang.

Tatsächlich hatte noch nie ein Mann sie so stehen lassen. Sie sahen sie mitleidig an, glotzten ihr auf die Brüste oder versuchten, sie zu beschwatzen, aber keiner hatte sie jemals beiseite geschoben.

Sie überlegte, warum der *Laird* von Dubhtolargg dieser Verbindung überhaupt zugestimmt hatte, da er doch gänzlich unbeeindruckt schien von dem, was andere Männer anzog: ihr Gesicht. Die einzige Antwort, die ihr einfiel, war Rache. Ja, sie wollten sie tatsächlich an ihren Feind verheiraten. Der Herr möge sie retten; sie musste diese Schlacht irgendwie gewinnen, damit sie nicht zu den Opfern dieses Krieges gehörte.

„Heute Abend feiern wir", sagte Sorcha und unterbrach Lìlis Gedanken.

Lìlis Blick traf Laels mit Schrecken. „Die Hochzeit?", fragte sie. Gnade! Nein! Nicht nur fürchtete sie sich vor dem Moment, wenn sie gezwungen sein würde, das Bett des dún Scoti zu teilen; sie waren jetzt schon seit Tagen unterwegs und sie brauchte dringend ein Bad.

Und wieder kicherte die Alte neben ihr.

Lael schaute sie mit einem Blick an, der so scharf war wie das Messer, das an ihrem Bein befestigt war. „Wir sind nicht ganz so barbarisch", sagte sie mit säuerlichem Tonfall. „Wir würden dich kaum von deinem verschwitzten Pferd herunter ziehen und dich mir nichts, dir nichts vor den Altar zerren."

Lìlis Gesicht wurde rot und heiß, aber sie bekam keine Zeit für Verdruss. Lael schob sich an ihr vorbei, ging zügig voran und sie war offensichtlich genauso verärgert von Lìli, wie ihr Bruder zu sein schien.

Sorcha und Cailin nahmen sie in ihre Mitte und die alte Frau fiel zurück, um neben Rogan zu gehen. Aveline folgte still und Lìli hörte, wie die alte Frau anfing zu schwatzen, ohne auf Rogans Antworten zu achten, obwohl sie hörte, wie Rogan verärgert etwas brummelte. Möge Gott ihr vergeben. Aber Lìli fühlte sich ganz kurz zu Aidans Geschwistern hingezogen, als sie merkte, dass es Rogan nervte, nicht anders als die Frauen und Diener behandelt zu werden. Sein Ego war grenzenlos. Ohne Zweifel hatte er erwartet, wie ein König an Davids Stelle behandelt zu werden; aber Aidan hatte ihn nicht einmal angesprochen, noch nicht einmal zur Begrüßung. Lìli freute sich darüber.

Sein Blick war die ganze Zeit auf Lìli gerichtet gewesen.

Aber leider Gottes wurde ihre gute Laune schnell von ihrer Enttäuschung gedämpft, dass der dún Scoti sie begutachtet hatte und sie für mangelhaft befunden hatte.

Dem Mann schienen einfache Höflichkeiten vollkommen egal; aber das hatte sie auch nicht anders erwartet von den Geschichten, die sie von ihm gehört hatte. Man sagte, dass der Bote, der zur Verhandlung der Hochzeit nach Norden geschickt worden war, mit dem Gestank von Urin in seiner Hose zurück gekommen war. Und wer konnte es dem Jungen verdenken, da er dem Mann gegenüber gestanden hatte, der schon mit zehn Jahren seinen ersten Feind getötet hatte oder waren es zwei, wie in einigen Geschichten?

Nicht zum ersten Mal stellte sie ihrem Vater die lautlose Frage. *Warum?* Warum hatte Padruig diese Leute in den Bergen provoziert? Warum konnte er sie nicht einfach in Ruhe lassen? Sie taten niemandem etwas zu Leide bei ihrem zurückgezogenen Leben in diesen Bergen. Aber wie bei einem schlafenden Bären könnte es demjenigen leidtun, der ihn weckt.

Sie wurde wieder in ihren Gedanken gestört, als Sorcha die Hand ausstreckte, um den weichen Samt an

Lìlis Bliaut zu berühren. „So ein feines Gewand habe ich noch nie gesehen", sagte sie ehrfürchtig.

Lìli sah keinen Grund, nicht vollständig ehrlich zu sein. „Ich auch nicht", gab sie zu und als das Mädchen sie überrascht ansah, zwinkerte Lìli und lächelte.

Von diesem Moment an schien Sorcha viel freundlicher und erklärte jedes Gebäude, an dem sie vorbei kamen. Es gab kaum Unterschiede zu ihren Dörfern, stellte Lìli fest, außer dass diese Hütten sehr gepflegt waren. Sie kamen an einem Metzger, einem Bäcker und einer Schmiede vorbei. Hinter den Hütten war ein Obstgarten mit Bäumen voller Früchte und Beeren. Nicht weit entfernt sah sie einen Schäfer, der sich um seine Herde am Hang eines Hügels kümmerte – ein äußerst idyllischer Anblick. Die Tatsache, dass sie Kriegsbemalung trugen und bis zu den Zähnen bewaffnet waren, brachte das Bild jedoch etwas durcheinander.

Aidans Schwestern gingen neben ihr, während die alte Frau hinter ihr plauderte und nach und nach zerstreute sich ihre kleine Gruppe. Rogan bekam sein eigenes Zimmer und die Männer des Königs bezogen zusammen ein separates Gebäude. Una blieb zurück, um zu sehen, dass die Männer alle ihr Quartier hatten und Lìli und Aveline gingen weiter mit Aidans Schwestern.

Scheinbar durfte niemand die Halle in dem Gebäude, in der die Familie des *Laird*s schlief, bis nach der Zeremonie betreten, vertraute Sorcha ihr offen an. Lìli hatte keinen Grund zur Beschwerde deswegen, außer dass sie das Haus, zu dem sie geführt wurde, mit Aveline würde teilen müssen.

„Wie primitiv", flüsterte Aveline, als sie die Kate mit ihren einfachen Holzmöbeln betrat. Sie strich mit den Fingerne über die Möbel und sah, dass kein Schmutz an ihnen haften blieb. Trotzdem verzog sie ihr Gesicht vor lauter Missfallen. Lìli verspürte den überwältigenden Drang, ihr zu sagen, dass Rogan hier keinen Einfluss hatte. Sie wusste nicht, wie das noch offensichtlicher werden konnte. Das Blinken von Laels Messer erinnerte Lìli schnell daran, ihre guten Manieren nicht zu vergessen.

Aveline war adliger Abstammung, aber scheinbar war Abstammung auch keine Versicherung für gutes Benehmen. Und obwohl die Unterbringung Welten von den massiven Steintürmen von der Keppenach Burg entfernt waren, war die Kate doch einwandfrei gepflegt mit frischem Stroh auf dem Boden und neuem Reet auf dem Dach. Es war offensichtlich, dass diese Leute ihre Ankunft mit sehr viel Arbeit vorbereitet hatten und jemand hatte wohl sein zu Hause für sie aufgegeben. Man hatte bestimmt nicht extra ein Haus für sie errichtet. Hier gab es liebevoll gestrickte Decken, die ordentlich gefaltet auf dem Bett lagen und die Dekoration zeigte, dass dieses zu Hause von seinem Eigentümer sehr geliebt wurde. Egal, wie sie sich sonst fühlte, so wusste Lìli die Anstrengung, die man für sie unternommen hatte, sehr wohl zu schätzen, selbst wenn ihr Bräutigam auch scheinbar nichts mit ihr zu tun haben wollte.

Cailin und Lael sahen von der Tür aus zu, wie Sorcha sie im Inneren herumführte.

Auf dem Weg nach Norden hatten sie nur einen einzigen hölzernen Karren für das Gepäck mitgebracht. Aber erst als Avelines riesige Truhen gebracht wurden, wurde Lìli klar, wie armselig ihr Gepäck im Vergleich war. Sie hatte nur zwei kleine Kisten mitgebracht und die Truhen nahmen die Hälfte des Platzes in der winzigen Kate ein. Sorcha ging, um sich eine von Avelines Truhen anzusehen. „Gehören die Dir?", fragte sie Lìli und strich mit den Fingerne über die aufwändigen Schnitzereien an der Ecke der größten Truhe.

„Die gehören mir!", rief Aveline schnippisch und das

Mädchen zog ihre Finger sofort zurück. Sie legte den Kopf etwas schräg und sah Lìli fragend an.

Ihre älteren Schwestern standen immer noch mit verschränkten Armen da und sahen sich wortlos an. Lìli wusste, dass sie sich fragen mussten, wer nun die Herrin war. Bestimmt nicht Lìli. Sie hatte die verächtlichen Blicke auf das Gepäck gesehen.

Aveline war verwirrt durch die prüfenden Blicke der Schwestern und schlug nun einen beschwichtigenden Ton an. „Ich wollte ja nur sagen, dass die blaue Farbe die Holzarbeit beschädigen könnte." Die Truhe war aus teurer Eiche und die Schnitzereien waren fein bemalt, aber auf der Hand des Mädchens war keine Farbe. Lìli sah Aveline erdrückend an. Sehr bald, ob sie es wollte oder nicht, würde Lìli zu diesen Menschen gehören und es würde ihre Aufgabe sein, sie zu beschützen, zumindest vor Avelines Selbstgefälligkeit. Lìli war sich jedoch sicher, dass ein großer Teil von Avelines Hochnäsigkeit gemildert würde, sobald Rogan weg sei. Als sie wieder den Messergriff oben an Laels Stiefel glitzern sah, hob Lìli nervös eine der Kerzen auf dem Tisch an. Sie hielt sie an ihre Nase, um den herrlichen Duft des Bienenwachses zu inhalieren. „Oh!", rief sie überrascht aus. „Welch eine Ehre, dass ihr uns eure besten Kerzen gegeben habt", sagte sie zu Sorcha.

An der Tür zuckte Cailin leicht mit den Brauen.

Die älteste der drei Schwestern schaute weiter zu, wie Aveline im Raum umher ging. Lìli zwang sich, Rogans Geliebte zu ignorieren und lenkte ihre Aufmerksamkeit auf Sorcha und Cailin. „In Keppenach ging es uns nicht so gut. Unsere Kerzen waren alle aus Talg."

Sorcha verzog das Gesicht. „Oh, das muss ja gestunken haben!"

Lili lächelte. „Ja, in der Tat", gab sie zu und ihr Blick begegnete Laels ganz kurz. Lael hob eine Augenbraue an.

Das war jedoch alles, was sie ihr zugestand, und Lìli wendete sich wieder der Kerze in ihrer Hand zu. Sie war außen mit einer Flechtarbeit dekoriert und die Handarbeit war sehr dekorativ. Sie untersuchte sie mit echter Faszination.

Lael sagte immer noch nichts und schaute nur von der Tür aus zu. Ihre Haltung war fast so imposant wie die eines Mannes. Cailin kam herüber, um die Kerze aus Lìlis Händen zu nehmen. Sie drehte sie um und blickte dann mit einem zaghaften Lächeln zu ihr hoch. „Diese gehört mir", erklärte sie. „Siehst du? Wir markieren sie unten, damit jeder Bescheid weiß." Sie war offensichtlich stolz auf ihre Arbeit.

„Wie schön", sagte Lìli ehrlich und untersuchte weiter die Flechtarbeiten. Sie war unwahrscheinlich detailliert und sie hatte so etwas noch nie gesehen. Es erinnerte sie ein wenig an die Gravur auf dem Stein, den ihr Sohn im Garten gefunden hatte. „Zeigst du mir später, wie man das macht?"

Cailin lächelte sie wieder an. Dann rief sie sich scheinbar zur Ordnung und sah ihre älteste Schwester an. Der Austausch ihrer Blicke war undurchschaubar, aber es schien Lìli, dass sie einen winzigen Sieg errungen hatte, als sich Cailin umdrehte und sagte: „Vielleicht."

Aber das schien Lael nicht zu gefallen, denn plötzlich winkte sie ihre Schwestern weg von ihren *Gästen*. Sie sah Aveline vernichtend an. Als sie sich Lìli zuwendete, waren alle Gefühle weit weg. „Ich gehe davon aus, dass alles zu eurer Zufriedenheit sein wird", sagte sie und strafte Aveline mit einem eisigen Blick, der einem Mann das Blut hätte gefrieren lassen.

Entsetzt trat Aveline einen Schritt zurück und Lìli unterdrückte ein kleines Lächeln.

„Wie meine Schwester schon sagte, wir haben ein Willkommensfest vorbereitet", sagte Lael mit grimmiger Miene. „Wenn ihr zum Essen bereit seid, folgt einfach dem Duft." Dann sammelte sie ihre Schwestern ein und schob sie aus der Hütte. Sie selbst blieb einen Moment länger, um eine Warnung loszuwerden.

Sie fokussierte Ihren Blick auf Lìli. „Du wirst uns recht zuvorkommend finden; aber sei vorsichtig. Meine Schwestern wissen vielleicht nicht mehr, wie Verrat aussieht, aber mein Bruder und ich werden niemals vergessen." Sie sah Aveline einen Moment lang an, bevor sie sich wieder Lìli zuwendete. „Ich habe Aidan zwar versprochen, dass ich mein bestes Benehmen in deiner Gegenwart an den Tag lege; aber selbst Aidan wird mich nicht anklagen, wenn ich dich vom Bauch bis an den Hals aufschlitze, wenn ich merke, dass du etwas Heimtückisches planst. „Verrate meine Familie nicht!", warnte sie und lächelte plötzlich so süß, so dass ihr Gesicht trotz der Kriegsbemalung einen Hauch weicher wurde. „Willkommen in Dubhtolargg", sagte sie, drehte sich um und ging weg.

Dies war die längste Periode an Frieden, die sein Volk je gekannt hatte.

Seit die Idee Dubhtolarggs überhaupt entstanden war, wurde es von Verrat und Täuschungen geplagt und es schien, als würde sich die Geschichte bestimmt wiederholen.

Scheinbar war Aidan nicht viel anders als sein Vater. Er sehnte sich so sehr nach Frieden, dass er sogar noch einmal mit den verräterischen Teufeln verhandelte.

Fluchend stürmte er in die Halle. Er war wütend, dass er sich in dieser Situation befand: einerseits hoffte er auf Frieden und andererseits musste er Vorsicht walten lassen, falls er seine Deckung aufgeben musste. Aber dieses Dilemma war nun an ein ganz neues Dilemma gekoppelt. Er saß in der Zwickmühle, weil er sich als der Beschützer seiner neuen Braut fühlte und gleichzeitig misstrauisch war.

Der flehende Blick in ihren blauen Augen hatte sein Herz berührt. Aber vielleicht war sie auch nur geschickt worden, um ihn im Schlaf zu erdolchen.

Es war egal. Er beabsichtigte nicht, ihr die Gelegenheit zu geben, ihn zu beerdigen; und ob er nun an den Fluch glaubte oder nicht, dieser war nur eine Gefahr für den Ehemann, der sein Herz an das blauäugige Weib verlor und das hatte Aidan nicht vor, egal wie flehend sie ihn ansah.

Liebe war nicht Teil dieses Handels.

Die einzige Liebe, die er irgendeiner Frau entgegen brachte, war die Liebe, die er für seine Schwestern empfand; und seine Geliebte war das Land seiner Geburt. Das würde sich nicht ändern, egal wie hübsch seine Braut ihre schönen Brüste verpackte.

Sein Bruder schlenderte hinter ihm her in die Halle und Aidan beruhigte sich. Er wollte eigentlich Keane schimpfen, dass er die anderen alleine gelassen hatte; aber er war sich des schlechten Beispiels, das er abgegeben hatte, bewusst. Seine Laune verschlechterte sich noch weiter, als er zum Schrank ging, um sich einen Krug mit einem halben Liter *uisge* und einem Becher zu holen. Als er alles hatte, setzte er sich an den langen Tisch und genehmigte sich einen ordentlichen Schluck und überlegte, wie es Caimbeuls Tochter mit seinen Schwestern ergehen würde.

Keane setzte sich auch und Aidan sah seinen Bruder über den Rand seines Bechers an. „Wenn wir verheiratet sind, wirst du ihr den Respekt entgegen bringen, der ihr als der Ehefrau deines *Laird*s gebührt."

Er musste nicht klarstellen, um wen es hier ging; das wussten beide ganz genau.

Keane saß da und schaute Aidan beim Trinken zu. Die süße goldene Flüssigkeit brannte, als sie Aidans

Kehle hinunter floss. Als er leer war, stellte er den Krug ab. „Das bedeutet, dass du an ihrer Seite bleibst, wenn ich es nicht kann. Ich würde es übrigens nicht gut finden, wenn der Bastard deine Schwestern auch nur im Geringsten beleidigt", sagte er mehr zu sich selbst. Und wieder musste nicht explizit gesagt werden, um wen es ging, denn er wusste, dass sein Bruder das Geplänkel mitbekommen hatte, das ihn so wütend gemacht hatte, dass er weggegangen war. „In dem Fall würde ich ihn scheibchenweise an David zurückschicken."

Keane nickte und hörte nur zu, wohlwissend, dass es besser war, nicht zu diskutieren. Sein Bruder konnte aufbrausend sein; aber er war es niemals bei ihm. Er wusste sehr wohl, dass Keane alles an ihm verehrte. Das war Fluch und Segen zugleich, denn Aidan konnte nie abschalten und dies ignorieren. Eines Tages würde Keane vielleicht den *Clan* an seiner Stelle anführen und mit diesem Ziel hatte er den Jungen seit seiner Kindheit erzogen, denn er wusste sehr wohl, dass sein Leben jederzeit vorbei sein konnte. Scheinbar gab es immer irgendeinen Idioten, der sie unterwerfen wollte, obwohl sie sich wohlweislich aus der schottischen Politik heraus gehalten hatten.

Seit mehr als 250 Jahren waren seine Leute hier im *Red Mounth* ansässig; sie versteckten sich nicht wirklich, wollten aber auch nicht gestört werden. Nach dem Mord von König Aed im Jahr 878 durch seinen vertrautesten Freund und Berater, hatten sich seine Leute hierher zurückgezogen, um Zuflucht zu finden und die einzige echte Reliquie zu hüten, die zukünftige Könige beschützen würde und den Frieden sichern konnte. Es war ein heiliger Stein, von dem bis jetzt noch niemand gemerkt hatte, dass er fehlte. An seiner Stelle hatten sie eine perfekte Kopie hinterlassen und noch nicht einmal die Priester in Scone hatten den Unterschied gemerkt. David war der zwanzigste so genannte König, den sie auf diesem anderen Stück Stein gekrönt hatten. Er schenkte sich noch etwas zu trinken ein und schluckte, während er an die Kopie dachte und die Männer, die mit ihren fetten Hintern darauf gesessen hatten.

Als der Stein an Aeds Nachfahren übergeben worden war, hatten Aidans Leute entschieden, den Stein zu verstecken, denn Aeds Sohn und sein Neffe waren aus dem Exil als Gälen gekommen, mit Verhalten und Gewohnheiten, die anders waren als die alten Traditionen. Es war also kein Wunder, dass Aeds Neffe sich als erster König von *Scotia* nannte. *Scotia* war ja nur ein neuer Name für ein altes Land, das von einem neuen Regime besetzt worden war.

Und so war es, dass Aidans Leute die letzten der Bemalten waren, jene, die die Römer einst Pikten genannt hatten. Es war ein Erbe, das seine Leute bewahren wollten. Sie erkannten weder *Scotia* noch seine Könige an und er war zornig, dass er es zugelassen hatte, dass seine Schwester Cat einen schwachen Schotten geheiratet hatte. Schon alleine, weil sie sich Scoti nannten, war es das Schicksal der *Clans,* sich zu bekriegen, denn der wahre Stein des Schicksals war tief in den roten Bergen verwahrt. Er konnte nur an den rechtmäßigen Erben gegeben werden. Aber wer sollte das sein? Die Pikten gab es nicht mehr und die Schotten waren allesamt verdammte Verräter und mordende Bastarde.

„Hol dir einen Krug", befahl er seinem Bruder.

Keane war jetzt vierzehn. Es gab keinen Grund, ihn nicht als Mann zu behandeln.

Bei seinem Befehl sprang Keane so schnell auf, dass er fast die Bank, auf der er gesessen hatte, umwarf. Aidan sah zu, wie er zum Schrank rannte und den erstbesten Becher schnappte. Er eilte zurück an den Tisch und setzte sich wieder hin. Er knallte den Becher auf den Tisch und hatte dabei einen gierigen Glanz in den Augen.

Aidan nahm den großen Krug und füllte seinen eigenen Becher bevor er Keane auch einschenkte. Obwohl er schon längst aufgehört hatte, seinen Bruder wie ein kleines Kind zu behandeln und er genau wusste, dass der Junge auch gerne von den Fässern nahm, war dies doch das erste Mal, dass er jemals mit seinem kleinen Bruder trinken würde. Dieser Moment war viel bedeutender, als es den Anschein hatte. Aidan war sehr stolz auf ihn. Es war schon längst Zeit, ihn zu segnen. Wenn er also im Hochzeitsbett das Zeitliche segnen würde, musste er in die Fähigkeiten seines Bruders, an seiner Stelle zu regieren, vertrauen.

Aber dies war eine weitere Wunde. Nun, da Aidan heiraten sollte, würde sein erstgeborener Sohn der rechtmäßige Erbe sein – ein Kind mit schottischem Blut. Dieser Gedanke brannte in ihm noch viel mehr als ein Glas frischen *uisges*.

Er schenkte sich noch einmal ein und schüttelte sich, als es schon hinten im Hals brannte. Dann stellte er seinen Krug ab.

Von all seinen Geschwistern war Lael mit Abstand die Geschickteste, um Anführerin zu sein. Keiner war so dumm, ihr zu widersprechen, wenn er wusste, was gut für ihn war. Zumindest sollte man dies im Hinterkopf behalten.

„Wirst du dein Versprechen halten und das schottische Weib heiraten?", fragte Keane und spielte mit seinem Becher vor ihm. „Du musst ja nicht", schlug er mit hochgezogenen Brauen vor.

„Das Wort eines Mannes ist seine Ehre", sagte Aidan. „Der Preis, es auch nur einmal zu brechen ist der Vertrauensverlust seines *Clans*. Ja, Keane. Ich werde das Mädchen heiraten. Aber das heißt nicht, dass ich sie nicht töten werde, wenn sich herausstellt, dass sie ein hinterhältiges Weibsstück ist."

Keane grinste und hob seinen Becher an die Lippen.

Aidan wusste, dass er versuchte locker zu sein, aber die Hände des Jungen zitterten, als er aufsah, um zu sehen, ob Aidan zuschaute.

„Ach, und bevor du es vergisst", sagte er. „Ich bin der einzige, der meine Braut ein Weib nennen darf. Also lass mich eine solche Respektlosigkeit nicht noch einmal hören."

Keane nickte, trank einen Schluck seines *uisge* und musste sofort husten und spucken. Bevor es nachließ, trank er noch einmal und Aidan lächelte, denn Keane war ein Junge nach seinem Geschmack.

Keane grinste dümmlich und er nahm einen weiteren kräftigen Schluck. Danach war ein neues Leuchten in seinen Augen zu sehen.

Aidan belohnte ihn mit einem Nicken. Ihr *uisge* war nichts für die Schwachen. Man sagte, dass ihr Rezept für das Wasser des Lebens direkt von den Feen kam, die seine Leute zuerst in das Tal geführt hatten. Wie alles in diesem Mikrokosmos war das Rezept ein Erbe ihrer Vorfahren, das seit Generationen bewahrt wurde und ganz und gar unverändert war.

Wie der *crannóg*, in dem sie wohnten.

Das Gebäude war komplett aus Holz und war dazu gedacht, im Kriegsfall ein ganzes Dorf zu beherbergen; aber Dubhtolargg war nun viel größer, als es war, als seine Vorfahren zuerst ankamen. Außerdem wurden nun viele Dörfer in den Highlands von Burgen aus Stein beschützt, deren Zinnen in den Himmel ragten. Aber solche Bastionen brauchten sie hier nicht. Solche monströsen Kreationen von Menschenhand waren Monumente der Angst. Hier wurden sie vom Land selbst beschützt und manche würden behaupten, auch von den Feen des Bergpasses, über den man gehen musste, um das Tal zu erreichen. Dies war kein Land für die Schwachen und sehr bald würde er wissen, aus welchem Material Lìleas MacLaren geschnitzt war.

Wenn seine Frau ein warmes Bett wollte, musste sie sich an ihn schmiegen. Ohne Zweifel waren die Mauern hier viel dünner als die, die sie in Keppenach gewohnt war.

Nun musste Aidan husten, denn der Gedanke an Lìleas nackt in seinem Bett zu haben, ließ die Lust in ihm steigen und er merkte, wie sich sein Schwanz bewegte. Vor Aufregung verschluckte er sich an seinem *uisge. Mo chreach!* Er konnte sich nicht erinnern, wann ein Mädchen solch einen Einfluss auf seinen Schwanz gehabt hatte. Die Frauen seines *Clans* konnte man kaum als schüchtern bezeichnen. Sie hatten so viele Rechte wie die Männer und durften lieben, wen sie wollten. Aidan widerstrebte es jedoch, Kinder mit einer Frau zu zeugen, mit der er nicht wirklich leben wollte.

Feind oder nicht, Lìleas war ein hübsches Ding mit den Kurven an den richtigen Stellen und Brüsten, die größer waren, als man es so einer zierlichen Person zugetraut hätte. Er glaubte, dass dies wahrscheinlich auf Grund dessen war, dass sie schon ein Kind geboren hatte. Ihre Taille ließ allerdings das Gegenteil vermuten. Alles an seiner Braut war ein wunderschöner Widerspruch. Obwohl er daran gedacht hatte, sie zu ihrem Vater zurück zu schicken, falls sie ihm nicht gefiele, wusste er jetzt ohne jeglichen Zweifel, dass er es nicht tun würde.

Es gab eigentlich keinen Grund, die Trauung zu verzögern, beschloss er in dem Moment. Wenn Lael es schaffte, sie an diesem Nachmittag nicht zu töten, würde er am nächsten Tag Lìleas MacLaren zur Frau nehmen.

Er lächelte ganz leicht, denn die einfache Tatsache, dass keine seiner Schwestern mit Nachrichten von Lìleas Ableben zurück gekommen war, war ein sehr gutes Zeichen. Zur Feier des Tages schenkte er sich und

Keane noch je einen Becher voll *uisge* ein. „Trink!", befahl er. „Heute Abend feiern wir."

Wenn Lìleas den Nachmittag mit seinen Schwestern überstanden hatte, könnten sie zumindest feiern, dass er nicht in den Krieg gegen ihren verdammten David ziehen müsste.

KAPITEL FÜNF

Als Aidans Schwestern weg waren, schickte Lìli Aveline Wasser für das Gefäß in ihrem Zimmer holen. Sie wartete ungefähr eine Stunde und als Aveline noch immer nicht wieder da war, ging sie selbst auf die Suche nach Wasser. Sie fand einen Brunnen nicht weit von der Hütte. Aber selbst, als sie den Eimer zurückgeschleppt hatte, war Aveline immer noch verschwunden.

Umso besser, entschied Lìli, denn sie war es nicht gewöhnt, bedient zu werden und zog es vor, ohne eine Zuschauerin zu baden.

Aveline war wahrscheinlich sowieso bei Rogan, dachte sich Lìli.

Das arme Mädchen. Sie war als Rogans Schutzbefohlene nach Keppenach gekommen und obwohl er sie schnell im Bett hatte, hatte er definitiv nicht die Absicht, sie zu heiraten. Er hätte sie so leicht abgelegt. Er machte ihr nie Geschenke und erkannte sie auch öffentlich nicht als seine Geliebte an. Alles, was Aveline besaß, hatte er zusammen mit ihr vom Hof ihres Vaters angeschleppt und das war nicht wenig!

Mit etwas Anstrengung schob Lìli Avelines riesige Truhen aus dem Weg, um an ihre armseligen zwei Kisten zu kommen. Lìli hatte nur wenig Bekleidung mitgebracht, hatte aber so viele Kräuter wie möglich in die Kisten gestopft. Da sie wusste, dass man ihren Garten nach ihrer Abreise verwildern lassen würde, hatte sie so viel wie möglich geerntet. Die andere Kiste war auch voller Kräuter, denn die Kräuter waren viel wertvoller als alle Kleider, die sie besaß, einschließlich des lächerlichen Kleides, das David ihr geschenkt hatte. Für ihren Sohn hatte sie ein paar Kräuter zurück gelassen, in erster Linie Rosmarin, um die schrecklichen nächtlichen Albträume abzuwehren. Und sie hatte etwas Medizin bei dem Kindermädchen, dem sie vertraute, zurück gelassen. Ihr Sohn war ein gesunder Junge; aber sie machte sich trotzdem Sorgen. Er war ihr einziger Sohn und sie vermisste ihn mehr, als Worte es ausdrücken konnten.

Sie hatten ihr ein Jahr gegeben, ihren Ehemann zu töten oder ein Jahr, um über die schrecklichen Dinge nachzudenken, die sie ihrem Sohn antun würden, wenn sie nicht gehorchte.

Sie erinnerte sich wieder an Laels Worte: *„Meine Schwestern wissen vielleicht nicht mehr, wie Verrat aussieht, aber mein Bruder und ich werden niemals vergessen."*

Was wusste sie? War Lìli der Verrat so leicht anzusehen, obwohl sie nicht wusste, wie sie die Tat ausführen sollte? Könnte sie einen Mann kalten Blutes umbringen? Sie hoffte zum ersten Mal in ihrem Leben, dass der Fluch sich bewahrheiten würde, denn dann hätte Aidan sein Leben selbst in der Hand, da seine Familie sie ja verflucht hatte.

Es gab nur eine Komplikation; um durch den Fluch zu sterben, würde Aidan sie lieben müssen und sie bezweifelte, dass sie jemals die Liebe des *Laird*s von Dubhtolargg für sich gewinnen würde. Wenn sie an Aidans finsteren Blick dachte, als er sie seinen Schwestern überließ, konnte sie sich glücklich schätzen, wenn er sie nicht in der Hochzeitsnacht erwürgte.

Aber daran wollte sie im Moment selbstverständlich lieber nicht denken.

Sie war kein unschuldiges junges Ding. Sie wusste, was kommen würde und was von ihr erwartet wurde. Der Gedanke an den Beischlaf ließ sie erröten. Das Bild von Aidan, wie er halbnackt auf dem Steg stand, beschäftigte sie und sie schob ihn beiseite, da sie den Gedanken nicht ertragen konnte, denn ihr Leib zog sich zusammen und ihr Herz pochte.

Sie versuchte, ihre Gedanken wieder zu ordnen.

Unter ihren Sachen befand sich ein Beutelchen, von dem sie hoffte, dass sie es nie würde öffnen müssen. Das winzige unscheinbare Säckchen enthielt eine sehr tödliche Konzentration aus Nachtschatten und Tollkraut, die so wirkungsvoll war, dass man sie noch nicht einmal mit bloßen Händen anfassen durfte. In dem Säckchen war auch der Ring, den Rogan ihr gegeben hatte. Dies war ein Giftring, damit sie Aidans Speisen und Getränke unbemerkt vergiften könnte.

Sie hatte kurz überlegt, wie Rogan überhaupt zu einem solchen Schmuckstück gekommen war. Wenn Stuart nicht in Gegenwart von vielen Zeugen zu Tode gekommen wäre, hätte sie sich Gedanken gemacht, ob der Ring seines Bruders nicht für ihn gedacht gewesen wäre. Rogan war definitiv dazu fähig. Sie zitterte bei dem Gedanken und schob das Beutelchen mit dem Ring weiter nach hinten in die Kiste, um es zu verstecken. Sie nahm einen weiteren kleinen Beutel heraus. Er hatte eine ähnliche Farbe, war aber voller Rosenblütenblätter. Dann machte sie die Kiste zu.

Die Rosenblütenblätter waren vielseitig zu verwenden. Am liebsten tat sie sie in ihr Badewasser. Diese waren aber leider nicht mehr frisch, also würde sie sie zur Auffrischung ihres Hochzeitskleids verwenden. Sie nahm ein recht einfaches saphir-blaues Bliaut aus weichem Wollstoff mit hellblauer Stickerei am Saum und an den Ärmeln heraus. Sie hatte das Kleid selbst genäht und war recht stolz auf das Ergebnis. Wie von Rogan gewünscht, hatte sie beim ersten Treffen das freizügige Kleid, das David ihr geschenkt hatte, getragen. Dies wollte sie nun für die Hochzeitsfeier zurück legen und nun etwas tragen, das eher zum Wetter passte. So weit im Norden waren die Nächte kalt.

Stuart hatte einmal gesagt, dass das Blau des Kleids zu ihren Augen passte. Aber das war *nicht* der Grund, warum sie es nun aussuchte.

Außerdem, sagte sie sich, war es egal, was Aidan dún Scoti von ihr hielt.

In dem kleinen Beutel war auch ein kleines Fläschchen mit Rosenwasser, das sie benutzte, um ihr Bad damit zu parfümieren. Sie traute sich nicht, noch länger zu trödeln und beendete schnell ihr Bad, zog ihr Kleid an und holte ihren geliebten Arsaid aus der Kiste.

Es fiel ihr kein guter Grund ein, warum sie nicht weiterhin das MacLaren Muster hätte tragen sollen bis zu ihrer Vermählung. Stuart war nun tot und obwohl dies ihre letzten Tage als eine MacLaren waren, würde ihr Sohn die Farben eines Tages mit Stolz tragen. Im Moment fühlte sie sich durch ihren Arisaid mit Kellen verbunden. Dass sie ihn demnächst würde ablegen müssen, hinterließ ein flaues Gefühl in ihrem Magen. Sie seufzte und entschied, dass sie ihn für ihre zukünftige Schwiegertochter aufheben würde.

Als sie soweit fertig war, strich sie ihr Kleid glatt und flechtete ihr Haar in einen dicken Zopf, der nach hinten auf ihren Rücken fiel. Ein paar Strähnchen hingen lose, aber das war ihr egal. Sie war so erschöpft und traurig und der *Laird* von Dubhtolargg hatte ihr schon gezeigt, was er von ihr hielt und das war anscheinend nicht besonders viel.

Was hatte sie denn erwartet?

Dies war keine Liebesbeziehung, es war noch nicht

einmal eine politische. Was es genau war, würde sich noch zeigen. Sie wusste genug über Aidan dún Scoti, um zu wissen, dass er kein Interesse an Bündnissen mit irgendjemand hatte. Eigentlich konnte es nur eins geben, wofür er sie haben wollte. Lìli konnte allerdings sehen, dass man sich viel Mühe für ihr Wohlbefinden gegeben hatte. Zumindest für den Moment hatte es den Anschein, als wolle man sie nicht für die Sünden ihres Vaters büßen lassen. Trotzdem konnte sie das Gefühl der bevorstehenden Vernichtung nicht abschütteln, weil Rache sein einziges Motiv sein konnte. Wie würde er sie bestrafen?

Bestimmt hatte er etwas geplant.

Argwöhnisch dachte sie darüber nach, als sie auf dem Bett saß, das sie mit Rogans Geliebter teilen sollte und fand es stabil und sauber. Aveline würde es schrecklich primitiv finden, aber das Federbett war eine angenehme Überraschung.

Draußen hörte sie das Knistern des Schilfs und Lìli wartete in der Annahme, dass jemand gleich an die Tür klopfen würde. *Wenn du zum Essen fertig bist, dann folge dem Duft*, hatte Lael gesagt. Scheinbar hatte sie das wörtlich gemeint. Als niemand kam, um sie abzuholen, kam Lìli zu dem Schluss, dass wohl niemand kommen würde und traute sich nach draußen in die Richtung des Geräusches, das vom Schilf kam.

Am Strand in der Nähe des Sees hatten Aidans Leute ein Leuchtfeuer aufgebaut. Dahinter konnte sie die Reihe der Fackeln auf dem Steg bis hin zu dem Holzgebäude auf dem Wasser sehen. Aber der Steg war leer und Aidan war nirgendwo zu sehen. Der Himmel leuchtete im goldenen Licht, das sich auf dem stillen Wasser spiegelte und trotz der kühlen Luft gab es keinen Wind und das Feuer leuchtete hoch in den Himmel.

Nach und nach beendeten die Dorfbewohner ihre

tägliche Arbeit und versammelten sich um das Feuer. Langsam wuchs ihre Zahl; aber es schien, als sei niemand in der Stimmung für ein Fest. Ihre Blicke erinnerten sie daran, wie die Dorfbewohner von Keppenach Rogan ansahen, wenn sie dachten, dass er es nicht sehen würde. Im Gegensatz dazu hatten sie Stuart geliebt und Lìli hätte dies sicher auch getan, wenn sie nur eine Chance dazu gehabt hätte. Aber sie war ihm sehr dankbar, denn niemand hatte sie je so freundlich behandelt. Er war jedoch im ersten Jahr ihrer Ehe verstorben, und sie hatte nicht wirklich Zeit gehabt, ihn richtig kennen zu lernen und zu lieben, wie er es verdient gehabt hätte.

Lìli stand alleine am Rand und sah zu, wie sich die Dorfbewohner versammelten. Sie ignorierte die argwöhnischen Blicke in ihre Richtung. Als die Sonne unterging, kamen immer mehr Leute ans Feuer, um sich zu wärmen. Und endlich erschien auch Aveline wieder. Sie stand neben Rogan auf der anderen Seite des Lagerfeuers und flüsterte etwas in sein Ohr. Ihr Gesicht war gerötet und obwohl es im Gespräch ohne Zweifel auch um Lìli ging, schaute keiner von beiden in ihre Richtung. Lìli fühlte sich unsichtbar und alleine, eine Außenstehende ohne Asyl; aber sie weigerte sich, sich zu Rogan und seiner mürrisch aussehenden Geliebten zu gesellen. Diese Leute waren noch nicht ihre Leute, aber Rogan und Aveline waren es auch nicht. Sie waren genauso gegen sie wie Lael.

Zumindest sprach Lael offen und frei heraus.

Sie hörte dem Schilf zu und zog ihren Arisaid höher über ihre Schultern. Sie war vom Feuer gebannt. Während sie dem prasselnden Feuer zusah, blieb sie wie angewurzelt stehen und dachte an ihren Sohn, an den Ausdruck in seinem Gesicht, als sie ihn verlassen hatte und sie schluckte einen Kloß in ihrem Hals herunter.

Plötzlich fühlte sie seine Gegenwart an ihrer Seite

viel mehr als dass sie sie gehört hätte. Als sie sich umdrehte, sah sie Aidan dún Scoti neben ihr stehen. Sie hatte ihn noch nicht einmal kommen hören.

Sein Oberkörper war nicht mehr entblößt und er war auch nicht mehr bemalt. Er hatte sein Schwert gegen einen einfachen Dolch in seinem Gürtel eingetauscht. Er trug eine saubere Jacke zu seinem *Breacan* und es war nichts Wildes an der Erscheinung des Mannes mehr, außer in seinen Augen. Sie waren kalt und hart und er hielt ihrem Blick eine halbe Ewigkeit stand. Dann betrachtete er ihren Arisaid mit zusammen gekniffenen Augen.

Lìli zog den Umhang fest um ihre Schultern und sah ihn an, ohne mit der Wimper zu zucken. „Es ist kalt, Herr. Ich habe keinen anderen."

Wollte sie ihn reizen?

Aidan dachte nach.

Sie war offensichtlich nicht mit offenen Armen gekommen, aber sie erschien ihm auch kein widerspenstiges Weib zu sein, trotz ihrer vorherigen Sticheleien. Und doch stand sie hier vor ihm, für jeden sichtbar, in die Farben der MacLarens gehüllt.

War das vielleicht eine Botschaft für ihn, dass sie ihn heiraten würde, aber ihr Herz würde immer jemand anderem gehören? Oder war ihr einfach kalt, wie sie behauptete?

Er rief sich ins Gedächtnis, dass sie bis zur Hochzeit tragen konnte, was sie wollte; aber es ärgerte ihn trotzdem. Obwohl er nach außen ruhig schien, hätte er ihr am liebsten den verfluchten MacLaren-Mantel vom Leib gerissen und sie mit seinem eigenen bedeckt. Aber eine solche Tat hätte viel weitreichendere Konsequenzen, als nur seinen verletzten Stolz zu beschwichtigen. Die Frauen in seinem *Clan* würden eher einem Mann ins Gesicht schlagen, als seine Eifersucht zu ertragen und doch fühlte er ihren Stich jetzt. Noch hielt er den Mund und kämpfte mit den fremden Gefühlen, die ihn überfielen. In all den Jahren war er noch nie besitzergreifend einer Frau gegenüber gewesen. Das Gefühl war ihm fremd; aber er erkannte es doch und es gefiel ihm überhaupt nicht.

Er konnte nicht viel unter dem Arisaid sehen, aber sie hatte offensichtlich ein einfacheres Kleid angezogen. Er erspähte dunkelblaue Wolle unter dem Umhang. Seine Schwestern Cailin und Sorcha hatten sich auch umgezogen. Nur Lael hatte sich geweigert. Die älteste seiner Schwestern war das sturste Weib auf der Erde, noch störrischer als ihre Mutter gewesen war. Aber Aidan hatte nur wenige Erinnerungen an die Frau, die ihn geboren hatte. Diese Tatsache alleine machte ihm schwer zu schaffen und seine Braut, die Frau, die sein Bett teilen sollte, war die Tochter des Mannes, der seine Mutter auf dem Gewissen hatte.

„Der Witwenstand steht dir gut", bemerkte er. „Aber gewöhne dich besser nicht daran, denn ich gedenke nicht, so gefällig wie dein erster Mann zu sein." Er verschränkte die Arme, sein Blick war wieder düster, während er auf den verhassten MacLaren-Umhang starrte.

Lìleas wendete den Blick ab und schaute auf die andere Seite des Leuchtfeuers, wo ihre Begleiter zusammen standen. Sie schien ihre Worte abzuwägen, ihr Kiefer bewegte sich leicht, während sie auf ihre Begleiter starrte. „Ich bin ebenso wenig Schuld am Tod meines Mannes, wie Ihr am Tod Eures Vaters", sagte sie.

„Wirklich?"

Ihre blauen Augen trafen die seinen. „Ja, mein Herr. So ist es."

„Mein Name ist Aidan", berichtigte er sie. „Wir befolgen hier nicht die vornehmen englischen Sitten, wie es der Rest Schottlands zu tun scheint."

„Vielleicht", gab sie zu. „Aber sie sind doch jetzt verantwortlich für mich und deswegen mein Herr, oder?"

Mo chreach! Das Weib war genauso wenig unterwürfig wie seine verdammten Schwestern! Und obwohl er zornig bei ihren Worte wurde, wollte er auch nicht, dass sie anders sei, bemerkte er. Er holte tief Luft und brachte seine ganze Geduld auf, bevor er sprach. „Bis jetzt bin ich weder dein Aufpasser noch dein Ehemann, *mo chroí—my heart.* Und tatsächlich überlege ich noch einmal, ob es weise ist, eine Frau in mein Bett einzuladen, an deren Händen das Blut meines Vaters klebt."

„Das hättest du dir früher überlegen müssen!", schimpfte sie ihn. „*Ich* habe deinen Vater nicht getötet, Aidan *dún Scoti.* Deine Leute haben ein unschuldiges Kind verflucht."

Als er den Namen hörte, den ihre Leute für ihn benutzten, der Schotte aus den Hügeln, grinste Aidan. Bei den Sünden des *Sluag*, er war kein verdammter Schotte! „Ja", antwortete er: „Aber dein Vater hat es getan. Kaltblütig. Wenn also dein Leben verflucht wurde, mo chroí, dann gib Padruig Caimbeul die Schuld dafür und nicht meiner Familie."

Durch das Licht der empor züngelnden Flammen sahen ihre Augen fast schwarz aus. „Ich habe nie gesagt, dass ich deiner Familie die Schuld gebe."

„Und doch tust du es, oder?"

Die Frage war eine Herausforderung. Sie wussten beide, dass es eine Feindschaft zwischen ihnen gab, eine Feindschaft, die aus Umständen herrührte, die weit über diesen Moment hinaus gingen, weit über jegliche Worte hinaus, die je zwischen ihnen gefallen waren.

Ihre Augen leuchteten im Licht des Feuers und sie hob trotzig ihr Kinn. „So, wie du mir die Schuld gibst?"

Das war auch eine Herausforderung.

Das Feuer wurde heller und knisterte in der Dämmerung.

Aidan war sich bewusst, dass diejenigen, die die Feier bislang gemieden hatten, sich jetzt dazu gesellten, weil er jetzt da war. Sie beobachteten ihn und seine Braut. Selbst die Kinder schauten zu ihrem Fürsten, der sie sicher verteidigen würde, falls die Gäste sie angriffen.

Aber hier stand kein Krieger vor ihm.

Sie war eine Frau, eine Frau, wie ihm noch nie eine begegnet war.

Sie sah aus wie eine englische Schottin und hörte sich an wie eine Schottin; aber ihre Augen gaben ihm ein Gefühl der Zusammengehörigkeit, ein Gefühl, das er nicht mit der Frau, deren Vater solche Gräueltaten in seinem *Clan* vollbracht hatte, guten Gewissens teilen sollte.

Und doch hatte er der Hochzeit zugestimmt. Irgendwann musste er einen Weg finden, ihre Probleme beiseite zu legen und sie anzunehmen für ihrer aller Wohl.

Er plante schließlich nicht, sie für die Sünden ihres Vater umzubringen, denn wo wäre da wahre Gerechtigkeit? Obwohl der Gedanke an Rache durchaus präsent gewesen war, war das nicht der Grund gewesen, dass er der Verbindung zugestimmt hatte. Er war nicht zu kriegerischen Eroberungen verpflichtet. Es war seine Pflicht, den Stein zu hüten und die beste Art, das zu erreichen, war, sich aus den großen und kleinen Kriegen heraus zu halten.

Er schaute über das Feuer zu ihren Begleitern und überlegte, ob ihre Behandlung von Lìleas irgendwie ein Trick sei, um sein Herz zu erweichen. Obwohl er entschlossen war, sich von dem Mädchen nicht beeindrucken zu lassen, spürte er trotzdem ihre Qualen. Sie hingen in der Luft um sie herum, wie eine dunkle

Wolke. Eigentlich unsichtbar wie Unas Visionen, wo es Dinge gab, die man nicht sehen, aber sicherlich fühlen konnte.

„Warum hast du einer Hochzeit mit mir zugestimmt?", fragte er plötzlich eindringlich.

Sie sah zu ihm auf und das Feuer spiegelte sich in ihren Augen. Winzige Flammen tanzten in ihrem Blick. „Das könnte ich dich auch fragen, oder?", entgegnete sie. Und wieder hob sie ihr Kinn energisch.

Sie war eine kleine Verführerin mit einem wissenden Blick, der ihn aus dem Gleichgewicht brachte. Aber gut; er würde nach ihren Regeln spielen, wenn es denn sein musste. „Und was wäre deiner Meinung nach die passende Antwort?"

„Für den Frieden", gab sie ohne zu zögerne zu.

Aidan nickte und wusste plötzlich nicht mehr, was er sagen wollte. Denn obwohl er das gleiche hatte sagen wollen, hatte er sie nicht deswegen hierher gebracht. Er versicherte sich selbst, dass Rache nie wirklich sein Motiv gewesen war. Ihre Antwort hatte ihm allerdings den Wind aus den Segeln genommen. Und doch war ihre Gegenwart hier in Dubhtolargg die einzige Versicherung, dass ihr Vater sie nicht angreifen würde, so lange er seine Tochter in irgendeiner Weise wertschätzte. Wenn dies nicht so war, gab es gar keinen Vorteil. Dann war sie einfach eine Schlange in ihrer Mitte, die für ihren Vater und David mac Mhaoil Chaluim spionierte.

Konnte er es sich leisten, ihr zu vertrauen?

Wenn sie die Wahrheit sagte, würde er die Bitterkeit aus seinem Herzen streichen können und sie beim Wort nehmen? Sie hatte ja Recht. Sie war nicht ihr Vater.

Aidan fühlte die prüfenden Blicke seiner *Clan*sleute sehr intensiv. Sie würden seine Braut so behandeln, wie sein Bruder es getan hatte, Aidan nachahmen. Bis er nicht mehr wusste, konnte er sie nicht einer diskriminierenden Behandlung durch seine Leute preisgeben; aber er konnte ihnen auch keine Entwarnung geben, weniger wachsam zu sein. Unas Prophezeiungen hatte viele daran erinnert, ihren achtsamen Blick zu schärfen. Es waren lange nicht alle überzeugt, dass die Tochter ihres Feindes tatsächlich die Rettung ihres Clans sein würde. Aber das war genau, wie es prophezeit wurde. Er musterte sie, ohne etwas zu sagen und war sich bewusst, dass alle zusahen.

Trotz ihrer schönen Gesichtszüge sah sie erschöpft aus. Im Moment starrte sie über das Feuer hinweg. Aidan folgte ihrem Blick.

Er hatte es vorher gar nicht bemerkt, dass der Mann, der sie am Arm gezogen hatte, auch die MacLaren-Farben trug. Der Bruder ihres Mannes – diese Information hatte er Una entrungen. Diese beiden, der *Laird* von Keppenach und Aveline arbeiteten zusammen. Aber die Frage war: War seine hübsche Braut Teil ihres Plans?

Die Zeit würde es weisen.

„Ich würde sagen, dass du dich wohler bei deinen Leuten fühlen würdest", bemerkte Aidan, der neugierig war, warum sie alleine stand, wenn ihr Schwager und ihre Begleiter anwesend waren.

Lìleas richtete sich auf, zog ihren Umhang noch enger um ihre Schultern und sah ihn bedeutungsvoll an. „Ich finde meine Stärke in der Einsamkeit."

Verdammt. Aber sie würde gut zu seinen frechen Schwestern passen, dachte er. Er war noch niemals in seinem Leben so gründlich abserviert worden. Obwohl er in Wahrheit nicht genau wusste, was sie getan hatte, fühlte es sich auf jeden Fall so an. Wenn sie eine andere Frau zu einem anderen Zeitpunkt gewesen wäre, hätte er ihr den Gefallen sofort getan. Die Pflicht ließ ihn jedoch wie angewurzelt stehen bleiben.

Die Spannung in der Luft knisterte wie das Tannenholz im Feuer. Über das Feuer hinweg drehte sich das besagte Paar zu ihnen um, drehte sich aber wieder weg, als sie Aidans prüfenden Blick spürten, als wenn ihnen seine Aufmerksamkeit lästig wäre.

„Wer ist die Frau?", fragte Aidan.

Diese Frage schien ihr mehr als alles andere den Wind aus den Segeln zu nehmen. Sie seufzte und senkte den Blick auf ihre Füße. „Meine Zofe. Sie soll sich um mich kümmern."

Aidan hob eine Augenbraue. „Es scheint mir, als habe sie ihre Pflichten durcheinander gebracht."

Sie lachte ganz überraschend und drehte sich zu ihm.

In dem Moment war keinerlei Argwohn in ihrem Blick. Trotz der Spannung in ihrer Unterhaltung lächelte sie sanft und hob ihr Kinn. „Ich bin mir sicher, dass sie weiß, wo ihre Pflichten sind, mein Herr."

„Aidan", beharrte er. „Aber wenn du dich nicht dazu überwinden kannst, meinen Namen zu sagen, dann benutze zumindest das schottische Wort. Das vertrage ich viel besser."

„Laird", antwortete sie und in diesem Moment wirkte sie nach außen für die ganze Welt um sie herum wie eine gefolterte Braut.

Und das war sie ja auch, rief er sich in Erinnerung.

Und doch hielt sie seinem Blick stand mit ihren blauen, gequälten und doch so wunderschönen Augen. Sie sprach heute nicht zum ersten Mal in einem Tonfall mit ihm, bei dem er sich unbehaglich fühlte. Aber verdammt, wenn er ihre verzweifelte Lage berücksichtigte, erwärmte sie sein Herz und das konnte er einfach nicht zulassen.

Mit verschränkten Armen da stehend, lenkte er seinen Blick wieder über das Feuer auf ihre Begleiter. Kinder lachten und alle schauten auf sie.

Vielleicht war sein Herz doch nicht so gestählt gegen sie, wie er gedacht hatte und er fühlte eine neue Gefahr im Verzug, eine, die nur wenig mit den Geräuschen einer Schlacht zu tun hatte.

Jetzt war es zu spät, sie nach Hause zu schicken, sagte er zu sich selbst.

Es gab eine Tradition in den Highlands, eine Probeehe einzugehen. Eine Frau oder ein Mann konnten sich jederzeit vom Partner wieder lossagen und im ersten Jahr wurde die Ehe als vorläufig angesehen, um sicher zu sein, dass besonders im Fall des Fürstenhauses, die Frau ihrem Mann einen Sohn schenken könnte. Aber er war nicht verpflichtet, eine Beziehung mit dieser Frau einzugehen. Er könnte sie heim schicken, bevor die Zeremonie stattfand und im Moment neigte er dazu, außer ...

Sein Blick schweifte über die Gesellschaft auf der Suche nach Una.

So schwer erreichbar, wie die Frau auch manchmal war, sie war immer da, wenn er sie brauchte. Heute Abend jedoch war sie unauffindbar und er war ein wenig genervt.

Hin- und hergerissen betrachtete er wieder die Frau neben sich.

Sie war wunderschön. So, wie sie da stand, mit dem goldenen Licht des Feuers in ihrem Gesicht und ihrem dicken Zopf auf dem Rücken. Sie hatte lange Wimpern und ihre Lippen sahen weich und voll aus. Er war gespannt, was sie unter ihrem Arisaid trug. Dass sie sich umgezogen hatte und das lächerliche Kleid, in dem sie angekommen war, ausgezogen hatte, hatte ihn unheimlich gefreut, denn nun sah sie aus wie die anderen Frauen in seinem *Clan*.

Sie sah ihn an und ihre blauen Augen sprachen immer noch zu ihm in Wörtern, die sein Hirn nicht verstand, aber sein Herz trotzdem zu verstehen schien;

er war beunruhigt. Trotz allem sehnte er sich danach, sie willkommen zu heißen und seinen Leuten zu zeigen, dass er sie zumindest für den Moment angenommen hatte; aber er war sprachlos. Obwohl es ihm in den Fingerne juckte, die Schnalle an den Schultern seines Umhangs zu lösen und ihr diesen anzubieten anstelle dem, den sie trug, hielt er seine Hände gerade an seiner Seite.

Sie war die Tochter seines Feindes.

Bald würde sie seine Frau sein.

An was von beidem würde er denken, wenn er in ihre Augen schaute?

KAPITEL SECHS

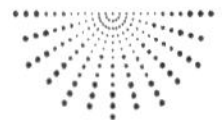

„Aidan!"

Die Stimme gehörte Aidans jüngster Schwester. Aidans Hand ging direkt an den Griff seines Dolches, da er in Gesellschaft seiner Gäste sehr angespannt war. Er war sofort bereit, Sorcha zu verteidigen. Sie kam alleine auf ihn zugerannt. Ihr Haar klebte an der verschwitzten Stirn. Sie hatte ihre Röcke gerafft, aus Angst zu stolpern. Ihr Gesicht war voller Sorge und sie schien den Tränen nahe, als sie außer Atem bei ihm ankam.

Aidan zog den Dolch aus dem Gürtel, aber Sorcha drückte ihn zurück. „Nein, Aidan!", rief sie. „Ich war bei Dunc", erklärte sie, bevor er sich etwas zusammen reimen konnte. „Um zu sehen, ob es ihm gut genug geht, um am Fest teilzunehmen. Er ist nicht aufgewacht! Seine Mutter weint an seinem Bett wegen des Fiebers. Und jetzt kann ich Una nicht finden. Was soll ich nur tun?"

Aidan wollte sofort zu der Weberkate gehen, aber Lìleas nahm seine Schwester am Arm. „Was hat das Kind?"

Das Gesicht seiner Schwester war ganz rot von der Anstrengung und ihr Gesicht war von Sorge und Angst verzerrt. Sie zuckte bei Lìleas Berührung nicht zurück, was Aidan nicht verwundert hätte, wäre er nicht so besorgt um das Schicksal Duncans. Von all seinen Schwestern war Sorcha am zornigsten über die Entführung Catrìonas gewesen. Sie gab David die Schuld, dass er ihre ältere Schwester quasi aus ihrem eigenen Bett geraubt hatte. Obwohl Lael und Cailin altersmäßig viel näher an Cat waren, sah Sorcha in Cat auch die Mutter. Lael war vielleicht die älteste, aber sie war wohl kaum eine mütterliche Natur.

„Ich weiß nicht", rief Sorcha und schüttelte den Kopf. „Die Krankheit kam sehr schnell. Sein Fieber begann heute Morgen."

„Bringst du mich zu ihm?", fragte Lìleas und Sorcha nickte ohne zu zögern. Plötzlich drehte sich Lìleas um und sah Aidan direkt in die Augen. „Darf ich?" Ihre Hand berührte automatisch seinen Arm und ihre Berührung fühlte sich an, als sei er vom Blitz getroffen.

Aidan verbarg das Zittern, das durch seinen Körper ging und kämpfte gegen das Verlangen, seinen Arm aus ihrer Reichweite zu nehmen, als ob ihre Finger sein Fleisch verbrennen würden. Aber sein Körper nahm bittere Rache und machte seinen Schwanz hart. Er fühlte sich wie eine Marionette.

Er sah sie ganz unruhig einen Moment zu lange an und schaute auf ihre schlanken Finger auf seinem Arm. Sie schien auch darauf geschaut haben. Sie sahen zur gleichen Zeit wieder auf und er wurde überrascht von der Aufrichtigkeit in ihren blauen Augen.

Einen Moment war sein Kopf viel zu verwirrt, um klar zudenken.

Sie hatte ihn gebeten, ihr zu erlauben, Duncan zu helfen.

Er rief sich ins Gedächtnis, dass sie eine angesehene Heilerin war. Er vertraute ihr nicht, aber er konnte Duncan auch nicht ihre heilende Kraft verwehren. Als er endlich wieder zur Vernunft kam, nickte er und sah zu, wie sie sich mit seiner jüngsten Schwester schnell auf den Weg machte.

Als sie ihre Finger von seinem Arm genommen hatte, fühlte Aidan die Trennung so stark, wie wenn einem Mann der Arm abgehackt wird. Das Gefühl überraschte ihn.

„Hier entlang!", sagte Sorcha und seine schöne Braut lief hinter seiner jüngsten Schwester her, ohne sich noch einmal umzudrehen oder etwas zu sagen. Als ob es ihr gar nicht bewusst war, was ihre Berührung in ihm ausgelöst hatte.

Verwirrt blieb Aidan noch einen Moment stehen und folgte dann, halb in der Erwartung, dass ein Caimbeul-Sprössling da weitermachte, wo ihr Vater aufgehört hatte und sie nun einen nach dem anderen umbrachte, wobei sie mit den Kindern begann.

Aber das würde sie sich nicht trauen.

Aber das würde sie sich bestimmt nicht trauen.

Er wurde schneller und überzeugte sich selbst, egal ob Frau oder nicht; wenn die verdammte Verführerin dem Jungen auch nur ein Haar krümmen würde, würde er sie zusammen mit ihrer *siùrsach—Huren*zofe und ihrem Schwager in das Feuer werfen. Ja! Und dann würde er aus der Feier eine Beerdigung machen und sie alle auf dem Scheiterhaufen verbrennen.

Lìli hatte Mühe, Schritt zu halten.

Alles, woran sie im Moment denken konnte, war das kranke Kind, das auch ihr Sohn sein könnte. Sie hoffte, dass jemand das Gleiche tun würde, falls Kellen krank wäre und es erfüllte sie mit Sorge und Trauer, dass sie nicht an seiner Seite sein würde, wenn er nachts nach ihr rief.

Sie musste irgendwie einen Weg zurück zu ihm finden.

Als sie sich vom Lagerfeuer entfernte, versuchte sie

Schritt zu halten, ohne sich den Knöchel zu verstauchen. Es war schwer, ihren Fuß in dem steinigen Gelände sicher zu setzen. Hinter Sorcha waren ihr die Blicke von Aidans Leuten egal. Ihre einzige Sorge war das Kind. Sie merkte auch nicht mehr, dass ihr Bräutigam wie ein Scherge an ihren Fersen klebte.

„Was kannst du mir über die Krankheit erzählen?", fragte sie Sorcha.

„Nicht viel. Es beginnt mit Fieber und Zittern und dann, so habe ich mir sagen lassen, kommen schrecklich Schweißausbrüche."

Das konnte alles Mögliche sein, ärgerte sich Lìli.

„Also ist Duncan nicht der Erste?", fragte sie und stolperte über einen kleinen Stein auf dem Weg.

Sorcha war viel sicherer in dem Gelände und preschte den Hügel hinauf wie ein Waldkobold. Ohne sich umzudrehen, antwortete sie: „Nein."

„Wie viele bis jetzt?"

„Drei."

„Wie viele wurden wieder gesund?"

„Keiner." Das Mädchen blickte auf Lìli mit Unruhe im Gesicht und obwohl niemand anhielt, stand plötzlich der Gedanke an Ansteckung im Raum.

„Ist sonst noch jemand krank in dem Haus, Sorcha?"

„Nein", antwortete das Mädchen und endlich waren sie an einer kleinen Kate recht weit oben am Hang angekommen. Sorcha riss die Tür auf.

Drinnen, inmitten von flackernden Kerzen kniete weinend eine Frau mit schwarzem Haar am Bett eines kleinen Kindes. Lìli sah zuerst auf den Jungen. Seine Haare waren durchnässt und klebten an seinem Gesicht. Er erinnerte sie an Kellen mit seinem dunklen Haar und seinen langen Wimpern, die dicht auf seine hohen Wangen fielen. Seine Haut war aschfahl, aber nicht ausgemergelt, ein Zeichen, dass die Krankheit noch nicht lange wütete und nicht anhaltend war.

Obwohl er so blass war, erschien er Lìli ein wohlgenährtes, gesundes Kind zu sein. Sorcha behauptete, dass er erst an dem Morgen krank geworden war. Welche Krankheit kam so schnell und konnte jeden befallen?

Die Augen der Mutter leuchteten auf, als sie Sorcha sah und weiteten sich mit Schrecken, als sie Lìli sah. „Nein!", schrie sie und stellte sich ihnen gegenüber. „Bleib *du* weg von meinem Kind!"

„Glenna, sie will doch nur helfen", flehte Sorcha in Lìlis Namen. Sie stand zwischen ihnen, um die Frau zurück zu halten. „Erinnerst du dich nicht, dass Una sagte, sie sei eine gelehrte Heilerin?"

Die Frau war hübsch. Lìli wollte sie aber nicht wütend machen, denn sie war groß und kräftig gebaut. „Nein!", beharrte die Mutter und versuchte, an Sorcha vorbei zu Lìli zu kommen. „Wenn sie die Chance hat, wird sie uns töten, genau wie ihr Vater!"

Lìli zuckte bei dieser Anklage. Bis zu diesem Moment hatte sie die Sache noch nicht aus der Sicht dieser Leute betrachtet. Ihr ganzes Leben war sie von diesen Leuten verfolgt und gequält worden, obwohl sie sie ja gar nicht kannte. Ihr Fluch hatte sie verfolgt wie ein Bluthund. Zum ersten Mal überlegte sie, was ihr Vater wohl getan hatte, um solchen Hass zu ernten, einen so leidenschaftlichen Hass, dass man dafür das erstgeborene Kind eines Mannes verfluchen würde. Bis jetzt hatte sie sich als Opfer der Politik der Männer gesehen und dass das, was ihr Vater getan hatte, normal in Kriegszeiten war. Aber wie Rogan konnte auch ihr Vater grausam sein. Das wusste sie besser als jeder andere. Aber brachte der Krieg nicht das Schlimmste zum Vorschein auf beiden Seiten? Sie war genauso ein Opfer wie jeder andere auch.

Die junge Mutter starrte sie zornig an und Lìli widerstand dem Impuls, rückwärts aus der Hütte zu fliehen. Sie ahnte, dass ihr das dann nur wenig Respekt bei den Leuten einbringen würde.

Hysterisch schob die Frau Sorcha beiseite. „Ich sagte Nein!

Lìli schluckte. Sie würde nicht mit dieser Frau kämpfen, aber sie beabsichtigte auch nicht zu gehen, wenn sie dem Jungen helfen könnte. Ihr Blick fiel auf das Kind und sie untersuchte ihn aus der Ferne während die Mutter sie weiter angriff. Lìli verstand nicht, was sie sagte, denn ihre Aufmerksamkeit war nun bei dem Kind.

Es gab einen kühlen Luftzug, als die Tür sich noch einmal öffnete und eine tiefe Stimme erklang von der Tür. „Genug!" Die Frau war sofort still. „Erlaube ihr, sich um das Kind zu kümmern", forderte Aidan.

„Nein, Aidan!"

Sein Ton ließ keinen Widerspruch zu. „Wenn sie helfen kann, Glenna, dann lass sie es tun."

Zu einem gewissen Grad kannte Lìli diese Ambivalenz, denn ihre Patienten waren oft hin- und hergerissen, weil sie auf der einen Seite Hilfe brauchten und andererseits Angst hatten. Wenn sie dann mit ihnen alleine gesprochen hatte, merkten sie sehr schnell, dass sie einfach nur eine Frau war, mehr nicht. Sie hatte auf Feindseligkeit immer mit Freundlichkeit geantwortet. Egal wie unterschiedlich sie waren, sie waren letztlich doch alle gleich: nämlich Mütter, die sich um ihre Kinder Sorgen machten.

Zögerlich trat Glenna beiseite.

Dankbar für Aidans Einmischung, ging Lìli an der Mutter vorbei und beugte sich über das Kind. Sie legte ihre Hand auf die glühende Stirn des Jungen. Das Fieber verbrannte ihn. Seine Wangen waren so heiß, sie hätte ein Ei darauf braten können! Sie sah zur Mutter durch die Facade des Hasses hindurch in das Gesicht einer verängstigten Frau hinter den tauben-grauen Augen. „Hatte er Bauchschmerzen?"

Die Frau schaute verunsichert auf Aidan. Dann starrte sie Lìli eine ganze Weile an. Sie musste wohl endlich die Aufrichtigkeit in Lìlis Blick erkannt haben, dass diese einfach nur helfen wollte, weil sie dann endlich den Kopf schüttelte.

„Könnte er etwas Saures gegessen haben?", beharrte Lìli.

Die Frau schüttelte wieder den Kopf und kam dann vor und stellte sich neben Lìli. Mütterliche Sorge war dann doch wichtiger als Feindschaft. „Nein", sagte sie. „Es ging ihm gut. Er sagte nur, ihm sei kalt. Dann kam das Fieber. Er hat sich nicht erbrochen, oder Durchfall gehabt, aber er hat stundenlang gezittert."

Lìli nickte und hob das Hemdchen des Jungen, um den Bauch zu untersuchen.

„Kein Ausschlag", sagte die Mutter schnell, denn sie hatte instinktiv verstanden, worauf Lìli hinauswollte. Lìli schaute auf seine Hände und Füße und fühlte in seinen Achseln und um den Hals. Es gab keine verräterischen Wulste, aber seine Haut war feucht und das Bettlaken war von seinem Schweiß durchnässt.

„Auch keine Stiche oder Bisse?", fragte sie die Mutter.

Glenna schüttelte zur Verneinung den Kopf. Ihre Augen waren voller Sorge. Sie kniete nun neben Lìli und hielt die Hand ihres Sohnes in ihrer eigenen. „Er ist mein einziger Sohn. Sein Vater ist nicht mehr da. Er ist alles, was ich noch habe. Bitte!", flehte sie.

Der Junge schlief wie ein Toter. Aber Lìli bemerkte, dass er zwar schnell und oberflächlich atmete, aber doch gleichmäßig. „Seit wann ist er schon so?"

Seine Mutter schluchzte. „Jetzt schon seit Stunden. Ich bin nicht von seiner Seite gewichen." Sie sah zu Lìli auf. „Ich wollte Hilfe holen, traute mich aber nicht, ihn alleine zu lassen." Sie schaute wieder auf ihren Sohn. „Dem Herrn sei Dank für Sorcha!"

Lìli wertete die Hilfe der Frau als einen kleinen Sieg und fragte: „Hat er etwas gegessen oder getrunken, seit er krank wurde?" Obwohl viele glaubten, dass es am besten sei, Verunreinigungen auszuschwitzen und nach Möglichkeit keine neuen Stoffe zuzuführen, wusste Lìli aus Erfahrung, dass die Kranken nach Wasser lechzten und sie glaubte, dass Gott es nicht zulassen würde, dass der Körper nach etwas lechzt, was nicht gut für ihn ist.

„Nein", antwortete die Mutter.

Lìli war sich sicher, dass das ein Grund für seine Erschöpfung war. „Hast du *vin aigre?*", fragte sie. Lìli verwendete das bittere Gebräu für viele Dinge und scheinbar half es, den Körper von solchen Infektionen zu befreien. Wenn sie überhaupt zaubern konnte, dann war es nur das Wissen um den *vin aigre*-Trank, denn der heilte alle möglichen Krankheiten.

Die Frau nickte und sah verwirrt aus. „Frisch aufgesetzt, aber noch nicht gefiltert. Ich wollte den Wintervorrat ansetzen."

„Umso besser", versicherte Lìli. „Der Ansatz des *vin aigre* ist der beste Teil. Bring es her", bat sie die Frau. „Und Wasser."

„Wasser?", fragte die Mutter und sah noch verwirrter aus.

Und wieder sah die Frau auf Aidan zur Rückversicherung. Er kam jetzt erst ganz in die Hütte und schloss die Tür hinter sich. Er sah Lìli an und versuchte, sich ein Bild zu machen. Wenn er ihr nicht vertrauen wollte, konnte sie nichts machen. Er hatte keinen Grund, ihr nicht zu vertrauen und daher hoffte sie, dass er es tun würde. Ihre Augen flehten ihn an.

Als die Türen geschlossen waren, hörten die Kerzen auch auf zu flackern. Ihre Flammen brannten jetzt ruhig und hell und erleuchteten den Raum etwas besser. Lìli richtete sich auf und wartete auf Aidans Entscheidung. Es schien ihr, als würde dies eine Ewigkeit dauern.

„Tu, was sie sagt", befahl er endlich.

Das hatte Lìli hören wollen. Sie war sich seines Blickes bewusst. Sie hatte nichts zu verbergen, zumindest im Moment nicht. Sie würde nie einem unschuldigen Kind etwas zu Leide tun, egal was man ihr androhte. Noch nicht einmal, um ihren eigenen Sohn zu retten, denn was würde das für ein Ungeheuer aus ihr machen?

Aidan dún Scoti zu töten war wieder etwas anderes.

Zumindest gab sie das vor sich selbst zu.

Sie blickte auf den Topf, der im Kamin hing. „Ist der leer?"

Die Mutter des Jungen suchte immer noch zusammen, um was Lìli gebeten hatte. Sie stellte den Eimer Wasser auf den Tisch. „Ja", sagte sie, als sie sah, wohin Lìli blickte. „Er ist sauber, da er ja seit gestern Morgen nichts gegessen hat. Und ich hatte auch keinen Appetit. Er hat noch den Eimer Wasser herein geholt, bevor er krank wurde und danach wollte er weder essen noch trinken."

Lìli stand auf und nahm den kleinen Eimer vom Tisch, wo die Frau ihn hin gestellt hatte. Sie fühlte darin auf der Suche nach Schleim, ein Zeichen, dass das Wasser zu lange gestanden hatte. Sie fand keinen, aber für alle Fälle trug sie den Eimer zu dem Topf im Kamin und schüttete das Wasser in den Kessel. Ein bisschen behielt sie zurück, um das Kind zu waschen. Es zischte, als sie es in den heißen Eisentopf schüttete. Das Feuer brannte schon länger unter dem Kessel und sie senkte den Kessel ab in die Flammen.

„Was machst du?", fragte die Frau mit schriller besorgter Stimme. Lìli nahm ein wenig von dem *vin aigre* aus dem Kelch auf dem Tisch. Sie versuchte, so viel von der ungefilterten Flüssigkeit heraus zu schöpfen wie möglich. Dann sah sie Sorcha an und sagte: „Erinnerst du dich an die kleinste Kiste, die du in meine Hütte getragen hast?"

„Ja", antwortete Sorcha.

Während sie nur an das kranke Kind dachte, schickte sie Sorcha los, das kleine braune Säckchen mit den verschiedenen Medikamenten zu holen.

„Was macht sie da?", fragte Glenna Aidan zum wiederholten Mal. „Sie macht ein Gebräu, um meinen Sohn zu vergiften!"

Lìli drehte sich zu der Frau um und sah ihr in die Augen. Ihr Blick war voller Mitleid. „Ich verspreche dir, Glenna. Ich gebe deinem Sohn nichts, was ich nicht auch trinke. Mach dir keine Sorge. Ich habe *vin aigre* schon oft so verwendet."

Aidan beobachtete sie genau.

Sie benahm sich, als sei sie selbst eine beunruhigte Mutter.

Er hatte nicht die leiseste Ahnung, was diese neue Krankheit war. Es hatte bei seiner Rückkehr von Chreagh Mhor angefangen. Erst war einer krank geworden, dann ein weiterer und dann noch einer. Die Krankheit raffte sowohl junge wie auch alte Leute so schnell dahin, dass sie mit dem Aufstellen der Scheiterhaufen nicht mehr nachkamen. Als nächstes würden die Gesunden dran kommen und ihre Anzahl noch mehr schwinden lassen, als es die Schwerter ihrer Feinde nicht vermocht hatten.

Glennas Augen flehten ihn weiterhin an und bettelten, dass er sich nicht auf die Seite seiner schottischen Braut stellen würde.

Vor Aidans innerem Auge sah er Padruig Caimbeul mit Blut verschmiertem Bart über der Leiche seines Vaters stehen. Sie waren als Freunde getarnt nach Dubhtolargg gekommen, hatten an ihrem Tisch gegessen und ihren *uisge* getrunken. Dann hatten sie mitten in den Feierlichkeiten ihre Schwerter gezogen und die Hälfte der *Clan*smänner abgeschlachtet. Es war der furchtbarste Übergriff unter den *Highlander*n und doch wurden die Caimbeuls nicht bestraft. Sie fanden es in Ordnung, den Verrat, der Dubhtolargg seinen Namen eingebracht hatte, noch einmal auszuführen.

Tatsächlich wussten sie noch nicht einmal etwas über den Stein. Sie wollten nur ihren monströsen Stolz stillen, damit sie sagen konnten, dass sie den Fürsten von Dubhtolargg in die Knie gezwungen hatten. Sie hatten auch seine Mutter vergewaltigt und mit einem Baby im Bauch zurück gelassen. Jenes Kind war Sorcha und bei ihrer Geburt, auf dem Sterbebett seiner Mutter, hatte Una das erstgeborene Kind Padruigs verflucht. Noch nicht einmal Sorcha wusste über die Vaterschaft Bescheid. Seine *Clan*sleute durften es ihr bei Androhung der Todesstrafe nicht sagen.

Er starrte auf Lìleas Rücken und sah zu, wie sie sich um Duncan kümmerte. Dabei überlegte er, ob sie dem armen Kind wohl von dem *vin aigre* zu trinken geben wollte. Alleine bei dem Gedanken an den bitteren Geschmack des ranzigen Weins drehte sich sein Magen schon um. Und doch schien seine ‚Braut' genau zu wissen, was sie tat. War es das, was Una gemeint hatte, als sie behauptete, Lileas sei die Rettung seines *Clans*?

Obwohl sie resigniert hatte, verdrehte Glenna ihre Hände vor Sorge, wobei ihre ganze Aufmerksamkeit Lìleas galt.

Aidan war hin- und hergerissen und er war sich unsicher, was er nun tun oder sagen sollte. Er wollte seine Haltung gegenüber Lìleas nicht schwächen. Heilerin oder nicht, sie war immer noch Padruigs Tochter.

Aber sie machte weiter, obwohl sie müde war. Das konnte er an den Spuren von Erschöpfung in ihrem Gesicht erkennen. Zweifellos hatten sie einige Tage gebraucht bis Dubhtolargg. Es war erst wenig Zeit vergangen seit er den Boten mit seiner Zustimmung zurück zu David geschickt hatte; also konnten sie unterwegs nicht viele Pausen gemacht haben. Und doch hatte sie sich nicht beschwert, als sie hörte, dass es *eine Feier* zu Ehren ihrer Ankunft geben würde. Trotzdem hatte er eigentlich erwartet, dass sie sich wie ein englisches Fräulein benehmen würde und sich erst einmal mindestens eine Woche in ihrem Bett verkriechen würde.

Während er zusah, arbeitete sie ohne sich zu beklagen. Sie kam zurück an Duncans Bett mit einem Eimer und einem Tuch und zog die Decken zurück; dann zog sie den Jungen aus. Als sie wieder aufstand, legte sie das Tuch auf das Fass und ließ puren *vin aigre* darüber laufen. Als sie wieder ans Bett kam, rieb sie die Haut des Jungen wieder ein und tunkte das Tuch in den Eimer und rieb ihn wieder ab. Er verstand nichts davon, aber es machte irgendwie Sinn. Der *vin aigre* würde sicherlich alles töten, womit er in Berührung kam. Als Lìleas mit dem Trank fertig war, zog sie die obere Lage des Bettes ab und nahm die trockene Decke vom Bett der Mutter ohne zu fragen.

„Aidan, bitte!", flehte Glenna wieder: „Die Nachtluft bedeutet den sicheren Tod für meinen Jungen!"

Aidan schwankte. Wo zur Hölle war Una, wenn er sie brauchte?

Er konnte es nicht riskieren, die alte Frau im Nachhinein zu kritisieren, denn er wusste, dass sie nur das Beste für ihren *Clan* wollte. Er konnte diesem Kind von Padruig Caimbeul vielleicht nicht vertrauen; Una konnte er in jedem Fall trauen. Er seufzte und schüttelte seinen Kopf, dann hob er die Hand als Zeichen für Glenna sich zu beruhigen. „Lass sie sich um den Jungen kümmern!", befahl er. Er wollte gar nicht so hart und unerbittlich klingen, aber er konnte im Moment keinen klaren Gedanken fassen.

Glenna gehorchte, aber ihre Lippen zitterten, als sie ihren Kopf neigte und weinte. Aidan fluchte ausgiebigst vor sich hin.

Lìli war dankbar für Aidans Vertrauen. Aber ihre Erleichterung war nur von kurzer Dauer, denn als sie das Kind ausgezogen hatte und seinen Körper gewaschen hatte und mit Wasser und einem Schwamm gekühlt hatte, kam ihr der Gedanke, welchen Beutel seine Schwester wohl aus ihren Kisten holen würde. Sie war von Haus aus nicht niederträchtig und konnte nicht verschwörerisch denken! Im Gegensatz zu Aveline konnte sie scheinbar noch nicht einmal ihre weiblichen Reize einsetzen, denn weder mit dem Kleid, das David ihr gegeben hatte, noch mit ihren eigenen Tricks hatte sie es fertig gebracht, dass der Laird von Dubhtolargg sie mit Wohlwollen betrachtete. Und eigentlich war es ja egal, wie er sie ansah, denn sie war von dem ganzen Arrangement ja auch nicht begeistert.

Und sie würden beide überhaupt nicht begeistert sein, wenn seine Schwester mit dem falschen Beutel zurück käme!

Sie versuchte sich zu erinnern, wohin genau sie das kleine Beutelchen, das Sorcha holen sollte, gelegt hatte. Sie hoffte, dass es oben auf der Kiste war. Sie hatte viele solcher Beutel und sie waren alle ähnlich. Einer davon konnte dafür sorgen, dass sie auf dem Scheiterhaufen landete und bei lebendigem Leib verbrannte. Denn er enthielt das Mittel, nicht nur Aidan, sondern alle seine Leute zu töten.

Als sei dies nicht genug, sie könnte auch keine Erklärung für den Ring liefern. Er war schlicht und einfach eine Mordwaffe. Er war aus Bronze in Form einer fünfzackigen Krone. Mit ihm konnte man ein Gift schnell in einen Becher geben ohne den Ring überhaupt abzuziehen. Sie hatte so etwas noch nie gesehen. An den Seiten hatte er eine wunderschöne Gravur und er schien alt und empfindlich zu sein, war aber tödlich und schlau.

Sie hielt die Luft an und wartete auf die Rückkehr seiner Schwester, rieb dabei den Körper des Kindes ein und versuchte, nicht an Tod durch Verbrennen zu denken. Ihr Vater hatte einmal behauptet, dass sie auf dem Scheiterhaufen enden würde, da sie ja eine Hexe sei. Lìli schluckte vor Angst, dass sich die Prophezeiung erfüllen könnte.

Seine Mutter hatte gesagt, dass der Junge keinen Ausschlag habe oder irgendwelche Verletzungen, die auf eine Infektion hindeuten könnten und so war es. Was auch immer ihn plagte, man konnte es nicht sehen. Er schien keine Schmerzen zu haben. Sie hatte noch ein wenig Weidenrinde, falls er es brauchte.

Lieber Gott, lass Sorcha den richtigen Beutel nehmen.

Lìli hatte den anderen ja weit in der Kiste nach unten geschoben. Würde das Mädchen ihrer Neugierde freien Lauf lassen? Würde sie nachfragen, wenn sie den harten Klumpen fand?

Sie empfand die Gegenwart Aidans hinter ihr wie eine Bedrohung; sie hielt die Luft an und sah auf das blasse Gesicht des Jungen.

Um Himmels Willen, was würde aus Kellen werden, wenn ihr Verrat entdeckt würde?

David könnte ihn nicht gebrauchen und Rogan könnte ihn nie wirklich annehmen. Wenn überhaupt, sah er ihren Sohn als Bedrohung seines Besitzes, den er ja nur hatte, weil Stuart tot war; aber ihr Sohn war der rechtmäßige Erbe des Besitzes.

Lìli hielt die Luft an bis es weh tat, bis die Tür aufging und Sorcha herein stürmte mit dem Beutel in ihrer Hand. Sie atmete endlich aus. Beim Kreuz Christi, das Mädchen hatte den richtigen Beutel gewählt. Sie nahm ihn ihr schnell ab und hielt ihn einen Moment ganz fest. Lìli dankte Gott – irgendeinem Gott oder auch jedem Gott für den Aufschub. Sie schwor sich, von nun an vorsichtiger zu sein.

Zufälligerweise war dieser Beutel mit verschiedenen Kräutern gefüllt, einschließlich Rosmarin und Wacholder, die die Luft säubern würden beim Verbrennen. Bis der Junge nicht aufwachte würde er ihr Gebräu aus *vin aigre* nicht trinken, also musste dies erst einmal reichen. Im Beutel war noch mehr; aber bis sie diese Leute nicht besser kannte, würde sie es nicht wagen, ihre derberen Methoden anzuwenden.

Die Anwesenden sahen zu, wie sie den Wacholder und den Rosmarin zerstieß und dann in eine getöpferte Schale zum Verbrennen gab. Sie fand noch eine feuerfeste Schale und füllte diese auch. Dann zündete sie beide an. Sie traute sich nicht, Glennas Blick zu begegnen, während dünne Rauchbänder in die Luft stiegen. Sie ging zurück an die Seite des Jungen und spürte, dass die Tür geöffnet wurde und kühle Luft herein kam, bevor sie zugeschlagen wurde. Als sie sich umdrehte, um zu sehen, wer nun gekommen oder gegangen war, sah sie in zwei entsetzte Gesichter, wobei keines Aidans war. Sorcha und Glenna waren wie Spiegelbilder.

KAPITEL SIEBEN

Aidan war sich gar nicht mehr so sicher, ob es richtig war, dass Lìleas sich um Glennas Sohn kümmerte, also suchte er die einzige Person, die ihm sagen konnte, was er tun sollte: Una.

Er kannte sie gut genug, dass er wusste, wo sie hingegangen war. Sie war die Einzige, die sich traute, sich in der Grotte aufzuhalten, die sie die Krippe von Geambradh – Winter nannte.

Er war aufgewühlt, als er an den Schäfern vorbei den Berg hinab stieg. Keiner seiner *Clan*sleute würde hinterfragen, warum es so viele Männer gab, die sich um die armseligen Schafe und Ziegen kümmerten und warum die Schäfer gefährliche *Claymore*s am Gürtel trugen.

Sie hinterfragten es nicht, weil sie es wussten.

Er ging an seinem Captain vorbei, der auf einem Felsblock saß. Lachlans riesiges Schwert lag zu seinen Füßen und der Mond spiegelte sich in seiner Klinge, denn inzwischen wurde es dunkel. Mit einem kleinen, schimmernden Messer schnitzte er an etwas in seiner Hand; aber Aidan konnte nicht sehen, was es war – ohne Zweifel wohl eine seiner Schnitzereien. Die anderen ‚Schäfer' standen an strategischen Punkten am

Berg und zwar so, dass sie sich gegenseitig sehen konnten, für Außenstehende aber unsichtbar waren.

„Hast du Una gesehen?", fragte Aidan.

„Ja", antwortete der stattliche Krieger und zeigte den Berg hinauf.

„Das weiß ich auch", knurrte Aidan. Verdammte alte Frau! Wegen ihr hatte er eine neue Braut und sie konnte noch nicht einmal lang genug bleiben, um sicher zu gehen, dass alles in Ordnung war.

Er kletterte die Klippe hinauf und fluchte die ganze Zeit vor sich hin. Obwohl man recht leicht klettern konnte, war der Weg ziemlich steil und er fragte sich nicht zum ersten Mal, wie Unas zerbrechlicher Körper es hier hoch schaffte, ohne aus der Puste zu kommen. Wenn einmal Schnee lag, blieben die Wachen weiter unten, aber Una kam und ging, wie sie wollte.

Am Hang gab es einige kleinere Höhlen; aber keine davon war besonders weitläufig. Nur eine hatte den von seinen Vorfahren angedachten Zweck erfüllt, obwohl es schien, als seien sie genau dafür gemacht. Aidan machte sich zu dieser einen Höhle auf den Weg vorbei an Nischen im Felsen, die Kindern bei Sommerunwettern Schutz boten.

Sie bewahrten ihre Nahrungsmittelvorräte am Eingang zur großen Höhle auf, alles, was nicht kühl aufbewahrt werden musste. Aber der Tunnel hörte dort nicht auf. Die nächste Höhle war natürlich geformt, voller Nebel und noch kühler. Dort bewahrten sie die verderblichen Waren auf. Wer es nicht besser wusste, würde glauben, dass das Höhlensystem hier endete, wo der Nebel durch unsichtbare Felsspalten stieg. Aber wenn man genau hinschaute, sah man, dass es ein kleines Loch im Boden gab mit einer Leiter, auf der man in eine Grotte hinab steigen konnte. Dort würde er Una finden und dann noch weiter hinunter gelangte man an den Ort, wo sie den Schicksalsstein aufbewahrten.

Aidan stieg die Leiter hinab in den Bauch des Berges und tatsächlich fand er Una an ihrem Arbeitstisch, wo sie in ihren *keek stane* schaute – einem Kristallstein, von dem sie behauptete, dass er sowohl die Vergangenheit wie auch die Zukunft zeigte. Wie immer war der Raum in Nebel gehüllt. Es war so kalt, dass ihm die Eier unter seinem *Breacan* fast gefroren.

Una war so vertieft, dass ihr Stab unbeachtet neben ihr lag, obwohl sie ihn sonst noch nicht einmal im Schlaf aus der Hand legte. Ihr *Keek stane* lag in einer hölzernen Kiste gebettet. Es war ein leuchtender grüner Kristall, der auf einer Seite konkav war und konvex auf der anderen Seite. Für Aidan sah er einfach nur wie ein Stück Kristall aus, denn in seiner Gegenwart offenbarte er nur seine Leuchtkraft. Aber Una schien Dinge in ihm zu sehen, die sonst niemand sah und manchmal konnte Aidan es in der Luft spüren wie ein Prickeln auf der Haut.

Una starrte immer noch auf ihren Stein, aber sie winkte ihn herein. „Tritt ein, tritt ein", bat sie ihn.

„Ich bin gekommen—"

„Ich weiß, warum du da bist, du Lümmel. Komm und setz dich!", kommandierte sie in einem Ton, wie es sonst niemand wagte. „Lass mich nur fertig werden und dann spreche ich gleich mit dir."

Aidan war schlau genug, insbesondere dieser Frau nicht zu widersprechen. So streitsüchtig Lael auch sein konnte, so war seine älteste Schwester nichts gegen Una, wenn diese gereizt war. Die Launen der alten Frau ließ altgediente Krieger in ihren Stiefeln erzittern, besonders wenn sie sich in Reichweite ihres Stabes befanden.

Aidan vertraute ihr und tat wie befohlen. Er setzte sich neben sie auf den einzigen vorhandenen Stuhl an den kleinen Arbeitstisch. Normalerweise stand der Stuhl neben dem Kerzenständer wo sie ihre Manuskripte las. Die Tatsache, dass der Stuhl nun am Tisch stand, bestärkte ihn in der Annahme, dass sie gewusst haben musste, dass er kommen würde.

Aber natürlich wüsste sie so etwas. Sie hatte ihn in diese lächerliche Situation gebracht und sie kannte ihn gut genug, um zu wissen, dass er erwartete, dass sie ihn mit ihren Ratschlägen bis zum Ende begleitete.

„Ich muss wissen, ob der Junge sterben wird."

Als eine Art Test verriet er ihr nicht, welcher und überlegte, ob sie wohl lang genug im Dorf geblieben war, um von Duncans Erkrankung zuhören. Aber wenn sie doch wusste, dass Glennas Sohn krank war, wäre sie dann nicht selbst zu dem Jungen gegangen? Bei Krankheiten gingen alle zu Una, trotz ihrer exzentrischen Art und ihrer Launen, denn sie wusste alles über das Heilen.

Unas Hand hing ruhig über dem *Keek stane,* als ob sie damit das Licht abdecken wollte, um besser in den Stein hineinzusehen oder damit Aidan nicht irgendetwas sehen würde, was sowieso nicht da war. Sie schaute ihn tadelnd an, als hätte sie Angst vor seinen Gedanken und sagte: "Ach, wenn er stirbt, erspart es dir das Ehegelübde und rettet dir vielleicht das Leben."

Aidan runzelte die Stirn. „Was zur Hölle soll das heißen, alte Frau? Du hast nicht gesagt, dass mein Leben in Gefahr sei!"

Ihre Beziehung zueinander war keine einfache. Er würde ihr immer dankbar sein als die Hebamme, die seiner Mutter geholfen hatte, ihn auf die Welt zu bringen. Er würde sie lieben und achten bis er starb. Aber er war sich nie sicher, in was für einer Laune er sie erwischte und sie beachtete ihn nicht, wenn er wegen ihrer schlechten Laune zurück wich. Nach vielen Dutzend Schlägen auf den Kopf, ob er sie nun anschrie oder nicht, behandelte er sie nun, wie sie ihn behandelte. Er war froh, dass sie ihn noch nie vor seinen *Clan*sleuten geschlagen hatte. Sie hatte ihn immer nur geschlagen, wenn sie alleine waren und da sie jeden Schlag mit Liebe ausführte, hielt Aidan es aus.

Sie schaute ihn müde an und rollte die Augen. „Ach, Aidan. Dein Leben ist *immer* in Gefahr. Hast du vergessen, dass du der Anführer dieses *Clans* bist? Oder hast du schon jetzt deinen Verstand wegen des charmanten Mädchens verloren?", fragte sie gereizt.

„Natürlich nicht; aber du hast mir die Frau als die Retterin unseres *Clans* verkauft und jetzt sagst du mir, dass sie mein Tod sein könnte. Entscheide dich, alte Frau!"

Sie hob eine weiße Augenbraue. „Niemand hat gesagt, dass nicht beides wahr sein kann."

Die Worte kamen über seine Lippen und er bereute sie sofort. „Mir kommen langsam Zweifel, ob dies die richtige Entscheidung war."

Tatsächlich war es das schlimmste, was er hätte sagen können, denn Una sah ihn mit finsterer Miene an und der Nebel um sie herum schien dichter zu werden, so dass er nicht genau sah, dass sie sich nach ihrem Stab bückte. Als es aufklarte, hielt sie ihn in der Hand. Der opalartige Stein am Griff schien ihm zu zuzwinkern.

Nur weil er an den alten Traditionen hing, hieß das nicht, dass er die Bibelgeschichten der Heiligen Kirche nicht kannte. Moses hatte seinen Stab benutzt, um das Rote Meer zu teilen; Pharaos Zauberer hatten ihre Zauberstäbe in sich windende Schlangen verwandelt und dann das Wasser blutrot gefärbt. Unas Stab schien einen Nebel hervor zu rufen, der die Highlands im Ganzen verschwinden lassen konnte. Just als der Glaube ihn zu verlassen schien, jagte sie ihm eine Riesenangst ein mit ihren Tricks und das einäugige

Starren ließ sie aussehen wie die blaugesichtige Mutter des Winters.

Una sah ihn über den Tisch an. Für einen Moment hatte sie ihren *Keek stane* vergessen und schaute Aidan mit diesem einäugigen Blick an; ihre gute Laune von zuvor war verflogen. Ihr unnatürlich grünes Auge schien in dem gedämpften Licht zu leuchten, blass und erleuchtet wie der kristallene *Keek stane.* Sie hielt den Stab aufrecht, die Knöchel an ihrer Hand wurden so weiß wie das verwitterte Eschenholz in ihrer Hand und sie zischte: „Aìlpins Blut fließt durch deine Venen, wie auch durch meine. Er ist unser gemeinsamer Ahne!"

Sie entstammten beide der gleichen Linie, gehörten zur Familie Aìlpins, der eine Pikten-Prinzessin geheiratet hatte. Aber die Zornesfalten in Aidans Gesicht wurden tiefer, wie auch seine Zweifel. „Was ist denn das für eine Antwort auf meine Frage, Una? In David fließt auch das Blut von Kenneth mac Aìlpìn und ihn hältst du nicht für fähig zu regieren."

„Davids Blut ist nicht so rein wie deines", entgegnete sie und kniff dabei ihr gutes Auge zusammen und senkte die Stimme.

Ihre kryptischen Antworten stimmten ihn nicht friedlicher. Tatsächlich verwirrten sie ihn immer mehr und das nervte ihn. „Quatsch! Davids Blut ist genauso rot wie meines!"

„David mac Maíl Choluím hat sich weit von seinen Wurzeln entfernt", antwortete sie ruhig. „Er ist wie ein Baum, dessen Wurzeln freigelegt wurden und die ihn nun nicht länger halten."

In seiner Wut schlug Aidan mit der Faust auf den Tisch, aber Una zuckte noch nicht einmal. Mit der Hand schob er ihre Antworten von sich und wurde in jedem Moment wütender. Während sie die Worte verdrehten, dachte Aidan, starb vielleicht ein Kind und er hatte seinen Tod vielleicht noch beschleunigt. „Das hat doch alles nichts mit meiner Frage zu tun", sagte er. „Ich *muss* es wissen." „War es richtig, dass ich Lìleas erlaubt habe, Glennas Sohn zu behandeln?"

Una lockerte den Griff an ihrem Stab und lehnte ihn wieder gegen den Tisch und sagte im Plauderton: „Deine schottische Braut wird dich vielleicht einmal verraten, bevor sie auf den richtigen Pfad findet, aber ich weiß nicht, wie dieser Verrat aussehen wird."

„Ach! Willst du damit sagen, dass Duncan vielleicht wirklich sterben wird?"

Sie setzte sich wieder aufrecht und der Nebel kam zurück. „Ich habe die Worte *nicht* verdreht, Aidan *dún Scoti!"* Kalte Luft wirbelte durch den Raum wie eisige Finger unter seinem *Breacan* und sie lächelte dünnlippig, weil sie wusste, dass der Stachel stechen würde. Lìleas konnte das Wort verwenden, aber es war etwas anderes bei Una.

Mo chreach! Wenn es bedeutete, dass er auf Dinge vertrauen musste, die er nicht sehen konnte und Wörter, die er nicht verstand, um ein Pikte zu sein, dann war er wohl doch eher ein Schotte. Er konnte keine Wahrheit in Unas Worten finden und auch keinen Frieden. Er stand auf und überlegte, wie viel Schaden in seiner Abwesenheit vielleicht schon angerichtet worden war. Wenn er jetzt ging, könnte er noch weiteren Schaden von dem Jungen abwenden.

Er wusste nicht, was er noch sagen sollte und kam sich lächerlich vor, dass er Una überhaupt aufgesucht hatte und dass er sich nicht auf seinen besten Berater, sein Bauchgefühl, verlassen hatte. Aber er brachte es nicht fertig, ohne ein freundliches Wort zu gehen. Una war ihre Hüterin, so lange er denken konnte. „Danke", sagte er mit sorgenvoller Stimme als er ging.

„Aidan", rief sie ihm zu, als er schon auf der Leiter war.

Aufgewühlt drehte sich Aidan noch einmal um und sah Una in dem dunstigen Raum an.

Sie sagte: "Der Mann, der seinen Weg nie in Frage stellt, wird oft von seinen eigenen Füßen geblendet."

Aidan zögerte und kniff ein Auge zu, während er über ihre Worte nachdachte. Er hatte inzwischen Kopfschmerzen. Egal wie verwirrend, aber in ihrer Verrücktheit war viel Vernunft. Aber in diesem Moment erkannte er keine Weisheit in ihren Worten.

„Schau zu den Sternen, um deinen Glauben aufrecht zu erhalten", fügte sie hinzu.

Obwohl er keine Ahnung hatte, wovon sie sprach, nickte er und ließ sie an ihrem Arbeitstisch zurück. Ohne ein weiteres Wort widmete sie sich wieder ihrem *Keek stane* und Aidan erklomm die Leiter aus ihrer gruftartigen Behausung. Wie immer schien die Kälte beim Aufstieg etwas zu weichen. Auf dem Weg durch die Tunnel hob er ein Stück Käse auf und dachte, dass der Käse der alten Morag ihm gut tun würde.

Morag war schon lange tot, aber ihr Käse lag immer noch in der Höhle und er wurde gehortet, weil sie wussten, dass es noch lange dauern würde bis Morags Tochter so weit war und einen so guten Käse wie ihre Mutter machen könnte. Die Käselaibe waren durch Bienenwachs geschützt und lagen tief in den Höhlen. Die meisten waren inzwischen fast sieben Jahre alt und eine Handvoll war fast so alt wie Aidan.

Während er den kleinen Laib locker in der Hand federte, dachte er über Unas Worte nach: *Schau zu den Sternen,* hatte sie gesagt. Was zum Teufel sollte so etwas Komisches bedeuten?

Er kam wieder hinaus in die Nachtluft. Am Boden umspielte der Nebel seine Beine. Der Nebel verfolgte ihn aus der Höhle wie ein Zischen und legte sich wie eine Decke über die Landschaft, als wenn die gesamte

Decke an Highland-Nebel über dem *Mounth* aus Unas Grotte käme.

Er dachte an seine Vorfahren, die zuerst hierher gekommen waren, an Geschichten, die seit Generationen weitergereicht worden waren. Man erzählte, dass seine Clansleute über die kargen Berge gekommen waren und als sie tiefer in den *Mounth* eindrangen, erhoben sich Berge hinter ihnen, um ihnen den Rückweg zu versperren. Außerdem wurden sie nachts von Feen geleitet, die sie in das fruchtbare Tal führten. Man sagte, dass sie bis zum heutigen Tag auf der Bergkuppe über dem Tal wachen würden. Sie wurden an dem alten Felsen an der Bergkuppe beerdigt und dieser Felsen bewachte auch das Feental dahinter, wo es eine Wiese gab, die selbst im kältesten Winter erblühte.

In dieser Geschichte steckte sicherlich ein Körnchen Wahrheit, der Rest war Beiwerk wie das Bienenwachs um den Käse, den man wegwerfen konnte. Die Blumen, von denen auf der Wiese die Rede war, waren nur Frühlingsboten, der robuste Krokus mit seiner gelben Mitte und den lila Blütenblättern von der gleichen Farbe wie die Augen seiner Braut.

Die Nacht war dunkel, obwohl der Himmel klar war – so klar wie der *Keek stane*, der, so weit Aidan wusste, noch nie etwas Brauchbares offenbart hatte. Er seufzte, denn es war alles nur das Gefasel einer alten Frau. Das einzige, was echt war, war der Laib Käse in seiner Hand. Ja und was auch stimmte, war, dass der kleine Duncan in diesem Moment dem Tode nah war und er hatte eine Fremde zu seiner Behandlung zurück gelassen – noch dazu die Tochter ihres Feindes, egal ob sie nun bald seine Frau sein würde oder nicht.

Könnte er sich vergeben, wenn der Junge starb?

Könnte Glenna ihm jemals vergeben? Er hätte sie als ihr *Chief* enttäuscht, denn er hatte geschworen, sie und alle anderen unter Einsatz seines Lebens zu beschützen.

Dem Herrn sei Dank, dass Sorcha da geblieben war, um den Frieden zu wahren. Sobald er dort war, würde er Lìleas aus Glennas Haus verbannen. Ja, das war es, was getan werden musste. Diese blauen Augen hatten seine Entschlossenheit geschwächt. Aber damit war jetzt Schluss. Er war der *Chief* und er musste das tun, was für die Seinen am besten war und niemals weniger als das.

Er blickte auf den Laib Käse in seiner Hand.

Scheiße, wie könnte er diesen Leckerbissen genießen, während Glenna trauerte?

Vielleicht würde er Glenna den Käse geben; aber was zum Teufel sollte Glenna mit einem Laib Käse und einem toten Sohn? Verdammt, anstatt einfacher zu werden, wurde sein Weg von Tag zu Tag schwieriger.

Plötzlich merkte er, dass er in Richtung seiner Stiefel starrte; durch die Nebeldecke konnte er nicht wirklich etwas sehen. Er kannte den Bergpfad so gut wie seine Westentasche und ging sicheren Fußes. Er war noch nie so herum gestolpert.

Der Mann, der seinen Weg nie in Frage stellt, wird oft von seinen eigenen Füßen geblendet.

Durch Nebel, dachte er, kicherte und schüttelte den Kopf.

Schau zu den Sternen, hatte sie auch gesagt.

Er schaute hinauf in den wolkenlosen Himmel und sein Blick wendete sich nach Süden, wo die Berge am höchsten waren. Man sagte, dass der *Mounth* von Cailleach Bheur persönlich geformt worden war, und dass sie überall, wo sie ging, Steine aus ihrer Schürze fallen ließ und an diesen Stellen waren die Hügel der Highlands entstanden. In ihrer Hand hielt sie angeblich einen Hammer, um auf die Berge einzuschlagen, wenn sie zu hoch wurden und sie dann so zu formen, wie sie es für richtig hielt, um die, die in ihrem Reich wohnten, zu beschützen. Das waren natürlich Märchen, aber er glaubte, dass sie einen Funken Wahrheit enthielten. Andere Dinge jedoch konnte er nicht einfach glauben, weil er dann sämtliche Logik außer Acht hätte lassen müssen.

Seine Mutter hatte ihm solche Geschichten erzählt.

Der Himmel im Norden schien heute Nacht am klarsten zu sein. Die Sterne funkelten heftig und er dachte an die Augen seiner Mutter, soweit er sich an sie erinnerte; An das Funkeln, das immer da war, wenn sie ihre Kinder ansah. Das Funkeln war nach dem Tod seines Vaters verschwunden und während der zehn Monate, als sie das Kind eines *Outlanders* erwartete, war das Funkeln ganz erloschen. An dem Tag, als er sie beerdigte, hatte sie ihn mit den toten Augen einer Fremden angesehen. Und er hatte immer noch Probleme, sie zu vergessen.

Ach, wenn sie jeden, der jemals im Tal gelebt hatte, beerdigt hätten, wäre jeder Quadratzentimeter als Grab gekennzeichnet. Aber das hatten sie nicht getan, mit Ausnahme seiner Mutter.

Obwohl seine kleine Schwester den gleichen Vater wie Lìleas hatte, hatte Aidan Sorcha nie mit der Missachtung gesehen wie seine Braut. Könnte er wohl jemals Lìleas mit wohlwollenden Augen sehen, wo sie doch von dem Schlachter, der seinen Vater getötet hatte, aufgezogen worden war?

Als er den Hügel hinab stieg und über diese Frage nachdachte, sah er eine Sternschnuppe und bevor er es wirklich realisierte, sah er noch eine und noch eine und noch eine. Eine nach der anderen schoss durch die Nacht wie brennende Geschosse und er schaute so konzentriert zu, dass er stolperte. Er war wohl doch nicht so trittsicher wie er geglaubt hatte. Er schrie überrascht auf, als er über einen Stein stolperte und den Hügel hinab rollte und an einer besonders felsigen Stelle zum Stillstand kam. Scharfe Steine piekten ihn in seinen Rücken und Hintern. *„Mac Bhàdhair fhuileach thu!“*, rief er fluchend aus. *Sohn der blutigen Nachgeburt einer Kuh!*

Es herrschte Totenstille.

Einen Moment später hörte er Lachlans tiefe Stimme von der anderen Hügelseite. „Aidan!?” In seinem Namen schwang eine Frage mit.

Verlegen stand Aidan auf und sah sich um, um zu sehen, ob irgendjemand seinen Sturz mitbekommen hatte. Wahrscheinlich hatte ihn jeder fluchen gehört, aber er musste ja nichts zugeben. Der Nebel war viel zu dicht, als dass irgendjemand etwas hätte sehen können. Ja, er würde einfach ohne ein Wort weitergehen. Der Nebel war jetzt noch dichter und versperrte den Blick, aber er wollte niemanden beunruhigen, sonst kämen sie alle mit gezogenem Schwert, also rief er: “Weiter machen! Alles in Ordnung!”

Aber das war es nicht. Er war so entnervt von dem seltenen Schauspiel am Himmel und seinem Sturz, dass er vergaß, den Laib von Morags Käse zu suchen und aufzuheben. Fix und fertig begab er sich direkt zu Glennas Kate und dachte dabei dauernd an Unas Worte.

„Schau zu den Sternen, um deinen Glauben aufrecht zu erhalten.”

KAPITEL ACHT

Vielleicht hatte der Sturz einiges in Aidans Hirn durcheinander geworfen, denn der Anblick, als er Glennas Kate betrat, ließ ihn glauben, er sei nun gänzlich übergeschnappt. Er konnte nicht mehr als eine Stunde weg gewesen sein und das Letzte, was er erwartet hatte, war, dass Lìleas und Glenna einander die Hände hielten über dem Bett, in dem Duncan schlief. Seine Schwester Sorcha war nicht mehr anwesend.

Der Duft von verbrannter Kiefer oder etwas ähnlichem hing in der Luft. Eine der Kerzen am Bett des Jungen war aus und das Zimmer wirkte nun etwas dämmriger; er war sich sicher, dass seine Augen ihn nicht trügten.

Lìleas sah hoch, als er zur Tür herein kam und sie sah nun noch erschöpfter aus.

„Wo ist meine Schwester?", fragte er und zog die Tür leise hinter sich zu.

„Sie ist auf der Suche nach dir."

Die Beklemmung überkam ihn wieder und sein Blick fiel auf das Kind im Bett. „Ist er ...?"

„Nein, aber er schläft."

Erleichterung überkam ihn. „Gut", sagte er und ließ

sich auf einen leeren Stuhl am Tisch fallen. Er war wie betäubt. „Warum sucht meine Schwester nach mir?"

Lìleas zuckte mit den Schultern und sah auf Glenna. Die Frau war eindeutig gegen ihren Willen eingeschlafen, denn sie lag in einer unmöglichen Haltung mit ausgestrecktem Arm über dem Bett, um Lìleas Hand zu ergreifen.

Aus freiem Willen?

Lìleas seufzte, als sie seinen Blick sah. „Ich weiß, wie es ist, sich um ein krankes Kind zu sorgen", erklärte sie. Der Ton ihrer Stimme offenbarte so viel wie ihre Erklärung und Aidan bereute einen Moment lang die Anklage in seiner Frage, die er ihr bei der Ankunft gestellt hatte. Es war jetzt klar, dass sie ihren Sohn nicht freiwillig zurück gelassen hatte; sie war von ganzem Herzen Mutter.

„Duncan ist nicht mehr so klein", sagte er sanft. „Der Junge ist ungefähr acht; aber ich weiß, was du meinst." Er sprach leise; er war immer noch fassungslos, wie seine Braut die leidenschaftliche Glenna in der kurzen Zeit, in der er abwesend war, auf ihre Seite ziehen konnte. Es gab keine andere Erklärung, denn Glenna hatte ihren Schutzpanzer weit genug fallen lassen, dass sie schlafen konnte und egal ob erschöpft oder nicht, sie hatte Padruigs Tochter die Hand in Freundschaft gereicht.

Oder war es so gewesen?

Er blickte wieder auf die verbundenen Hände auf dem Bett und zweifelte an dem, was er sah.

Verdammt; eigentlich hatte er erwartet, dass Glenna bei erstbester Gelegenheit Lìleas die Haare ausreißen würde, er hatte es sogar fast gehofft, weil er diese Frau nicht begehren wollte.

Glennas Vater war bei Padruigs Verrat getötet worden. Und später war ihr Mann während der Regierungszeit von Alasdair mac Mhaoil Chaluim verschollen. Zu dieser Zeit regierte sein Bruder David das Land südlich des Flusses Forth Alasdair und hatte Aidan ständig bekniet, ihm bei der Unterwerfung der Rebellion seines Bruders zu helfen, denn Davids Truppen waren viel zahlreicher. Als Aidan sich weigerte, sich in Schottlands Politik einzumischen, begann Alasdair, ihr Tal zu überfallen, ohne dies natürlich jemals zuzugeben. Stattdessen gab er seinem Bruder David die Schuld. Aidan wusste aber, dass David zumindest in dieser Sache unschuldig war, denn er hatte alle Hände voll zu tun, die Gebiete im Süden zu kontrollieren. Der jüngste von Malcolm Ceann Mohrs Söhnen war bei den Schotten nicht sonderlich beliebt und insbesondere nicht bei den *Highlander*n, die er mit aller Macht versuchte zu regieren, denn er hatte fast sein ganzes Leben unter dem Einfluss englischer Könige verbracht. Daher hatte Glenna gute Gründe, Fremde zu hassen und Aidan war zurück gekommen mit der Absicht, ihren Wünschen nachzugeben und seine schottische Braut aus ihrem Heim zu entfernen. Und wenn die Frau ihren Sohn verlieren sollte, dann war das das Mindestmaß an Achtung, das Aidan ihr erweisen konnte.

Es schien, als sei dies nicht notwendig.

Irgendwie hatte Lìleas es geschafft, eine Brücke zwischen ihnen aufzubauen, zweifellos über den Jungen. Sie waren beide Mütter, überlegte er und nur eine Mutter kann wirklich den Schmerz und Verlust einer anderen nachfühlen.

Dann merkte er, dass Lìleas ihn nicht mehr beachtete. Ihre Aufmerksamkeit war auf das Kind fixiert und Aidan saß ruhig da und beobachtete, wie sie den Jungen behandelte. Una hatte gesagt, dass sie ihn mindestens einmal verraten würde, bevor sie ihren wahren Weg fand. Wenn er sie so sah, glaubte er nicht, dass sie in der Lage war, ein Kind zu töten.

Also was zum Teufel meinte Una?

Bis auf das leise Schnarchen Glennas war es still im Zimmer. Nach einer Weile gab Lìleas Glennas Hand frei und stand auf. Sie nahm ihren Arisaid ab und ging um das Bett, um ihn um Glennas Schultern zu legen und die schlafende Mutter so gut wie möglich zuzudecken. Aidan war heilfroh, dass sie nicht die Caimbeul Farben trug, aber sie würdigte Aidan nicht eines Wortes oder Blickes, um zu sehen, ob er irgendetwas gemerkt hatte. Eine einfache nette Handlung ihrerseits sollte ihn nicht dazu bringen, seinen Schutzpanzer fallen zu lassen. Nein! Er *durfte* es nicht zulassen. Das Risiko für seinen *Clan* war viel zu hoch. Ohne ein Wort stand er auf und ging hinaus und ließ sie zumindest für den Moment alleine mit dem Jungen.

Er brauchte frische Luft.

Nein, er brauchte mal einen Moment, ohne auf das allzu hübsche Gesicht seiner Braut zu starren und diesen kleinen Löckchen, die sich unter ihrem dunklen Umhang gelöst hatten und die er so gerne aus ihrem erschöpften Gesicht gestrichen hätte. So, wie sie es offensichtlich in nur wenigen Stunden mit Glenna gemacht hatte, so hatte sie schon angefangen, auch ihn zu verhexen.

Sein Vater hatte immer gesagt, dass sich nur Dummköpfe in Sicherheit wogen und weise Männer voller Zweifel waren. Wenn das stimmte, war Aidan in diesem Moment der weiseste Mann von allen.

In der Ferne konnte er das Licht des Leuchtfeuers erkennen. Musik und Gelächter hallten durch die Nacht, ein gutes Zeichen, dass noch kein Kopf aufgespießt worden war.

Andererseits, die aufgespießten Köpfe ihrer *schottischen Gäste* wären recht unterhaltsam für seine Männer, aber er kannte sie gut genug, um zu wissen, dass sie ihm gegenüber niemals ungehorsam sein würden, noch nicht einmal aus Rache. Nein, ihre Gäste müssten etwas Scheußliches tun, um sich dieses Schicksal zu verdienen und selbst dann würden seine Männer erst einmal kommen, um ihn zu retten. Es war viel wahrscheinlicher, dass seine Männer mit ausreichend *uisge* intus und sich sicher wegen der vielen Wachen die verhassten Schotten in ihrer Mitte übersehen würden.

Er hörte raues Gelächter und entspannte ein wenig; er dachte an die Sternschnuppen, die er gesehen hatte und fragte sich, ob es das war, wovon Una gesprochen hatte. Seine Mutter war nach ihnen benannt worden. Aber sie war nun schon lange tot und konnte ihm nichts mehr dazu sagen. Sicher hatte er vor diesem Abend schon viele Sternschnuppen gesehen, aber nie drei auf einmal. Und wenn es nun göttliche Zeichen waren, was zur Hölle konnten sie bedeuten?

Nichts, beschloss er. Sie waren schlicht und ergreifend Sterne, die in Ungnade gefallen waren.

Wie sein Glaube.

Er stand da eine Weile und genoss den Klang des Schilfrohrs und die kühle Nachtluft. Der Herbst war im Anmarsch und es war ein wenig kühl. Bald würden die Blumen auf den Wiesen verblüht sein und das Gras eine goldene Farbe annehmen. Obwohl dies schon die Ankündigung für den Winter war, war dies seine Lieblingsjahreszeit, wenn ein Mann dankbar für eine gute Frau in seinem Bett sein konnte.

Er zitterte unwillkürlich bei dem Gedanken an Lìleas und zwar nicht aus Abneigung, gestand er sich überrascht ein. Er spürte Vorfreude in seiner Magengrube und seine Nerven lagen wieder blank.

Ob sie wohl auch an den Beischlaf dachte?

Natürlich tat sie das, sie war schließlich eine erwachsene Frau, die schon ein Kind geboren hatte und einen toten Ehemann hatte. Sie wusste genau, was auf sie zukam, sobald die entsprechenden Worte gesprochen waren.

Würde sie ihn verschmähen oder würde sie ihn umarmen und den Sex genießen? Dieser Blick in ihren Augen. Er wusste nicht, was es war; aber es war kein Ekel in ihnen.

Diese blauen Augen hatten die Macht, ihn zu übermannen.

Er sog die frische Nachtluft ein und roch das Leuchtfeuer und dann endlich dachte er an seine Schwester Sorcha und er raffte sich auf, sie zu suchen und zu sehen, dass alles in Ordnung war.

Obwohl sie bestimmt schon die ihnen zugeteilten Wachen gesehen hatten, wollte Aidan, dass die beiden Lakaien Davids auch seine Gegenwart fühlten. Beim kleinsten Zeichen von Verrat würde er ihnen die Kehle durchschneiden und zwar schneller, als sie schreien konnten und das galt auch für das *siùrsach* Mädchen.

Ein Verräter war ein Verräter.

In der Stille des Zimmers senkte Lìli den Kopf und betete. Es war tröstlich, dass der Junge nicht mehr so schwer atmete. Sie hatte alles für den Jungen getan, was sie konnte und nun blieb ihnen nichts anderes übrig, als zu warten. Sie betete auch für sich:

Heilige Erde, unserer aller Mutter

Hilf mir, einen starken Geist und ein sanftes Herz zu haben

Lass mich mit Weisheit handeln, Angst und Zweifel überwinden.

Im dämmrigen Licht blickte sie auf die Mutter des Jungen. Glenna war noch jung, vielleicht nicht älter als Lìli. Der Schlaf hatte ihr Gesicht geglättet und sie sah auch noch fast wie ein Kind aus. Sie hatte schwarze Haare und etwas dunklere Haut als Lìli und sie schien Lìli gar nicht so unähnlich zu sehen.

Sie sah sich im Zimmer um. In einer Ecke standen

der Webstuhl und ein Bündel Schafsfelle, die noch gesäubert werden mussten. Auf dem Regal sah Lìli verschiedene farbige Tinkturen, die sie vielleicht zum Färben ihrer Wolle benutzte. Ein halbfertiger Streifen Karostoff hing über der Rückseite des Stuhls am Webstuhl und ein weiteres lag zusammengefaltet auf dem Boden. Lìli erkannte, dass es das gleiche Muster war wie das auf der Bettdecke in der Kate, wo sie schlafen sollte. Es waren die Farben von Aidans *Clan* – blutrot und tannengrün.

Die Kerzen sahen auch bekannt aus. Sie hob die abgebrannte Kerze neben sich auf, drehte sie um und suchte nach der bekannten Markierung. Sie fand das Symbol, das Cailín ihr gezeigt hatte, auch auf der Rückseite dieser Kerze. Sie überlegte, dass diese Leute lebten, als seien sie eins und ihre sämtlichen Fertigkeiten und Güter teilten.

In Keppenach schrien die Dorfbewohner immer nach mehr und wollten ihren Anteil. Zur Erntezeit hatte Stuart sich so manche Beschwerde anhören müssen und über die Schulden von Männern verhandelt, wo kaum eine Kompromissbereitschaft zur Zahlung vorhanden war. Meist war es so, dass, wenn einer kein Gold hatte, um etwas zu kaufen, er ohne auskommen musste bis er es kaufen konnte. Oder er stahl es.

Es war noch zu früh, um sicher zu sein, aber Lìli hatte das Gefühl, dass hier etwas anders war, als wenn diese Leute ein wahrlich vereinter *Clan* waren.

Sie zitterte und ihre Augen fielen wieder auf die schlafende Glenna, bedeckt mit ihrem eigenen Arisaid um die Schultern.

Die Nacht war kalt geworden.

Lìli fror.

Sie stand auf und ging zum Kamin, wo das Feuer langsam ausging. Sie nahm den Topf vom Haken, legte frisches Holz nach und schürte das Feuer. Es gab keinen Grund mehr, den *vin aigre* warm zu halten. Also ließ sie ihn zum Abkühlen stehen. Sie hoffte, dass der Junge bald aufwachen würde. Sie wollte unbedingt die Farbe seiner Augen sehen. Waren sie grau wie die seiner Mutter oder waren sie dunkel und tief wie die ihres Sohnes? Oder grün wie Aidans und die seiner Geschwister? Sie hatte noch nie in ihrem Leben so viele grünäugige Männer und Frauen an einem Ort gesehen.

In der Zwischenzeit, während sie wartete, begann sie eine Mahlzeit aus Glennas Speisekammer vorzubereiten. Es sollte fertig sein, wenn die beiden aufwachten, denn dann würden sie hungrig sein. Glenna würde nicht in der Lage sein, sich um ihr Kind zu kümmern, wenn sie sich nicht vorher ernährte.

Es war wahrlich so viel passiert seit ihrer Ankunft, dass Lìli das Gefühl hatte, als sei sie schon seit einer Woche da. Sie fühlte sich noch nie erschöpfter als in diesem Moment, aber da war etwas von Haus aus Richtiges in dem, was sie tat. Sie hielt nicht inne, um zu hinterfragen, warum sie sich so wohl fühlte, weil es ihr Schuldgefühle verursachte.

Aidan hatte sie mit Glenna alleine gelassen. Hieß das, dass er ihr vertraute? Hatte sie irgendwie irgendeinen Test bestanden?

Wenn dem so war, war sie dankbar und beschämt zugleich, weil es eine Sache gab, die Aidan niemals tun sollte; und das war, ihr zu vertrauen.

KAPITEL NEUN

Mit einem Stöhnen der Befriedigung zog Rogan einen kleinen Stein aus seinem Hintern und warf ihn weg. Dann strich er einen weiteren von unter seinem Schulterblatt weg. Bei Gott, diese Menschen leben wie Wilde und zwangen einen Mann, sich seine Vergnügungen hinter Felsen in steinigen Feldern zu suchen. Zumindest gab der niedrige Nebel ihnen etwas Privatsphäre. Er nahm Avelines Hand, die auf seiner Brust lag und drückte sie sanft. „Wenn sie es nicht tun kann, musst du es für sie tun", befahl er ihr.

Bei allen Heiligen, er hatte viel zu viel zu verlieren, als dass er Lìleas erlauben konnte zu scheitern, denn wenn alles erledigt war, würde er auch Caimbeuls Ländereien durch seine Heirat mit Lìli erben. Padruig und er hatten das abseits des königlichen Rates vereinbart. Der alte Mann würde nicht ewig leben und er hatte keine noch lebenden Söhne, nur eine Tochter. Sein Wohlstand war mit dem Fluch seiner Tochter vertrocknet. Im Gegenzug hatte Rogan einer saftigen Zahlung in Gold an ihn zugestimmt. Mit dem Bestechungsgeld von Rogan und der Zahlung von König David konnte sich Padruig Caimbeul zweifellos die Loyalität vieler kaufen; aber es konnte Rogan egal sein, selbst wenn er gegen König David persönlich in den Krieg zog, solange Rogan alles, was der raffgierige alte Blutsauger sich aneignete, erben würde.

Andererseits würde Avelines Vater möglicherweise viel verlieren, wenn Padruig zum Langfinger wurde, denn das Land ihres Vaters grenzte im Süden direkt an Caimbeul Land. Teviotdale war schwach und alt und ihr einziger Bruder war ein Weichling, der eine Vorliebe für hübsche Männer hatte.

Aber das musste Aveline alles nicht wissen. Im Moment passte es ihm ganz gut, dass das dumme Mädchen glaubte, dass er sie eines Tages heiraten würde. Dass ihr Vater ihre Tugendhaftigkeit riskiert hatte, als er sie ohne ein Heiratsversprechen nach Keppenach schickte, war nicht Rogans Sorge. Das war die Dummheit eines Borderlords. Er war nur überrascht, dass er Aveline noch nicht geschwängert hatte, obwohl er sie seit ihrer Ankunft in Keppenach unaufhörlich durchfurcht hatte.

Was, wenn er keine Söhne zeugen konnte? Der Gedanke, seine gesamten Besitztümer an Stuarts halbstummen Sohn zu vererben, gefiel ihm gar nicht. Ja, das Kind konnte wohl sprechen; aber egal, wie nett er den Jungen behandelte, um seine Mutter für sich zu gewinnen, der kleine Bastard starrte ihn einfach mit seinen nuss-braunen Augen an, was Rogan ein ekelhaftes und ungutes Gefühl in der Magengrube gab.

„Mach dir keine Sorgen, Rogan. Ich werde dich nicht enttäuschen", versprach Aveline. Sie spreizte ihre Finger auf seiner nackten Brust. Sie sprach wie eine hoch wohl geborene Erbin, dachte er. Schade, dass ihre Nase zu lang war und ihre Augen die Farbe von Babyscheiße hatten.

Sie hatten einen ruhigen Platz für ihren Beischlaf gefunden und waren nun befriedigt und er erlaubte ihr, ihren Kopf auf seiner Brust abzulegen. Das passte ihm auch ganz gut, denn es war kühl geworden, nun, da auch seine Leidenschaft abgekühlt war. Aveline war nicht Lìleas, aber sie wusste, wie man einen Mann befriedigte; das musste er zugeben.

Wenn es sich herausstellte, dass Aveline unfruchtbar war, würde er sie vielleicht selbst nach der Hochzeit mit Lìleas noch behalten, für den Fall, dass die Frau seines Bruders so kalt im Bett war wie ihr Benehmen.

Verdammte Lìleas! Sie war eine Eiskönigin, die ihn bei jeder Gelegenheit abblitzen ließ.

Zumindest tröstete es ihn, dass Stuart nicht viel von seiner frigiden Braut gehabt hatte, denn er hatte keinen Austausch von Zärtlichkeiten zwischen den beiden gesehen, obwohl Stuart sich in das Mädchen verliebt hatte. Wie zur Hölle sein Bruder es jemals geschafft hatte, ein Kind in ihren Bauch zu pflanzen, war Rogan ein Rätsel, denn er konnte sich nicht vorstellen. dass Lìleas für irgendeinen Mann freiwillig die Beine breit machte. Wenn sie ihm endlich gehörte, würde er sie oft und gut durchfurchen. Bah, er glaubte nicht an Hexen und Zauberei! Und wenn jemand seinen toten Bruder fragte, würde Stuart zustimmen. Die blöden Bastarde hatten sich noch nicht einmal die Mühe gemacht nachzusehen, wessen Feder an dem Pfeil, den sie aus dem Auge seines Bruders zogen, befestigt war. Alles was nach oben flog, musste natürlich wieder herunterkommen und Stuart war nicht der einzige an dem Tag, der einen Pfeil in die Luft geschossen hatte.

Heute Nacht schienen die Sterne hell und er seufzte, als er an das Gold dachte, das er durch Davids Gunst verdienen würde.

„Du weißt, ich würde alles für dich tun", schwor Aveline und zog sanft an einem einzelnen Haar auf seiner Brust. Das nervte ihn, aber er sagte nichts. Es war notwendig, dass sie ihm noch ein wenig diente, also würde er nichts sagen, was ihren Eifer bremsen würde, insbesondere jetzt, da er gezwungen war, sie zu verlassen sobald die Hochzeit stattfand. Das war die Vereinbarung. Nur eine Person durfte bei der schönen Lìli bleiben, und das musste Aveline sein.

Aveline seufzte und atmete laut aus dabei. „Ich liebe dich, Rogan", sagte sie ein wenig außer Atem.

Die Worte stießen Rogan sauer auf, aber er zwang sich, sie zu wiederholen. Er dachte darüber nach, dass er Lìleas Liebe nicht brauchte. Padruig hatte Recht. Er würde ihrem Charme nicht erliegen, so wie sein Bruder. Liebe war für sein Vorhaben nicht notwendig. Er brauchte nur in ihr hübsches Gesicht sehen und schon bekam er einen Ständer. Es war ihr Gesicht, das er vor Augen hatte, wenn er mit Aveline schlief und es war ihr Körper, in den er seinen Samen ergoss. Er stellte sich vor, wie sie unter ihm zittern würde. Aber mit Liebe hatte das nichts zu tun.

Ihre Ländereien waren eine ganz andere Geschichte, die könnte er sehr wohl lieben. Der Gedanke, Herr über die Ländereien seines Bruders und Padruigs zu warden, weckte noch mehr Leidenschaft in ihm als Lìleas entfachen könnte.

Aveline zupfte weiter an seinen Brusthaaren und er legte seine Hand auf die ihre, um sie davon abzuhalten. Während er so lag, sah er eine Sternschnuppe und dann noch eine und eine dritte. Sein Schwanz bewegte sich vor Aufregung. Das war ein Zeichen Gottes, dass seine Pläne in Ordnung waren. „Hast du das gesehen?", fragte er.

„Nö", antwortete sie und hob ihren Kopf. „Was war denn?"

Rogan lächelte in sich hinein. Es war nur für ihn gedacht, entschied er und beschloss, nichts zu sagen. „Nichts", log er und drehte sie zurück auf ihren Rücken. Dann legte er sich auf sie und lächelte sie recht fröhlich an. „Wenn das hier alles vorbei ist, wird es dir an nichts fehlen", schwor er. „Ich werde dich fürstlich belohnen, Aveline."

„Du bist meine Belohnung!", erklärte sie und sah ihn hingebungsvoll an.

Rogan grinste noch mehr. Genauso musste sie bleiben.

Der Gedanke an seine zukünftigen Reichtümer ließ seinen Schwanz ganz hart werden. Er brachte sich in Position auf ihrem dünnen Körper. Er mochte es, wenn sie ihren Kopf nach hinten bog und sich ihre kleinen Brüste ihm flehend entgegenstreckten. Sie stöhnte leise und in dem Moment überlegte er, wie einfach es sein würde, ihr den Hals um zudrehen, wenn ihm danach war und er sich doch gegen eine Konkubine entschied.

Er nahm ihre Handgelenke und hielt sie fest gegen den steinigen Boden. Sie stöhnte die ganze Zeit und räkelte sich unter ihm wie eine rollige Katze. Sie schien nicht zu merken, dass sie ihren Rücken durch die Spitzen Steine aufschlitzte. Er stieß seinen Schwanz in sie hinein und war froh, dass sie ihn nicht ansah. Ihr Gesicht war von ihren Haaren bedeckt und unter dem Mondlicht konnte er so tun, als sei sie Sankt Lìleas. *„S e luid a th'annad",* knurrte er und der Gedanke, dass sie die alte Sprache nicht verstand, machte ihn noch geiler. Sie war schließlich nur eine Lowland Schlampe.

„Hast du deine Braut schon verloren?" Tadelnd hob Lael ihre Augenbrauen, als sie Aidan alleine sah.

Aidan antwortete nicht, aber er kam und stellte sich neben sie und mit verschränkten Armen stand er da und suchte seine Gäste. Außer einigen wenigen schien jeder *Clan*smann heute anwesend zu sein und das Wetter und den *uisge* zu genießen. Bald würde es Winter sein und sie waren ohne Furcht vor der Bedrohung durch die Schotten oder möglicher Krankheiten. Die Scoti waren nur wenige und sie waren entschlossen, die Krankheit nicht zu ernst zu nehmen. Es war einfacher zu leugnen, als zuzugeben, dass es eine Seuche unter ihnen gab. Aber mit dem armen Dunc würden es nun vier Tote sein und Aidan machte sich deswegen Sorgen.

Es war nicht die Art, seiner Schwester weiter nichts zu sagen. Sie war eigentlich wie ein Hund, der mit seinem Knochen spielte bis nichts mehr dran war. „Ich dachte, ich würde es nie erleben, dass mein Bruder einer Schottin hinterher läuft wie ein rolliger Hund."

Er sah sie ein wenig böse an, gönnte ihr aber den Moment, ihn ein wenig zu ärgern. Er wusste genau, wie sie sich fühlte. Ihm ging es ja genauso; die ganze Situation ekelte ihn an. Es tat ihm weh, Lìleas zu verteidigen. Aber nachdem, was er gesehen hatte, fühlte er sich dazu gezwungen. „Ich habe sie bei der Pflege von Duncan zurück gelassen", sagte er. Mehr wollte er dazu nicht sagen.

„Das hat Sorcha auch gesagt; aber sie hat auch behauptet, dass du Lìleas und Glenna alleine gelassen hast, damit sie einander umbringen könnten. Wäre es nicht viel einfacher, deine schottische Braut nach Hause zu schicken, wenn du sie nicht willst?"

Aidan wusste nicht, was er wollte. „Ich hatte sie bei Sorcha gelassen und war bei Una, um Rat zu holen. Sorcha hat die beiden alleine gelassen, ich nicht." Er schaute Lael entschieden an, wendete sich aber ab, als sie ihn mit ihrem Blick durchbohrte.

Lael schaute ihn genau an und ihre schlauen grünen Augen waren unbarmherzig. Von all seinen Geschwistern kannte sie ihn am besten. Er konnte vor ihrem wissenden Blick nichts verbergen. „Sie dachte, du würdest dir Sorgen machen und dass du dir alles von der Seele reden wolltest. Scheinbar haben Lìleas und Glenna einen Weg zueinander gefunden."

Aidan sah sie an und sah, dass sie es ernst meinte und er war dankbar für die Pause. Er brauchte den ehrlichen Rat seiner Schwester und keinen Teufelsbraten, der ihn in seinen Stiefeln erschauern ließ. „Das ist mir auch aufgefallen." Und wieder wunderte er sich darüber. „Was ist mit den anderen?"

Laels Ton wurde wieder knapp. „Der Bruder und seine *siùrsach treiben es auf der Wiese wie die Kaninchen.* Fergus hat ein Auge auf sie aus der Ferne."

Aidan musste bei dem Gedanken an den alten Krieger mit seinem verschrumpelten Schwanz lachen und malte sich aus, wie er den beiden beim Sex zusah. Fergus, der schmutzige alte Bock würde nicht einen Moment wegsehen und seine Schwester wusste das ganz genau. Aber Aidan wollte gar nicht daran denken, was er wohl beim Zuschauen tat. „Und was ist mit dem Priester und den anderen?"

„Da drüben." Sie drehte ihr Kinn in die Richtung, in die er sehen sollte. „Der Priester hat seinen Platz am Feuer nicht verlassen. Er sitzt da und betet seinen Rosenkranz und starrt ins Feuer – er betet zweifellos für unsere Seelen. Die anderen sind den ganzen Abend an seiner Seite geblieben."

„Die sehen ein bisschen aus, als wären sie von Wölfen umzingelt."

Lael lehnte sich an ihn und lächelte plötzlich „Aber das sind sie doch, nicht wahr?"

Insofern ihn Fremde den dún Scoti nannten, war das wichtigste Tier für ihn tatsächlich der Wolf und es war auch der Kosename seines Vaters für ihn und seine Geschwister gewesen. Sein Vater hatte ihn als den stärksten seiner Wolfsjungen bezeichnet. Aber Erinnerungen an seinen Vater waren schwierig für ihn, ohne Zorn zu verarbeiten und so befasste er sich nie lange damit, besonders jetzt nicht, wo er zu seiner schottischen Braut finden wollte, die er im Namen des Friedens angenommen hatte. „Wo ist Sorcha jetzt?"

Laels Lächeln verschwand. „Wer weiß? Wahrscheinlich ist sie zu Una gelaufen, als sie dich gesucht hat. Oder vielleicht ist sie zu Glenna zurück gegangen?"

Das hätte er auch tun sollen, überlegte er, als er sah, dass Cailin und Keane bei den *uisge* Fässern Blödsinn machten. Er konnte an ihren Gesichtern und den schleichenden Bewegungen sehen, dass die beiden nichts Gutes im Schilde führten. Er gestikulierte in ihre Richtung. „Pass auf, dass das, was die beiden aushecken, nicht zum Streit zwischen unseren Männern und unseren Gästen führt."

Während er diese Worte sprach, sah er, wie Keane zu ihrer Schwester Cailin ging, die sich mit einem brennenden Stock im Gras versteckt hatte. Aus Erfahrung wussten sie, dass uisge ziemlich entflammbar war. Falls irgendjemand Zweifel hatte, brauchten sie nur Fergus fragen, warum keine Haare mehr auf der einen Seite seines Gesichtes wuchsen. Er hatte den Fehler gemacht und hatte mit Kerzenlicht nach einem Haar in seinem uisge gesucht. Das Haar hat er nie gefunden, aber die Hälfte seines Bartes hatte er verloren.

„Verdammt!", rief Lael und rannte schon los in die Richtung, als ihr kleiner Bruder eine Zündschnur aus Stoff hinter einem der Fässer entzündete. Gott sei Dank wurden die Fässer am Strand nahe dem Wasser aufbewahrt. Er dachte an den Jungen, mit dem er an dem Nachmittag getrunken hatte und runzelte die Stirn. Hatte er wirklich geglaubt, dass Keane schon ein Mann war? Dieser Moment machte ihm klar, dass das ein Trugschluss war. Noch war er einfach ein aufsässiger Junge. Und Cailin sah zwar aus wie eine ausgewachsene Frau, aber sie war genauso ein kleines Teufelchen wie ihr Bruder. Aidan blieb lang genug stehen, um sicherzugehen, dass Lael die beiden rechtzeitig erreichte. Keane und Cailin sahen sie kommen und versteckten sich aus Angst und glücklicherweise für den weiteren Hergang des Abends war die Zündschnur recht lang, Lael schaffte es rechtzeitig und trampelte sie aus. Dann verfolgte sie die Ausreißer. Das alles geschah hinter dem Rücken der Gäste, die davon nichts mitbekamen.

Aidan zuckte zusammen bei dem Gedanken, dass sie fast gute Fässer voll *uisge* zerstört hätten. Wenn er jedoch ehrlich war, musste er zugeben, dass er es gerne gesehen hätte, wenn die vier Schotten, die dort wie Statuen standen, mit ihren *Claymore*s im Arsch, einen ordentlichen Schreck bekommen hätten. Sie sahen aus wie Statuen, obwohl seine Leute die ganze Zeit um sie herum feierten. Es sollte bestimmt ein Scherz sein; aber es hätte viel Schlimmeres passieren können, als vier Männer, die vor Schreck in den See sprangen und er schüttelte den Kopf über die Dummheit seines Bruders, denn er wusste genau, wie Keanes Verstand tickte.

Morgen würde er ein ernstes Wort mit dem Jungen reden und ihm klarmachen, dass das hier kein Spiel war. Der Frieden für seinen *Clan* stand auf dem Spiel. Und mit diesem Gedanken machte er sich auf den Weg zurück zu Glennas Kate.

KAPITEL ZEHN

Sorcha kletterte die Leiter hinunter und rief nach Una.

Es schien immer viel kälter in Unas Grotte zu sein als anderswo in den Hügeln. Sorcha war sich ganz sicher, dass der Winter genau hier geboren wurde; zumindest scherzte ihr Bruder immer, dass dies so sei.

„Endlich!", rief Una. „Hast du mir meinen *uisge* mitgebracht, Mädchen?"

„Hier ist er", erklärte Una und hob ihre Hand, um sich bemerkbar zu machen. An den letzten beiden Sprossen stolperte Sorcha fast.

„Vorsichtig", warnte Una und als das Mädchen mit beiden Füßen auf der Erde stand, lud sie sie ein, sich neben der Feuerschale nieder zu lassen, während sie am Tisch mit Mörser und Stößel weiter arbeitete.

Sorcha stellte den *uisge* auf Unas Tisch und blieb dann stehen, um zuzusehen, was das braune Pulver im Steinmörser war. „Was machst du?"

„Ich bereite Hexenpurpur vor", erklärte Una mit ihrem üblichen Hang zur Dramatik. „Im Feental gepflückt am dreizehnten Tag des Mondes!"

Die Aufregung der alten Frau war ansteckend. „Ach! Du warst im Feental?"

Una nickte. „War ich! Am dreizehnten Tag des Mondes", wiederholte sie mit einem verschwörerischen Zwinkern.

Normalerweise besuchte nur Una den Ort oben auf dem Kamm, aber sie hatte Sorcha im vergangenen Frühling einmal mitgenommen. Sie hatte sie gewarnt, dass nur die mit reinem Herzen es wagen dürften, dorthin zugehen. Cailin und Keane sagten, es sei nur eine blöde Blumenwiese, aber Una glaubte, es sei etwas Besonderes und Sorcha glaubte eher Una. Obwohl ihr Una manchmal etwas wirr erschien, fand Sorcha, dass sie die weiseste Person sei, die ihr je begegnet war. „Und was hast du mit dem Hexenpurpur vor?"

Unas eines gute Auge funkelte schelmisch. „Fein zerstoßen wird es Aidan und Lìleas auf einer Hauswurz voller Würmer serviert!"

Sorcha machte ein angeekeltes Gesicht. „Ewww. Ich glaube nicht, dass sie das essen werden."

„Das werden sie, wenn sie sich Eheglück wünschen", sagte die alte Frau mit Überzeugung.

Sorcha stellte sich die Hauswurz mit den sich schlängelnden Würmern vor, mit feinem braunen Puder oben drauf und entschied für sich, dass sie persönlich lieber ehelichen Zwist ertragen würde, als das zu essen. „Gut, obwohl ich nicht glaube, dass du Aidan überzeugen wirst, das zu essen", erklärte sie. „Er mag seine schottische Braut noch nicht einmal!"

„Er mag sie schon", argumentierte Una. "Und deswegen, mein liebes Kind, muss ich sicherstellen, dass er es isst."

Manchmal verwirrte die alte Frau sie, aber Sorcha sah ihr gerne beim Arbeiten zu.

Glücklich lächelnd hämmerte Una weiter auf die Mischung im Mörser und machte daraus ein so feines Puder, dass es unter dem Stößel in ihrer Hand wie Rauch aussah. Sie nahm eine Prise von etwas anderem und gab es hinzu. „Deine Mama hat mir auch immer so zugesehen", erzählte sie.

Sorcha sank auf die Knie und legte ihr Kinn auf dem Arbeitstisch ab. „Bevor sie die Kleinen bekommen hat?"

„Ja." Sie hob eine weiße Augenbraue. „Lange bevor sie diesen Wüstling, deinen Vater, heiratete und alles Interesse an einer alten Frau und deren Kunst verlor."

Sorcha wusste, dass sie sich nicht wirklich beschwerte, denn sie erzählte oft Geschichten von dem alten *Chief*, als er mit ihrer Mama zusammen war und wie sie sich so sehr geliebt hatten; und jedes Mal, wenn sie von ihnen sprach, waren wehmütige Tränen in ihren Augen. Una hatte ihre Mama und ihren Papa geliebt und wenn sie über ihren Tod sprach, weinte sie immer bitterlich. Sorcha hatte sie auch einmal weinend an Caoineags Pool gefunden. Sie war dem Geräusch gefolgt und hatte gehofft, den Weinenden in den Wasserfällen zu finden; aber nur Una war da.

Sorcha wünschte sich, dass sie ihre Mutter zumindest kennen gelernt hätte. Ihr Papa wurde in dem Jahr vor ihrer Geburt umgebracht und ihre Mutter starb bei ihrer Geburt. Manchmal hatte sie deswegen ein schlechtes Gewissen.

Während Una mit ihrem Geplapper abgelenkt war, lehnte sich Sorcha über den Tisch und roch an der Mischung, die Una zusammen mischte. „Es riecht wie Myrte", sagte sie.

Una nickte. „Du hast eine sehr gute Nase", lobte sie Sorcha. „Es freut mich außerordentlich, dass du ein Interesse und eine Begabung für diese Dinge hast. Es ist egal, was alle glauben: ich werde nicht ewig leben, mein Kind. Vielleicht nimmst du eines Tages meinen Platz ein?"

Sorcha sank wieder auf ihre Knie. „Ich würde schon; aber ich habe keinen Zauber", widersprach sie.

„Wie kann ich deinen Platz einnehmen, wenn ich keinen Zauber habe, Una?"

„Aber das tust du doch", erklärte die alte Frau. „Du hast einfach noch nicht deine wahre Natur erkannt, mein Kind."

Sorchas Verwirrung stand ihr wohl ins Gesicht geschrieben, denn Una erklärte ihr dann. „Du hast erkannt, dass Lìleas gut und freundlich ist, oder?"

Sorcha nickte.

„Woher weißt du das?"

Sorcha zuckte mit den Schultern.

Una lächelte geduldig. „Ja, aber du weißt es. Du hast das Wissen, Kind und ich werde dich den Rest lehren, wenn du es willst."

Sorcha grinste. „Bringst du mir auch bei, wie man Steine in die Luft steigen lässt?", unkte sie. Jeder wusste, was man Una nachsagte und Una hatte von den Gerüchten nie etwas verneint oder zugegeben.

Und auch jetzt zwinkerte Una ihr nur zu. „Wenn du wirklich bereit bist zu lernen, dann gibt es viel Wissen zusammenzutragen. Lìleas weiß das auch. Ich habe das Gefühl, dass sie den alten Traditionen sehr zugetan ist."

„Woher weißt du das?"

„Vielleicht weil ich alt bin", meinte sie. „Wir alten Leute haben so unsere Art oder vielleicht, weil ich auch das Wissen habe. Aber du musst jeder Sache auf den Grund gehen und manche Antworten wirst du nie finden."

Sorcha dachte kurz über diesen Ratschlag nach und dachte dann sofort wieder an die schöne neue Braut ihres Bruders. „Glaubst du, dass Aidan sie behalten wird?"

Una knurrte bei der Frage so sehr, dass etwas von der Myrte in Sorchas Gesicht flog. „Ach Kind, glaubst du, dass das Mädchen ein Hund ist? Nein, die Frage ist nicht, ob Aidan sie behält, Sorcha." Sie wartete einen

Moment, vielleicht um zu sehen, ob Sorcha die Antwort vor ihr geben würde; aber Sorcha wusste nicht wirklich, was sie sagen sollte. Endlich sagte Una: „Die Frage ist, ob Lìleas bleiben wird."

Sorcha dachte auch darüber nach; aber dann fiel ihr der Fluch wieder ein. Obwohl sie Lìleas schon lieb gewonnen hatte, wollte sie ihren Bruder nicht wegen eines dummen Fluchs verlieren. Jetzt, wo Cat weg war, war Aidan der einzige ihrer Geschwister, mit dem sie wirklich reden konnte. Keane und Cailin ärgerten sie immer und Lael war viel zu sehr damit beschäftigt, ihre vielen Messer zu schärfen. „Ja, Una; aber was ist, wenn sich Aidan in Lìleas verliebt. Wird er dann nicht auch sterben?"

Unas Kopf fing an zu wackeln, wie immer, wenn sie angestrengt nachdachte. „Ach, was das betrifft fürchte ich, dass die Worte des Fluchs sehr, sehr stark sind und von den Feuern des Zorns geschmiedet wurden; aber es gibt etwas mächtigeres als Hass, mein Kind, und es hat einen viel größeren Zauber ‚als diese alte Frau hier je heraufbeschwören könnte."

„Liebe?", gab Sorcha instinktiv als Antwort.

Una sah Sorcha sehr genau an und wieder begann ihr Kopf zu wackeln, wenn auch nicht ganz so stark wie zuvor. „Ja", sagte sie endlich. „Aber es muss wahre Liebe sein. Weniger reicht nicht."

Sorcha dachte ein wenig über den Rat der alten Frau nach und überlegte dann, ob sie fragen sollte, wie sie wissen könnten, ob es wahre Liebe war; aber tief in ihrem Herzen wusste sie die Antwort bereits. Außerdem würde Una sowieso nur mit verwirrenden Rätseln antworten. „Una, du hast gesagt, Lìleas wäre unsere Retterin. Ist das wegen der Krankheit?", überlegte sie laut.

Sie hatte Glennas ängstliches Gebet gehört, dass das ‚Schweißfieber' ihren *Clan* nicht wieder heimsuchen solle. Viele Jahre vor Sorchas Geburt hatte es eine ähnliche Seuche in ihrem Tal gegeben, der die Hälfte von ihnen zum Opfer gefallen war. Aber das war sogar lange vor Aidans Geburt und es konnte sich kaum jemand daran erinnern Außer Una.

Die alte Frau schien gedankenverloren. Sie seufzte schwer. Nach einer ganzen Weile sagte sie: „Das habe ich so nicht vorausgesehen. Es gibt eine viel gefährlichere Seuche unter uns, eine für die Lìleas in der Tat das einzige Heilmittel ist. Diese Seuche, von der ich spreche, ist jedoch keine körperliche, Sorcha. Es ist eine des Herzens und des Verstandes."

„Aha", sagte Sorcha und ihr Kopf begann auch zu wackeln. Während sie über das Dilemma nachdachte, fiel ihr Duncan ein und sie hatte das Gefühl, dass alles gut werden würde. Es war keine Vision oder Prophezeiung, sondern einfach ein Bauchgefühl, ein Gefühl des Friedens, wenn sie sich sein Gesicht vorstellte.

Die alte Frau lächelte sie plötzlich an und mit dem wissenden Blick, den sie oft hatte, sprach sie aus, was Sorcha gedacht hatte: „Ja, er wird wieder gesund. Und jetzt, mein liebes Kind, schenke mir zwei Finger breit ein und hole mir mein Buch von meinem Stuhl und bringe es hierher."

„Ja!", rief Sorcha und rannte los, das Buch zu holen. Es war aus Schafshaut und in Leder eingebunden und keiner durfte es ohne Unas Erlaubnis anfassen, denn es war alt und empfindlich wie ein Spinnennetz. Ohne Unas Geschichten dazu hatte es allerdings nur wenig Bedeutung. Sie öffnete das Buch vorsichtig und es öffnete sich auf der gleichen Seite wie immer, wenn es in ihren Händen war, beim Symbol des Wolfs. „Der Gefährte des Gottes des Waldes", sagte sie und zeigte mit dem Finger auf das alte Symbol. Una hatte ihr einst erklärt, dass alle Symbole in dem Buch mit Blut gemalt worden waren. Ihre Geschwister – sie alle – waren im

Zeichen des Wolfs geboren. Aidan trug oft das Bild des heulenden Wolfs auf der Brust.

Die alte Frau nickte weise. „Mutig und voller Ehre, aber manchmal von seiner eigenen Loyalität geblendet."

Sorcha runzelte verwirrt die Stirn. „Una, warum sind meine Brüder und Schwestern Wölfe, aber ich bin ein Rabe?"

Una kniff die Lippen zusammen und sie arbeitete erneut heftig mit dem Stößel. „Ach Kind, darüber reden wir ein anderes Mal."

Mit der Antwort gab sie sich zufrieden, denn sie kannte Una gut genug, um zu wissen, dass Una ihre Geheimnisse erst dann preisgab, wenn es ihrer Meinung nach an der Zeit war. Sorcha machte es sich am Feuer gemütlich und hörte Unas Geschichten zu bis sie auf dem Wolfsfell einschlief.

Dieses Mal war Glenna wach, als Aidan zur Kate kam.

Duncans Mutter saß an seinem Bett und aß eine dampfende Schale Eintopf.

Der beißende Geruch des *vin aigre* hing noch in der Luft; ansonsten duftete es in der Kate nach gekochtem Kohl und Möhren und dann fiel ihm ein, dass er außer ein paar Gläsern *uisge* den ganzen Tag noch nichts gegessen oder getrunken hatte. Mit einem Knurren protestierte sein Magen.

Nun schlief Lìleas an Duncans Seite. Sie hatte immer noch ein feuchtes Tuch fest in der Hand. Selbst im Schlaf sah man die dunklen Ringe, die sich unter ihren Augen gebildet hatten.

„Bist du hungrig, *Chief*?", fragte Glenna.

Aidan nickte, hob aber die Hand, um ihr anzuzeigen, dass sie neben ihrem Sohn sitzenbleiben sollte. „Ich kann es mir selber holen", versicherte er.

Aber Glenna ignorierte ihn. Sie stellte ihre Schale

ab und ging zu ihm hin, um ihm behilflich zu sein. „Nein, Lìli muss auch noch essen. Ich bringe euch beiden etwas. Setz dich bitte."

Aidan war erstaunt über die Vertrautheit, mit der sie über die Frau auf dem Bett ihres Sohnes sprach. „Sie sieht im Moment nicht nach Essen aus", meinte er und kratzte sich am Kinn.

Glenna lachte und füllte die Schüssel weiter. "Sie ist gerade erst eingeschlafen; Duncans Fieber ist zurück gegangen!", sagte sie und hörte sich so glücklich an wie schon lange nicht mehr, eigentlich seit dem Tod ihres Mannes Ranald nicht mehr. „Er war wach und hat ein bisschen Brühe getrunken. Sie reichte Aidan die Schale mit Hoffnung in den Augen. Sie blickte auf den Eintopf in der Schale vor ihm und sagte: „Ich muss ihr Rezept haben. Es war kaum etwas in meiner Speisekammer, aber diese Suppe ist recht gut!"

Aidans Löffel stoppte auf halber Strecke zwischen der Schale und seinem Mund. Überrascht sah er auf. „Lìli hat das gekocht?"

Sie hatte es offensichtlich nicht vergiftet, denn Glenna war putzmunter. Und sie machte gerade eine Schale für Lìli fertig. „Ich habe beschlossen, dass sie ja nicht ihr Vater ist", gab sie zu.

Verdammt, dachte Aidan. Also war sie nicht nur die Retterin dieses Hauses, jetzt also auch noch Köchin. Kein Wunder, dass Glenna das Mädchen mochte. Dabei war sie erst einen Tag da. An einem Tag hatte sie Glenna und scheinbar auch Sorcha für sich gewonnen. Ach, sie musste eine Hexe sein, oder eine Heilige. Er hatte sich noch nicht ganz entschieden, welches von beiden sie war. Er wusste jedoch, dass sie sich ihren Schlaf mehr als verdient hatte und dann ein herzhaftes Frühstück und er würde dafür sorgen, dass sie beides bekam, sobald er aufgegessen hatte. Er lehnte eine weitere Schale ab und sagte Glenna, dass er sich nun um Lìleas kümmern würde.

Er wünschte Glenna eine gute Nacht und trug ihr auf, am nächsten Morgen über Duncans Zustand Bescheid zu geben. Dann sah er den Arisaid in einem Haufen auf dem Boden, wo Glenna geschlafen hatte. Obwohl ihm sicher kalt werden würde am Rücken, nahm er seinen Umhang ab und deckte Lìleas damit zu. Dann hob er sie in einer Bewegung hoch in seinen Armen.

Sie war zu müde, um sich zu wehren, sie murmelte irgendetwas im Schlaf und schlang dann ihre Arme um seinen Hals.

„Verbrenne den anderen", befahl er Glenna ohne sich noch einmal umzudrehen. „Den braucht sie nicht mehr." Er würde es verdammt noch mal nicht zulassen, dass seine Frau den Umhang eines anderen Mannes trug!

KAPITEL ELF

Das Geräusch plätschernden Wassers ließ Lili langsam zu sich kommen. Sie öffnete die Augen ohne Orientierung, denn dies war ein ungewohntes Geräusch.

Sonnenlicht strömte durch die Ritzen der Fensterläden. Sie war sich nicht sicher, wie sie hierher gekommen war, aber sie erinnerte sich vage, dass sie durch die kühle Nachtluft getragen worden war und dass sie sich an den Mann, der sie trug, angeschmiegt hatte.

Bei dem Gedanken wurde sie ein wenig rot.

Im Moment war sie alleine. Sie sah sich um und erblickte ihre Kisten, die hierher gebracht worden waren. Sie wusste genau, in wessen Zimmer sie war.

Dies war das Zimmer des *Laird*s.

Aidans Sachen waren überall: Wolldecken mit der kräftigen roten und grünen Farbe, wie in seinem Umhang. An einer Wand hing eine Dolchsammlung und ein Wandteppich mit einem heulenden Wolf in der Mitte. Alles in diesem Zimmer spiegelte seinen Bewohner wider. Hier gab es nichts Weiches oder Dekoration um ihrer selbst willen. Ihre Kisten standen auf dem Boden neben dem Bett. ansonsten war das

Zimmer makellos; die Wände und der Boden waren aus Holz, was das Zimmer etwas roh aussehen ließ. In der Mitte des Raumes stand das große verzierte Bett. Das Bett wirkte wie ein Podium und stand genau mittig. Vielleicht stand es so, damit er vom Bett aus die Tür besser bewachen konnte. Sie fragte sich, ob er mit seinem *Claymore* unter dem Bett schlief. Es war voller schwerer Decken und groß genug für vier Personen. Und sie fragte sich mit hochrotem Gesicht, ob der *Laird* von Dubhtolargg hier bei ihr die letzte Nacht gelegen hatte. Es hätte sehr gut sein können, denn das Bett war so riesig, dass sie an gegenüberliegenden Enden hätten schlafen können ohne sich jemals zu berühren.

Dieser Gedanke trieb sie aus dem Bett, denn sie wollte nicht, dass Aidan sie immer noch im Bett vorfand und dies als Einladung missverstehen würde. Der Beischlaf kam erst nach der Zeremonie.

Sie stand also auf und ging direkt zum Fenster. Durch jede Ritze im Holz strömte Sonnenlicht herein. Sie öffnete die Läden und sah, dass sie irgendwo in dem Gebäude auf dem Wasser war und der Ausblick nahm ihr fast den Atem.

Es war seltsam und doch so schön, vom Fenster so unmittelbar auf den See zu schauen, insbesondere mit der Sonne auf der glasklaren Oberfläche. Es war wahrhaftig wunderschön und sie hätte nichts dagegen, wenn …

Es gab nur ein Problem.

Aidan dún Scoti.

Ihr Blick wanderte zurück zum Bett und sie ging hinüber auf die andere Seite, wo er gelegen hätte. Die Laken waren kalt und gaben ihr keinen Anhaltspunkt, ob er da nun geschlafen hatte oder nicht.

Sie war hin- und hergerissen, denn er war ihr Verlobter, ein Mann, vor dem David von Schottland Angst hatte; der Mann, dessen Leben sie ein Ende bereiten sollte und der ihr so viel Zärtlichkeit entgegengebracht hatte letzte Nacht. Er hatte sie hierher gebracht, anstatt sie neben der schmutzigen Aveline in dem schmalen Bett abzulegen. Er hatte ihr erlaubt, hier bequem und warm zu schlafen – ohne sie anzufassen. Ihre Kleidung war unversehrt, nur ihre Schuhe waren ausgezogen worden. Dies waren nicht die Taten eines Wilden.

Sie versuchte, sich selbst zu überzeugen, dass sie all dies für das Wohl Schottlands tat. Scheinbar hielt David Aidan für eine Bedrohung des Friedens unter den *Clans*. Durch seine Geschichten hatte sie ein Bild von Aidan als riesigen bemalten Wilden bekommen, mit fettigen Haaren, Blutflecken auf seinen Kleidern. Und seine Leute als blutrünstige Feinde, die dauernd an Knochen nagten. Das war das Bild, das David gemalt hatte und Rogan hatte es noch ausgeschmückt.

Aber das war nicht die Wahrheit.

Diese Menschen waren kein Stück anders als ihre Leute. Die Geschichten waren alle Lügen. Dies waren vielleicht einfachere Leute, aber ansonsten wie die in jedem anderen *Clan*.

Die Wahrheit beunruhigte sie, denn das hieß, dass sie doch mehr im eigenen Interesse handelte als sie wahrhaben wollte. Und doch würde sie den *Am Monadh Ruadh* persönlich für ihren Sohn beiseite schieben.

Neben der Feuerstelle sah sie einen kleinen Wasserkrug und eine Schüssel mit sauberem Wasser und sie ging hin und sprühte sich ein wenig Wasser ins Gesicht. Sie hoffte, dass sie dann von diesem Albtraum aufwachen würde und sich in ihrem Bett in Keppenach wiederfinden würde, bei ihrem kleinen Sohn.

Kellen, süßer Kellen, wie geht es dir wohl?

Das Wasser im Krug war eisig. Ihre Haut brannte, aber es war angenehm und sie überlegte, ob es wohl irgendwo entlang des Sees einen versteckten Platz gab, wo sie baden könnte. Sie hatte Angst, sich auszuziehen, aus Angst, dass jemand hereinkam. Sie konnte ihren *Arisaid* nirgendwo finden und dachte, dass sie ihn wohl bei Glenna zurück gelassen hatte. Sofort kam die Sorge um Glennas Kind wieder hoch und sie überlegte, wie es ihm wohl ging.

Nachdem Aidan sie alleine gelassen hatte, hatten Glenna und sie lange geredet, hauptsächlich über ihre Kinder. Lìli hatte geweint, obwohl sie beschlossen hatte, dies nicht zu tun. Tränen würden nicht wirklich etwas ändern und sie hatte die arme Frau belogen, denn Lìlis Sünden waren viel größer als die, dass sie ihren Sohn zurück gelassen hatte. Heute Morgen hatte sie ein schlechtes Gewissen wegen der vielen freundlichen Worte von Glenna und ihren Dankesbekundungen.

Würde sie sich später auch noch bedanken? Wenn ihr *Chief* tot war?

Bestimmt nicht, denn es war klar, dass diese Leute ihren *Laird* liebten, etwas, was Lìli nicht vergönnt sein würde. Also stählte sie ihr Herz und dachte an ihr eigen Fleisch und Blut. Sie hatte hier einen Auftrag zu erfüllen und es tat ihr nicht gut, diesen Leuten gegenüber sanftmütig zu werden.

Und doch hätte sie Duncan nicht anders behandelt, nicht anders behandeln können. Kinder waren immer unschuldig.

Plötzlich ging die Tür auf und Lìli drehte sich um und strich sich das Kleid glatt. Sie fühlte sich unwohler als je zuvor in der Gegenwart eines Mannes, da sie schuldig war, obwohl sie noch niemand wegen irgendetwas angeklagt hatte.

Aidan hielt die Luft an.

Er hatte erwartet, dass sie noch im Bett liegen würde, da es noch früh war; aber sie stand mit dem Rücken zum offenen Fenster im Sonnenlicht. Das goldene

Licht umgab sie wie ein schimmernder Heiligenschein und ihr Anblick traf ihn gänzlich unerwartet.

In dem Moment erinnerte sie ihn an einen Kelpie, einen Geist, der halb-Pferd, halb-Frau dazu verführte, sie zu reiten und dann mit ihm in den See stürzte, wo sie ertranken.

Obwohl er sich auf trockenem Land befand, ertrank er gerade in diesen blauen Augen.

Da er wusste, dass sie wahnsinnig müde sein musste, hatte er sie schlafen lassen und war aufgestanden, um sich um seine Geschäfte zu kümmern. Da das Frühstück in der Halle schon längst abgeräumt war, brachte er ihr ein Tablett mit Brot, Käse, gekochten Eiern und Beeren. Zum ersten Mal in seinem Leben hatte er das Bedürfnis, jemanden auf diese Art zu bedienen. Das Tablett fühlte sich komisch und schwer an in seinen Händen.

„Du bist wach", sagte er dummerweise.

Der Klang seiner eigenen Stimme nervte ihn.

Sie nickte und sah dabei aus wie ein wunderschönes verängstigtes Reh im Angesicht eines Jägers, bewaffnet mit Pfeil und Bogen. Ihr Blick fiel auf das Tablett in seiner Hand und zu seinem Leidwesen wurde er rot. Er hätte das Tablett am liebsten fallen gelassen und wäre weggegangen. Aber er widerstand. Er blieb so tapfer stehen wie ein Krieger im Angesicht des Todes.

Aber sie war wohl kaum ein Spiegelbild des Todes. Im Gegenteil, sie war die Schönheit in Person selbst, mit ihrem ungekämmten Haar und ihrem zerknitterten Kleid, in dem sie geschlafen hatte. Die weiche blaue Wolle stand ihr außerordentlich gut und betonte ihre Kurven.

Dieses Kleid gefiel ihm viel besser als das höfische Kleid, in dem sie gekommen war. Er kannte das Kleid, denn als David das erste Mal nach dem Tod seines Bruders Alastair nach Dubhtolargg gekommen war, um sich Aidans Loyalität zu versichern, hatte er seine englische Frau Maud dabei. Sie hatte dieses Kleid getragen. Sie waren nur eine einzige Nacht geblieben, denn die Gräfin von Huntingdon war von ihrem kargen Lebensstil nicht sehr angetan und hatte ihren Mann dazu gedrängt, in ihr geliebtes Zuhause im Süden zurückzukehren.

Letzte Nacht hatte er neben Lìleas gelegen mit einer Entfernung zwischen ihnen, die so breit wie ein Fluss war und doch so nah, dass es ihn gequält hatte. Mit seinen schwieligen Händen hatte er die Zöpfe aufgeflochten. Aber er hatte sich nicht getraut, sie zu berühren, denn das hätte sein Niedergang sein können. Er hatte noch nie in seinem Leben eine Frau so begehrt wie sie; besonders nachdem, was er gestern gesehen hatte – ihre Freundlichkeit zu seiner Schwester und zu Glenna und dem Jungen.

Heute Morgen hatten sich einige Löckchen von ihrem Zopf gelöst und vielen unordentlich in ihr Gesicht, wie eine kastanienfarbene Wolke. Ihre Wangen waren rosig und ihre blauen Augen hell und faszinierend. Sie hatten genau die Farbe des Kleides, etwas, was ihm in dem dämmrigen Licht bei Glenna gar nicht aufgefallen war.

Er merkte jetzt, dass er sie anstarrte und sah weg. Er ging zum Bett und setzte das Tablett endlich ab. „Ich dachte, dass du vielleicht frühstücken möchtest", sagte er und schob das Bettzeug etwas weg vom Tablett. Er fühlte sich wie ein ungeschickter Junge, nicht anders als sein Bruder Keane und er fühlte sich nicht besonders gut bei dem Gefühl.

Sie bedankte sich, blieb aber stehen und beobachtete ihn wie ein erstarrtes Tier, bereit zur Flucht. Wenn er etwas Falsches sagte, könnte sie vor seinen Augen verschwinden.

Ach, sie war wahrscheinlich feines Gerede und feine Leute gewöhnt und er war nur ein einfacher Mann.

Außerdem hatte er bisher noch nie einer Frau den Hof gemacht und er war sich nicht ganz sicher, dass es das war, was er wollte.

Die ganze Situation war sehr verwirrend.

„Ich habe deinen *Arisaid* verbrennen lassen", sagte er, nur um etwas zu sagen. Er wollte, dass sie verstand, dass sie nun seine Braut war und dass er den Handel zu Ende bringen würde. Eigentlich wollte er sie so schnell wie möglich heiraten, am liebsten heute Abend, wenn sie nicht gerade ein Kind beerdigen mussten. Aber es sah ja danach aus, dass Duncan dank Lìli überleben würde.

Bei seinen Worten blinzelte Lìli.

Er hatte ihren Arisaid verbrannt?

Wie ein verängstigtes kleines Mädchen blieb sie erstarrt stehen und wartete, dass er etwas sagte. Aber als er es tat, traute sie ihren Ohren nicht.

Beim heiligen Kreuz, warum würde ein erwachsener Mann so etwas Kindisches tun? Wenn das nicht unzivilisiertes Verhalten war, wusste Lìli nicht, was unzivilisiert war. Sie hatte diesen Wollumhang gemocht und schließlich sollte man gute Wolle nicht einfach verschwenden, egal, welche Farbe es war.

„Warum zum im Himmel hast du das gemacht?"

Er drehte sich zu ihr um, seine Hände hinter seinem Rücken und seine grünen Augen glitzerten wild. „Weil ... ich nicht will, dass *meine Braut* die Farben eines anderen Mannes trägt. Verstehst du, Mädchen?" Er sprach ruhig, ohne den geringsten Anflug von Zorn, aber der besitzergreifende Ton in seinen Worten ließ sie erschauern.

Lìli sträubte sich. „Ich bin nicht dein Eigentum, noch nicht einmal deine Frau, mein Lord, bis wir nicht die Worte gesagt haben!"

„Aidan", beharrte er. „Hast du so viel Zeit mit den Scheiß-*Sassenachs* verbracht, dass du all ihre Gebräuche und ihre Sprache angenommen hast?"

Lìli hob ihr Kinn. „Ich habe keine Zeit bei den Engländern verbracht. Falls du es vergessen hast, durch meine Adern fließt Caimbeul-Blut! Ich bin Schotte genau wie du!"

Zu spät merkte sie, dass das das Falscheste war, was sie zu ihm hätte sagen können. Plötzlich stand er da, sein Mund zuckte vor Zorn, obwohl er nicht antwortete.

„Ich bin kein Schotte", sagte er überdeutlich.

Sie bereute ihren Ausbruch und sie versuchte, ihre Worte irgendwie weicher klingen zu lassen und ihn trotzdem daran zu erinnern, dass sie sehr wohl eine Wahl hatte in der Sache, auch wenn das nicht wirklich der Fall war. „Aber ich bin es und zwar durch und durch und ich muss dich erinnern, dass ich als solche die Freiheit habe, den Mann zu heiraten, den ich will!"

Er kniff die Augen zusammen und die Muskeln in seinen Armen zuckten unter seinem Hemd in voller Anspannung. „Aber ist das nicht der Grund, warum du hier bist, Lìleas Caimbeul? Du hast nicht gewählt, dich dem verhassten Bergschotten für den Frieden zu opfern?"

Sein ruhiges Verhalten täuschte sie nicht. Tatsächlich sah er in diesem Moment viel gefährlicher aus als in dem Moment, als sie ihn traf mit seinem *Claymore* und seiner Kriegsfarbe.

Lìli bekam wirklich Angst unter seinem prüfenden Blick.

„Nein", fuhr er fort, während sein Gaumen weiter zuckte. Er kam einen Schritt näher, seine Augen durchbohrten sie. „Was hatte David behauptet? Nicht nur Frieden zwischen unseren *Clans*, sondern zwischen allen *Highlander*n, zu denen ich gehöre, auch wenn ich die Idee einer Bruderschaft mit Schottland noch nicht akzeptieren kann." Als sie nichts entgegnete, fuhr er fort: „Ist dir klar, dass es ein verdammter Caimbeul war, der dabei stand und zusah, als Giric seinen König kaltblütig ermordete?"

Lìli schüttelte den Kopf, weil ihr nicht ganz klar war, von welchem König er sprach. Sie kannte sich in der Politik der Männer nicht aus. Aber David lebte, als sie ihn das letzte Mal gesehen hatte.

„Ja, sie flüsterten in Aeds Ohren als Freunde und hielten gleichzeitig ihre Dolche an seinem Rücken bereit."

Plötzlich merkte Lìli, dass er von einem Verrat von vor 200 Jahren sprach. Kein Wunder, dass diese Männer nicht voran kamen, denn sie hingen an ihren alten Verletzungen, als seien es frische Wunden. Warum konnten sie die Vergangenheit nicht ruhen lassen?

„Deswegen", sagte er, „erinnere mich nicht, wessen Blut durch deine Adern fließt, sonst muss ich dich daran erinnern, dass Verrat deine wahre Natur ist."

Er blickte auf das Tablett mit Essen, das er ihr gebracht hatte und schaute angeekelt, als wenn er die Geste schon bereuen würde.

Lìli versuchte, vernünftig mit ihm zu reden. „Du sprichst von uralten Geschichten, Aidan! Es ist schon lange an der Zeit, die Kränkungen ad acta zu legen."

„Uralte Geschichten? Kränkung nennst du es?" Er holte seine Hände hinter seinem Rücken hervor und ballte sie zu Fäusten. Er kam einen weiteren Schritt in ihre Richtung. Lìli hatte den Eindruck, dass sie als Mann schon längst auf dem Boden gelegen hätte. „Vielleicht erinnerst du dich nicht mehr, dass es dein Vater war, der von einem freundschaftlichen Essen mit Blut an seinen Händen wegging?"

Lìlis Augen waren vor Schreck weit aufgerissen.

„Wir haben Jahre gebraucht, um die Blutflecken in der Halle abzuwaschen", sagte er mit Bitterkeit in der Stimme.

Von allen Szenarien, die Lìli sich hätte vorstellen können, war dies unvorstellbar. Sie hatte immer ein Bild von ihrem und Aidans Vater in einer Schlacht, aber nicht zusammen an einem Esstisch. Wenn ein Mann in die Halle eines anderen eingeladen wurde, dann wurde diese als sicherer Zufluchtsort angesehen. Jetzt verstand sie, warum Glenna bei ihrer Begrüßung so giftig war.

Und doch konnte sie es nicht wirklich glauben. Es musste irgendeinen Verrat gegeben haben, der ihren Vater dazu gezwungen hatte. Sogar Padruig würde eine so alte Tradition nicht missachten.

„Es ist am besten, wenn du daran denkst, dass ich kein Schotte bin", riet er ihr. „Und ich werde nie einer sein und das musst du akzeptieren, wenn du meine Frau werden sollst." Seine Augen glitzerten in dunkler Vorahnung.

In dem Moment wurde Lìli klar, dass die Vergehen beider Seiten nicht so einfach durch ihre Ehe ausgeräumt würden. Die Ehe mit diesem Mann würde die Kluft zwischen ihren *Clans* nur noch vergrößern.

Aber wenn er sie jetzt ablehnte, gab es vielleicht noch Hoffnung?

„Ja, aber ich *bin* eine Schottin", entgegnete sie. „Und du kannst mich nicht zu etwas machen, was ich nicht bin! Vielleicht solltest du mich doch zu meinem Vater zurück schicken?"

Er schien sie eine Ewigkeit lang anzustarren und Lìli hielt die Luft an, während sie auf seine Antwort wartete. Wenn er sie noch vor der Zeremonie zurück schickte, dann wäre sie vielleicht von ihrer Last befreit. Oder würde David ihr die Schuld geben, dass sein Plan schief gegangen war. Was würde dann aus ihrem Sohn?

Sie war zum Zerreißen auf seine Antwort gespannt und gleichzeitig hatte sie tief in ihrem Inneren Angst, dass er sie wegschicken würde.

Seine Augen brannten vor Zorn. „Hast du dich freiwillig für diese Verbindung entschieden, Lìleas?"

Lìli antwortete nicht, denn – nein, das hatte sie nicht gewählt. Es war ihr befohlen worden, aber das konnte sie nicht sagen. Diese Hände, die sie getragen hatten und das Tablett gebracht hatten, könnten ihr im nächsten Moment das Genick brechen, wenn er wegen des wahren Grunds der Hochzeit Verdacht schöpfte.

Irgendetwas in ihrer Miene musste ihn noch zorniger gemacht haben, denn seine Augen wurden noch dunkler. „Hast du dich freiwillig entschieden, meine Braut zu werden?", beharrte er.

„Ja, natürlich!" Lìli gab nach.

Er löste die Schnalle an seinem Umhang mit geschickten schnellen Händen und warf ihn dann in ihre Richtung. „Das ist dann dein Umhang und kein anderer. Wenn ich auch nur einen Moment an dir zweifle, Lìli, werde ich dich mit einer Nachricht für deinen Vater nach Hause schicken. Das verspreche ich dir. Also mach dich bereit. Heute Abend werden wir vor deinem und meinem Priester stehen und die Worte sagen, die du angeblich sagen willst; und dann wirst du mich nie wieder an das Caimbeul-Blut in dir erinnern. Du wirst als meine Frau aufwachen, die Herrin von Dubhtolargg!" Er drehte sich plötzlich um und ging hinaus. Sie war alleine.

KAPITEL ZWÖLF

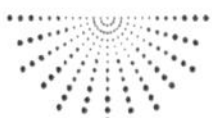

Bei allem, was heilig war, Aidan hätte sie nach Hause schicken sollen.

In diesem zornigen Moment hätte er es vielleicht getan, insbesondere, wenn er Unas Worte bedachte, dass sie vielleicht sein Tod sein würde. Aber irgendetwas hatte ihn zurück gehalten. Ob es die Angst in ihrem Gesicht war oder etwas anderes, konnte er nicht genau sagen. Seine Entscheidung war jedoch nicht ganz selbstlos oder sogar vernünftig.

Er wollte sie haben!

Es war absoluter Wahnsinn; aber er wollte Lìleas mit einer Intensität, die sich nicht leugnen ließ. Er sagte sich, dass es Unas Prophezeiung war, die ihn antrieb.

Aber das stimmte nicht.

Er hatte keinen blassen Schimmer, wie diese eine Frau seinen *Clan* retten sollte. Er wusste noch nicht einmal, wovor sie ihn retten sollte. Aber er sehnte sich nach ihr wie ein Säufer nach seinem *uisge* und seine Zügellosigkeit erstaunte ihn. Er war kein Mann, der sich dem Überschwang hingab und er war auch niemand, der Maßlosigkeit guthieß. Diese laute, krakeelende Gier war ein Markenzeichen der Engländer und von Schotten wie Caimbeul, die ihre englischen Reichtümer mehr liebten als ihre Ehre.

Aidan war beileibe kein Mönch. Das Gebäude war jedoch einfach, obwohl sie doch einen solchen Schatz hüteten. Es gab mehr im Leben als das Füllen der Geldtruhen und das Bauen von Mauern, um plündernde Banden abzuwehren. Nein, seine Leute lebten in einer Einheit mit dem Land an sich und der wahre Schatz der Highlands war das Land selbst.

Dagegen erblasste selbst der Stein.

Aber er würde Lìleas niemals gegen ihren Willen festhalten, denn dann wäre er nicht besser als die, die er verachtete. Sie hätte nur sagen brauchen, dass sie diese Verbindung nicht wollte und er hätte sie noch vor dem Abend zurück geschickt und zwar mit wesentlich mehr Schutz als ihr Vater mitgeschickt hatte. Keiner sollte sagen, dass Aidan ein Menschenleben nicht zu schätzen wüsste. Eine Frau war nicht weniger als ein Mann, selbst wenn Caimbeul-Blut durch ihre Adern floss.

Aber sie hatte vor *irgendetwas* Angst.

Irgendetwas hatte sie schneller blass werden lassen als kalter Stahl an ihrem Hals. Als sie ihn aufgefordert hatte, sie wegzuschicken, wurde sie so blass wie sein Hemd, während sie auf seine Antwort wartete.

Er begab sich auf die Suche nach Lachlann, um zu sehen, ob er etwas wusste, nachdem er ihre Begleitung die ganze Nacht beobachtet hatte. Was auch immer sie wollten, er würde es heraus bekommen und würde seinen Frust mit größter Freude an dieser Ratte, die sich ihr Schwager nannte, auslassen.

Wie bereitet man sich auf eine Hochzeit vor, die man nicht will?

Lìli genoss das Essen, das Aidan ihr gebracht hatte, wie eine Verurteilte ihre Henkersmahlzeit. Außerdem schmeckte es gut. Es war von allem etwas da: frisch gekochte Eier, noch warmes Brot aus dem Ofen und eine Handvoll Beeren. Aber ihre Schuld wog tonnenschwer in ihrem Bauch und ihre Selbstverachtung nahm mit jedem Bissen zu. Eine Sache war klar, seine Leute schätzten gutes Essen, dem Frühstück nach zu urteilen. Aber es ging ihr gar nicht gut bei dem Gedanken, dass er sich um sie bemühte. Also würgte sie es weiter hinunter und das saure Gefühl in ihrem Magen verschlimmerte sich bis sie Schmerzen hatte.

Es war natürlich auch nicht hilfreich, dass sie seit mehr als einer Woche nichts Richtiges gegessen hatte und gestern Abend hatte sie nur ein wenig von dem Eintopf probiert, den sie für Glenna und Duncan gekocht hatte.

Sie musste an diesem Morgen dauernd an Kellen denken. Würde sich jemand kümmern, dass er ordentlich aß? Würden sie ihm erlauben, mindestens einmal am Tag in der Sonne zu spielen? Würden sie aufpassen, dass er von den Kriegern fern blieb? Er war schließlich ein neugieriger Junge und sie traute Rogan nicht zu, dass er ihn beschützte. Eigentlich gab es außer einem Kindermädchen niemanden, dem sie in Keppenach vertraute, denn sie wollten sich alle nur beim neuen Lord einschmeicheln und die, die es nicht taten, liefen Gefahr, seinen Zorn zu erregen. Es war faszinierend, wie sich Freundschaften änderten, wenn der Wind aus einer anderen Richtung blies. Natürlich war Stuart kein charismatischer Anführer gewesen und hatte nicht so ein Loyalitätsverhältnis, wie Aidan es zu seinen Leuten zu haben schien.

Beim Lagerfeuer waren Lìli die Blicke seiner Leute in ihre Richtung nicht entgangen, besonders nachdem der *Laird* zu ihr gekommen war. Erst als klar war, dass Aidan sie nicht an Ort und Stelle erwürgen würde, hatten sich alle entspannt und begannen zu trinken und zu feiern. Und doch hatte sich ihr niemand genähert außer Aidan.

Wie würden sie sie aufnehmen, wenn Aidan und sie verheiratet waren? Würden sie sie akzeptieren? Würden sie ihr vertrauen? So sehr sie es auch hoffte, fühlte sie sich auch schrecklich wegen der Art und Weise, wie sie sie verraten würde.

Aber das war dann und dies ist jetzt. Falls Aidan wirklich gemeint hatte, was er gesagt hatte, dann musste sie sich heute Morgen auf ein Hochzeitsfest vorbereiten. Aber wie sollte sie das anstellen, wenn sogar seine Schwestern, außer der jüngsten, sie zu verachten schienen?

Sie könnte Glenna vielleicht um Hilfe bitten? Oder Cailin? Lael würde Lìli scheinbar lieber auf einem der vielen Messer aufgespießt sehen. Und Aveline würde gar keine Hilfe sein. Selbst wenn die Frau nicht nur Augen für Rogan gehabt hätte, könnte Lìli trotzdem eine Dienerin nicht rechtfertigen, denn es war vollkommen klar, dass die Frauen hier ihre Sachen selbst machten. Lìli hatte sich auch in Keppenach keine Dienerin gehalten, weil sie es nicht gewohnt gewesen war. Es war nicht die Art der *Highlander*.

Sie lief auf und ab im Zimmer und überlegte, ob sie das Samtkleid, das David ihr geschenkt hatte, anziehen sollte, oder doch lieber ein etwas schlichteres Kleid. Diese Leute waren viel praktischer und sie fühlte instinktiv, dass ein aufwändiges Kleid hier nicht gut ankommen würde. Sie würden sie nicht annehmen, wenn sie sich absonderte. Es war am besten, wenn sie sie selbst war. Aber was sollte sie anziehen?

Es war ihr egal, was Aidan dachte, sagte sie zu sich. Aber seine Leute mussten sie annehmen, damit sie ihre Aufgabe ausführen konnte, ohne dass tausend Augen auf ihr ruhten.

Sie dachte an die Art, wie er sie angesehen hatte, als

er heute Morgen in das Zimmer gekommen war. Er hatte ausgesehen, als wenn er sie begehrte. Sie kannte diesen Blick, denn er war nicht der erste Mann, der sie so ansah und doch hatte er bis dahin in keinster Weise gezeigt, dass er von ihr angetan war. Im Gegenteil; er hatte sie scheinbar gemustert, für fehlerhaft befunden und war weggegangen. Und doch, heute Morgen war es anders. Dieser Blick ließ sie jedes Mal erzittern, wenn sie daran dachte. Noch nicht einmal Stuart hatte sie so gierig angesehen wie der Wolf mit dem offenen Maul auf dem Wollteppich.

Sie stellte das Tablett beiseite, öffnete die erste Kiste und starrte auf das Samtkleid, das oben auf lag. Sie beschloss, es nicht zu tragen und wünschte sich gleichzeitig, dass sie mehr Kleider hätte. Aber es gab nur das Samtkleid, das, was sie trug und ein weiteres ganz unten in der Kiste, das aber für eine Hochzeit ganz und gar unpassend war. Mehr hatte sie nicht.

Vielleicht könnte sie sich etwas von Glenna leihen, obwohl diese kräftiger gebaut war.

Gerade, als sie sich damit abgefunden hatte, dass sie das Samtkleid würde glätten müssen oder zu Glennas Kate gehen müsste, kamen Sorcha und Cailin.

„Mein Bruder schickt uns", erklärte Cailin. Sie blieb in der Tür stehen. In der Hand hatte sie ein hellblaues Kleid und ein passendes Silberkrönchen, das mit aufwändigen Verzierungen geschmückt war. Sie hob das Krönchen hoch und sagte: „Das gehörte unserer Mutter." Erst dann sah Lìli den Kopf des heulenden Wolfs in der Mitte.

„Du bist die erste, die es seither tragen wird", verriet Sorcha und ihre Augen waren voller Bewunderung, als sie von ihrer Mutter sprach. „Sie war eine Pikten-Prinzessin!"

Lìli winkte die beiden zu sich. Sie war zutiefst gerührt. Sie wollte mehr über ihre Traditionen wissen, damit sie sie befolgen konnte.

Aidan fand Lachlann genau dort wieder, wo er ihn zuletzt gesehen hatte, auf dem Stein sitzend. Nur jetzt schnitzte er kein Holz, sondern bearbeitete einen Käselaib mit seinem Dolch. Aidan erkannte den Laib der alten Morag sofort. Er hatte ihn seit dem Sturz gestern total vergessen. Er runzelte die Stirn.

„Möchtest du ein Stück?", fragte Lachlann. Dann sah er Aidans düsteren Blick und fing an, sich zu verteidigen. „Ich habe ihn hier auf dem Boden gefunden, ein Geschenk der Feen!", schwor er. „Du weißt, ich würde nie einen Laib nehmen, ohne um Erlaubnis zu fragen."

„Ich weiß doch", sagte Aidan.

Der kräftige Mann erklärte: „Mich gelüstet es schon seit zwei Wochen nach einem von Morags Käselaiben und plötzlich lag da einer vor mir. Manchmal werden Gebete erhört."

Er war so aufgeregt, dass Aidan es nicht übers Herz brachte, ihm die Wahrheit zu sagen. „So scheint es." Ach, was soll's. Er konnte genauso gut jetzt ein Stück davon essen. Eigentlich wollte er etwas davon auf das Frühstückstablett legen, und jetzt war er schon halb weg, verschwunden in dem riesigen Bauch Lachlanns. Er kratzte sich am Kinn und gab nach: „Ja, dann gib ein kleines Stück zum Probieren."

Er setzte sich einen Moment zu Lachlann, während dieser ein kleines Stück abschnitt. Er schien sichtbar erfreut über die Gesellschaft, würde aber nicht mehr als nötig vom Käse abgeben. Bevor Lachlann heute von diesem Platz aufstand, würde der Käse weg sein.

Er schluckte den Käse hinunter und streckte grinsend seine Hand nach mehr aus. Lachlann kam seinem Wunsch sofort nach.

„Was weißt du von MacLaren und der *siùrsach*?", fragte Aidan.

Lachlann zuckte mit den Schultern und widmete sich weiter seinem Käse. Er schluckte ihn, ohne zu kauen. „Was gibt es da zu wissen? Fergus sagte, sie hätten es zweimal auf der Wiese getrieben und dann hätte er das Weib ins Bett gelegt, war alleine zurück gekommen und dann in sein eigenes Bett gestolpert. Wie Lael ihm aufgetragen hatte, hatte er vor MacLarens Tür Wache gehalten für den Rest der Nacht, aber er war nicht noch einmal aufgetaucht."

Aidan knabberte an seinem Käse und genoss den Geschmack, während Lachlann seinen weiter hinunterschlang.

Die Schotten waren erst zum Frühstück heraus gekommen, aber es hatte sie ja auch keiner eingeladen. Er hatte es ja auch ganz klar festgelegt, dass die Halle erst nach der Hochzeit betreten werden durfte. Seine Leute würden die Nacht nicht unter demselben Dach verbringen wie die verräterischen Schotten. Erst müssten alle Zweifel ausgeräumt sein.

„Was ist mit den anderen?"

„Der Priester und die Steinstatuen? Sie standen alle am Feuer bis der Priester im Sitzen einschlief und zwar ziemlich spät und dann gingen sie alle zurück in die Kate." Er futterte weiter Käse. „Willst du noch was?"

„Ja, du gieriger Bastard! Warum hebst du dir nicht was für später auf?"

Lachlann strich sich über seinen Bauch. „Ein Mann muss essen", erklärte er.

„Ja, aber wenn du jetzt nicht aufhörst, wirst du eine Woche nicht scheißen können, sage ich dir."

Lachlann lachte und schnitt ein großzügiges Stück für Aidan ab. Mehr wollte er offensichtlich nicht abgeben. Aidan hatte ein ebenso großes Verlangen nach dem Käse.

„Zier dich nicht. Du kannst es ruhig zugeben", sagte

Lachlann. „Ich habe noch nie einen Mann getroffen, der besser scheißen kann als ich." Er zwinkerte.

Aidan grinste. Das war ein Wettstreit, zu dem er nicht bereit war. Es war schlimm genug, diese großen Kerle auf ihrem Fels stehen zu sehen und Sieg schreien zuhören, wenn sie ihre stinkenden Signaturen hinterließen.

Dreckige Bastarde.

Aidan stand auf, um zu gehen. Er gönnte dem Krieger seine Ruhe beim Käse essen, denn er wusste, dass dieser alles stehen und liegen gelassen hätte, wenn ihm Gefahr drohte. Also sollte er sein *Geschenk der Feen* in Ruhe genießen. „Und, hast du heute schon einen von ihnen gesehen?"

„Nein, niemanden."

„Noch nicht einmal die *siùrsach*?"

Lachlann schüttelte den Kopf.

„Also, pass auf, dass jemand sie im Auge behält und lass sie nicht in die Nähe der Höhlen kommen."

„Mach dir keine Gedanken, Aidan. Die Eingänge sind alle bewacht und Fergus kommt und sagt mir Bescheid, sobald einer der Schwachköpfe sein Bett verlässt."

Aidan sah sich um, ob er irgendeinen seiner Männer an der Klippe sehen würde. Da er wusste, wo er genau schauen musste, sah er Turis schwarzen Schopf hinter einem Felsen, aber sonst niemand. „Gut."

„Es sieht so aus, als würden sie sich in ihren Betten verstecken bis Davids Lakai kommt, um sie vor den bösen Bergleuten zu retten." Bei dem Gedanken kicherte und gluckste er. „Ich glaube nicht, dass sie uns auch nur im Geringsten vertrauen."

„Das beruht auf Gegenseitigkeit. Ich mag keine Männer, die sich nicht trauen, sich ihren Feinden zustellen."

Lachlann nickte und sah ihn dann fragend an: „Wo

wir gerade von Feinden sprechen; wirst du das schottische Mädchen wirklich heiraten?"

„Sie ist noch nicht tot", erklärte Aidan ein wenig ernster. „Ich denke, ich werde es tun."

Lachlann begann zu lachen, wobei sein Bauch sich so ungleichmäßig bewegte wie ein Sack Kartoffeln.

„Heute Abend wird es geschehen", verriet Aidan und damit Lachlann nicht seine wahren Gründe erriet, fügte er hinzu: "Wir müssen das Schauspiel nicht noch in die Länge ziehen. Sag den anderen Männern Bescheid. Ich möchte, dass alle bereit sind und auf *jegliches* Zeichen von Verrat achten. Ich möchte, dass all diese Schotten außer Lìleas und ihrer dünnen Dienerin so schnell wie möglich wieder aus dem Tal verschwunden sind. Ich habe erst wieder Ruhe, wenn die Ratten weg sind."

Lachlann nickte. Er verstand, wie Aidan sich fühlte. Auch er erinnerte sich an den Verrat beim Bankett. „Was ist denn mit dem kleinen Dunc?" Lachlann wechselte das Thema.

Aidan antwortete: „Ich bin jetzt auf dem Weg zu Glenna. Ich will sicher gehen, dass es richtig ist, heute zu heiraten und nicht der Tag ist, an dem wir einen Toten begraben. Dem Jungen ging es schon viel besser, als ich gestern ins Bett ging."

„Gut, gut. Ich möchte nicht so bald noch einen Jungen verlieren und der kleine Duncan ist ein guter Junge." Lachlann schaute auf das letzte Stück Käse. Er schien einen Moment nachzudenken und zu zögern; aber dann bot er ihn an. „Geh und gib ihn Glenna für Dunc und sag dem Jungen, es sei ein Geschenk der Feen und dass er ihn wieder stark machen würde. „Er mag den Käse der alten Morag."

Ein kleines Lächeln kam über Aidans Gesicht, als er die Hand ausstreckte, um das Geschenk des großen Mannes für das kleine Kind entgegen zu nehmen. Er war ein wenig neidisch auf Lachlann und auf seinen Glauben. „Ich werde den Jungen von dir grüßen", versprach er und mit einem Zwinkern fügte er hinzu: „Und seine Mama auch." Dann klopfte er Lachlann als Zeichen seiner Freundschaft und Anerkennung auf die Schulter. In einem etwas ernsteren Ton sagte er nun: „Du bist ein guter Mann, Lachlann. Ich bin stolz, dich an meiner Seite zu haben."

Lachlann kniff die Augen zusammen und sah ihn durch seine rostbraunen Wimpern an. „Bah! Jetzt ist aber gut! Du sprichst, als wärst du auf dem Weg zum Galgen, *Chief*. Wir kommen doch zu einer Hochzeit zusammen", versicherte er. „Sie würden denselben Trick nicht zweimal bringen."

Aidan nickte. Aber das würden sie. Das wusste er und wenn Verrat das Vorhaben dieser Schotten war, dann wäre heute Nacht die Nacht. „Also, wenn sie es tun, sind wir vorbereitet."

„Mach dir keine Sorgen, *Chief*. Wir werden da sein. Wenn Verrat ihr Ziel ist, füttern wir ihnen ihre schlagenden Herzen von der Spitze unserer Schwerter." Er hob seinen Dolch und hielt ihn einen Moment in das glitzernde Sonnenlicht, dann leckte er den Rest von Morags Käse mit der Zunge ab bevor er ihn wieder in seinen Gürtel steckte.

KAPITEL DREIZEHN

Was Cailin zu wenig hatte an Ausgelassenheit, machte Sorcha locker wett. Die jüngste von Aidans Schwestern war wie ein Wirbelsturm und führte alle an der Nase herum. Sie war dreizehn und noch nicht einmal ihre ältere Schwester konnte ihren Tricks widerstehen.

Im Gegensatz dazu hielt sich Lael fern. Sie trafen Aidans älteste Schwester in der Halle, als Sorcha Lìli an der Hand durch die Räume zog. Cailin folgte ihnen mit dem Hochzeitskleid und Lael sah mit ausdrücklicher Ablehnung zu und erdolchte Lìli mit einem Blick ausdrücklicher Verachtung.

Lael war angezogen, als wolle sie in den Krieg ziehen mit einem Dolch an jeden Arm oder jedes Bein geschnallt. „Du vermisst deine dünne Dienerin wohl nicht", sagte sie. „Die Frau steht schon seit heute Morgen am Steg und langweilt sich. Wir lassen sie nicht rein. Das gilt ohne Ausnahmen. Das kannst du ihr ausrichten!"

Es war klar, dass sie ihr nicht traute und sie täuschte keine Freundlichkeit vor. Dankenswerterweise schlossen sich ihre jüngeren Schwestern nicht ihrer Meinung an und ließen Lael scheinbar gerne in

Ruhe. Mit säuerlicher Miene schritt sie durch die Halle, während Lìli, Sorcha und Cailin nach draußen gingen.

Aveline stand tatsächlich an der kleinen Plattform, die in die große Halle führte. Sie hatte die Hände vor sich gefaltet und sah aus wie ein verlorenes Täubchen. Zum ersten Mal, seit sie Rogans Geliebte kennengelernt hatte, hatte Lìli ein schlechtes Gewissen, dass sie sich ihr nicht mehr angenommen hatte. In der Tat, Aveline machte es einem nicht leicht, obwohl sie demnächst alleine sein würden hier unter diesen Leuten. Aveline musste traurig sein, auch wenn sie es nie zugeben würde. Als sie an ihr vorbeigingen, nahm sie Aveline an die Hand und beide folgten Sorcha und wanderten von einer Kate zur anderen und riefen die Frauen heraus. Bald folgte ihnen ein langer Zug.

Zuerst waren sie zögerlich, aber dann kamen Mütter und Töchter hinzu mit Schleifen und anderen Gegenständen, um Lìli beim Ankleiden zu helfen. Ob sie nun nervös war oder nicht, man konnte sich der Fröhlichkeit Sorchas, die wie ein Kobold hin-und herlief, nicht entziehen. Zumindest für den Moment konnte Lìli vergessen, wie lächerlich diese Hochzeit war. Sie scherzte mit den Müttern, machte den Töchtern Komplimente und die ganze Zeit versammelten sich die Männer und schauten aus der Ferne zu. In Lìlis Augen war es so, als würden die Männer erst Spaß haben, wenn ihre Frauen Spaß hatten.

Vom Rand des Dorfes sah sie eine Ansammlung von Männern auf einem Feld unterhalb des Berges und für Lìli sah es aus, als würden sie Baumstämme umherwerfen. Sie musste einfach fragen. „Was machen die da?"

„Baumstammwerfen", erklärte Cailin. „Jedes Jahr brauchen wir frisches Holz für den *crannóg*. Die Stämme dürfen nicht zu kurz sein und nur die stärksten Stämme sind gut genug. Die Männer haben aus der Arbeit natürlich einen Wettbewerb gemacht, wie mit allem anderen."

„Ja", unterbrach eine Frau, „Folge bloß keinem von ihnen den Berg hoch!" Sie zeigte auf einen kleinen Gipfel, wo ein besonders großer Fels stand. „Du würdest es sofort bereuen." Sie rümpfte die Nase und wedelte einen Phantasiegeruch weg.

Sorcha lehnte sich an sie. „Es gibt einige, die machen einen Wettbewerb, um zu sehen, wer die längste Wurst kacken kann." Sie nickte bedeutungsschwer. „Wenn du weißt, was ich meine."

Lìli war entsetzt, kicherte aber trotzdem. Sicherlich würde Aidan als *Chief* seines *Clans* bei so etwas nicht mitmachen! Insofern als dass sie doch viel höflicher waren, als Rogan sie hatte glauben machen wollen, so war dies kein Beispiel von zivilisiertem Verhalten. Sie konnte sich nicht vorstellen, dass Stuart oder ihr Sohn bei so etwas mitmachen würden. Noch nicht einmal Rogan hätte so einen vulgären Wettbewerb gut gefunden. Glücklicherweise hatte sie nicht lange Gelegenheit, darüber nachzudenken, denn nun gingen sie den Hügel hinauf, um zu sehen, wie es Duncan ging und zu sehen, ob Glenna mit ihnen mitkommen wollte. Lìli hoffte zum einen, dass es Duncan besser ging und zum anderen, dass Glenna ihn vielleicht ein wenig alleine lassen könnte, um sich selbst eine Pause zu gönnen.

Lìli hatte den Ausgang des Fiebers nicht vorhersagen können, weil sie nur Zeit genug hatte, um es dem Jungen etwas erträglicher zu machen. Sie konnte eigentlich nur vermuten, dass er jung und kräftig war und dass sein Körper sich erholen wollte. Aber seine Erholung war ein ebenso großes Rätsel für Lìli wie die Krankheit selbst.

„Hat Duncan schon etwas gegessen?", fragte sie Sorcha.

Sorcha nickte. „Er hat auch etwas von dem *vin aigre* Trank zu sich genommen, aber er mochte ihn nicht."

Lìli war erfreut, das zu hören. „Es mag das genaue Gegenteil sein, aber es wird seinen Bauch beruhigen."

Sorcha kicherte. „Ja, aber er hatte noch nie ein Problem mit seinem Bauch. Er ist ein kleines Schwein", verriet sie.

Nicht wie Kellen. Ihr Sohn tendierte dazu, nicht gut zu essen. Wenn er an Duncans Stelle gewesen wäre, würde sie gar nicht an den Ausgang denken wollen. Es brach ihr das Herz, wenn sie nur daran dachte. Egal, was passierte, sie musste so schnell wie möglich einen Weg zurück zu ihrem Sohn finden. Aber wenn sie jetzt darüber nachdachte, konnte sie nur weinen. Also verbannte sie diese Gedanken so weit wie möglich aus ihrem Kopf.

Es war ein wunderschöner Tag, trotz der kühlen Luft. Die Bäume begannen, ihre Farbe zu ändern und das Gras war noch immer grün. Die Ebereschen waren noch voller Blätter und hier und da gab es noch Blumen am Wiesenrand. Man konnte leicht vergessen, dass nicht alles Friede, Freude, Eierkuchen war. Sogar Cailins Laune wurde langsam besser und sie trug das Kleid jetzt mit ein wenig mehr Begeisterung.

Glenna hatte sie wohl kommen hören, denn sie begrüßte sie vor dem Haus. Sie sah Lìli lächelnd an. „Duncan schläft", erzählte sie. „Aber erst nachdem er den Rest deines Eintopfes verschlungen hatte. Du musst mir das Rezept geben!"

Lìli wurde rot. „Scheinbar schmeckt alles, was jemand anderes kocht, immer besser als das eigene", sagte sie höflich und wusste, dass es so war, denn sie war wirklich nicht die beste Köchin. Das einzige, was sie jemals gemacht hatte, war den Köchinnen Kräuter zu bringen und diesen Eintopf hatte sie auch nur mit ein paar Kräutern abgeschmeckt. „Darf ich zu ihm?"

Lìli wollte sicher sein, dass sie nicht mehr gebraucht würde. Die Hochzeitsvorbereitungen könnten warten, wenn Duncan sie noch brauchte. Und selbst der Gedanke an das, was nach der Trauung kam, ließ sie auf nichts weniger als eine vollkommene Erholung des Jungen hoffen. Sie wäre trotzdem gerne noch ein wenig bei ihm und seiner Mutter geblieben. Aber Sorchas Aufregung war ansteckend und sie freute sich, dass sich so viele Frauen zu ihnen gesellt hatten. Aber ihr Herz war nicht so recht dabei. Sie bekam Schmetterlinge im Bauch bei dem Gedanken, dass sie bald Aidan wiedersehen würde. Ihre Nerven lagen ziemlich blank. Bald würden sie alleine sein und sie würde dem Mann ihren Körper, aber nicht ihr Herz schenken.

Glenna nickte und sie schien einen Moment zu zögern. Aber endlich öffnete sie die Tür und sagte: „Selbstverständlich. Du bist hier immer willkommen."

Ihre Wangen waren rosig von der frischen Luft und ihre Haare vom Wind zerzaust, aber das Lächeln in ihrem hübschen Gesicht ließ sie strahlen. Aidan war überrascht, denn dieses Lächeln hatte er bei ihr noch nicht gesehen.

Er überlegte, ob er so etwas Wundersames wohl auch würde auslösen können. Er würde sie oft lächeln sehen, wenn ihre Hochzeit ehrlich gemeint war.

Zweifel umgaben ihn weiterhin wie einen Umhang.

Er war den ganzen Tag angespannt und hätte sich gerne beim Baumstammwerfen abreagiert; er musste sich jedoch um die Sicherheit seiner Leute kümmern.

Konnte diese Frau wirklich den Frieden bringen?

Er wollte es glauben.

Durch die offene Tür konnte er die Hälfte der Frauen aus dem Dorf warten sehen. Er blinzelte vor Überraschung. Entweder Sorcha war genauso eine Zauberin wie Una oder seine Braut war auch eine Zauberin, denn sie hatte schon mindestens zwei Dutzend Frauen für sich gewonnen. Wenn sie so weiter machte, hatte sie bald das ganze Dorf verzaubert. Er beschloss, dass es wohl Sorchas Werk war, denn seine jüngste Schwester konnte sehr ungestüm sein und voller Freude. Sie hatte schon eine gewisse Macht, was seltsam war, denn in ihren Adern floss dasselbe Blut.

„L-*Laird*", stammelte sie überrascht ihn dort zu sehen.

Aidan lächelte verbissen, da sie sich offensichtlich immer noch nicht überwinden konnte, ihn mit Namen anzusprechen.

Lìlis Herz blieb stehen.

In dem Moment vergaß sie alle anderen und sah nur ihn. Man konnte seine Gegenwart in der kleinen Kate fühlen. So, wie er sie ansah, raubte es ihr fast den Atem.

Er hatte seinen Umhang extra in seinem Zimmer gelassen und zog die kühle Luft vor. In diesen letzten Stunden wollte sie eigentlich nicht daran erinnert werden, dass sie bald ihm gehören würde, aber sein Blick sagte genau das aus.

Sein schulterlanges Haar wirkte dunkler im Licht von Glennas Kate und die Breite seiner Schultern schien den Raum auszufüllen, was ja lächerlich war, denn er war ein Mann und kein Riese.

„Ich wusste nicht, dass du hier bist", sagte sie unbeholfen. „Ich wollte nur nach Duncan sehen."

„Dies sind meine Leute", erinnerte er sie. „Jede Frau und jedes Kind ist unter meinem Schutz."

Als er seine tiefe dunkle Stimme erhob, wurde es still draußen, als hätten sie plötzlich ein schlechtes Gewissen, dass sie mit ihr gefeiert hatten.

„Natürlich."

Seine Augen durchbohrten sie und sie hatte den

Eindruck, als bereue er das ganze Arrangement. Um seinem prüfenden Blick zu entgehen, wendete sie sich um zu dem Bett, wo Duncan saß und an einem Stück Käse knabberte.

Glenna setzte sich neben ihn. „Erinnerst du dich an Lìli?", fragte sie ihn.

Der Junge nickte und sagte höflich: „Danke sehr."

Lìli lächelte den Jungen an. „Sehr gerne geschehen, Duncan. Ich habe auch einen Jungen in deinem Alter", erzählte sie ihm.

Der Junge nickte. Er hatte braune Augen wie ihr Sohn. „Meine Mama hat es mir erzählt. Wirst du ihn auch hier her holen?"

Bei dieser einfachen Frage versagte Lìlis Stimme. Einen Moment lang konnte sie nicht antworten. Soweit sie es verstanden hatte, würde Kellen niemals hierher kommen, denn wenn Aidan einmal tot war, wäre sie frei zu gehen, wenn seine Leute sie nicht für den Verrat töten würden. Sie nickte trotzdem und vermied es, Aidan dabei anzusehen. „Du würdest ihn mögen", sagte sie. „Ihr seid euch ein wenig ähnlich."

Der Junge lächelte und biss noch einmal von seinem Käse ab. Er hielt den winzigen Rest hoch und zeigte ihn ihr. „Schau, was die Feen mir gebracht haben."

Sorcha kam herüber zum Bett. „Ach! Das ist nur ein Stück vom Käse der alten Morag!", erklärte sie ihm. „Wenn eine Fee den gebracht hat, dann hat sie ihn geklaut."

„Sorcha!", unterbrach Aidan sie mit donnernder Stimme.

Es war still im Zimmer und alle außer Lìli sahen zu Aidan.

Er stand auf und stellte sich so nah hinter Lìli, dass sie die Wärme seines Körpers durch ihr Kleid spürte. „Wenn Dunc es glaubt, woher sollen wir es besser wissen?"

Sorcha sah ihren Bruder fragend an, aber sie schwieg und runzelte die Stirn in Verwunderung.

„Wir wollten eigentlich Glenna abholen, um der Braut bei den Vorbereitungen zu helfen", sagte Cailin. Sie kam vor und zog ihre jüngste Schwester weg von Duncans Bett. Sie flüsterte etwas in Sorchas Ohr, etwas, das Lìli nicht verstand und die Worte lösten einen skeptischen Gesichtsausdruck bei Sorcha aus. So hatte Lìli sie noch nicht gesehen. Sorcha nickte unmerklich und Lìli hatte das seltsame Gefühl, dass sie ein Geheimnis vor ihr hatten. Aber es gab wahrscheinlich vieles, was man ihr erst sagen würde, wenn man sie besser kannte.

Sie war sich des Mannes hinter ihrem Rücken äußerst bewusst und sah nun Glenna an. „Würdest du kommen?"

„Wenn du Lust hast", schlug Aidan vor, „bleibe ich ein bisschen bei Dunc."

„Ach nein! Ich brauche kein Kindermädchen!", protestierte Duncan. „Ich bin doch schon acht!"

Es schien Duncan gut zu gehen und so wollte Lìli, dass Glenna mitkam. Sorcha war jung, Cailin ein bisschen zurückhaltend, Aveline war stumm und Glenna war die erste Freundin, die sie je hatte. Es überraschte sie jedoch, dass Aidan sich anbot, selbst bei dem Jungen zu bleiben.

„Nun", sagte Glenna zögernd. Sie sah Aidan an. Dieser nickte ermutigend und sie gab nach: „Na gut." Dann lächelte sie, holte einen Umhang und rannte an Aidan vorbei. Lìli folgte ihr, drehte sich um und sah Aidan noch einmal an. Das war ein Fehler, denn der Blick, mit dem er ihr begegnete, ließ ihr Herz einmal aussetzen.

„Komm jetzt", forderte Sorcha und nahm Lìli wieder an die Hand.

Zu Lìlis Entsetzen schienen ihre Beine wie gelähmt

und sie wäre fast auf ihr Gesicht gefallen als Sorcha sie aus der Tür heraus zog.

Aidan sah ihnen zu.

In dem Moment, als sie sich ansahen, erkannte Aidan viel mehr, als er hatte sehen wollen. Er sah eine einsame Frau, die sich danach sehnte, von seinen Leuten akzeptiert zu werden. Sie hatte vielleicht Angst vor ihm, aber ihr Blick, als sie Glenna einlud mitzukommen, erinnerte ihn an ein kleines Mädchen ohne Freunde.

Ach, er fühlte sich so hingezogen zu ihr wie noch zu keiner Frau jemals zuvor und er wollte seine Arme um sie legen und sie beschützen. Aber diese Gefühle konnte er sich nicht leisten.

Noch nicht.

Vielleicht niemals.

Er sah ihnen nach, hin- und hergerissen zwischen dem, was sein Herz sagte und dem, was sein Verstand sagte.

KAPITEL VIERZEHN

Hatten sie wirklich gedacht, dass er die Wachen nicht sehen würde?

Rogan war nicht dumm. Er wusste, dass Lìli schwach war. Wenn er die Arbeit für König David ohne sie erledigen könnte, müsste er sie nicht hier bei den Barbaren zurücklassen. Er hatte gesehen, wie Aidan dún Scoti sie angesehen hatte. Wie alle anderen wollte er sie in seinem Bett haben und er war angefressen, weil sie seine Aufmerksamkeit offensichtlich genoss.

Ihm wurde schlecht, wenn er daran dachte, dass sie breitbeinig unter diesem riesigen Wilden liegen würde. Sie hatte wahrscheinlich keine Ahnung, wie man einen Mann erfreute. Sie war eine kalte Schlampe. Jedes Mal, wenn er versucht hatte, sie zu umarmen, war sie zurück gewichen und der Ausdruck in ihrem Gesicht verursachte ihm Magenschmerzen. Die Schlampe hielt sich für etwas Besseres. Die Verfluchte glaubte, sie habe einen besseren Mann verdient! Was glaubte sie denn, wer sie war?

Aber Rogan hatte ihren Sohn. Das war zumindest eine Versicherung, dass sie die ihr gestellte Aufgabe erfüllen würde. Im schlimmsten Fall würde er sie hier lassen, um ihre Aufgabe wie geplant zu erfüllen. Er musste noch sicherstellen, dass Aveline ihre Aufgabe verstand und dass sie Lìli erinnerte, in welcher Gefahr ihr Sohn war, wenn sie versagte.

Und doch, wenn er es ihr ersparen könnte. König David wäre ihm bestimmt noch dankbarer. Obwohl David viel zu anständig war, als dass er sie alle hätte tot sehen wollen, würde er aber kaum um sie trauern. Hatte er den Plan nicht genehmigt? Ja und David wusste genau, wo der Weg hinführte, auch wenn er es nicht ausgesprochen hatte. Der König war verzweifelt. Er wollte, dass Aidans Volk von der Erde verschwand, denn auch wenn sie sich nicht als Schotten bezeichneten, erachteten die *Highlander* diesen als den edelsten *Clan* und fast jeder König seit Aed hatte versucht, sie zu umwerben – bislang ohne Erfolg. Nun versuchten sie, die dún Scoti in die Knie zu zwingen, aber es war klar, dass dies nie passieren würde.

Rogan dachte darüber nach, während er die barbarischen Horden im Wettbewerb mit Baumstämmen auf dem Rücken beobachtete.

Dann schaute er auf seine eigenen Männer, die bei ihrem Priester standen, einer gepflegter als der andere. Das war von vornherein so geplant, um den dún Scoti in Sicherheit zu wiegen, denn sie sahen nicht einen seiner Truppe als Bedrohung an. Auch Rogan war nicht begeistert und fand sie ekelhaft. Der Priester war der schlimmste von allen. Er saß da und bekreuzigte sich andauernd und betete seinen Rosenkranz, als wenn seine Gebete ihn vor dem Zorn der dún Scoti retten würden.

Nein. Man brauchte Hirn und nicht Muskelkraft, um die dún Scoti zu besiegen. In seinen besten Zeiten war Padruig hierher gestürmt wie ein Hammer und hielt sich für eine solche Macht, dass er es nicht für möglich hielt, dass die dún Scoti überleben würden. Aber das taten sie. Tatsächlich ging es ihnen gut, was Rogan seine Taktik noch einmal überdenken ließ.

Sein Blick fiel auf einen Jungen, den sie Keane nannten.

Der Junge stand bei dem Wettbewerb auf dem Feld mit typisch jugendlichen aufgeblasenen Schultern. Bis Lìli kein Kind zur Welt brachte, war er Aidans Erbe. Vielleicht sollte er seine Aufmerksamkeit auf ihn lenken. Als der alte Chieftain der dún Scoti zusammen mit der Hälfte seiner Krieger getötet worden war, hatte Aidan überlebt und den *Clan* zu Wohlstand geführt.

Vielleicht wäre es am besten, Lìli tötete Keane, denn dann wäre eines Tages niemand mehr da, um diese Leute in den Bergen zu führen. Es wären nur noch Frauen da und wer würde schon einer dummen Frau folgen?

In der Ferne sah er eine Prozession von Frauen auf dem Weg zum Ufer des Sees. Sein Schwanz rührte sich, denn er wusste, dass Lìli unter ihnen war.

Sie hatte ihre Zauberei hier schon wieder angewendet und irgendein Kind knapp vor dem Tod gerettet. Ach, auch wenn sie die Hexerei vielleicht nicht beherrschte, dann musste man ihr ein Talent für die Heilkunst zugestehen. Ja, das war ein weiterer glücklicher Umstand. Es schien, als gäbe es hier eine geheimnisvolle Krankheit. Vielleicht würden sie alle ohne großen Aufwand nach und nach dahingerafft werden.

Sein Blick fiel wieder auf Aidans arroganten kleinen Bruder.

Wenn er Aidan nicht selbst umbringen konnte, fand er ja vielleicht trotzdem einen Weg, den *Clan* zu schwächen.

Als hätte Mutter Winter die Highland Nebel persönlich erweckt und so die Winterzeit noch einen weiteren Tag zurück gehalten, so zog sich der Morgennebel wieder in den Bauch des Berges zurück und hinterließ einen grünen Teppich in der Spätsommersonne. Gelächter schallte durch die Ebereschenbäume und ein leichter Wind ließ die Blätter erzittern.

Hoffnung stieg auf wie eine zweite Sonne und hob die Stimmung. Lìli nahm sich einen Moment Zeit, sich vorzustellen, dass sie zum ersten Mal eine Braut sei, frei von den Sünden ihres Vaters und ihrer Pflicht gegenüber der Krone. Die Vorstellung war leicht in Gegenwart dieser fröhlichen Menschen.

Die Frauen führten sie an einen geheimen Ort am See, wo die Klippen aufstiegen und dort entdeckte sie einen spektakulären Wasserfall. So etwas hatte sie noch nie gesehen. Sie stand dort mit offenem Mund und bewunderte die Aussicht. Währenddessen zogen sich alle Frauen aus und legten ihre Kleider beiseite. Eine nach der anderen sprang nackt in das kristallklare Wasser. Sie kreischten in dem kalten Wasser.

Lìli lachte, obwohl sie entsetzt war. Sie war in ihrem ganzen Leben noch nicht draußen unter der Sonne nackt gewesen und noch nie in der Gesellschaft von so vielen Nackten. Alle Größen und Formen waren dabei. Diese Frauen hatten offensichtlich keinerlei Schamgefühl.

Aveline schaute sie entsetzt an und machte ein paar Schritte zurück, als hätte sie Angst, dass die anderen sie hinein ziehen würden. Als sie ihr Gesicht sah, musste Lìli noch mehr kichern. „Ich mach's, wenn du mitmachst", forderte sie Aveline heraus.

Die arme Aveline schüttelte vehement den Kopf und Lìli konnte es nicht glauben, dass sie so einen Vorschlag gemacht hatte. Sie schwankte und war sich plötzlich ihrer blassen Haut sehr bewusst, denn die Frauen waren alle sonnengebräunt. Diese Leute genossen ihr Leben offensichtlich, ohne sich allzu viele Gedanken wegen der Blässe der Haut zu machen.

Aus dem Wasser rief Glenna zu ihnen: „Ach! Meine Damen, ihr habt nichts, was wir nicht auch haben! Kommt und säubert euch!"

„Aidan kommt später!", rief eine und lachte derb.

Die Frauen kicherten und Cailin bespritzte Lìli mit Wasser.

„Was ist, wenn jemand kommt?", sorgte sich Aveline.

Die Frauen kreischten noch mehr und hatten ihren Spaß im Wasser. Lìli schaute den Hügel hinauf, um zu sehen, ob einer der Männer zusah. Aber sie waren hier alleine am Wasser. Was konnte schon passieren? Es stimmte, sie sahen alle gleich aus und warum sollte sie so viel Scham an den Tag legen, wenn die Frauen es auch nicht taten. Sie zog ihre Schuhe aus und stellte sie zögerlich zur Seite.

Aveline schaute entsetzt, als sie merkte, was Lìli vorhatte. „Gott wird dich strafen!", warnte sie. „Der Teufel wird dich holen!"

„Ach, es ist doch nur Wasser", meinte Lìli und war noch nicht ganz sicher, ob sie reingehen wollte. Aber alle schienen sehr viel Spaß zu haben. In ihrem ganzen Leben hatte sie noch nie so viel Gelächter in ihrem Beisein erlebt und sie war neidisch auf die Leichtigkeit dieser Menschen im Umgang miteinander.

„Nun komm schon!", rief Sorcha.

Lìli grinste, aber sie war nicht in der Lage, sich zu bewegen. Sie lachte, schüttelte den Kopf und biss sich auf die Lippe. Die Versuchung war riesig, aber viele Jahre der Sittsamkeit lähmten jede Bewegung. Das kühle feuchte Gras fühlte sich sündhaft gut an unter ihren Füßen.

Ohne Rücksicht auf die kühle Luft kamen Glenna und eine andere Frau namens Birgit aus dem Wasser. Ihre Brustwarzen waren hart und von ihren Schamhaaren tropfte das Wasser. Sie fingen an, sie auszuziehen und sie hatte keine Wahl mehr.

„Oh, je!", rief Aveline und sie nahm ihre Hand vor den Mund.

Lìli zitterte.

„Im Wasser ist es viel wärmer", versprach Sorcha.

In weniger als zwei Minuten war Lìli so nackt wie am Tag ihrer Geburt und stand in der hellen Nachmittagssonne. Ihr Gewissen meldete sich noch einmal kurz, aber ihre Kleidung war mit Glenna und Birgit im See verschwunden. Sie hätte nur ihr Hochzeitskleid oder das Kleid einer anderen anziehen können.

Sie kicherte nervös und nahm Anlauf. Sie landete auf dem Bauch im See und schrie wegen der Kälte. Die ganze Gruppe lachte laut, als Lìli wieder nach oben kam und eisiges Wasser ausspuckte. Auch Lìli musste lachen. Sie ließ sich bis zum Hals ins Wasser sinken und sah zu Aveline, die alleine zitternd am Ufer stand.

Das raue Gelächter schallte den Hügel hinauf.

Aidan wusste instinktiv, dass die Frauen Blödsinn machten. Die restlichen Männer wussten es auch und ließen ihre Baumstämme liegen. Als sie sich in Richtung See aufmachten, gab er ein Zeichen.

„Nein!" Aidan hob die Hand und hielt sie an. Er hatte keine Ahnung, warum er sich kümmerte, aber es war ihm nicht egal. Mit einem mürrischen Blick stellte er sich ihnen in den Weg und winkte sie zurück zu den Baumstämmen. „Heute werden keine Frauen gejagt!", sagte er ihnen allen. Bei dem Gedanken, dass auch nur einer von ihnen seine Braut nackt sehen würde, zog sich sein Magen zusammen. Die eigenen Frauen der Männer waren zwar auch dabei, aber Aidan wollte es nicht und Schluss. Wenn sie gedacht hatten, sie könnten seine Frau nackt sehen, bevor er Gelegenheit dazu hatte, hatten sie sich arg getäuscht.

„Aber Aidan!", jammerte Keane.

Aidan durchbohrte seinen Bruder mit einem warnenden Blick.

„Sicher ist Meara auch dabei", beschwerte sich sein Bruder.

Der alte Fergus trat vor und schlug Keane auf den Hinterkopf. „Du hast sowieso keine Ahnung, was du mit meiner Tochter anfangen kannst, du junger Schnösel! Und wenn dein *Laird* Nein sagt, dann bedeutet das Nein!"

Aidan war dankbar für die Unterstützung des alten Kriegers, denn er wusste genau, dass er keine plausible Erklärung für die Männer hatte. Es machte einfach keinen Sinn. Sie waren kein besonders züchtiges Volk und an einem schönen sonnigen Tag badeten sie manchmal alle zusammen im See, Männer und Frauen. Es gab keinen Grund dafür, dass er sich so aufregte. „Geht zurück zu den Baumstämmen!", befahl er.

Mit düsteren Mienen gingen sie wieder zurück zu den Spielen, während das Gelächter der Frauen sie aus der Ferne verhöhnte.

Aidan konnte das Geräusch nicht ausblenden. Es machte ihn neugierig und führte ihn in Versuchung. Es erstaunte ihn, dass seine Frau seinen *Clan* scheinbar schon so gründlich unterwandert hatte in so kurzer Zeit. Entweder das verhieß Gutes oder war bedeutungslos.

Über den ganzen Tag hatte er ein Auge auf ihre schottischen Gästen. Im Moment hockten sie zusammen und sahen dem Spiel mit gelangweilten Mienen zu. Er nutzte dies als Erklärung, dass sie nicht zu den Frauen durften und trug den Männern auf, das Geschehen hinter ihnen zu beobachten

Lachlann war jetzt bei Duncan. Gott sei Dank waren Turi und die anderen immer noch auf ihren Positionen am Berg. Bis zu ihrer Ablösung konnte er sicher sein, dass sie nicht ihren Verstand aus Verlangen nach *uisge* oder Frauen verlieren würden.

Aber Aidan war abgelenkt und merkte nicht, wie Keane sich davonschlich. Und er merkte auch nicht, dass die Schotten einer weniger waren.

KAPITEL FÜNFZEHN

Nach dem Schwimmen fühlte sich Lìli vom Wasser des Sees erfrischt und ihr dunkles Haar war sauber und fiel offen in Wellen. In vielerlei Hinsicht erinnerte sie der Tag an die Festlichkeiten anlässlich Beltane, denn als die Frauen sie ankleideten, sangen sie in der alten Sprache:

> Segne dich mit vielen Gaben,
> Dich, deinen Mann und deine Kinder.
> Alle, die zu dir gehören.

Es fehlte nur noch ein Maibaum, obwohl sich Lìli wie einer fühlte bei den vielen fuchtelnden Armen und Händen und dem Gesang:

> Zufriedenheit für deine Seele,
> Schütze dich in Wahrheit und in Ehre,
> Segne dein Land und das ganze Tal für
> deine Leute.

Sie sangen mit Hingabe, während ihre Töchter Bänder am Saum von Lìlis Kleid befestigten. Den ganzen Tag über hatte sie fast vergessen, unter welchen

Umständen sie zu diesen Leuten gekommen war und es schien, als hätten sie es auch vergessen.

„Du bist sehr schön", sagte Glenna.

Lìli erkannte die Aufrichtigkeit in ihrem Ton, der um das zehnfache gegenüber ihrer ersten Begegnung abgemildert war. Und wieder überkam sie Reue, wenn sie an die Zukunft dachte.

Ihr Kleid war lange nicht so prächtig wie das lila Samtkleid, das David ihr geschenkt hatte, aber es war weich und schon alt und getragen. Laut Cailin war das Kleid schon von den Bräuten von sieben *Chieftains* getragen worden. Es war aber für die neue Herrin von Dubhtolargg bestimmt. Sie hatte einen Kloß im Hals, dass sie es nun tragen durfte. Noch nicht einmal ihre Mutter hatte so viel Freude gezeigt, als sie Stuart heiratete. Eigentlich hatten ihre Eltern sie fast vor die Tür gesetzt. Die Mitgift war in einem Sack und dann wurde sie schnell abgeschoben. Im Gegensatz zu ihrem Vater war ihre Mutter nicht lieblos gewesen, aber sie hatte sich nicht gegen ihn behaupten können. Padruig Caimbeul hatte Lìli die Schuld gegeben für seinen Niedergang, in dem Moment, als er von einem wandernden Barden von dem Fluch gehört hatte. Soweit es Lìli betraf, war es so, dass in dem Moment, als ihr Vater daran glaubte, aus dem Fluch eine selbsterfüllende Prophezeiung wurde. Obwohl sie sich ein Leben lang mit dem Studium der alten Traditionen befasst hatte, hatte sie keinen Beweis für die Wirksamkeit von Flüchen gefunden. Aus ihren Studien hatte sie nur viel über Kräuter gelernt und sie war eine sachkundige Heilerin geworden. Zugegebenermaßen fügte sie manchmal ein irdisches Ritual hinzu – für alle Fälle. Was konnte schon passieren? Manche Sachen konnte man einfach nicht erklären. Wie das Gefühl, das sie hatte, als sie in das Tal ritten. Oder wie sie sich jetzt nach dem Bad fühlte – wie neu geboren. Oder auch die Verbindung, die sie mit unsichtbaren Dingen fühlte, wenn sie ihren Glauben mit einbezog. Oder das intensive Wissen, das sie fühlte, wenn sie durch den Schleier auf den Augen der Kranken hindurch sah. Und oft wusste sie, wenn diese von dieser Welt in die nächste gingen. Aber all diese Dinge behielt sie für sich. Nein, sie war keine Hexe, aber sie stritt auch nicht ab, dass Zauberei möglicherweise existierte, denn Glauben war auch nichts anderes als eine Form von Zauberei. Und doch erfüllte sie die Akzeptanz dieser Tatsache mit Schwermut, denn wie konnte man die Möglichkeit von Zauberei akzeptieren und dabei nicht akzeptieren, dass sie vielleicht doch wahrlich verflucht war. Es könnte sein, dass Stuart wegen ihr gestorben war und es *könnte* auch passieren, dass Aidan sterben würde. Wenn dem so wäre, würde das ihre Aufgabe umso einfacher machen; aber sie hoffte, dass dem nicht so war. Und doch machte es überhaupt keinen Sinn, denn egal wie, sie würde für Aidans Tod verantwortlich sein. Aber irgendwie erschien es viel schlimmer, wenn ihr Verrat erst passierte, nachdem er ihr seine Liebe gegeben hatte.

Mach dir darüber keine Gedanken, überzeugte sie sich selbst. Aidan dún Scoti würde ihr niemals sein Herz schenken. Sie war einfach nur eine Figur in der Politik, nicht mehr als ein Mittel, ihren Vater und David zu kontrollieren, obwohl Aidan dún Scoti der Leidtragende war. Keiner schätzte sie und in Wahrheit nahmen sie ihren Tod in Kauf, wenn Aidan den Plan durchschaute. Das oder das Leben ihres Sohnes, wenn sie scheiterte.

Aber sie würde nicht scheitern.

Oben auf dem Hügel sah sie die Männer ihr Spiel spielen und überraschenderweise war nicht einer am See erschienen, außer dem jungen Keane, der sie von einer Klippe aus beobachtet hatte.

Glennas Kusine Meara sah ihn zuerst, wohl auch,

weil sie Ausschau nach ihm gehalten hatte. Und die beiden hatten sich verliebt angesehen. Solange er es nur war, machte es den Frauen nichts aus und sie hatten den Jungen einfach ignoriert. Sie bereiteten Lìli weiter auf die Zeremonie vor. Jede heftete Bänder an ihr Kleid, als symbolische Geste, um ihr zu zeigen, wie sehr sie sie als die Braut des Chi*eftains* annahmen. Aber mit jedem Band erhöhte sich ihre Schuld um das Zehnfache. Und immer wenn sie sich an diesen Traditionen erfreute, genügte ein Blick auf Avelines zusammengekniffenes Gesicht, um sie zu erinnern, dass nicht von alledem echt war.

Aveline runzelte die Stirn, als sie sah, wie Meara sich nackt im Wasser räkelte. „Habt ihr keine Angst, dass sie in Versuchung geraten?", traute sie sich zu fragen.

Meara war die Letzte, die aus dem Wasser stieg, als alle anderen schon wieder angezogen waren. Aveline war die einzige, die sich geweigert hatte zu baden, und ihre fettigen Haare klebten an ihrem Gesicht.

„Ach, aber nein! Ach nein!", sagte Glenna. „Wo ein Wille ist, finden die jungen Leute auch einen Weg. Es bringt nichts, sich darum zu sorgen. Und überhaupt ist es Mearas Recht zu wählen. Wenn Keane sie schwängert, wird er wissen, was zu tun ist."

„Die zwei flirten schon seit ihrer Geburt", sagte Cailin und rollte die Augen.

„Aber er ist ja selbst noch ein Kind", diskutierte Aveline. „Es ist nicht gut, wenn man die jungen Leute tun lässt, was sie wollen."

„Keane?" Glenna schüttelte den Kopf. „Ach nein! Keane ist kein kleiner Junge mehr", widersprach sie. „Aidan führte den *Clan* schon an, als er noch jünger war."

Lìli dachte darüber nach. Also musste Aidan in Sorchas Alter gewesen sein, als sein Vater starb. Das bedeutete, dass er nicht mehr als sechsundzwanzig sein konnte, denn Lìli war neun, als Padruig zu seinem Krieg in die Highlands aufbrach und sie war elf, als sie von dem Fluch hörte. Jetzt, im Alter von zweiundzwanzig, hatte sie das Gefühl, als hätte sie schon zweimal gelebt.

Ihr Blick suchte nach Sorcha. Das Mädchen war dreizehn, oder so glaubte sie zumindest. Also starb ihr Vater in dem Jahr vor ihrer Geburt. Oder wurde sie vor seinem Tod gezeugt? Oder war sie das Kind eines anderen Mannes? Das Mädchen sah ihren Geschwistern so gar nicht ähnlich.

Ein schrecklicher Gedanke schoss ihr ins Hirn. Aber sie schob ihn beiseite und ihre Gedanken kamen zu Aidan zurück. Trotz seiner Jugend schien er sehr viel älter und sie kam zu dem Schluss, dass es an dem kalten und dunklen Blick lag.

Sie war dankbar, dass die Frauen sie von dem, was abends passieren sollte, ablenkten. Der Gedanke löste Fluchtgefühle in ihr aus.

„Trotzdem", Aveline gab keine Ruhe und spielte mit einer ihrer fettigen Locken. „Man muss Versuchungen meiden, denn das Fleisch ist schwach!"

Cailin hob eine Augenbraue und schaute Aveline durchdringend an. „Vielleicht ist es in England und in den Lowlands üblich, dass Männer und Jungen ihre Schwänze dort hineinstecken, wo es sich nicht geziemt, aber hier ist das nicht so. Außerdem sehe ich an deinem Handgelenk kein Verlobungsband und in der letzten Nacht hast du dich auch nicht beschwert."

Aveline wusste genau, worauf sie anspielte und die anderen verstanden es auch. Aveline wurde puterrot.

Lìli versuchte, bei Cailins offener Rede nicht zu lachen, aber lächeln musste sie doch, denn scheinbar war niemand Avelines und Rogans Techtelmechtel entgangen. Sie wünschte sich, dass Aveline auch etwas Spaß haben könnte, denn sie war viel jünger, als es den Anschein hatte. Nur ihr selbstgerechtes Verhalten ließ sie sehr viel älter erscheinen. Noch nicht einmal Lìlis Mutter, die so lange von ihrem Vater gequält wurde, erschien so alt.

Danach hielt Aveline Gott sei Dank ihren Mund und schaute mit herablassender Miene, wie die Frauen arbeiteten. Als Lìlis Kleid fertig war, ging Glenna, um eine Decke zu holen, die unter einem Haufen Kleidung lag. Als sie zurück kam und es entfaltete und ausschüttelte, sah Lìli, was es war. Sie musste vor Überraschung nach Luft ringen und ihr Herz pochte.

Es war ein neuer *Arisaid*, um den alten zu ersetzen, den Aidan angeblich verbrannt hatte. Aber dieser hatte die Farben ihres neuen *Clans*.

Sie war fassungslos angesichts des Geschenks. Gegensätzliche Gefühle machten sich in ihrem Herz breit. Es war sowohl das Beste, wie auch das schrecklichste Geschenk, das sie je erhalten hatte.

Sie schauspielerte, rief sie sich ins Gedächtnis.

Sie verdiente den Umhang nicht, aber trotzdem liebte sie ihn.

Fange nicht an, diese Menschen zu mögen, denn du wirst es am Ende nur bereuen.

Trotzdem berührte das Geschenk ihre Seele. Nachdem sie Stuart geheiratet hatte, hatte sie einen Umhang in Auftrag gegeben, denn das war ein Teil des neuen Lebens mit einem neuen *Clan*. Aber dieser war ein Geschenk von Herzen von diesen Leuten und sie nahmen sie auf als eine der ihren, so unwahrscheinlich dies auch vor kurzem noch war.

Glenna lächelte sie an. „Das ist mein Dank", sagte sie, „dass du meinen Sohn gerettet hast."

Lìli konnte vor Rührung nicht sprechen und schüttelte den Kopf. Sie konnte diese Großzügigkeit nicht glauben, als Glenna das Tuch vor ihr ausbreitete.

Dieses komplizierte Webmuster musste Monate in Anspruch genommen haben. Sie berührte es ehrfürchtig mit der Hand.

Lìlis Stimme war heiser. „Ich habe nichts gemacht", widersprach sie. Und das war ja auch die Wahrheit. Sie war sicher, dass der Junge sich auch von alleine erholt hätte.

„Ja", sagte Glenna. „Aber du hast es getan." Dann verriet sie zwinkernd: „Ich habe ihn eigentlich für mich gemacht, aber jetzt gehört er dir." Und bevor sie protestieren konnte, legte sie ihn um Lìlis Schultern und Lìlis Augen füllten sich mit Tränen.

„Nun wirst du wirklich unsere Herrin von Dubhtolargg sein!"

Aidan fühlte die Anspannung in seiner Brust.

Im Laufe des Tages bewegten sich die Feierlichkeiten immer näher an den Steintisch, der als ihr Altar dienen sollte und bevor die Nacht vorbei war, würde Lìli in seinen Armen liegen.

Sein Feind in seinem Bett.

Er wusste nicht, ob es daran lag, dass die Frauen in seinem *Clan* sie so einfach akzeptierten, aber er traute sich nicht, ohne den Makel der Sünden ihres Vaters an sie zu denken.

Sogar Lael schien weniger zornig zu sein und obwohl seine älteste Schwester Lìli nicht so ohne weiteres annehmen würde, organisierte sie das Festessen, ohne sich zu beschweren. Sie überwachte die Anzahl der Schafe, die geschlachtet werden sollten und schaute, dass genügend *uisge* und Met da war.

Noch wichtiger als die Hilfe seiner Schwester war für Aidan das hoffnungsvolle leise Gerede seiner *Clan*sleute. Sie hatten es vielleicht von ihrem *Chieftain* abgeschaut, denn Aidan konnte es nicht leugnen, dass auch sein Herz von einer leisen Hoffnung erfüllt war.

Was war, wenn er Unrecht hatte?

Was war, wenn auch er, wie sein Vater vor ihm, sein Volk auf die Schlachtbank führte?

Er war so alt wie Keane heute gewesen, als er die Führung seines *Clans* übernahm. Aber auf Grund der geheimnisvollen Krankheit und der Unreife seines Bruders war Aidan nicht so optimistisch, dass sie überleben würden, wenn er starb.

Nein, dieses Mal würden sie Vorsicht walten lassen.

Und dieses Mal würde es kein Festmahl für sie an seinem Tisch geben. Seine Männer würden nicht untätig ihre Becher leeren, so dass die Bastarde aufstehen und ihnen zur Musik der Laute die Kehle durchschneiden könnten. Und dieses Mal waren sie in der Überzahl und ihre *Gäste* in der Minderheit, außer wenn …

Er kletterte auf einen flachen Felsen, der dort stand, von wo man den besten Blick über das ganze Tal hatte, er suchte die Hügel nach dem verräterischen Aufblitzen von Silber ab. Seine schottischen Brüder waren den Engländern viel zu ähnlich geworden. Kein echter *Highlander* würde jemals einen Helm oder ein Kettenhemd anziehen. Die *Lowlander* und *Reiver* waren allerdings kaum von den dreckigen *Sassenachs* zu unterscheiden. David trug beim Reiten auch eine silberne Rüstung. Aber wenn er jemals die Rebellionen in den Griff bekommen wollte, müsste er die englischen Traditionen ablegen.

Egal, denn selbst, wenn der Feind mitten in der Nacht kam und nur das Weiße in seinen Augen zu sehen war, Aidan hatte Männer entlang des einzigen Weges in ihr Tal stationiert. Sie würden sofort ein Signal mit ihren Hörnern geben, wenn sich jemand nähern sollte. Er hatte alle Vorsichtsmaßnahmen ergriffen, um das Risiko für seine Leute zu reduzieren.

Ja. Und sollte diese Verbindung echt sein, wenn alles so war, wie David behauptete, dann könnte seine

Hochzeit mit Lìli ihnen das Leben etwas unbeschwerter machen. Obwohl Lìlis Abstammungslinie fern von der Ailpín-Linie war, sollte die Hochzeit mit ihr bestätigen, dass Aidan kein Interesse an Schottlands Thron hatte. Seine Leute wollten nur in Ruhe gelassen werden und den Stein behüten bis eines Tages ein rechtmäßiger König kam, um diese aufgewühlten Nationen zu vereinen.

Hinsichtlich des Fluchs glaubte er kein Wort davon. Wenn er wegen Lìleas MacLaren starb, dann nur, weil sie ihm im Schlaf einen Dolch in den Rücken gerammt haben würde und sonst aus keinem anderen Grund. Aber so einfach konnte er kein Vertrauen fassen.

Und doch war er ja nicht aus Stein.

Als die Sonne langsam unterging, hatte er Schmetterlinge im Bauch.

Mo chreach! Er war schließlich kein Jüngling, der die Nerven verlor, bevor er mit einem hübschen Mädchen ins Bett stieg und doch spielten seine Nerven jetzt verrückt. Er stählte sich; aber nichts hätte ihn auf den Anblick seiner Braut, als sie über den Hügel kam, vorbereiten können.

Einen kurzen Moment zuckte er bei dem Anblick glänzenden Silbers zusammen bis er sah, dass das Glitzern aus dem Tal kam.

Lìli ging hinter der gebeugten Una und fast jede Frau im *Clan* folgte den beiden. Aidans Farben lagen um ihre Schultern und wehten im Wind. Sie trug ihr Haar offen und es glänzte in den letzten Sonnenstrahlen. Auf dem Kopf trug sie die kleine Silberkrone, die seiner Mutter gehört hatte.

Der Anblick verschlug ihm den Atem.

Wie die Kriegerköniginnen aus fernen Zeiten marschierte sie aufrecht und stolz und kam im Dämmerlicht auf ihn zu.

Ach ja, aber das Schlachtfeld war sein Herz.

Bei den Sünden der *Sluag*! Die Schnelligkeit, mit der sie seine Leute für sich gewonnen hatte, war ein Zeichen, wie begierig sein *Clan* auf Frieden war.

Möge der Herr sie alle retten, wenn er Unrecht hatte.

Es gab keinen Zweifel, dass das Aidans Silhouette an der Klippe war.

Da die Sonne blendete, konnte Lìli seine Gesichtszüge nicht erkennen, aber sie erkannte an seiner Haltung, dass er sie erkannt hatte. Er legte die Hände an die Hüften.

Der Mann würde kein Pardon kennen, wenn er ihre Täuschung entdeckte und heute Abend würde ihr Schicksal in Stein gemeißelt werden.

Wenn sie ja nicht so ein Scharlatan wäre und wenn ihr Bräutigam sie nicht augenscheinlich hassen würde, wäre sie vielleicht wahnsinnig glücklich in diesem Moment gewesen, glücklicher als jemals zuvor in ihrem Leben. Als sie den Hügel hinaufkam, umringt von all den Frauen, fühlte sie sich wie eine echte Piktische Prinzessin, die von ihrem Volk geliebt wird. Die Sonne ging langsam unter, während sie dort marschierten. Una hatte ihr gesagt, sie würde zu der Stunde zwischen den Zeiten verheiratet werden, gesegnet von dieser Welt und der nächsten. Inzwischen warteten all die Frauen und Kinder am Hang des Hügels, die nicht mit am See gewesen waren und beobachteten still die Prozession.

Als sie sich dem flachen Felsen näherten, auf dem Aidan stand, traten die Männer alle beiseite, um Platz für sie zu machen. Eine Stocklänge Platz zwischen Una und den Männern war das Maß, denn so mancher hatte die Härte ihres Schlages schon zu spüren bekommen.

Una hatte sie am See abgeholt. Ihr Gesicht war gänzlich mit blauer Farbe bemalt und ihr gutes Auge war in schwarz, damit es zu der Augenklappe auf dem linken Auge passte. Mit dem Gesicht und ihrem weißen lockigen Haar sah sie aus wie eine Dämonin; aber Lìli hatte das Gefühl, dass sie eine Verbündete war, ein Gefühl ähnlich wie bei Glenna und Sorcha.

Aidans jüngste Schwester ging neben ihr und Cailin war da, aber wohl in der Menge untergetaucht, um sich nicht dem Zorn Laels stellen zu müssen. Laels Abwesenheit war festgestellt worden.

Als Lìli näher kam, wurden ihre Knie weich. Er erschien riesig, als er dort vor ihr stand in seiner feinen blauen Jacke, die zu ihrem blauen Kleid passte. Er trug seinen *Breacan* im gleichen Muster wie ihr *Arisaid* mit Stiefeln, die an seinen nackten Beinen geschnürt waren. Er war voll bewaffnet, als wolle er seinem Feind begegnen und nicht seiner Braut. Er hatte heute auf die blaue Farbe verzichtet, und seine Miene, die sie nun studieren konnte war weder liebevoll noch stolz. Er sieht aus wie ein heidnischer Gott und Lìli widerstand dem Verlangen, sich zu bekreuzigen.

KAPITEL SECHZEHN

„Große Götter, die alles Leben erschaffen, wir erbitten euren Segen an diesem Tag der Versammlung.“

Zu Beginn von Unas Gebet verteilten sich die Frauen des *Clans* in der Menge und bevor Lìli einer folgen konnte, nahm Una sie am Handgelenk und zog sie hinter sich her.

So kletterten sie weiter und die alte Frau führte sie die Steintreppe hoch zu dem Platz, wo Aidan wartete. Im Vorbeigehen machte sie dem Priester mit gekrümmtem Finger ein Zeichen, dass er folgen solle. Der Mann zuckte zurück. Rogan schob ihn in die Prozession.

Lìli war bestürzt von Rogans durchdringendem Blick. Sie zögerte einen kurzen Moment und Una drehte ihr ihr gesundes Auge zu.

„Trödel nicht!“, schimpfte sie. Aber zu Lìlis Erleichterung fuchtelte sie dieses Mal nicht mit ihrem Stab herum. Lìli begann, ihn auch schon zu fürchten. Bis jetzt waren Aidan und sie scheinbar die einzigen, die von der alten Frau nicht bei jeder Gelegenheit geschlagen wurden.

Sonnenuntergang nahte und im Tal war noch ein

goldenes Licht. Ein kühler Wind hob Lìlis Umhang an, aber ihr Zittern kam wohl eher aus Angst als von der Kälte.

Als sie an dem Stein angelangt waren und bevor sie überlegen konnte, was sie wohl als nächstes tun sollte, stellte Una sie neben Aidan. Dies war ganz anders als ihre erste Hochzeit, überhaupt anders als jede Hochzeit, die sie je gesehen hatte. Una stellte den Priester nach hinten.

Ein Meer von Gesichtern starrte Lìli an, Mienen, die von angenehm bis missbilligend reichten; und dann war da noch Rogan. In seinen blauen Augen war eine unmissverständliche Warnung zu lesen.

Lìli drehte sich weg und war zumindest einfach nur dankbar, dass er ja bald Dubhtolargg verlassen würde. Und selbst wenn sie ihre Seele an den Teufel verkaufen müsste, dann würde sie dies zumindest ohne Rogans Hass und seinen bösen schwarzen Blick tun. Und wenn Gott in irgendeiner Weise gnädig war, würde er nach seiner Rückkehr nach Keppenach einfach vergessen, dass ihr Sohn unter seiner Obhut war. In der Zwischenzeit würde Lìli einen Weg finden, für ihren Sohn das Schlimmste zu vollbringen.

Endlich standen alle vier zusammen und nachdem alle still waren, räusperte sich der Priester, um zu sprechen.

Ohne Warnung schoss Unas Stab auf ihn hernieder. „Ich sage dir Bescheid, wenn du dran bist", tadelte sie ihn.

Er rieb sich seinen Kopf, legte die Stirn in Falten und dann schritt der Priester beiseite aus Angst, noch einmal mit Unas Stab Bekanntschaft zu machen.

Aidan hatte sie noch nicht angesehen, was ganz gut war, denn wenn er sie jetzt ansah, würde er sehen, dass ihre Knie schlotterten. Auch wenn sie aufrecht den Hügel hinauf gestiegen war, so hatte ihr Mut sie nun gänzlich verlassen und sie fühlte sich wie ein verängstigtes Baby, das vor einem Meer gesichtsloser Fremden ausgestellt wird. Im Moment traute sie sich noch nicht einmal, Glennas Blick als Stütze auszumachen, denn das war alles eine Lüge. Ihre Mutter hatte immer gesagt, sie könne sich noch nicht einmal verstellen, wenn es um ihr Leben ging. Deswegen konnte sie sich auch nie bei ihrem Vater beliebt machen, denn sie konnte ihm nichts vormachen, wenn es klar war, dass er sie so gering schätzte. Selbst bei Rogan hatten ihre Augen und ihr Mund sie immer verraten.

„Ihr werdet euch an den Händen halten", forderte Una sie auf.

Endlich sah Aidan sie an und Lìlis Herz blieb einen Moment stehen. Er sah ihr direkt in die Augen und viel zärtlicher als erwartet nahm er ihre Hand und legte sie in seine.

Una trug einige Bänder in ihrer Hand, wie die, die die Frauen am Nachmittag an Lìlis Kleid befestigt hatten. Sie schlang jetzt eins davon um ihre verbundenen Handgelenke und band sie beide zusammen. „Lìleas und Aidan, kommt ihr freiwillig zu dieser Verbindung?"

„Ja", sagte Aidan mit donnernder Stimme.

Lìli war nicht in der Lage zu sprechen.

Herausfordernd hob er eine Augenbraue. „Und du?"

Lìli nickte.

Una schimpfte sie. „Ach Kind, sag es, damit alle die, die sehen, es auch hören!"

Lìli zuckte zusammen aus Angst vor Unas Stab und sagte dann: „Ja."

„Werdet ihr einander ehren und respektieren?", fragte die alte Frau beharrlich.

„Ja", sagten beide gleichzeitig.

Davids Priester räusperte sich und flüsterte wütend. „Das ist Gotteslästerung! Die Frau muss ihren

Mann ehren! Das hier ist nicht die Art der Heiligen Kirche!"

Ohne ihn anzusehen, versetzte Una ihm dieses Mal einen Schlag an das Kinn. Dann legte sie ein weiteres Band um ihre Handgelenke und machte weiter, als sei nichts gewesen. „Werdet ihr für einander da sein in Zeiten von Schmerzen und Sorgen?"

Der Priester stöhnte neben ihr.

Lìli versuchte, sich auf Unas Worte zu konzentrieren. „Ja", sagten sie wieder gleichzeitig. Und wieder legte sie ein Band um ihre Handgelenke.

Lìli sah zu Aidan auf und fragte sich, was er wohl dachte. Sein Blick verriet nichts.

„Werdet ihr ehrlich zueinander sein, damit ihr zusammen stark werdet?"

„Ja", sagte Aidan sofort.

Und wieder zögerte Lìli. Sie sah zum Priester, der sich von seinem letzten Schlag erholte und die Worte steckten in ihrem Hals fest. Die dunklen Augen des Mannes waren vor Angst geweitet. Es jetzt zuzugeben würde sie alle umbringen. Wissend, dass sie für diese Worte in die Hölle käme, reckte sie ihr Kinn und sagte: „Ja."

Aidans Augen glitzerten. Seine Lippen verbogen sich zu einem versteckten Lächeln. Er beobachtete ihr Gesicht und sah ihr in die Augen, als zum dritten Mal ein Band um ihre Handgelenke schlang.

„Werdet ihr einander treu sein?"

Lìli dachte an all die Geliebten, die ihr Vater hatte. Selbst Stuart hatte angeblich einige und sie überlegte, ob irgendein Mann überhaupt treu sein konnte. Aber Aidan zögerte nicht.

„Ja", sagten sie wieder gleichzeitig und das vierte Band wurde um ihr Handgelenk geschlungen.

„Ist es eure Absicht, Frieden und Harmonie in diesen *Clan* zu bringen?"

Lìli hatte das Gefühl, als sei die Frage nur an sie gerichtet und Aidan antwortete dieses Mal auch nicht. Sie schluckte und sah zu ihm auf und nickte, als sie „Ja" sagte.

Er blieb still und sah sie mit seinen tiefen grünen Augen abschätzend an. Die alte Frau band das fünfte Band um sie. Lìli hatte das Gefühl, dass es eine Henkerschlinge sei, die ihr den Hals zudrückte und ihr den Atem nahm.

Das letzte Sonnenlicht funkelte auf Aidans *Claymore*.

„Wenn ihr schwächelt, und das werdet ihr, werdet ihr dann den Mut haben und die Loyalität und euch an diese Versprechen erinnern?"

„Ja", sagte Lìli und schluckte.

„Ja", sagte auch Aidan.

Und dann schien die Welt einen Moment still zu stehen in dem Moment, als sich die Dämmerung in Dunkelheit verwandelte. Plötzlich drehte sich Una um und hob ihren Stab in die Richtung des Priesters. „Willst du jetzt auch etwas sagen?", fragte sie den Mann.

Der Priester schüttelte eifrig den Kopf und starrte auf den Stab, den sie in ihrer Hand hielt und Una entließ ihn schnell, drehte sich um und sagte laut und vernehmlich: „Lìleas und Aidan, so wie eure Hände gebunden sind, so seid ihr aneinander gebunden. Aidan, du darfst deine Braut jetzt küssen."

Aidan sah Una an. Das gute Auge der alten Frau zwinkerte ihn schelmisch an. Er sah zu den vielen Menschen und spürte die fragenden Blicke.

Der Ausdruck in Lìlis Gesicht war nicht weniger erwartungsvoll. Ihre Hände zitterten in den seinen. Der Gedanke, sie zu küssen, ließ sein Herz schneller schlagen und seine Handflächen wurden feucht. Ihre blauen Augen erschienen dunkler und ihre Pupillen waren geweitet. Es sah aus, als wolle sie fliehen wie ein verängstigtes Reh. Damit sie dies nicht tun konnte, zog er sie näher an sich heran und sah dabei wieder in die Gesichter seiner Leute. Dann zögerte er nicht länger. Er zog sie fest in seine Arme und legte seinen Mund auf ihre Lippen, die noch mehr zitterten als ihre Hände. Er hatte es ihr ersparen wollen, aber seine Zunge gehorchte ihm nicht. Er schob seine Zunge zwischen ihre zitternden Lippen, die verschlossen waren wie bei einer Jungfrau. Aber da sie keine Jungfrau mehr war, nahm er an, dass sie ihm den Kuss verweigerte und er zog sein Gesicht zurück und sah sie prüfend an. Er sah nur Verwirrung, aber keine Abneigung. Also lächelte er sie an und hob ihrer beiden Hände, damit seine Leute ihre verbundenen Hände sehen konnten.

Überall brach Jubel aus. Die Ausgelassenheit überraschte selbst Aidan und er war gerührt.

„Seht, das ist meine Braut!", rief er mit einer Stimme voller Gefühle und fügte dann zu seiner eigenen Überraschung hinzu: „Respektiert sie, wie ihr mich respektiert!" Sein Blick fiel auf Stuarts Bruder, denn diese Worte waren an ihn adressiert. Er wusste, dass seine Leute Lìli immer Respekt entgegen bringen würden. Aber wenn jener Mann jemals wieder seine Braut anfasste, würde er ihn durchbohren. Und sobald die Feierlichkeiten vorüber waren, würde er dafür sorgen, dass die schottischen Bastarde aus dem Tal begleitet wurden.

Heute dürften sie mitfeiern.

Morgen würden sie nicht mehr willkommen sein.

KAPITEL SIEBZEHN

Uisge floss in Strömen. Horden von Jungen knabberten an Lammkeulen und jagten hinter kichernden und mit dem Hintern wackelnden Mädchen her. Noch schienen sie nicht genau zu wissen, was sie damit auslösten. Lìli war vorsichtig, dies nicht auch zu tun, denn sie wusste genau, dass ihre Flirts früher oder später ein Nachspiel haben würden.

Die Leuchtfeuer brannten hell und schickten feine Rauchsäulen in den Himmel, zusammen mit Funken glühender Asche. Die Stimmung war festlich im Gegensatz zum Abend zuvor. Als Una kam, wurde es still. Sie brachte Aidan und Lìli jeweils einen mit *uisge* gefüllten Krug und hielt dann ihren eigenen Krug in die Höhe, um die alten Trinksprüche der wilden Highlands zu sprechen.

Sei die Frau, die Mutter und weise alte Frau,
Sei der gehörnte Gott, der wilde Geist des Waldes!

Dann trank sie den Inhalt ihres Bechers in einem Zug. Aidan nahm seinen Kelch, wartete aber, dass Lìli trinken würde. Sie trank auf das Wohl Schottlands und die Gesundheit ihres Sohnes.

Der Duft des *uisge* brannte in ihrer Nase und sie hatte in ihrem ganzen Leben noch nie so ein starkes

Getränk zu sich genommen. Sie keuchte und hustete. So etwas hatte es in Keppenach nicht gegeben. Es fühlte sich an wie flüssiges Feuer. Selbst während sie noch hustete, fühlte sie, wie die Wärme in ihren Brustkorb floss.

Die Menge prostete zurück und Aidan leerte seinen Kelch.

Danach schien sich Lìlis Kelch auf wundersame Weise wieder aufzufüllen und Una versicherte ihr, sie müsse ordentlich trinken, weil sie es „brauchen" würde. Lìli überlegte, dass Una vielleicht vergessen hatte, dass sie ja nicht zum ersten Mal Braut war. Dann kam Una mit einem Tablett mit zwei Stangen Lauch, die mit einem bräunlichen Puder bestreut waren und sie überlegte, ob die alte Frau das wohl mit später gemeint hatte.

Aidan stöhnte beim Anblick des Tellers und Sorcha klatschte vor Schadenfreude in die Hände. Ein paar andere taten es ihr nach, als sie das Essen sahen. Lìli hatte das Gefühl, dass alle außer ihr genau wussten, was auf dem Teller war. Es sah ziemlich eklig aus! War das ein Witz? Wollten sie sie jetzt vergiften und ihre Leiche als Nachricht an David zurück schicken?

„Freude der Erde!" Una sah Lìlis Verwirrung und gab ihr eine Erklärung. Die Augen der alten Frau funkelten wissend. „Und du musst einen nehmen. Iss ihn ganz und du brauchst nie wieder einen Kamin, um dich nachts zu wärmen!" Sie kicherte über ihren eigenen Scherz und klopfte sich auf die Oberschenkel. Dann hielt sie das Tablett hoch, um Lìli als erste nehmen zu lassen.

Lìli verstand den derben Scherz und sah Aidan an. Der Blick in seinen Augen war wie eine Herausforderung und sie nahm das kleinere Stück, bevor er eine Chance dazu hatte. Dem Herrn sei Dank für den *uisge*, dachte sie nun und warf einen Blick in ihren Kelch, um sicher zu gehen, dass sie noch genug hatte um den ekligen Lauch hinunter zu spülen.

„Da hast du aber eine wollüstige Braut geheiratet!", rief jemand aus der Menge, als Una Aidan das Tablett hinhielt. Die Menge antwortete mit derbem Gelächter und Lìlis Wangen wurden knallrot, als Aidan den Rest der Delikatesse mit einem Grinsen annahm und sie dabei ansah. Aber dann drehte er sich zu ihr um und wartete, was sie mit ihrem Essen tun würde.

Lìli hielt den gammeligen Lauch hoch zwischen ihnen beiden. Wenn sie sie hätten vergiften wollen, hätten sie wahrscheinlich nicht so viel Aufwand betrieben, sie für die Zeremonie herzurichten. Mit Entsetzen sah sie, dass sich etwas bewegte.

„Auf unser Eheglück", forderte Aidan sie heraus. Das Grinsen, das über sein Gesicht kam, veränderte ihn vor ihren Augen und gab ihm etwas Jungenhaftes.

Dieses Lächeln, das nur für sie war, nahm ihr den Atem. Sie holte tief Luft und hielt den Lauch hoch. Sie war sich sicher, dass sich irgendetwas um ihren Daumen schlängelte. Sie versuchte, nicht zu grinsen. „Und das wird uns Eheglück bescheren?"

Er grinste noch mehr und sie konnte seine weißen Zähne sehen. „Wenn du dich traust?"

Ihr weibliches Herz und ihr Körper verrieten sie und es lief ihr heiß den Rücken hinunter. Der Herr möge ihr vergeben, aber sie freute sich auf seine Berührung. Sie hatte noch nie einen Mann gekannt, der besser aussah. *Wie würde es sein, mit ihm zu schlafen?* Ohne nachzudenken sah sie auf seinen Schoß und zitterte. Als sie wieder aufsah, starrte Aidan sie wartend und lächelnd an.

Sie sah noch einmal auf den gammeligen Lauch und fasste sich ein Herz. Bei Gott, wenn er noch einen Beweis ihrer Bereitwilligkeit, ihn zu heiraten, brauchte, dann konnte dieser Lauch kein größerer Beweis sein.

Sie holte tief Luft und schluckte den Lauch im Ganzen hinunter. Dann trank sie aus, um ihn herunter zu spülen. Ach, er war sauer eingelegt und irgendetwas krabbelte tatsächlich auf ihrer Zunge!

Aidan tat es ihr nach und schluckte seinen Lauch im Ganzen. Die Menge applaudierte.

Als sie fertig waren, lächelte Una und humpelte mit ihrem Stab und leeren Tablett davon. Dabei nickte sie dauernd.

Lìli spürte den Alkohol; ihr Körper war warm trotz der Kühle der Nacht und ihr Kopf fühlte sich leicht an. Aber von jetzt an dachte sie nur noch an den Beischlaf. Der Gedanke, in Aidans Bett zu liegen, erfüllte sie mit einer Wärme, die über die Wirkung des *uisge* hinausging, denn während der *uisge* ihren Oberkörper wärmte, erwärmte sie der Gedanke, unter dem Körper dieses Kriegers zu liegen, an viel tieferen Stellen. Trotzdem rief sie sich zur Ordnung und erinnerte sich, dass sie ja eine Rolle zu spielen hatte. Trotzdem konnte sie sich nicht überwinden, an die Zeit danach zu denken.

Sie war überrascht, dass Aidan an ihrer Seite blieb und sie weiteren Leuten vorstellte, die sie noch nicht kennen gelernt hatte, anstatt mit seinen Männern Spaß zu haben. Sie sprach höflich mit ihnen mit einem Selbstbewusstsein, das sie bis dato noch nicht an sich kannte.

Glennas Sohn kam in eine Decke gehüllt auf den Schultern eines gewissen Lachlann sitzend und Glenna an seiner Seite.

„Lachlann sagt, dass die Feen den Käse der alten Morag nur für mich dagelassen hätten", sagte der kleine Junge angeberisch. „Um mich wieder stark zu machen; schau mal!" Er spannte seine Muskeln an und versuchte furchterregend auszusehen. Er war noch blass und über seiner Oberlippe war ein dünner Schweißfilm zu sehen.

Lìli war sicher, dass Glenna ihre Gedanken gelesen hatte. „Wir haben ihn vorbei gebracht, damit er seiner neuen Herrin Respekt zollen kann", sagte sie lächelnd und machte einen Knicks, weniger als Zeichen der Unterwürfigkeit, sondern als spielerische Geste unter Freundinnen.

Lìli konnte sich jetzt keine Schuldgefühle erlauben. Sie hatte keine Wahl, wenn sie ihren Sohn retten wollte.

Sie lächelte den Jungen an und legte automatisch ihre Hand auf seine Stirn. Sie war kühl. „Du wirst sicherlich stark", sagte sie zu ihm, „Und eine weitere Nacht Ruhe wird dich noch stärker machen."

Der Junge nickte lächelnd. „Das hat meine Mama auch gesagt, aber Lachlann meinte, das Gewicht würde ihm nichts ausmachen, obwohl ich ganz schön groß bin für acht Jahre!"

Glenna berührte den Krieger zärtlich am Arm als Geste des Dankes und er schien es zu genießen. Er sah zärtlich auf die Mutter des Kindes und schaute dann zu Lìli mit einem Zwinkern und sagte: „Ich bin froh, dass der *Chief* bei den Frauen keine Konkurrenz mehr für mich ist."

Sie war sich sehr bewusst, dass ihr neuer Ehemann sie sehr genau beobachtete und ihr genau zuhörte. Lìli lachte nervös.

Aidan beugte sich plötzlich zu ihr herüber, als Glenna, Lachlann und ihr Sohn weiter gingen. „Meine Leute sehnen sich danach, dass du ehrlich bist", flüsterte er. „Pass auf, dass du kein falsches Spiel mit ihnen treibst."

Das war eine schnelle Erinnerung, dass, egal wie echt hier alles erschien, dies keine echte Hochzeit war und ihr

Mann ihr nicht traute. „Ich wünsche mir nur Frieden", behauptete Lìli beharrlich und so war es auch, denn sie wünschte sich den Frieden von ganzem Herzen.

Aber so würde es nicht kommen. Das wusste sie nur zu genau.

Der Blick in ihren Augen vermittelte Aidan den Eindruck, als meine sie jedes Wort, das sie von sich gab und er wollte ihr so gerne glauben.

Obwohl es sein Hochzeitstag war, hätte er einiges erledigen müssen, außer dazustehen und seine Braut zu beäugen. Er war verzaubert von ihr, von den winzigen Bewegungen ihrer Augenbrauen und ihres Mundes. Und wenn sie lächelte, gefiel es ihm, wie sie ihren Kopf ein wenig zur Seite drehte – wie ein süßes Kind.

Aber sie war kein Kind.

Da er recht groß war, hatte er einen unsagbar tollen Blick auf ihre schönen Brüste. Das Kleid war zwar nicht so weit ausgeschnitten wie das, in dem sie gekommen war, aber der Anblick verzauberte ihn trotzdem. Scheinbar diente jede ihrer Bewegungen, ihrer Worte nur dazu, seinen Entschluss, ihr zu widerstehen, zu schwächen. Und diese Erkenntnis bekam ihm gar nicht gut.

Oder lag es vielleicht an Unas eingelegtem Lauch – dem ekeligen Zeug?

Bei den Göttern seiner Vorfahren; es war seine Aufgabe, stark und wachsam zu bleiben. In diesem Moment hatte Aidan keine Ahnung, wo Rogan war, oder wo der komische Priester war und auch nicht, wo die Männer, die sie begleitet hatten, waren. Außerdem hatte er Lael den ganzen Abend noch nicht gesehen, obwohl er sicher war, dass sie ganz in der Nähe war. Er hatte nur Augen für seine Braut. Es könnte sogar sein, dass Cailin und Keane sich wieder vorbereiteten, die Fässer in die Luft zu jagen, aber auch das war ihm im Moment egal.

Lìli war nicht in ihrem prächtigen *Sassenach* Kleid zu ihm gekommen, sondern in dem Kleid, das seine Mutter bei ihrer Hochzeit mit seinem Vater getragen hatte. Der MacLaren-Umhang war weg und stattdessen trug sie einen *Arisaid* in seinen Farben, ohne Zweifel ein Geschenk von Glenna, was zeigte, wie sehr Glenna Lìli in ihr Herz geschlossen hatte.

Seine Frau war wahrlich eine Zauberin, denn sie verzauberte ihn, indem sie nur still neben ihm stand. Und sie hatte Sommersprossen wie Sorcha, obwohl Lìlis kaum noch sichtbar waren, als sei sie aus ihnen heraus gewachsen. Ein unglaublicher Duft von Rosen kam ihm in die Nase und er hätte seine Nase am liebsten in ihre Haare gesteckt, um zu sehen, ob der Duft von da kam. „Das war ein guter Schachzug von David", sagte er. „Ich glaube wahrlich nicht an Hexerei, Lìli. Aber deine Schönheit ist auch kein geringer Fluch."

Überrascht sah Lìli ihren Mann an.

Der Tonfall war überhaupt nicht unhöflich, aber seine Worte sollten es wohl sein. Als sie seine dunklen Augen sah, dachte sie, dass er vielleicht selbst von seinen Worten überrascht worden war und einfach gerade heraus gesprochen hatte, denn wenn überhaupt, erschienen ihr sein Ton und seine Miene jetzt eher traurig zu sein.

Oder war das vielleicht ein verstecktes Kompliment gewesen?

Der Gedanke, dass er sie tatsächlich begehrte, ließ sie erschauern vor Angst und Aufregung. Es war jetzt nebensächlich, dass sie sich selbst überzeugt hatte, dass sie Angst vor dem Beischlaf hatte. Das Flattern in ihrer Brust strafte sie Lügen. Ja, nachdem sie seine abschätzigen Worte am Tag zuvor und seine zornigen Worte am heutigen Morgen zur Kenntnis genommen hatte, war sie zu dem Schluss gekommen, dass er total immun gegen das war, was andere Männer attraktiv an ihr fanden. Sie war noch nicht einmal von Stuarts Flirtereien so aufgeregt gewesen.

Irgendwo hörte man, wie sich das Schilf bewegte. Ihre Wahrnehmung war gedämpft und gleichzeitig geschärft, was zweifellos dem *uisge* geschuldet war oder vielleicht dem eingelegten Lauch. Lìli spielte nur mit der Zauberei, aber sie fühlte, dass die alte Frau mit ihren unnatürlich grünen Augen uralte Geheimnisse hütete.

Sie wusste nicht, welcher Teufel sie ritt, aber sie traute sich plötzlich, mit ihrem Mann zu flirten. Sie zog eine Augenbraue nach oben. „Und ich dachte, du wärst mutig, eine verfluchte Frau zu heiraten und jetzt behauptest du, die Waschweibergeschichten eures *Clans* nicht zu glauben."

Die Flammen spiegelten sich in seinen grünen Augen und ließen sie eher gold als grün erscheinen, wie die eines Wolfs. Ein winziges Lächeln umspielte seine Lippen. Ohne viel Temperament in der Stimme sagte er: „Die einzige Geschichte, die meine Frau erzählen sollte, ist die Wahrheit. Und wenn sie das nicht tut, wird sie wahrlich verflucht werden.

Lìli drehte sich ab.

So schnell waren aus Komplimenten Drohungen geworden. Und doch war sie jetzt etwas weniger nervös, da sie wusste, dass er ihr gegenüber nicht immun war. Und doch wurde ihre Aufgabe hier immer verwirrender. Obwohl sie sich die ganze Zeit sagte, dass sie ja nur schauspielerte, war nichts echter als das hier, angefangen von dem Begehren in seinen goldgesprenkelten Augen bis hin zu der Gefahr, die in jeder kleinen Warnung lauerte. Sie fühlte einen Zwang, ihn zu warnen. Was, wenn es wahr war? Was, wenn er sie lieben lernte? Was, wenn sie noch einen Mann beerdigte? Aber sie würde ihn ja sowieso beerdigen. Aber so konnte sie wenigstens jemand anderem die Schuld geben.

„Ich habe noch nie behauptet, dass ich verflucht sei", erinnerte sie ihn und erwiderte seinen Blick. „Aber ich habe schon einen Mann beerdigt."

„Ist das eine Warnung, *mon cridhe*?

Er sah sie genau an, als wolle er in ihrem Gesicht lesen.

Ihre schönen Brüste hoben sich, denn sie atmete schwer und ihre Augen funkelten, als sie die Bedeutung der liebevollen Worte, die er benutzt hatte, verstand. *Mein Herz.* Ja, sie war dabei, ihren Weg in sein Herz zu erschleichen, trotz der Vorsicht, die er hatte walten lassen.

Wenn man alles Beiwerk wegnahm, waren sie sich sehr ähnlich, dachte er. Sie kamen aus der gleichen Vergangenheit, dem gleichen stolzen Volk. Nur ihre Leute hatten einen anderen Weg als seine gewählt. So wie sie jetzt gekleidet war, mit dem Silberkrönchen mit der Figur des heulenden Wolfs, war nichts mehr von ihren Verbindungen nach Schottland oder England übrig. Wie viel von ihrer Herkunft war wohl schon von *Sassenach*-Traditionen ersetzt worden? Denn Schottland war schon jetzt nur noch ein Arm Englands. Er überlegte: War von ihrem piktischen Erbe noch etwas übrig? Sie könnte auch zu 100% Gaelin sein, eingekleidet in seine Farben und mit ihren dunklen Haaren. Im Licht des Feuers sah sie eher wie eine piktische Prinzessin aus.

„Nein", antwortete sie endlich, fast flüsternd. „Keine Warnung."

Bei Gott, er hatte vergessen, dass er überhaupt etwas gesagt hatte; er war so hingerissen von ihrer Schönheit. Sie sah ihn an und ihr Blick forderte ihn auf einem niedrigeren Niveau heraus. Dabei rührte sich seine Fleischeslust. Das Begehren, seine Frau mit

Körper und Seele zu besitzen, wurde in dem Moment fast übermächtig. Er wollte unbedingt, dass sie seinen Namen flüsterte. Nur eine Sache war sicher: Er begehrte sie mit einem Hunger, von dem er nicht glaubte, dass dieser jemals gestillt werden könnte.

Für einen kurzen Moment verstummten alle Geräusche und die Welt schien still zu stehen. Sogar der Wind stand still, als wenn die Götter den Atem anhielten, um zu sehen, was er tun würde und sie sah ihn immer noch an.

„Pass auf, *sùilean gorm,* wenn du mich weiter so ansiehst, fasse ich das als Einladung auf."

Er hatte sie *Blaue Augen* genannt.

Lìli blinzelte, konnte aber nicht wegsehen.

Ihr Herz schlug schneller und ihre Handfläche am Kelch fühlte sich feucht an. Plötzlich loderten die Flammen aus dem Feuer neben ihnen und tanzten wild, als seien sie von der Leidenschaft zwischen ihnen angefacht worden. Es regnete goldene Asche aus dem Nachthimmel.

„Trink aus", sagte er leise, als er den hölzernen Kelch in ihrer Hand sah.

Er trank den Rest aus seinem Kelch und rief in die Menge *„Slàinte mhòr agad!" – Gute Gesundheit für euch alle!*! – und dann warf er den hölzernen Kelch in das Feuer und sah ihr in die Augen.

Lìli zitterte, hielt aber seinem Blick stand.

Was jetzt kommen würde, war nicht mehr zu vermeiden. Aber sie hatte entschieden, dass sie dies nach ihren Regeln geschehen lassen würde. Sie trank ihren Becher halb aus und warf ihn dann auch ins Feuer.

Plötzlich und ohne Warnung hob er sie in seine Arme und hob sie hoch und rief dabei allen zu. *„Oidhche math*!"

So wünschte er allen eine gute Nacht.

KAPITEL ACHTZEHN

Die Nacht war dunkel, als sie das Leuchtfeuer verließen.

Die Geräusche der Feier wurden leiser und Lìli konnte ihr Herz in ihrem Kopf schlagen hören. Mit jedem Schritt, den ihr Mann ging, kam sie der schwarzen Sünde, die sie in die Hölle befördern würde, ein Stück näher.

Ja, aber denke jetzt nicht daran.

Aidan sprach kein Wort, als er den langen Steg zum *crannóg mit ihr auf dem Arm ging.* In der Dunkelheit sah sie die Pechfackeln, die den Weg zur Halle leuchteten.

Still und sicheren Schrittes brachte Aidan sie in die kaum beleuchtete Halle. Und als sie im Schlafzimmer des *Laird*s waren, stellte er sie wieder auf die Füße.

Ihr war schwindelig und kalt, ihre Finger waren eisig und zitterten.

Vielleicht in Erwartung des Beischlafs hatte man ein Feuer angemacht, das aber das Zimmer nicht erwärmte. Unbeobachtete Feuer waren nicht sehr schlau in dieser hölzernen Festung, aber dies war kaum mehr als ein Flackern.

Die Fensterläden waren fest verschlossen, so dass alles, was in diesem Raum passierte, ihr Geheimnis sein würde. Dieser Gedanke ließ Lìli vor Angst erschauern, denn nun kam der Moment, wo sie herausfinden würde, ob ihr Mann ein Wilder oder ein zärtlicher Mann war. In seinen Augen lagen dunkle Versprechen, die sie nicht entziffern konnte.

Er schloss die Tür leise und ging zum Kamin, wo er das Feuer anfachte und dann war es sehr lange still im Raum. Das einzige Geräusch kam vom Feuer. Ihr war ein wenig schwindelig, was zweifellos am *uisge* lag, aber er schien ihr den Mut zu geben, den sie sonst nie gehabt hätte. Egal, ob sie sich sagte, dass sie keine Angst habe; ihr Zittern verriet sie doch.

Er legte seine Waffe ab und hing seinen *Claymore* an den Haken an der Wand. Er schien tatsächlich nicht damit zu schlafen. Und mit stiller Genauigkeit legte er seinen Dolch ab, dann seinen *Breacan* und seine Jacke, die er auf den Boden weg vom Feuer legte, damit sie keine Funken abbekamen. Dann blieb er am Feuer stehen, um es weiter zu schüren, total nackt bis auf seine Stiefel.

Als Silhouette im Licht des Feuers stand er mit dem Rücken zu ihr ohne jegliche Scham. Seine Schultern waren breit und muskulös und das Licht des Feuers tanzte auf seiner dunklen Haut. Lìli hatte ihn schon einmal mit nacktem Oberkörper gesehen, aber hier in dem weichen Licht war es viel intimer. Auf der linken Schulter verlief eine lange Narbe und eine weitere etwas weiter unten. Sein Hintern war kräftig und mager und die Muskeln waren angespannt.

Sie zitterte noch leicht und Lìli sagte sich, dass es die Kälte sei, aber selbst ihr wurde langsam wärmer nur beim Zusehen. Dann drehte er sich plötzlich zu ihr um und ihre Augen weiteten sich, denn es war etwas *größer,* als sie erwartet hatte, obwohl es noch nicht voll erigiert war. Lìli musste schlucken.

„Nun, meine kleine Taube, werden wir sehen, wie freiwillig du zu mir kommst."

Lìli versuchte, sich zu beruhigen. „Warum vertraust du mir nicht? Ich habe die gleichen Versprechen gegeben wie du."

Er kicherte jetzt, aber ohne jegliche Fröhlichkeit. „Warum wohl."

Das war keine Frage.

Er ging zum Bett hinüber, während Lìli genau dort blieb, wo er sie abgesetzt hatte. Er schnürte seine Stiefel auf. Dann zog er den Ersten aus und er begann, den Zweiten aufzumachen. Dabei sah er sie dauernd an. „In all den Jahren habe ich nie eine Frau gegen ihren Willen genommen, Lìli. Und ich werde jetzt nicht damit anfangen."

Sie benahm sich wie eine Jungfrau und er wollte sie beruhigen. „Sei ehrlich; warst du einmal verheiratet und hast du ein Kind geboren?" Da sie ja ohne ihren Sohn gekommen war, gab es keine Beweise, außer dem Wort von Männern, denen er nicht vertraute. Man sah es ihr auch nicht an, denn selbst in ihrem *Arisaid* konnte er ihren schlanken Körper ausmachen.

Sie hob ihr Kinn und zog den *Arisaid* noch enger um ihre Schultern. „Ja, das war ich und habe ich."

Aidan runzelte die Stirn, denn die Geste bedeutete entweder, dass sie Angst vor ihm hatte, obwohl er ihr dafür noch keinen Grund gegeben hatte oder, dass sie nicht mit ihm schlafen wollte.

Beide Möglichkeiten ärgerten ihn.

Sie war jetzt seine Frau; aber er würde sich niemals einer Frau aufdrängen. Auch nicht für den Frieden zwischen ihren Völkern. Und bestimmt nicht für ein Abkommen mit David. Noch nicht einmal, um zu beweisen, dass er gegen das Betteln in ihren blauen Augen immun war.

„Ich werde dich nur noch dies eine Mal fragen. Ist

dies ..." er zeigte auf das Bett, damit sie ihn nicht missverstand. „... dein Wille, *mo cridhe?*"

Ihre Augen wurden noch dunkler und ihre Stimme zitterte, aber sie antwortete sofort. „Ich habe es schon mehrfach gesagt ... ja." Und doch zog sie den *Arisaid* noch fester um sich.

„Dann beweise es", forderte er.

Sie schien überrascht von seiner Forderung, aber Aidan saß nur da und wartete auf ihre Reaktion. „W-was soll ich tun?" Sie schluckte.

Wie eine Marionette bewegte sich sein Schwanz zwischen seinen Beinen. „Für den Anfang könntest du bitte einmal meinen Namen sagen, damit ich aufhören kann, dies als pures Geschäft zu betrachten."

„Ich verstehe nicht, warum das eine das andere ausschließt", sagte sie zu ihm. Aber trotz des Feuers in ihren Worten stotterte sie und er musste lächeln und bewunderte sie.

Er dachte längere Zeit über ihre Antwort nach und nickte dann, als würde er es als Wahrheit anerkennen. Hier musste er etwas nachsichtig sein, denn er konnte nicht erwarten, dass sie Zuneigung für ihn empfand in der kurzen Zeit, die sie sich kannten. Bis jetzt hatte es so gut wie keine Zärtlichkeiten zwischen ihnen gegeben, aber das wollte er jetzt sofort ändern. Sein eigener Schwur, sich gegen die schottische Braut zu wappnen, war in dem Moment vergessen.

Obwohl sie scheinbar so verängstigt war, forderten ihre Augen ihn heraus und sie hielt sich gerade. Er fühlte etwas in ihr, dass seinen Puls rasen ließ und sein Blut in den Adern kochen ließ. Es würde nicht einfach sein, sie für sich zu gewinnen; aber sie würde die Geduld, die er aufbringen musste, mehr als wert sein.

Man hatte ihm gesagt, dass er ein zärtlicher Liebhaber sei und wenn das stimmte, dann nur, weil seine Leidenschaft nur bei erwiderten Gefühlen entfacht wurde. Auch wenn sie außerhalb dieses Raums Krieg führten, würde er ihn nicht in sein Bett lassen. „Ich will dich sehen", forderte er. „Leg deinen Schild beiseite, Kriegerin."

Lìli blinzelte verwirrt. „Meinen Schild?"

Er lächelte dunkel und sagte: „Den *Arisaid*. Wenn du freiwillig in mein Bett kommst, dann will ich dich sehen, wie Gott dich geschaffen hat."

Lìli war schwindelig. Sein ganzes Benehmen hatte sich geändert, seit er die Schlafzimmertür geschlossen hatte. Sie ging näher ans Feuer und bedachte nicht, dass er sie dann noch besser würde sehen können.

Aber irgendetwas in seinem Blick war unwiderstehlich.

Der Hunger in seinen Augen machte ihr Mut. Ob es der *uisge* war oder etwas anderes, wusste sie nicht, aber selbst in Stuarts Gegenwart war sie nie so schamlos gewesen. Sie löste ihren Griff am *Arisaid* und atmete schwer. Sie ließ den Umhang einfach fallen, als sie seinen anerkennenden Blick sah. Und dann stand sie da.

Und er wartete immer noch und bewegte sich keinen Millimeter weg von wo er saß, unwillens, die Entfernung zwischen ihnen zu überbrücken. Man hätte glauben können, dass er verärgert sei. Aber das Begehren in seinen Augen sagte das Gegenteil. Dieser Blick verführte sie und sie bückte sich nach dem Saum ihres Kleides und zog es über ihren Kopf und ließ es dann auf den *Arisaid* fallen. Und dann stand sie da in der kühlen Luft und ihre Brustwarzen wurden hart. Das Feuer wärmte ihren Po.

Es waren die längsten Sekunden ihres Lebens.

Aidan atmete schwer, als er sah, was sie ihm zeigte.

Seine Augen waren gierig nach ihrem Anblick und er sah sie von oben bis unten an. Sein Atem stockte.

Im Licht des Feuers sah sie aus wie ein perfektes

Gemälde. Er konnte zwar ihre Augen nicht sehen, aber sein Blick fiel sofort auf den Hügel zwischen ihren Oberschenkeln, wo die goldenen Flammen sie zwischen den Beinen leckten. Ihm lief das Wasser im Mund zusammen, als er daran dachte, wie er sie mit seiner Zunge dort lecken würde und schon wurde sein Schwanz hart. „Du bist wunderschön", sagte er endlich. Er musste ohne jeglichen Zweifel sicher sein, dass sie ihn aus freien Stücken annahm.

„Du auch", antwortete sie und überraschte Aidan ein wenig. Jetzt musste er kichern, weil er über alle Male erfreut war, dass sie das so empfand. Er hatte noch nie über sein Aussehen nachgedacht. Ihre Brustwarzen wurden vor seinen Augen hart. Als sie ihn zärtlich anlächelte, konnte noch nicht einmal der *uisge* seinen Schwanz davon abhalten, ganz hart zu werden. Er war so hart wie der eines jungen Mannes. Er war sprungbereit.

Und noch immer bewegte sie sich nicht.

Er wartete.

Das Silberkrönchen war noch immer auf ihrem Kopf und sie sah aus wie eine Prinzessin.

„Was muss ich noch tun, um mich zu beweisen?", fragte sie ruhig und Aidan konnte sich nicht mehr zurückhalten. Seine Hand ging zu seinem Schwanz, der sich nach ihrer Berührung sehnte. Er streichelte sich einmal und erzitterte. Er hielt ihn fest in seiner Hand und genoss den Anblick seiner nackten Braut am Feuer. „Komm her, Lìli", sagte er und erzitterte mit kaum zurückgehaltener Leidenschaft.

Lìlis Herz raste.

Sie sah, wo er seine Hand hatte und sie war von der Schamlosigkeit geschockt. Ihr Mann war in keinster Weise zurückhaltend. Und doch war er immer noch sehr zurückhaltend und hatte sonst noch keine Reaktionen gezeigt.

Das Feuer wärmte ihren Po, aber das Begehren in seinen Augen löste eine weitere Flamme aus, eine die in den Tiefen ihres Körpers verborgen war. Bevor sie den ersten Schritt tat, krampfte ihr Körper an geheimen Stellen und überraschte sie, weil es ganz anders war als beim ersten Beischlaf mit Stuart. Ihr Mann hatte im Dunkeln wild herumgefuchtelt.

Nein, das hier war ganz anders.

Ihre Füße gingen scheinbar wie von selbst zu ihm hin. Und dann stand sie vor ihm und immer noch rührte er sie nicht an, bis ihre Brüste wegen der Kälte schmerzten und sich nach seinen warmen starken Händen sehnten.

Einen Moment danach griff er nach dem Krönchen und löste es aus ihrem Haar. Er warf es auf die andere Seite des Bettes. Er sah sie an und sprach in einem ruhigen Tonfall zu ihr. „Wenn du willst, darfst du gehen, jetzt in diesem Moment, Lìli und ich würde dir sicheres Geleit geben."

Gott sei ihr gnädig, aber Lìli wollte nicht gehen.

„Wenn du bleibst", warnte er sie. „Wenn du bleibst und unter mir liegst ... werde ich dich niemals gehen lassen. Verstehst du?"

Wie einen Blitz hatte sie plötzlich Kellens Gesicht vor Augen. Sie dachte an Rogans Drohungen und an alle Versprechen, die sie gegeben hatte. Der Blick ihres Mannes sagte, dass er zweifellos jedes Wort, das er sagte, auch meinte.

„Verstehst du?", fragte er eindringlich.

Lìli nickte und ihr Herz raste.

Aber es gab nur einen Weg, den sie gehen konnte. Und sie wusste nicht genau, wo dieser hinführte. Als Antwort streckte sie ihre Hand aus und legte sie an seine Wange und er legte sein Gesicht in ihre Handfläche. Dabei stöhnte er laut auf.

KAPITEL NEUNZEHN

Aidan konnte ihre Augen nicht sehen, um zu sehen, wie sie diese Warnung aufnahm.

Er hatte fast erwartet, dass sie sich anziehen und dann gehen würde, dass sie mit geübter Selbstsicherheit antworten würde; aber diese Antwort hatte er nicht erwartet.

Eigentlich hatte er den Lauf der Dinge bestimmen wollen; aber als sie sein Gesicht berührte, verließ ihn der Verstand. Er legte die Arme um ihre Taille und zog sie zu sich herunter. Dabei küsste er ihre warmen und süßen Brüste. Ihr Duft war betörend. Sie roch nach sauberer Frau und Blumen.

Mit der Zunge strich er über ihre süße weiche Haut. „Ich bin verhext", murmelte er. „Ich habe noch nie eine Frau so sehr begehrt ..."

Als sie die Leidenschaft in seinen Worten hörte, schauderte Lìli trotz der Wärme der Umarmung. Seine Finger wanderten über ihren Rücken und beugten sie langsam zu ihm herunter, damit er an ihren Brüsten säugen konnte. Sie war etwas schockiert von dieser intimen Geste, denn nur ihr Kind hatte jemals dort gesaugt. Ihre Wangen waren heiß und knallrot, aber nichts im Vergleich zu der Hitze, die sich in ihrem Unterleib aufbaute. Sie stöhnte auf und ihr Kopf viel nach hinten. Sie schrie leise auf, als seine Zähne an einer Brustwarze knabberten, zärtlich aber gierig.

Sie war total verwirrt, denn seine Berührungen waren viel zu zärtlich für die eines Feindes. Aber als solchen musste sie ihn sehen oder sie würde wahrlich scheitern.

Plötzlich lag er auf dem Bett und zog sie auf ihn.

Überrascht ließ Lìli sich nun gehen.

War sie solch eine Schlampe, dass sie ihren Feind so sehr begehrte? Dass sie unter seiner Berührung feucht würde? Zu ihrer Bestürzung fühlte sie selbst die Feuchte zwischen ihren Beinen, als er sie breitbeinig auf seinen Bauch setzte.

Hinter ihnen war das Feuer das einzige Licht im Raum und das riesige Bett ließ sogar ihren Mann klein erscheinen. Sie konnte das Funkeln in seinen Augen sehen, bis er sie schloss und den Kopf nach hinten fallen ließ und ihr seinen freien Hals offenbarte. Wäre sie eine geübte Attentäterin, hätte sie ihm an Ort und Stelle den Hals durchgeschnitten und das Ganze beendet; aber sie war keine geübte Attentäterin und sie fing an zu zweifeln, ob sie es jemals würde tun können. Außerdem könnte sie sich wohl niemals überwinden, solch eine Sünde zu begehen.

Aidan versuchte vergeblich, sich zurückzuhalten.

Er versuchte sich zu beruhigen, seinen Herzschlag zu verlangsamen. Er stöhnte als sie ihre Hand zärtlich auf seine Brust legte. Er legte seinen Kopf zurück und sah sie amüsiert an. Er hielt sie fest am Handgelenk und versuchte wieder, einen klaren Gedanken zu fassen. Dann spürte er auf seinem Bauch, dass sie feucht war und sein Schwanz wurde durch und durch hart und berührte ihren warmen Po. Ab diesem Moment war er verloren.

Wenn er sich nicht so sehr auf ihre Reaktionen konzentriert hätte, wäre er in diesem Moment gekommen. Aber obwohl er schon lange mit keiner Frau mehr geschlafen hatte oder sich selbst befriedigt hatte, wollte er sich nicht wie ein Junge erleichtern.

Nein, wenn er kommen würde, dann in den Tiefen ihres süßen Körpers und er wollte von ihrem Schoß wie ein Liebhaber umarmt werden. Er wollte seinen Samen dort säen. Und er hatte jedes Wort gemeint, das er gesagt hatte, denn von dem Moment an, als sich die Möglichkeit ergab, dass sie sein Kind bekommen könnte, würde er sie niemals von ihren Versprechen freigeben. Wenn es in seiner Macht lag, würde keines seiner Kinder in die Welt hinausgehen, ohne dass er es beschützte und führte.

„Reite mich, Lìli", befahl er.

Einen Moment lang hatte Lìli keine Ahnung, was er von ihr wollte. Aber sein Schwanz bewegte sich an ihrem Po und dann wusste sie Bescheid. Ihr Herz hämmerte in ihrer Brust, als sie merkte, was er von ihr wollte.

Es war total schockierend. In ihren wildesten Träumen hätte sie sich den Beischlaf so nicht vorgestellt. Aber irgendetwas in ihr war begeistert davon und sie wusste instinktiv, dass er ihr die Kontrolle überließ.

Er bewegte sich unter ihr. Lìli schluckte und fühlte sich plötzlich vollkommen schamlos. Sie setzte sich so, dass sein Schwanz unter ihr war und dann folgte sie ihrem Instinkt und verlagerte ihr Gewicht wieder nach vorn, als würde sie auf einem Pferd sitzen. Sie nahm sich gar nicht die Zeit, über seine Größe nachzudenken oder über irgendetwas anderes. Sie neigte ihre Hüften, um ihn aufzunehmen und drückte nach unten, bis er vollständig in ihr war und schrie auf bei dem köstlichen Gefühl seines heißen Fleisches in ihrem Körper.

Aidan stöhnte und schloss einen Moment lang seine

Augen. Als er sie wieder öffnete, forderte er noch einmal: „Reite mich, Lìli."

Lìli musste nicht zweimal gefragt werden. Sie fühlte sich berauscht auf eine Art, wie es der *uisge* nicht geschafft haben konnte und sie ritt ihn breitbeinig. Er füllte sie so vollständig, dass sie spürte, als sich sein Körper anspannte und in dem Moment fühlte sie die Herrschaft, die er ihr über ihn als Frau, als seine Frau, gegeben hatte.

Seine Augen sahen aus wie grüne Diamanten und er sah glücklich aus, während sie ihn weiterhin mit ihrem Körper streichelte, damit sein Samen in ihrem Leib blieb. Ihre Haut prickelte und ihr Körper schlang sich um ihn und versprach mehr, etwas Geheimnisvolles, etwas Magisches. Sie saß nackt auf ihm und das Licht des Feuers spiegelte sich auf ihren Körpern. Sie fühlte sich wie verwandelt, nicht mehr als Spielfigur im Spiel der Männer. Und in dem Moment wollte sie nur an den Mann unter ihr denken und weder an die Sünden, die sie irgendwie begehen sollte noch daran, wie sie sich morgen fühlen würde. In dem Moment kam es nur darauf an, wie sie sich fühlte, wie er es zuließ, dass sie sich fühlte und wie sie ihn glücklich machen könnte.

Seine Hände legten sich um ihre Brüste und kneteten sie zärtlich. Lìli ritt, bis sie am ganzen Körper verschwitzt war. Irgendwo tief in ihr fühlte sie, wie sich etwas zurückzog und plötzlich dachte sie nicht mehr an die Macht, die sie über Aidan hatte, sondern nur an ihr eigenes Vergnügen.

Sie hätte im Leben nicht gedacht, dass es sich so schön anfühlen konnte, so vollständig von einem Mann ausgefüllt zu sein.

Sie sah aus wie eine Göttin, als sie auf ihm saß mit ihrem sich windenden Körper, wie bei einem uralten heidnischen Tanz. Er sah, wie sie schwitzte und Aidan konnte es plötzlich nicht mehr ertragen, wie sie sich verausgabte. In einer schnellen Bewegung legte er sie unter sich und zog seinen Schwanz nur weit genug heraus, um sie ansehen zu können.

Sie schrie auf und versank ihre Fingernägel in seinem Rücken, um ihn zurück zu holen. Sein Schwanz bebte, aber er hielt sich trotzdem zurück, weil er wollte, dass sie die Augen öffnete und ihn ansah.

Als sie merkte, dass er nicht nachgeben würde, hob sie die Hüften nach ihm suchend an und schlang die Beine um seinen Rücken. Sie öffnete die Augen und Aidan genoss das Gefühl ihrer Beine um ihn.

Das war der Moment, auf den er gewartet hatte.

Er wollte, dass sie ohne jeden Zweifel wusste, welcher Mann sie nun nahm. Er wollte, dass sie wusste, dass sie von nun an ihm gehörte und ihm alleine. „Ich werde dir Söhne geben", flüsterte er heiser und ließ sich langsam und kalkuliert etwas weiter auf sie herunter.

„Ja!" rief sie leise.

„Und Töchter", sagte er, um sie ein wenig zu necken.

„Oh ja!", rief sie wider und vergrub ihre Fingernägel in seinen Schultern, als wolle sie ihn davon abhalten, von ihr weg zu gehen.

„Buin mo chridhe dhuit!", flüsterte er und dann bedurfte es keiner weiteren Worte.

Sie schrie noch einmal auf, als er zustieß tief in ihren Leib. Ohne Verstand ritt er sie hart und füllte sie vollständig. Sie kam ihm bei jedem Stoß entgegen als hätte sie seine Worte verstanden und nahm ihn in sich mit der gleichen Leidenschaft auf. Ihr Sex war hart, denn keiner gab die Kontrolle ab und ihre Körper stritten sich um den Genuss des Höhepunkts. Selbst nachdem er schon gekommen war, konnte Aidan nicht aufhören. Er wiegte sie zärtlich und war wahnsinnig erfreut, dass sie ihre Beine für ihn breit machte, so wie eine Blume sich der Sonne öffnete.

Lìli war wie von Sinnen und ihr Schamgefühl hatte

sie komplett verlassen auf Grund der Freude, die sein Körper bot. Sie wollte ihn noch tiefer und noch tiefer, obwohl sie die Geheimnisse, die er versprochen hatte, schon gefunden hatte. Sie stöhnte leise und war erstaunt, dass er nicht aufhielt, obwohl er doch schon in ihr gekommen war. Er stöhnte, als habe er Schmerzen, aber er machte weiter, als würde es ihm einfach Freude bereiten, sie zu lieben.

Befriedigt ließ sie ihn los und ließ ihre Arme auf das Bett fallen und genoss es, dass er sie so voll und ganz liebte.

Sie seufzte zufrieden, als sie an seine Worte dachte, Worte, die Stuart nie gesagt hatte in keiner Sprache.

Mein Herz gehört dir.

Sie konnte die Worte nicht erwidern, aber in dem Moment änderte sich alles. *Alles*. Sie konnte nicht mehr sein Feind sein. Er war nicht mehr ihr Feind.

KAPITEL ZWANZIG

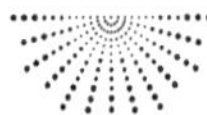

Die Chancen, dass der Junge den Sturz von der Klippe überleben würde, waren minimal, aber der Drang, zu ihm hinunter zu klettern, um sicher zu sein, dass er tot war, war unerträglich. Noch hielt Rogan sich zurück, um seine Anstrengungen nicht zu gefährden.

Er hatte den ganzen Abend darauf geachtet, dass Aidans Leute ihn sahen, denn er wusste, dass man einen Schuldigen suchen würde, wenn der Körper des Jungen gefunden wurde. Sie würden zuerst bei ihren ungebetenen Gästen suchen. Lìli hatte für den ganzen Tag und die Nacht ein Alibi. Also kam sie nicht in Frage. Seine Männer waren bei ihm gewesen und Rogan hatte sie kurz verlassen, um dem Jungen nachzugehen und ihn von der Klippe zu stoßen. Dann war er sofort wieder zurück gekommen. Noch nicht einmal seine Männer hatten etwas bemerkt. Sie dachten, er sei pinkeln gegangen. Die dumme Aveline war bei Lìli und den Frauen gewesen.

Falls der Junge überlebte, würde er ihn wohl nicht benennen können. Da es nun schon einige Stunden her war seit er den Jungen von der Klippe gestoßen hatte, wurden seine Überlebenschancen immer geringer.

Arroganter kleiner Idiot.

Er hatte den Jungen ertappt, als er den Frauen zusah und er hatte noch nicht einmal gemerkt, dass auch er beobachtet wurde. Es war eigentlich viel zu einfach gewesen. Rogan hatte sich nur von hinten anschleichen müssen und ihm einen ordentlichen Schubs verpassen müssen. Der Junge hatte am Rand gestanden und den Frauen zugesehen, als sie den Hügel hinauf gingen. Sein überraschter Schrei wurde von dem Wasserfall übertönt und noch nicht einmal das Mädchen, das für ihn mit dem Hintern gewackelt hatte, hatte etwas bemerkt. Als sie sich umdrehte, um zu sehen, ob er noch zusah, waren Rogan und der Junge weg. Rogan hatte keine Ahnung, ob der Junge sich das Genick gebrochen hatte oder ertrunken war. Er hatte sich noch nicht einmal die Zeit genommen, über den Rand zu schauen, um zu sehen, wo der Bastard gelandet war.

Seine Augen brannten, weil er so nah am Feuer gestanden hatte, damit ihn alle deutlich sehen konnten. Er sah, wie Aidan seine Braut Davon trug ohne einen Blick für jemand anderes. Er beobachtete sie, bis sie in dem dunklen Loch, das seine Halle war, verschwanden und sein Zorn drohte, ihm das Herz zu sprengen.

Als sie weg waren, ging er zum Feuer zurück und sah zu, wie aus Lìlis Becher Asche wurde.

Die Schlampe hatte den ganzen Abend nur Augen für den dún Scoti gehabt und nicht einmal in seine Richtung geschaut, als wenn sie seine Gegenwart hier in Dubhtolargg vergessen hätte. Er hatte das Gefühl, als würde seine Kontrolle über sie langsam schwinden und sein Blick fiel auf Aveline neben ihm.

Ohne ein Wort wartete er bis Aveline ihn ansah und durchbohrte sie mit einem Blick, um sie ohne Worte zu warnen, dem Plan weiter zu folgen. Bei Gott, er konnte noch nicht einmal ein ruhiges Plätzchen mit ihr aufsuchen, auch nicht, um seinen Zorn an ihr abzulassen. Er zog eine Blume aus ihren fettigen Haaren, dieselbe, wie alle Frauen sie trugen und zerdrückte sie in seiner Faust.

„Du gehörst nicht zu ihnen.", flüsterte er schimpfend in ihr Ohr. „Und das vergisst du besser nicht, wenn ich weg bin."

Aveline nickte und sah auf ihre Füße.

Rogan war immer noch nicht besänftigt, denn egal, welchen Gewinn er am Ende verbuchen konnte, er konnte es nicht ertragen, dass Lìleas MacLaren lieber für einen Wilden die Beine breit machte, als sein Bett oder seinen Namen zuteilen. Mit offen gezeigter Wut warf er die zerdrückte Blüte aus Avelines Haar ins Feuer.

Ja. Am Ende würde er der Sieger sein.

Befriedigt und gemütlich neben seiner Braut schloss Aidan die Augen und dachte daran, wie es gewesen war in ihr drin. Er streichelte mit seinen schwieligen Fingern über ihren zarten Bauch. Sie hatte mitgehalten und jede Herausforderung angenommen und er war bis ins Innerste zufrieden.

Schläfrig öffnete sie noch einmal die Augen. „Du hast Narben auf dem Rücken. Woher sind die?"

Aidan lächelte. „Ich habe früh gelernt, Lael nicht zu erzürnen", log er. Jetzt war nicht der richtige Zeitpunkt, um ihr zu erzählen, dass er sie in der Nacht bekommen hatte, in der Padruig Caimbeul seinen Vater ermordet und seine Mutter vergewaltigt hatte. Padruigs Männer hatten ihn festgehalten und ihn gezwungen, zuzusehen, als ihr Vater seine Mutter vergewaltigte. Als Padruig fertig war, stießen die Männer ihres Vaters ihre Dolche in seinen Rücken und ließen ihn als vermeintlich tot zurück.

„Ich fürchte, sie mag mich nicht besonders."

Er sah ihren sorgenvollen Blick und wusste, dass sie es ehrlich meinte. „Gib ihr Zeit", riet er. „Die Treue meiner Schwester gewinnt man nicht so leicht. Aber wenn man sie hat, hat man sie ganz und gar."

Er legte seine Hand auf ihre Wange und streichelte sie mit dem Daumen. „Du bist wirklich wunderschön, Lìli, besonders, wenn du lächelst. Ich werde dafür sorgen, dass du oft lächelst."

Sie drehte sich auf die Seite zu ihm hin und ihre blauen Augen funkelten. Ihre Worte passten nicht zu dem Hauch von Traurigkeit in ihren Augen. „Wenn du mich oft so liebst wie heute Nacht, werde ich immer lächeln. Sie werden alle glauben, dass ich verrückt bin und mich *Idiotin* nennen."

Aidan lachte. „Sie werden dich vielleicht alles Mögliche nennen *mo chridhe,* aber *òinseach* wird es nicht sein."

Sie nickte und schloss dann die Augen. „Glaubst du wirklich, dass Frieden zwischen uns möglich ist?"

Aidan dachte über die Frage nach und die Frau, die sich in seinem Bett kuschelte. Sie war wohl kaum das, was er erwartet hatte. Er machte sich nichts vor, dass ein Mann mit einem blutigen Schwert über der Schulter, der grinsend über der Leiche seines Vaters stand, seinen Verrat und seine Täuschung an einem Volk, das er offensichtlich verachtete, bereuen könnte. Aber vielleicht gab es trotzdem noch Hoffnung.

Er wartete so lange mit seiner Antwort, dass er dachte, sie könnte eingeschlafen sein. „Ja", sagte er endlich. Ihre Lippen verzogen sich zu einem Lächeln. Sie seufzte und entspannte dann.

Nach einer Weile traute auch Aidan, sich zu entspannen und überlegte, dass diese Ehe seinen Leuten vielleicht wirklich Frieden für eine gewisse Zeit bringen könnte.

Er konnte es sich erlauben, David beim Wort zu nehmen, insbesondere nachdem David seine Schwester Catrìona gestohlen und nach Süden entführt hatte. Zu seiner Verteidigung musste man sagen, dass er laut seiner Aussage beabsichtigt hatte, sie an einen Verbündeten zu verheiraten. Aber Catriona wäre nie glücklich geworden als Frau eines Engländers oder Lords in den *Borderlands*. Sie wäre imstande, ihrem Mann die Eier abzuschneiden und sie zum Abendessen zu servieren. Keine seiner Schwestern würde ein solches Schicksal leicht annehmen, am allerwenigsten Lael oder Cat.

Er lag in der Dunkelheit und dachte, es sei schon längst Zeit aufzustehen und das Feuer noch einmal zu schüren, damit seine schöne Frau nicht erfror, wenn sie alleine nackt in seinem Bett lag. Aber er zögerte noch und dachte an seine Schwester Cat und den Mann, den sie geheiratet hatte. Gavin mac Brodie, der Bruder eines *Chieftains* ohne jegliche Lehenspflichten, außer an seine unmittelbare Familie. Zumindest war er ein *Highlander*. Aidans Leute hatten noch nie gegen irgendjemand aus der Region der Highlands gekämpft. Wie seine eigenen Leute, blieben die Mac Brodies und MacKinnons meist unter sich, trotz der Tatsache, dass die MacKinnons eine direktere Blutslinie zu Ailpín hatten, als die meisten anderen. Wie Aidan wollten sie einfach ein Leben ohne Zwietracht. Trotzdem nannte der MacKinnon sich einen Schotten. Wie auch Gavin mac Brodie.

Und seine wunderschöne Frau.

Was wäre mit ihrem Baby? Den Kindern aus ihrer Ehe. Wären sie noch würdig, den Piktischen Namen zutragen?

Sie hüteten den Stein für den rechtmäßigen König; aber was war, wenn ihre Zeit vorbei war? Die Annahme Lìlis als seine Braut bedeutete nun das Ende der makellosen Blutslinie. Außer er gäbe das Zepter eines Tages an Keane ab. Seine Leute waren die letzte Bastion in einer Welt, die schnell zu Ende ging. Wenn er eine gewisse Zerrissenheit verspürte, dann war das aus diesem Grund, nahm er an. Die Traditionen seiner Leute veränderten sich wie der Glaube.

Una behauptete, dass diese Frau an seiner Seite ihre Rettung sein könnte. Könnte sie auch seine Rettung sein?

Während er ihre perfekten Gesichtszüge betrachtete, erschrak er von einem heftigen Klopfen an die Zimmertür.

Die Schläge hallten durch das ganze Zimmer.

Erschrocken schoss Lìli hoch.

Es war schon spät und das dringliche Geräusch konnte nur eins bedeuten: Etwas Schreckliches war passiert. Sie sah Aidan fragend an.

Aidan stand auf und Lìli zog die Decke zu sich herüber. Ohne sich anzuziehen ging er zur Tür und machte sie einen Spalt auf. Sie hörte eine aufgeregte Frauenstimme, konnte aber die Stimme nicht erkennen und auch nicht verstehen, was gesagt wurde. Ihr Mann drehte sich um und durchbohrte sie mit einem Blick, der ihr das Blut in den Adern gefrieren ließ. „Zieh dich an!", befahl er und öffnete dann die Tür ohne Rücksicht auf die Frau, die draußen stand oder die Frau in seinem Bett.

Aber Lael interessierte sich nicht, ob ihr Bruder bekleidet war. Sie sah Lìli und der Zorn in ihrem Blick lehrte Lìli das Fürchten. Sie wollte fragen, was los sei; aber bevor sie auch nur ein Wort heraus brachte, drehte sich Lael um und ging hinaus.

Aidan zog sich schnell an. Er ließ die Jacke weg und legte nur seinen *Breacan* an. Er folgte seiner Schwester und nahm noch seinen *Claymore* mit. „Zieh dich an", wiederholte er, ohne sie auch nur eines Blickes zu würdigen. Er zog noch nicht einmal Stiefel an. Er ließ die Tür auf und sie überlegte, was passiert sein konnte. Scheinbar wollte er, dass sie nachkam und so zog sie sich so schnell wie möglich an.

KAPITEL EINUNDZWANZIG

„Sie haben ihn in der Nähe von Caoineags Pool entdeckt", erklärte Lachlann, als Aidan das Zimmer seines Bruders betrat.

Una war schon bei Keane und untersuchte die Wunde an seinem Kopf. „Er hat ziemliches Glück gehabt", sagte sie mit ernster Stimme. „Er war schon einmal wach, aber nur für einen kurzen Moment."

„Hat er etwas gesagt?"

Lachlann schüttelte den Kopf.

„Wer hat ihn gefunden?"

„Meara", antwortete Lael, die hinter Aidan herein gekommen war. „Sie hatte ihn nicht bei dem Leuchtfeuer gesehen und ging dahin, wo sie ihn zuletzt gesehen hatte."

Aidan runzelte die Stirn.

„Er hatte scheinbar den Frauen beim Baden zugesehen", fügte Lachlann hinzu.

Aidan schüttelte den Kopf und seufzte. Er gab sich die Schuld, dass er so mit seiner schottischen Braut beschäftigt gewesen war, dass er die Sicherheit seiner Familie außer Acht gelassen hatte. Er saß auf dem Bettrand und legte das Schwert an das Fußende. „Wo ist Cailin?"

Lael antwortete: „Ich habe sie mit Fergus und Meara geschickt, um das Mädchen zu befragen und zu sehen, ob sie etwas weiß. Meara stand völlig neben sich bei so viel Blut. Und da sie nichts wusste, dachte ich, es sei in ihrem und Keanes Interesse, dass sie nicht in diesem Zimmer ist."

Aidan seufzte, als trage er die Last dieser Welt auf seinen Schultern. „Was wissen wir sonst?"

„Nicht viel", antwortete Lachlann. „Ich habe Glenna und ihren Jungen nach Hause gebracht. Als ich zurückkam, kam Meara kreischend wie eine Banshee aus der Richtung des Sees."

Aidan starrte auf den regungslosen Körper seines Bruders und versuchte, keine Angst zu haben. Keanes Körper war voller Wunden und er blutete. Er hatte einen Schnitt auf der Stirn und eine Beule fast so groß wie Unas *keek stane*. Aber er schien regelmäßig zu atmen. Keane war sein einziger Bruder und noch dazu war er im Moment sein einziger Erbe.

Aidan fuhr mit der Hand durch die Haare und dachte über das, was Lachlann erzählt hatte, nach. Sein Bruder war immer trittsicher gewesen. Es war möglich, dass er ausgerutscht und von der Klippe gefallen war. Aber es war nicht wahrscheinlich. „Und sonst sah niemand etwas?"

Er merkte, dass alle Blicke zur Tür gingen und er erhielt nicht sofort eine Antwort. Als er sich umdrehte, sah er Lìli im Dämmerlicht der Halle stehen. Sie rang die Hände. Sie sagte nichts und einen Moment lang schien sie sich nicht überwinden zu können, das Zimmer zu betreten. Aidan sah glücklicherweise keine Schuld in ihren Augen, sondern nur Angst und Verwirrung. Das erleichterte ihn ein wenig. Er wollte nicht, dass sie irgendetwas hiermit zu tun hatte.

Lìli blieb in der Tür stehen.

Selbst bevor sie sah, wer in dem Bett lag, befürchtete sie das Schlimmste, denn es musste einer von Aidans Familie sein, weil er in den *crannóg* gebracht wurde. Selbst nachdem ihr Mann sie in den kleinen Raum hinein winkte, zögerte sie.

Seine Augen klagten sie nicht an, aber die Energie in dem Zimmer war negativ. Lìli war sehr sensibel hinsichtlich der Aura anderer, denn sie erhielten sie oft aufrecht oder ließen sie abbauen.

Una stand am Bett und murmelte etwas in der alten Sprache, während sie mit dem Finger Kreise auf der Stirn des Jungen zog. „Unserer aller Mutter, Mutter von allem", flüsterte sie. „Nimm ihm die Schmerzen"

In dem schwachen Licht konnte Lìli einen kurzen Blick auf sein Gesicht werfen. Es war durch die Schwellung kaum erkennbar.

Wenn sie es erlauben würden, könnte sie vielleicht helfen. Sie hatte ihr Leben lang hart gearbeitet, um mehr als ein hübsches Gesicht oder das Opfer eines dummen Fluchs zu sein. Sie kannte sich sehr gut mit Heilpflanzen aus und sie hatte die alten Heilmethoden studiert. Sie hatte sogar ein seltenes Manuskript über byzantinische Heilkunst, das ihr Großvater vom Kreuzzug mitgebracht hatte.

„Darf ich helfen?", fragte sie.

Lael drehte sich zu ihr um. „Ich glaube, du hast schon genug geholfen."

Aidan hob eine Hand. „Sie war die ganze Nacht bei mir."

„Ja. Und was ist mit ihren Begleitern?"

Aidans fragender Blick ging zu Lael.

„Was ist mit ihnen?" Lachlann schüttelte den Kopf.

Sie haben ein Alibi für den ganzen Tag und die Nacht. Wir haben sie dauernd beobachtet. Wir hatten sie immer alle im Blick."

Aidan schaute seine Schwester an und sagte mit

entschiedener Stimme; „Erhebe keine Anklage ohne Beweise, Lael."

„Irgendwie *weiß* ich aber, dass sie verantwortlich sind!", beharrte Lael. „Keane ist kein tollpatschiges Kind, Aidan! Er ist schon hunderte Male auf die Klippen geklettert."

Aidan drehte sich und winkte Lìli erneut in den Raum. Dann sah er seine Schwester mit grimmigem Blick an. „Trotzdem werde ich nicht zulassen, dass du mir widersprichst. Zeige mir Beweise oder gib meiner Frau den Respekt, der ihr gebührt."

Lael hob die Arme. „Ach, Aidan, du denkst mit deinem Schwanz und nicht mit deinem Kopf! Nach einer Nacht in den Armen der Hexe hat sie dein Hirn schon zu Brei gemacht!" Offensichtlich sehr zornig ging sie an Lìli vorbei und rempelte sie mit der Schulter an. Dann verließ sie das Zimmer.

Lìli sagte nichts. Una ließ sie vorbei und hatte bisher nur alles beobachtet. Nun forderte auch sie Lìli auf, näher an das Bett zu kommen. Dieses Mal tat Lìli, wie ihr geboten.

Als sie Keane aus der Nähe sah, musste sie nach Luft ringen. Die linke Seite seines Gesichts war aufgedunsen und Lila. Sein linkes Auge war zugeschwollen und sein Haar war von Blut verklebt. Noch mehr Blut sickerte durch die Nase.

„Die Kopfverletzung ist sehr schlimm", sagte die alte Frau ernst. „Ich glaube nicht, dass er sich den Schädel gebrochen hat, aber er hat viel Blut verloren. Komm!", forderte sie Lìli auf. „Deine Heilkenntnisse sind viel umfangreicher als meine."

Lìli fragte sich, wie die Frau das wissen konnte.

Una lächelte nur, als habe sie Lìlis Gedanken gelesen und dann winkte sie sie noch näher. „Schau, Mädchen. Sag uns, was getan werden muss."

Lìli zögerte unsicher. Sie sah zuerst zu Aidan, um

sicher zu sein, dass er einverstanden war. Als er nickte, war sie bereit. Wie besessen fing sie sofort an zu arbeiten. Ihre Befürchtungen und ängstlichen Gedanken waren wie weggefegt. An ihrer Stelle war die Heilerin, die schon viel Schlimmeres gesehen hatte, als einen Jungen mit einem blutigen Kopf. Sie hatte ihren Ehemann mit einem Pfeil im Auge gesehen, der glatt durch den Schädel ging. Sie hatte schon Arme und Beine abgesägt und Kinder sterben sehen, deren Körper von Beulen übersät waren. Sie war wohl kaum zimperlich. Sie forderte heißes Wasser, Decken, Nadel und Faden. Sie befahl dem großen Lachlann, ihr zu helfen, Keane auszuziehen und scheuchte ihren Mann aus dem Weg, während sie überlegte, welche Kräuter sie aus ihrer Kiste brauchte.

Aidan sah seiner Frau zu und war fasziniert von der Änderung in ihrem Verhalten. Sie war plötzlich herrischer als Lael und Una zusammen. Aber er sah, dass sie helfen wollte und dass sie offensichtlich wusste, was sie tat.

Er konnte nichts tun, außer im Weg zu sein und so überließ er seinen Bruder Lìlis Obhut. In der Halle fand er die besorgte Sorcha und schickte sie auch in Keanes Zimmer, während er herausfinden wollte, was seinem Bruder zugestoßen war.

Lael stand auf dem Steg, als wolle sie jedem den Zutritt verweigern. Sie stand aufrecht und angespannt und er kündigte sich an, damit sie sich nicht plötzlich drehte und er zwei ihrer Messer im Leib hatte. Sie tötete ihn mit Blicken. „Wie kannst du diese Frau zu deinem Bruder lassen?", fragte sie sofort.

„*Diese Frau* ist meine Ehefrau und du findest dich am besten damit ab."

„Ach, Aidan! Wie kannst du ihr vertrauen?"

„Una vertraut ihr", entgegnete Aidan, „Das reicht mir."

Aber das stimmte nicht ganz, musste er sich gestehen, denn wenn dem so wäre, hätte er nicht Sorcha in das Zimmer geschickt, um alles zu überwachen. Obwohl er Lìlis Fähigkeiten an dem ersten Abend mit eigenen Augen gesehen hatte, vertraute er ihr noch nicht ganz.

Zweifel kamen in ihm auf und er versuchte, sie weg zu schieben.

Auf dem Strand loderte immer noch das Leuchtfeuer und viele seiner Leute waren noch da, obwohl die Festivitäten lange vorbei waren. Nun waren sie scheinbar alle um das Feuer versammelt und warteten auf Nachricht.

Aidan befahl Lachlann, der gerade aus dem *crannóg* kam: „Stelle Wachen für die Halle auf und dann *begleite* unsere *Gäste* in ihr Quartier. Stelle so viele Männer, wie du entbehren kannst, als Wachen an ihre Tür. Wo auch immer sie hingehen – was auch immer sie tun – ich will es wissen. Ohne mein Wissen gehen die noch nicht einmal pinkeln."

„Was ist mit der Frau Aveline?", fragte Lachlann.

„Die *siùrsach* ebenso!", sagte Aidan kurz und knapp und ging an seiner Schwester vorbei. „Du kommst mit mir, Lael!"

Widerwillig verließ seine Schwester ihren Posten und folgte ihm den schmalen Steg entlang. Mit seinem Schwert machte er eine Fackel nach der anderen aus und nun war der *crannóg* in Dunkelheit bis auf das schwache Licht, das von innen schien. Vom Strand konnte man den Eingang nun nur finden, wenn man sich den Wachen zu erkennen gab. „Wohin gehen wir?"

„Wir sehen uns den Pool an, wo Keane gefunden wurde und die Stelle, von der er fiel. Ich will sehen, wie es passiert ist." Und der Aberglaube in ihm wollte wissen, ob er das Wehklagen hören würde. Er konnte es nicht ertragen, Keane jetzt zu verlieren.

Er war doch noch ein Junge.

Lael wurde etwas friedlicher, als sie Aidans Schmerz bemerkte. Sie vertraute ihm und gab widerwillig zu: „Ich habe die Schotten auch beobachtet. Es stimmt, was Lachlann sagt. Sie waren vollzählig, aber einer von ihnen hätte während der Spiele davon schlüpfen können."

„Nur, wenn wir es beweisen können", beharrte Aidan: "Wir können es nicht riskieren, einen von Davids Männern anzuklagen."

„Seit wann interessierst du dich für Bündnisse mit David?", fragte Lael, während sie versuchte, mit Aidan Schritt zu halten.

Er sah sie an. „Du irrst dich in mir, Lael. Mir sind die Bündnisse mit David oder sonst wem total egal. Aber ich will keinen Krieg in dieses Tal bringen. Wir haben zu viel zu verlieren, falls du es vergessen hast."

Der Stein.

Sie verstanden beide, wovon er sprach.

Es war in all den Jahren ihre Pflicht gewesen, sich nicht über andere Stämme zu stellen, sondern den Stein zu behüten, da er die Macht hatte, Nationen zu vereinen. Wenn er in die falschen Hände gelangte, würde sein Besitz nur noch zu mehr Blutvergießen führen. Viele würden danach streben, aber nur einer würde ihn wirklich verwenden können.

Lael wurde still an seiner Seite.

KAPITEL ZWEIUNDZWANZIG

Mit Unas und Sorchas Hilfe säuberte Lìli Keanes Wunde, so gut es ging, dann nähte sie sie und trug eine Salbe auf. Wie bei Duncan verbrannte sie Wacholder, um Infektionen in der Luft abzuwehren. Dann schickte sie Sorcha los, um *vin aigre* zu besorgen. Sie ließ Una alleine mit Keane und ging, um ihre Medizin persönlich zu holen, da sie sich bewusst war, wie knapp sie das letzte Mal der Entdeckung entkommen war. Insbesondere nun, da der Verdacht wie ein Schatten über ihnen hing, konnte sie es nicht riskieren, dass irgendjemand den Ring entdeckte. Sie ging zurück zu dem Zimmer und überhörte eine kleine Unterhaltung.

„Sorcha, vielleicht wirst du nicht meine Nachfolgerin sein."

„Lìli? Aber sie ist Aidans –"

„Ja, aber ich hatte einst auch einen Ehemann."

Sie hätten vielleicht weiter gesprochen, aber Lìli stürmte durch die Tür, weil sie keine Zeit verlieren wollte, auch wenn das Belauschen nützlich sein konnte. Aber sie überlegte, was Una wohl meinte. Während sie ihre Kräuter vorbereitete, stellte sie sich die alte Frau mit Mann und Kindern vor. Es fiel ihr sehr schwer. Irgendwie erschien Una so alt wie die Zeit an sich. Aber das war eine lächerliche Idee, denn sie war ganz offensichtlich aus Fleisch und Blut. Warum sollte die alte Frau lügen? Wenn sie sagte, dass sie schon einmal verheiratet gewesen sei, dann hatte sie sicherlich einen Ehemann gehabt.

Eins war auf jeden Fall sicher: Falls Keane starb, käme nicht nur Lìli unter genauere Prüfung. Also musste sie alles tun, um dies zu verhindern. Sobald sie ein wenig Zeit für sich hatte, musste sie ein besseres Versteck für den Ring finden bis zu dem Zeitpunkt, wo sie ihn brauchte. Sie traute sich nicht, über die einfache Wahrheit nachzudenken; nämlich, dass sie ihn nicht benutzen würde. Bei Gott, wenn sie es vor heute Nacht in Erwägung gezogen hatte, so tat sie es jetzt nicht mehr. Sie könnte Aidan nicht töten und auch sonst keinen Menschen und diesen Jungen konnte sie ebenso wenig sterben lassen. Sie wusste nicht, was das für ihren eigenen Jungen bedeutete. Aber als sie den Schnitt auf Keanes Stirn nähte, erkannte sie die Wahrheit.

Es musste einen anderen Weg geben.

Als sie alles getan hatte, was sie konnte, außer einer letzten Sache, zögerte sie nur einen Moment. Sie hatte Unas seltsame Gesten erkannt, als sie zuerst in das Zimmer gekommen war und sie wusste, dass die alte Frau das, was sie jetzt tun würde, nicht in Frage stellen würde. Aber dies war etwas, was sie nicht bei anderen riskierte, schon gar nicht bei ihrem Vater oder Rogan. Sie vertraute sowohl Sorcha und Una und wusste, dass sie verstehen würden, dass sie Keane nichts Böses wollte. Es war vielleicht nur eine Zeremonie; aber wenn es um Leben oder Tod ging, versuchte man alles, selbst spirituelle Methoden.

Sie setzte sich auf das Bett neben Keane und stellte eine kleine Kerze auf die rechte Seite neben das Bett des Jungen. Dann schaute sie, dass Una und Sorcha sie auch wirklich genau beobachten konnten. Sie legte ihre Hand mit der Handfläche nach oben auf den Jungen. Sie schloss die Augen, um sich zu konzentrieren und stellte sich weißes Licht in ihrer Hand vor, das Licht des Heilens, das alle Schmerzen, Unreinheiten und Verletzungen aus dem Körper zog. Sie konzentrierte sich so sehr sie konnte und es entstand ein helles glühendes Licht. Einen Moment später fing ihre Hand an zu prickeln und sie drehte sie um und legte sie auf Keanes Kopfwunde. Dann konzentrierte sie sich wieder, bis sie merkte, dass das Licht schwand. Sie schloss ihre Faust und hielt sie über der ungezündeten Kerze und flüsterte: „Ich weihe diese Kerze zu einem Werkzeug des Heilens." Dann zündete sie die Kerze an und ohne ihr Publikum anzuschauen flüsterte sie: „Heile, während die Kerze brennt, lass Krankheit enden und die Gesundheit zurückkehren." Sie nahm etwas Rosmarin aus ihrem Säckchen und streute es auf die Kerzenflamme. Die Flamme knisterte ein wenig, bevor sie steil anstieg und einen Moment lang schwarz brannte, bevor sie wieder hell und ruhig brannte.

Eine ganze Zeitlang hörte man noch nicht einmal das Atmen der Anwesenden im Zimmer und dann flüsterte Una: „Sieh, das Kind, das ich einst verfluchte, ist zu einem Segen geworden. Sehr gut, Lìli. Gut gemacht."

Aidan hatte so gut wie keine Spuren an dem Pool entdeckt.

Soweit er feststellen konnte, war Keane scheinbar an einer Stelle direkt oberhalb der Schlucht irgendwie über den Rand gestürzt, dort, wo das Wasser am stärksten floss. An einem Felsen weiter oben war ein Blutfleck und wenn Keane an diesen Felsen gekommen war, musste er direkt im Wasser zu Aidans Füßen landen. Von dort suchte Aidan das unmittelbare Ufer ab und fand eine Blutspur, die vom Rand des Pools bis zu der Stelle führte, wo man seinen Bruder entdeckt haben musste.

Lael war nicht diejenige gewesen, die ihn entdeckt hatte. Als sie alle zum See liefen, trug Lachlann ihn schon weg. Sie wusste aber, wo die Stelle sein musste, an der Lachlann behauptete, ihn bewusstlos gefunden zu haben.

Seine Schwester erklomm die Klippen ebenfalls, um die Gegend genau zu inspizieren. Sie sah auf ihn hinunter, mit einer Hand an den Hüften. Das Mondlicht zeichnete ihre schlanke Silhouette. In ihrer linken Hand hielt sie die Fackel hoch, die eine Seite ihres Gesichts beleuchtete und sie noch zorniger aussehen ließ. Seine Schwester war ein Höllenhund und Aidan befürchtete, dass sie niemals weich genug werden würde, um zu heiraten. Aber wenn sie heiratete, wäre der Mann wahrlich eine arme Seele. „Hast du etwas gefunden?"

„Nein. Noch nicht einmal eine Keilerei. Er muss direkt nach unten gefallen sein, ohne überhaupt zu stolpern."

Aidan fuhr mit der Fackel am Boden entlang der Blutspur seines Bruders. Die Fackel knisterte, aber er sah auch hier, dass es keine Spuren eines Handgemenges gab, außer den Spuren, die seine Versuche, nach oben zu klettern, hinterlassen hatten. Er musste noch bei Bewusstsein gewesen sein, um so weit zu kommen und dann ohnmächtig geworden sein, als er aus dem Pool geklettert war. Das machte ihm Hoffnung.

„Was jetzt?", rief Lael zu ihm herunter.

Aidan zuckte mit den Schultern. „Jetzt sperren wir die Scheißschotten in ihren Katen ein bis Keane aufwacht."

„Falls er aufwacht!", entgegnete Lael.

„Doch, das wird er", versicherte Aidan ihr, obwohl

er nicht wusste, warum. Obwohl er es nicht erklären konnte, glaubte er irgendwie, dass Lìli es schaffen würde.

Oder vielleicht war es auch nur die Hoffnung eines Bruders.

Für den Rest der Nacht saß Lìli bei Keane. Sie saß dort zusammen mit Una und Sorcha und wartete darauf, dass er die Augen öffnete. Endlich war Sorcha mutig genug zu fragen: „Wird mein Bruder leben, Lìli?"

Die Sorge in der Stimme des jungen Mädchens versetzte ihr einen stechenden Schmerz. Sie sah in Keanes Gesicht und überlegte, wie es sein musste, Geschwister zu haben, die einen so sehr liebten. Es musste ein ganz anderes Gefühl sein als das, welches sie für ihren Sohn empfand. Sie konnte diese Liebe jedoch nicht für ihre Eltern empfinden.

„Ich weiß es nicht", sagte sie ehrlich zu Sorcha. „Aber ich glaube, dass er es schafft."

Wegen der Blutergüsse war es schwer zu sagen, ob sein Gesicht wieder Farbe angenommen hatte, obwohl er sich scheinbar etwas mehr zu bewegen schien, seit sie wieder in das Zimmer gekommen war. Er stöhnte immer mal und seine Stirn zuckte, als habe er Schmerzen.

„Wenn mein Bruder aufwacht, wird er uns erzählen, was passiert ist", sagte Sorcha mit Überzeugung.

Una knurrte nur und schob sich auf ihrem Stuhl hin und her, als ob sie mit ihren privaten Gedanken zu kämpfen hätte. Sie legte ihren Stab über ihren Schoß. „Lass uns hoffen, dass dein Bruder nur ein tollpatschiger Tor war!"

Sorcha nickte und Lìli biss sich auf die Unterlippe und betete zu Gott, dass die alte Frau Recht hatte und dass Rogan nichts mit der Sache zu tun hatte.

Gott sei ihnen allen gnädig, wenn dem so war. Sie wusste, dass Aidan ihn umbringen würde. Und was sie betraf, könnte sie es nach der letzten Nacht nicht ertragen, dass er sie nicht mehr mit dieser Zärtlichkeit ansah.

Rogan lag angezogen ausgestreckt auf dem Bett, das sie ihm gegeben hatten und starrte durch den Schornstein im Reetdach. Es war dunkel draußen.

Diese Leute lebten nicht viel besser als Kleinbauern. Ihre Häuser könnten alle ohne große Anstrengung oder Verluste abgebrannt werden. Das Problem war, dass er das Tal nicht lebendig verlassen könnte, wenn er das Feuer legte. Es gab nur einen Weg aus diesem Tal und ihre Pferde und Waffen waren bei ihrer Ankunft konfisziert worden.

Die schmutzigen Bastarde hatten ihn hier eingesperrt, als sei er eine dumme Ziege. Seine drei Männer waren mit ihm hier festgesetzt worden und obwohl sie die Tür nicht abgeschlossen hatten, konnte er die Wachen draußen hören. Er hatte keine Ahnung, wie viele es waren, denn das einzige Fenster ging nach Westen und davor stand eine Wache. Aber keine Nachrichten waren wahrlich gute Nachrichten.

Scheinbar lebte der Junge vorerst noch. Er wusste, dass sie ihn entdeckt hatten und dass sie falsches Spiel vermuteten; aber er wusste auch, dass Aidan dún Scoti schlau genug war, seine Gäste nicht ohne Beweise auf seinem Land zu töten. Es wäre kaum anders als die schreckliche Tat, die Padruig begangen hatte, als er als Freund an ihrer Tafel saß und sie mitten in den Feierlichkeiten angriff.

Außerdem ahnte Rogan, dass Aidan dún Scoti viel zu ehrenhaft wäre, um einen unbewaffneten Mann umzubringen. Selbst wenn er Rogan für schuldig befand, würde er ihm vielleicht ein Schwert geben und auch wenn sie ihn dann töteten, würde er ein paar von den Bastarden mit in den Tod nehmen. Er war gut mit dem Schwert.

Wenn er jedoch starb, würde er nichts gewinnen. Also dachte er über einen anderen Plan nach.

Der Priester saß schnarchend in seinem Stuhl. Der alte Idiot hatte wahrscheinlich seit ihrer Ankunft nicht einmal geschlafen. Er war ein feiger Tölpel, der sogar vor seinem eigenen Schatten Angst hatte. Die piktische Priesterin hatte ihn mit dem Stock geschlagen und so sah er aus wie ein zwölfjähriger Junge nach einer Rauferei. Jetzt schlief er nur, weil er vollkommen am Ende war. Nein. Auf ihn konnte er nicht zählen, denn er würde alles erzählen, was er wusste, schon bei einer kleinen Drohung. Es war ein Wunder, dass er es nicht schon längst getan hatte.

Von den anderen drei Männern war einer Davids Spion, so wie Aveline seine Spionin sein würde, wenn er weg war. Ihm konnte er wohl die Schuld in die Schuhe schieben; aber der Mann war nicht dumm und Rogan wollte sich nicht mit ihm messen.

Von den beiden anderen war einer ein Rüpel und er war schon am längsten bei Rogan, was ein Vorteil sein konnte, denn er würde genau wissen, was er für Rogan würde tun müssen, wenn dieser es verlangte. Und der Mann hatte keine Heimat und würde sich vielleicht aus diesem Grund Aidan anschließen.

Dieser Gedanke entlockte ihm ein Lächeln, denn er wusste es besser. Alle drei Männer glaubten, Aidan dún Scoti sei eine Brut des Teufels. Bei dem Gedanken besserte sich seine Laune sichtlich und er schloss seine Augen und wartete.

KAPITEL DREIUNDZWANZIG

Es war schon fast Morgengrauen, als Aidan wieder in Keanes Zimmer kam.

Die drei Frauen waren eingeschlafen, aber Keane hatte zumindest ein Auge geöffnet. Das andere konnte er wegen der Schwellung kaum aufbekommen. Trotzdem musste Aidan lächeln, als er sah, dass er wach war.

Keane bewegte seinen Mund um zu sprechen, als er Aidan sah, aber es war unmöglich wegen der riesigen Schwellung. „Haben wir gewonnen?", fragte er und versuchte humorvoll zu sein.

„Ach, du verrückter kleiner Bastard!", schimpfte Aidan. „Du hast uns einen gehörigen Schrecken eingejagt! Gott sei Dank wollte Caoineag heute Nacht nicht weinen." Er sah auf seine Frau, die zusammengerollt am Fußende des Bettes lag.

„Ich wollte sie nicht wecken", sagte sein Bruder.

Lìli öffnete als erste die Augen. Sie blinzelte und lächelte, als sie sah, dass Keane wach war und Aidan spürte eine Welle der Dankbarkeit. Er hätte sie am liebsten von ganzem Herzen geküsst in dem Moment.

Sorcha wachte als nächste auf und lief kreischend an die andere Seite des Bettes. Keane hob die Hand und wollte ihre Haare zerzausen, aber es fehlte ihm an Kraft.

Una knurrte beim Aufwachen und nahm ihren Stab wieder fester in die Hand. Sie streckte ihn aus und keuchte ein wenig. Keane schaute in ihre Richtung. „Ich nehme an, dass Meara auch nicht besser geschlafen hat?“, traute er sich zu fragen.

Aidan hob eine Augenbraue. „Wenn das alles ist, was du zu sagen hast, dann weiß ich, dass es dir bald wieder besser geht. Aber nein. Das arme Ding war diejenige, die dich gefunden hat.”

Keane nickte unmerklich und versuchte, seine Lippen zu befeuchten, als Una an sein Bett kam.

Lìli reichte hinter Aidan und holte eine kleine Schale hervor, die sie dort abgesetzt hatte. Sie tunkte ein Tuch hinein und benetzte Keanes Lippen. Er schnitt eine Grimasse. „Es ist bitter”, sagte sie ihm. “Aber der *vin aigre* wird innen und außen Wunder wirken, wenn du das Brennen ertragen kannst.”

Keane grinste furchterregend. „Ach, ich bin doch jetzt ein Mann”, sagte er angeberisch. „Ich denke, ich kann ein paar Schmerzen aushalten.” Sein verschwommener Blick richtete sich auf Aidan und Aidan bemerkte, dass er von dem *uisge* sprach gestern Morgen. Er berührte seinen Bruder auf der Schulter. Als Keane versuchte, sich zu bewegen, drückte er ihn sanft zurück, um ihn vom Aufstehen abzuhalten. „Später”, sagte er. „Ruhe dich aus.” Er würde später mit dem Jungen sprechen. Für das Wohl des *Clans* musste er langsam erwachsen werden.

Seine Schwester Lael kam ins Zimmer und als sie sah, dass Keane wach war, schrie auch sie erfreut auf und stellte sich neben Sorcha. Einen Moment lang sah Aidan die Schwestern an und bemerkte, wie ungleich sie doch waren. Sorcha sah Lìli viel ähnlicher und das betraf nicht nur die Haarfarbe. Sie hatte nur sehr wenige Gemeinsamkeiten mit Lael, Cat oder Cailin.

Lael sah Lìli nur kurz an, sagte aber nichts, weder in Dankbarkeit noch Verachtung, bevor sie wieder Keane ansah.

Lìli blieb stumm und blieb genau dort sitzen, wo sie war. Sie unterwarf sich Lael nicht und war auch nicht auf Konfrontationskurs. Aidan war stolz auf seine Frau. In der Tat, sie würde ihren Platz in seiner Familie finden.

„Weißt du noch, was passiert ist?", fragte Aidan seinen Bruder.

Keane schüttelte den Kopf und man sah in seinen blassen grünen Augen, dass er Schmerzen hatte. „Ich weiß nur noch, dass ich Mearas süßen Körper ..." Sein Blick ging um das ganze Bett und fiel auf die Gesichter um ihn herum. "Und dann fand ich mich wieder mit dem Gesicht nach unten in Caoineags Pool."

„War irgendjemand in der Nähe?"

Und wieder schüttelte Keane den Kopf. „Ich kann mich nicht genau erinnern, aber ich glaube nicht. Meine Augen waren woanders", gab er zu und versuchte wieder zu grinsen. Das tat weh. Er stöhnte vor Schmerzen.

„Geschieht dir recht!", sagte Una plötzlich und stellte ihren Stab so laut auf den Boden, dass es im ganzen Gebäude ein Echo gab. Ohne Zweifel hätte sie lieber Keane den Stab spüren lassen. „Egal, was du glaubst. Du bist noch lange kein Mann", erklärte sie. „Du bist genauso ein Baby wie damals, als ich geholfen habe, dich auf die Welt zu bringen. Und wenn du erlaubst, werden wir es wohl auch nicht erleben!" Sie wendete sich ab, aber Aidan sah ihre feuchten Augen und er wusste, dass sie nicht wollte, dass irgendjemand sie weinen sah. „Ach", nörgelte sie. „Ein heranwachsender Junge ist in der Tat ein Wolf im Schafspelz!" Und dann stampfte sie aus dem Zimmer.

Es war egal, ob Keane sich an etwas erinnern konnte oder nicht, Aidan würde erst wieder ruhiger schlafen, wenn seine Gäste über alle Berge waren. Sie waren gekommen, um Lìli zu verheiraten und nun, da dies geschehen war, gab es keinen Grund, dass sie länger blieben. Ihre Gegenwart war eine Bedrohung, falls sie den Stein entdeckten. Während sein Bruder sich erholte, trieb er ihre schottischen Gäste zusammen, gab ihnen ihre Waffen zurück und verabschiedete sie.

Lìli stand auf dem Steg, rang ihre Hände und sagte ansonsten wenig. Wenn es nach Lael gegangen wäre, hätten sie die Schotten ohne jeglichen Proviant weg geschickt. Aber seine Schwester organisierte trotzdem einen Korb voll Proviant, der bis in ihre Heimat reichen würde, wenn sie es sich gut einteilten.

Aidan bestand darauf, dass Aveline mit ihnen ging. Seiner Meinung nach brauchte seine Frau keine Dienerin und Aveline hatte auch nicht viel Interesse an den entsprechenden Aufgaben gezeigt.

„Sie ist nicht unter meiner Obhut", beschwerte sich Rogan, als er das eine Mal sprach.

Aidan zog eine Augenbraue hoch und wollte schon zornig antworten, denn jetzt wollte der Kerl das Mädchen plötzlich nicht mehr. Er konnte sich leicht vorstellen, wie der Bauch des Mädchens in drei Monaten von jetzt gedehnt sein würde und Rogan war es offensichtlich egal. Der Kerl hatte wenig getan, um Aidans Meinung über ihn zu ändern. „Und auch nicht unter meiner", hielt er dagegen.

„Nun, ich habe keinen Platz für sie unter meinem Dach und es wird David sehr verärgern, wenn ich sie nach Teviotdale zurückschicke."

Aidan war es egal, ob sich David an seinen Schnürsenkeln aufhängte oder nicht. „Das ist aber schade", sagte er.

Rogan sah die junge Frau gelangweilt an und sie sank merklich zusammen. Aidan hatte plötzlich einen Anfall von Mitleid für sie und kam ins Wanken. Aveline schien hin-und hergerissen. Sie fühlte sich hier offensichtlich nicht wohl und er schaute gespannt zu Lìli und hoffte inständig, dass seine Frau in ihrem Namen sprechen würde.

Lachlann gab Rogan seine Waffen. Er steckte sein Schwert in die Scheide und sein Messer in die Satteltasche. Seine Männer waren schon bereit und keiner traute sich, ihren Lord anzusehen. „Würdest du das Mädchen tatsächlich ohne Begleitung mit fünf Männern reisen lassen?"

„Vier", entgegnete Aidan stur. „Es scheint mir, als habe der Priester seine Eier verloren."

Der missgelaunte Priester schluckte und schien beleidigt. Er stellte sich von einem Fuß auf den anderen, wurde rot, sagte aber nichts, schon gar nicht, nachdem er noch einmal ängstlich auf Una geschaut hatte. Una grinste und man sah den Schalk in ihrem guten Auge, als sie ihren Stab fest auf den Boden stellte, um den Priester noch ein wenig zu ärgern. Aidan musste fast laut lachen.

„Aidan ..." Rogan verwendete Aidans Namen, als seien sie alte Freunde. „Nun ja. Willst du deiner Frau etwa die Dienerin wegnehmen? Die beiden sind schon zu viele Jahre zusammen, als dass man sie jetzt trennen könnte."

Aidan schien überrascht von dieser Behauptung und sah Lìli an. Als Antwort runzelte sie leicht die Stirn, aber er konnte nicht erkennen, ob sie über Rogans Worte überrascht war oder verärgert war. Vielleicht wollte sie ihm nicht widersprechen *Mo chreach.* Sie wurde zwar zu einer herrischen Kriegerbraut am

Krankenbett, aber eine Nacht in seinem Bett hatte ihr offensichtlich noch nicht das Selbstvertrauen gegeben, ihm zu widersprechen, wenn sie anderer Meinung war. „Ist das wahr?", bohrte er weiter, denn er wollte die richtige Entscheidung für sie treffen und zwar nicht aus Dankbarkeit für die Rettung seines Bruders sondern, weil sie seine Frau war. Er wünschte sich, dass sie ihre Bedürfnisse äußerte. Trotz seiner Schimpferei hatte er sich in sie verliebt und er konnte das Verlangen in seinen Augen und das Zucken seines Schwanzes kaum verstecken.

„Es ist wahr", gab sie zu und nickte.

Aidan drehte sich noch einmal um, um die Dienerin zu betrachten. Die Frau sah viel mehr wie eine *Sassenach* aus als jede andere Frau, die er je gesehen hatte. Ihr bloßer Anblick verursachte schon Sodbrennen bei ihm.

Rogan blieb hartnäckig. „Ich fürchte, wenn ich sie mitnehme, bist du verantwortlich für den Ärger, den sie mit ihrem Vater bekommt, weil sie ihrer Pflicht nicht nachgekommen ist."

Aidan fand, dass Aveline in dem Moment wie ein verängstigter, gequälter junger Hund aussah. Er empfand sie wahrlich nicht als Bedrohung. „In Ordnung, bleibe", gab er nach. „Aber du kommst besser deinen Pflichten nach."

Ihre Augen waren weit aufgerissen. „Jetzt sofort?", fragte sie und sah ein wenig aus, als würde sie gleich ohnmächtig.

Aidan knurrte unfreundlich und wendete sich ab. Er konnte mit schwachen Frauen nichts anfangen. Er merkte aber, dass das Mädchen sofort zu ihrer Herrin lief. Er fluchte leise vor sich hin. Aber nun, da diese Angelegenheit erledigt war, wollte er die Schotten so schnell wie möglich von hinten sehen, so lange seine Leute noch unversehrt waren.

Die vier Männer bestiegen schnell ihre Pferde, aber der Priester schien erst einmal über seinen langen Rock zu stolpern. Sein Kreuz verfing sich in den Zügeln und Aidan konnte es kaum noch mit ansehen. Er ging hin und in einer schnellen Bewegung und ohne zu fragen oder zu zögern wegen des Gewichts des Mannes, sammelte er den beleidigenden Geistlichen vom Boden auf und setzte ihn auf sein Pferd. Der Priester kreischte wie eine Frau.

„Vielen Dank, mein Lord", sagte er und machte es sich in seinem Sattel gemütlich.

„Aidan!", brüllte er den Mann an. *"Dia leat!"*

„W-Was?", stammelte der Priester.

„Ich sagte, geh mit Gott, du Idiot! Und mach schnell, bevor ich es mir anders überlege und aus deinen Knochen Zahnstocher schnitze!"

Der Mann wurde bleich und war fast so weiß wie Unas Haar. In dem Moment fasste er Mut oder verlor ihn ganz und gar, denn er gab seinem Pferd die Sporen und ritt in Richtung Bergpass, bevor seine Begleiter überhaupt die Zügel in der Hand hatten.

„Ich bin sicher, dass wir uns wieder sehen, denn mein Neffe folgt uns sicherlich", sagte Rogan und blieb einen Moment länger, nachdem seine Männer dem Priester nachgeritten waren. Sein grauer Wallach tänzelte ungeduldig und war offensichtlich von den widersprüchlichen Signalen seines Reiters verwirrt. Dann sah er Lìli an und Aidan erkannte die Warnung in dem Blick. „Ich werde Kellen von dir grüßen", sagte er zu ihr.

Lìli nickte. „Bitte ..."

Dann ritt er davon und Lìli starrte ihm nach. Ihre Körpersprache verriet nichts, aber ihre Augen zeigten viel mehr, als sie glaubte.

KAPITEL VIERUNDZWANZIG

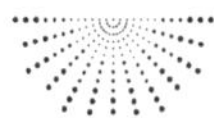

Glücklicherweise musste sich Keane von keinen nennenswerten Verletzungen erholen, außer jener an seinem Kopf. Auch die Kopfverletzung mit ihren Schwellungen und Beulen sah schlimmer aus, als sie tatsächlich war. Der Sturz ins Wasser hatte Knochenbrüche abgefedert. Wenn sein Kopf nicht an den Fels geschlagen wäre, hätte er grinsend aufstehen können nach dem Sturz. So ging es ihm schnell besser und dafür war Lìli dankbar. Er war ein schrecklicher Patient und kaum in der Lage, mehr als einen Tag im Bett zu verbringen. Sein jugendlicher Kopf hatte nur eins im Sinn: „Meara, Meara, Meara!" Der Junge war sicher, dass das Mädchen ihn nun als Helden sehen würde, da er dem Tod so knapp entronnen war.

Lìli schüttelte nur den Kopf bei so viel Unverschämtheit. Trotz all seiner Sprüche und seiner schockierenden Erklärungen war er im tiefsten Inneren doch nur ein Junge und gar nicht so anders als Kellen. Und so konnte sie zumindest bis zu einem gewissen Grad ihre Sehnsucht nach ihrem Sohn stillen, indem sie sich um Aidans kleinen Bruder kümmerte.

Wenn man nach seinen ersten Worten ging, als er

ihr zeigen wollte, wo sie pinkeln könne, hätte Lìli geglaubt, dass er genauso widerspenstig bleiben würde wie seine Schwester Lael. Obwohl er kaum einmal den Mund hielt, benutzte er seinen Mund nicht mehr, um Gift und Galle zu speien.

Das tat Lael natürlich auch nicht. Sie war eine stolze Frau und Lìli und sie würden es niemals leicht miteinander haben. Und Lìli würde sich auch nicht aufzwingen, denn am Ende, wenn Lìli sich aus diesem politischen Sumpf befreit haben würde, dann hätte Lael schließlich recht gehabt. Und das war wahrlich auch ein Grund, warum Lìli erst gar nicht versuchte, die Herrschaft über Aidans Haushalt seiner Schwester zu entreißen. Obwohl die Haushaltsführung als Herrin von Dubhtolargg von ihr erwartet wurde. Es war nicht anders als auf Keppenach oder der Burg ihres Vaters. Der Platz einer Frau war der einer Hausherrin, egal ob sie die Schlüssel für eine kleine Speisekammer in einer kleinen Kate verwahrte oder die einer großen Burg aus Stein, wie die von Davids Frau, Maud von Huntingdon. Natürlich war Lìli noch nie beim König von Schottland zu Besuch gewesen; aber sie musste ihren riesigen Besitz auch gar nicht sehen, um zu erkennen, wie viel Macht der Mann an sich gerissen hatte. Er hatte die Unterstützung von Heinrich von England und er war der Earl von Huntingdon durch seine Frau. Mit diesem Titel hatte er die Kontrolle über Cumberland, Westmoreland und Northumberland sowie die Kontrolle über den Bischofssitz Durham. Nach dem Tod seines Bruders Edgar hatte er das gesamte Land in Südschottland geerbt und sich als König des Südens krönen lassen, während sein Bruder Alasdair die Königswürde über den Norden für sich beanspruchte. Nun, da Alasdair auch tot war, würde David nicht eher ruhen, als bis er nicht ganz Schottland besaß. Aber die Highlands würden sich nicht so leicht einem König beugen, dessen Wurzeln am englischen Hof waren. Der Ehemann, den das Schicksal nun für Lìli auserkoren hatte, war auch ein ernst zu nehmender Gegner; aber er war nur ein einzelner *Chieftain* und zwar einer, der vom Rest der *Highlander* isoliert war. Es schien keinen Weg zu geben, dass sie sich von den Fesseln ihrer Pflichten hätte entledigen können. Sie war gefangen, für das Wohl ihres Jungen. Und Aidan war so oder so dem Untergang geweiht.

Ja, es sah so aus, als müsse sie bald wieder um einen Ehemann trauern. Aber dieses Mal würde sie wahrlich trauern, denn sie lernte Aidan besser kennen und schätzte die Zärtlichkeit und den Respekt, mit dem er sie behandelte, trotz der seltsamen Umstände ihrer Ankunft. Es war der gleiche Respekt, den er seinen Schwestern zollte, indem er ihnen eine starke Stellung in seinem Haus zubilligte. Diese Einstellung machte ihn nicht kleiner und er fühlte sich nicht im Mindesten in seiner Stellung bedroht. Er war ein Mann, der sich in der Gegenwart einer starken Frau wohlfühlte und dafür bewunderte sie ihn sehr.

Er nannte sie seine Blume.

Der Gedanke daran zauberte ein Lächeln in ihr Gesicht und in ihrem Kopf erschienen gegensätzliche Bilder. Der einzige Gedanke, der ihren Kopf etwas klarer werden ließ, war der an ihren Sohn. Kellen war ihre erste Pflicht. Er würde sie auf dem rechten Weg halten und am Ende würde die Trauer ihr das Herz zerreißen.

Aber wie könnte sie es ertragen, Aidan zu verraten und seinen Untergang zu sehen. Wie könnte sie schauen, wenn er beerdigt würde, diese Hände, die ihren Körper so sehr geliebt hatten.

Sie glaubte immer mehr daran, dass sie scheitern würde.

Sobald Rogan weg war, würde Aveline die Wahl haben. Sie könnte im *Crannóg* in einem kleinen Zimmer nahe des Zimmers des *Laird*s wohnen oder sie könnte in der Kate bleiben, die man ihr zugewiesen hatte. Sie wählte die Kate und Lìli war froh, sie nicht dauernd um sich zu haben, nicht nur weil das Mädchen angefangen hatte, den halben Tag zu weinen, sondern weil es so leichter war für Aveline, ihrer Pflicht nachzukommen; nicht der für Lìli, sondern ihrer Pflicht für Rogan, ohne dass so viele Leute aufpassten. Lìli wusste, dass der *Crannóg* weiterhin ziemlich gut bewacht wurde, denn das war der Ort, wo Aidan und seine Familie in den Zimmern um die große Halle schlief.

Der *Crannóg* war zwar groß, aber nur ein Bruchteil der Größe von Keppenach oder der Burg ihres Vaters. Aber es war recht gemütlich, wie die Leute hier lebten. Die Wände waren nicht so dick, als dass sie kein Geräusch durchließen. Das war eine Tatsache, die Lìli erröten ließ, denn Aidan war unersättlich und es schien, dass er etwas in Lìli geweckt hatte, von dem sie gar nicht wusste, dass sie es hatte: Begierde, wie auch ihr armseliges Gewissen, waren ihre dauernden Begleiter. Aber nur einer von beiden war ein guter Bettgenosse.

Mit Stuart war Sex unangenehm gewesen und es geschah nur zu einem Zweck – einen Sohn zu zeugen. Er war ein guter und frommer Mann gewesen, der seine Pflichten als Lord viel ernster nahm als die eines Ehemannes. Er war freundlich zu ihr und vernarrt in sie; aber nicht so sehr in ihrem Schlafzimmer. Dort war er zurückhaltend und unsicher und ließ sie entscheiden, was sie tun sollte und das war genau das Problem. Lìli war zwar in der Medizin sehr versiert, aber sie hatte keine Ahnung, wie man einen Mann erregte.

Aber nun lernte sie.

Als sie an Aidan dachte, zitterte sie leicht, denn er war ein Mann, der genau Bescheid wusste und er machte das Licht dabei nicht aus. Lìli glaubte, dass er inzwischen jeden Zentimeter ihres Körpers kannte, denn er hatte jedes Haar und jede Sommersprosse im weichen Licht des Kaminfeuers geküsst. Wenn sie an einige der Orte dachte, wo er sie geküsst hatte, wurde sie jetzt noch rot. Gott sei Dank hatte er ihre Kisten nicht genauso inspiziert.

Irgendwie hatte er ihr in seinen Armen große Ehrerbietung entgegen gebracht, ohne dabei auch nur ein wenig von seiner Männlichkeit einzubüßen. Und mit jedem Tag konnte sie den Gedanken an das, was sie tun sollte, weniger ertragen.

Ihr Ehemann war immer noch ein Geheimnis, aber in ihrem Zimmer war er zärtlich und liebevoll. Außerhalb war er freundlich, aber distanziert und er beschäftigte sich in erster Linie mit der Ausbildung seiner Männer.

Die Tage gingen ins Land und Lìli vermied jeglichen Gedanken an das Glasfläschchen und den Ring in ihrer Kiste. Sie sorgte sich um Kellen und es zerriss ihr das Herz vor Sehnsucht nach ihrem Sohn.

In den kommenden Wochen kam der Herbst und die Bäume verloren ihre Blätter. Das Gras nahm eine goldene Farbe an und der See wurde silbrig wie der Himmel.

Das Tal bereitete sich auf den Winter vor. Mit den Wiesenblumen verschwanden auch die Schmetterlinge. Die Eichhörnchen horteten Nüsse. Große Scharen von Vögeln verdunkelten den Himmel auf dem Weg nach Süden und Sorcha entdeckte das Junge eines Wolfs am Hügel in der Nähe von Glennas Haus. Er war schwach und dürr. Ohne Hilfe würde das Tier noch vor dem ersten Schnee sterben. Weinend brachte sie das Junge zu Lìli und Lìli behandelte ihn, so wie sie jeden Menschen behandelt hätte. Innerhalb von ein paar Tagen ging es ihm besser und er folgte Sorcha auf Schritt und Tritt wie ein Hund.

„Woher hast du das Wissen der Alten?", fragte Una

eines Tages, als sie Lìli auf dem Weg zu Glennas Kate traf. Die alte Frau ging neben ihr mit ihrem Stock und hielt Schritt, trotz ihrer seltsamen Gangart.

„Einiges habe ich von einer Hebamme, die ich kannte, gelernt, aber vieles habe ich mir über die Jahre zusammengeklaubt, wann auch immer sich die Gelegenheit bot. Ich hatte einen ziemlichen Wissensdurst, könnte man sagen."

Der Grund für Lìlis Wissensdurst blieb unausgesprochen, denn beide wussten genau, warum sie diesen Zwang hatte. Unas Kopf wackelte hin und her und eine Weile sagte sie nichts. Dann machte sie ein Angebot: „Eines Tages, wenn du dich eingelebt hast, möchtest du vielleicht mein *leabhar* sehen."

Neugierde stieg in ihr hoch. Ein Buch war etwas sehr Seltenes. Und hier hätte sie niemals eines erwartet. „Ein Buch, sagst du?"

Die alte Frau zwinkerte ihr zu und ihr Haar bewegte sich im leichten Wind. „Ein sehr altes Buch!"

„Das würde mir sehr viel Freude machen", gab Lìli zu.

Die alte Frau lächelte und sagte: „Ich weiß, ich weiß es wirklich. Nur sag mir, würdest du den Rat einer tattrigen alten Frau annehmen?"

Lìli wurde das Gefühl nicht los, dass Una wahrlich ihre größte Verbündete hier in Dubhtolargg war, mehr noch als ihr Mann, obwohl sie den Verdacht hatte, dass die alte Frau den Fluch ausgesprochen hatte und so der Grund für ihre Probleme war. „Natürlich", antwortete sie.

„Vertraue auf deine Gefühle, Lìli. Und was auch immer du tust, tue es mit deiner Seele." Und nachdem sie das losgeworden war, trennten sich ihre Wege. Una ging den Bergpfad entlang, wo sie so oft hin verschwand. Lìli hatte sie oft beobachtet, wie sie am Berg entlang wanderte und überlegt, wo sie wohl hinging, aber sie fragte nicht nach.

Wie die Tage vergingen, lernte sie nach und nach alle Dorfbewohner kennen. Einige wurden von Una zu ihr geschickt, damit sie sie behandeln konnte und andere lernte sie kennen, weil sie auf ihren Wegen bei ihnen anhielt, um sich nach ihrem Handwerk zu erkundigen. Scheinbar wurde im Dorf nichts verkauft. Sie lebten wie eine Familie und teilten, was sie hatten und jeder tat seinen Teil dazu, außer Aveline natürlich. Die junge Frau war verloren und fühlte sich so gar nicht wohl.

Lìli musste auch immer wieder an das Glasfläschchen und den Ring denken. Sie stellte sich immer mal wieder vor, dass sie in ihrer Kiste brennen würden. Bis jetzt hatte sie die Sachen noch nicht beseitigt, weil die Kiste ihr ein gutes Versteck erschien. Trotzdem wollte sie am liebsten den Ring nehmen und ihn in den See werfen. Nur der Gedanke an Kellen hielt sie davon ab.

Eines Tages stand sie am Fenster in ihrem Zimmer. Sie hatte die Läden geöffnet und wähnte sich alleine. Ihre Faust umschloss den Ring und schnitt in ihr Fleisch, so wie das Schuldgefühl ihre Freude zerschnitt. Sie war bei Gott bereit, ihn wegzuwerfen. Aber dann erinnerte sie sich an den Tag, als ihr Sohn ihr aufgeregt seinen kleinen Talisman zeigte, den er im Garten gefunden hatte.

Für ihn musste sie stark bleiben. Er glaubte an sie. Er hatte den kleinen Talisman behalten, weil er alles glauben wollte, was sie ihm erzählte.

Ach, aber er würde den Blick aus diesem Fenster lieben.

Sie würde alles geben, wenn sie den kleinen Kopf küssen könnte, während er neben ihr am Fenster stand.

Obwohl der Sommer vorbei war und der Herbst schon weit fortgeschritten war, hatte das Tal nichts von seiner Schönheit eingebüßt. Die Berge rund herum sahen aus wie eine Perlenkette und der See war wie ein Juwel, der den grauen Himmel spiegelte.

Aidan trat von hinten an sie heran und umarmte sie. Er küsste ihren Nacken. Der Ring schnitt sich in ihre Handfläche wie ein Dolch und sie brachte es nicht fertig, sich zu ihm umzudrehen und ihn anzusehen. Er zwang sie auch nicht dazu. Er umarmte sie einfach nur.

„Du stehst schon seit einer Stunde hier, Lìli. Worüber denkst du nach?"

Lìli erzählte ihm zumindest die halbe Wahrheit. „Über meinen Sohn", sagte sie und seufzte. „Wenn ich ihn das nächste Mal sehe, ist er vielleicht schon ein erwachsener Mann."

„Nein", antwortete er. „Das verspreche ich dir, Lìli. Wir werden Kellen nach Hause holen."

Lìli nickte und der Ring brannte in ihrer Hand wie glühende Kohle. Dieses eine Mal hoffte sie, dass er sie nicht ins Bett locken wollte, denn dann wäre sie gezwungen, den Ring ins Wasser fallen zu lassen und ihre Entscheidung wäre unwiederbringlich gefällt.

Er küsste sie kurz auf die Wange und schien ihre Stimmung zu erahnen. Dann trat er einen Schritt zurück. Nun war es doch wieder ihre Entscheidung, denn er hatte sie ihr nicht abgenommen. Aber nein, er ließ sie alleine mit dem Ring und ihren dunklen Gedanken und ging seines Weges.

In kürzester Zeit hatten Aidan und seine Leute Lìlis Herz gewonnen.

Sie sah sie nun viel differenzierter. Sie waren ein friedliebender *Clan* und hatten nichts mit den angsteinflößenden heidnischen Kriegern zu tun. Aidan erhob sein Schwert nur zur Verteidigung seines Tals. Ihr Vater war wahrscheinlich in ihrer Mitte als Freund aufgenommen worden und hatte ihr Vertrauen verraten. Das war die einzige mögliche Erklärung für die bestehende Feindschaft.

Aber wie hatten sie all die Jahre in den Bergen überlebt, umgeben von kriegerischen *Clans*? Sie verstand nun, dass sie nur überlebt hatten, weil sie für sich geblieben waren.

Da ihr Mann sie angenommen hatte, taten seine Leute es auch und zum ersten Mal in ihrem Leben verstand Lìli, wie es war, Teil eines *Clan*s zu sein. Wie ironisch, dass sie genau dieses Gefühl nicht haben sollte.

Sie fühlte sich wie eine Schlange auf ihrer Wiese.

Eines Morgens kümmerte sie sich gerade um Aveline und versuchte, sie aufzumuntern. Mit Glennas Hilfe hatte sie ein Kleid aufgetrieben und das Mädchen überzeugt, das englische verblasste grüne Samtkleid, das sie für so vornehm hielt, abzugeben. Und nun flechtete sie Avelines Haare auf dieselbe Art, wie es die Frauen im Dorf trugen. Plötzlich hörte sie ein Horn laut und vernehmlich.

Ihr Herz stand still. Sie hatte Kellens Gesicht vor ihrem inneren Auge und sie ließ Avelines Haare fallen und lief nach draußen.

Könnte es sein, dass Rogan seine Meinung geändert hatte? Könnte es sein, dass er ihren Sohn abliefern wollte? Sie konnte es sich nicht vorstellen, wer sonst hierher kommen würde. Aber vielleicht brachte nur jemand Nachrichten und nichts Schlimmes war passiert.

Mit angehaltenem Atem sah Lìli nach oben zu den Bergen und dann sah sie Reiter, die den Pass entlang herunterkamen. Sie trugen weder die Farben Keppenachs noch Davids oder irgendwelche anderen, die ihr bekannt waren. Mit wehenden Umhängen kamen sie ins Tal gedonnert.

„Ja! Nun, wir sehen uns diesen hier an!", sagte Keane stolz und zeigte auf den Boden. Sein Gesicht war fast verheilt und hatte wieder seine normale Größe, nur sein Ego war doppelt so groß wie vorher.

Genau in diesem Moment war noch einer von seinem Kaliber anwesend. Lang Glen war viel zu alt und viel zu dick, um sich mit mit einem halb so alten Jungen zu messen; aber er stieg auf den Fels, wo Keane gestanden hatte und schaute hinter den Fels. „Das ist eine armselige Wurst", sagte er wiehernd zu dem Jungen. „Meine ist einen Fuß länger; das kann doch jeder sehen!"

Aidan reparierte gerade einen Spalt und legte Steine darauf. Er prüfte seine Arbeit und rollte dabei mit den Augen bei dieser Übertreibung. Dies war eine *Tradition,* die ihm nicht gefiel, aber er tolerierte sie. Einige Jungen würden nie erwachsen werden und vielleicht gehörte sein Bruder dazu. Der Gedanke erfreute ihn nicht besonders, aber er hatte angefangen, sich vorzustellen, was für ein Kind er wohl mit Lìli haben würde. Er hoffte, dass es ein Junge sein würde und er konnte sich kaum vorstellen, was das für die Zukunft des *Clan*s und des Steins bedeuten würde.

Verdammte Una, dass sie ihn in all das verwickelt hatte und jetzt empfand er tiefe Zuneigung für Lìli, egal wie er sich dagegen sträubte. Er war genau so weich geworden wie Lang Glens Schädel.

Der Boden unter seinen Füßen war fest genug und man konnte auch nicht mehr in den Spalt hineinsehen, aber er wollte die Höhle darunter noch inspizieren. Er machte sich Sorgen, dass diese Stelle zu nahe an der Höhle mit dem Stein sei. Er wusste, dass seine Männer aufpassten, denn die Stelle war direkt vor ihrer verdammten Toilette.

„Ich bin dran!", rief Hob.

„Nein, ich!", rief ein anderer und der Rest der Vollidioten kletterte auf den Felsen zu den schadenfrohen Blödmännern, um zu sehen, was für eine Wurst sein

Bruder geschissen hatte und zu prüfen, wessen größer sei und dann zu sehen, wer als nächstes dran sei.

Irgendwie war man irgendwann zu dem Schluss gekommen, dass genau in dem Moment das Hirn ganz aussetzte und dass die Produktion eines Haufens Scheiße schon fast religiöse Züge annahm. Aidan hätte am liebsten ihre dummen Gesichter in ihre eigene Scheiße gedrückt. Der Gedanke, dass 200 Jahre Scheiße in dem Loch hinter dem Fels lagen, ekelte ihn an.

Ein Horn ertönte und er war plötzlich dankbar, dass nicht alle seine Männer so hirnlos wie diese waren. Er erkannte Fergus lautes Geschmetter, was ihn sofort beruhigte und er wusste sofort, dass Besuch empfangen wurde. Das Horn ertönte zweimal, ein beruhigendes Zeichen. Aidan wusste nun sicher, dass dies Freunde waren.

KAPITEL FÜNFUNDZWANZIG

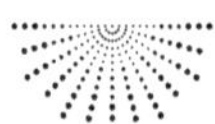

Broc Ceannfhionn nannten sie ihn, *Broc, der Blonde.*

Wenn Aidan Lang Glen schon für groß hielt, dann musste er einsehen, dass Broc noch größer war. Aidan konnte wohl kaum als klein bezeichnet werden, aber neben Brocs Größe und Breite fühlte er sich wie ein Zwerg. Es war jedoch keinerlei Arglist in den freundlichen Augen des Kolosses.

Zur Feier ihrer Ankunft schickte Aidan Keane los, Whiskey und Krüge zu holen. Seine Schwester kümmerte sich weiterhin um die Küche und seiner Frau schien dies nichts auszumachen, also bat er Lael, Speisen für seine Gäste aufzutischen. Aidan war zu dem Schluss gekommen, dass seine Frau eine gewiefte Diplomatin war, denn sie kam mit seinen Geschwistern gut zurecht und hatte sogar mit Lael eine Art Waffenstillstand geschlossen.

„Welchem Umstand verdanken wir diese Ehre?", fragte Aidan Broc und klopfte ihm freundlich auf die Schulter.

Broc hatte tiefe Falten im Gesicht, was so gar nicht zu seinem jungenhaften Aussehen und seinem schönen blonden Haar passte. „Wir sind im Namen des MacKinnon gekommen", sagte er ernsthaft.

Darüber dachte er erst einmal nach. Dann begleitete er die Männer in die Halle und stand am Tisch des *Chieftain,* während auf den langen Tisch Speisen und Getränke gestellt wurden. Alle arbeiteten zusammen und holten das Essen aus der Speisekammer: Käse, Brot, eingemachte Früchte, gesalzener Fisch, Honig und eine neue Art Wein, den Lìli mit einer bestimmten spätblühenden Blume gewürzt hatte. Es war für alle Platz an dem langen Tisch. Es war zwar nur begrenzt Platz in der Halle und daher gab es kein festes Podium. Aidan legte jedoch keinen Wert darauf, über seinen Leuten zu thronen, also saßen sie als Ebenbürtige auf beiden Seiten eines langen Tisches. Aidan bat die Männer, sich zu setzen, als alles gedeckt war. „Was will MacKinnon von uns?", fragte er Broc neugierig.

Brocs Männer hatten nur Augen für das Essen und wollten einen guten Platz ergattern, bevor der Koloss Broc sich setzte. Aber Broc schien viel zu sorgenvoll, als dass er auf das Essen geachtet hätte. „Wir haben gehört, dass David vor einer Woche eine geheime Beratung einberufen hat."

Eine dunkle Ahnung überkam Aidan, er vertuschte seine Unbehaglichkeit und führte seine Gäste zu ihren Plätzen. „Erzähle es mir, während du isst. Du musst ja am Verhungern sein nach der Reise gen Norden, oder?"

Broc gab ihm Recht und nickte kurz. Zögerlich setzte er sich und begann zu erzählen. Als er fertig war, saß Aidan ganz einfach da und starrte den Mann an und dachte noch einmal über alles, was er erzählt hatte nach, während Keane allen nachschenkte.

„Also hat David seine Ritter in dem Moment zusammen gerufen, als ich Chreagach Mhor verließ?"

„So scheint es", bestätigte Broc einfach und nickte.

Er hob seinen Krug zu seinen Lippen und nahm einen großen Schluck. Dann schüttelte er einfach den Kopf und räusperte sich. „Er hatte Iain nicht eingeladen, sonst wären wir schon längst gekommen", fuhr er fort, als wäre er das Brennen des Whiskeys gewöhnt. „Wir haben nur zufällig von der Versammlung gehört."

Aidan griff nach seinem Krug. „Zufällig?"

„Ja", antwortete Broc, aber bevor er fortfuhr, stellte er erst einmal die Männer in seiner Begleitung vor: seinen Cousin Cameron und drei weitere, kräftige junge Männer – allesamt MacKinnon-Vasallen.

„Ich bin froh, dass ich dich kenne", sagte Aidan. *„Fàilte." Willkommen.*

„Mòran taing", antwortete Cameron in der alten Sprache. *Vielen Dank*. Aidan dachte, dass er vielleicht ein paar Jahre älter als seine Schwester Lael sei, aber nicht allzu viele.

Er nickte Keane als Erlaubnis zu, als dieser den Krug mit *uisge* über seine eigene Tasse hielt. Keane grinste wie ein Idiot auf Grund der letzten Schwellungen, die noch in seinem Gesicht zu sehen waren und setzte sich dann zu Aidans linker Seite. Dies war ein dezentes Zeichen des Respekts an Lìli, dass ihr Platz zu Aidans rechter Seite selbst in ihrer Abwesenheit frei blieb. Das freute Aidan unheimlich.

Aber die Geschichte, die Broc zu erzählen hatte, war seltsam und es schien tatsächlich ein riesiger Zufall zu sein oder vielleicht göttliche Fügung, dass er die Information überhaupt bekommen hatte. Scheinbar hatte sich David im Gutshaus einer gewissen Alma niedergelassen. Diese war Kindermädchen und Heilerin des MacEanraig *Clans*, zu dem Broc per Geburt gehörte. Broc hatte als einziger der Mac Enraig *Chieftain* Familie einen Überfall überlebt und der MacKinnon *Laird* hatte ihn mitgenommen und aufgezogen. Alma war in der Zwischenzeit in das Dorf zurück gekehrt und hatte beim Wiederaufbau geholfen. Broc war dem MacKinnon *Clan* treu. Das hatte Aidan schon bei vielen Gelegenheiten gehört. Aber es schien, dass der Krieger immer noch über den Niedergang seiner Familie und seiner Blutslinie trauerte. Als Kind hatte er seine gesamte Familie begraben und gesehen, wie sein Dorf in Schutt und Asche gelegt wurde. Und nun hatte diese alte Frau, ähnlich alt wie Una, ihn mit dieser Geschichte hierher geschickt, eine Geschichte, die Aidans Blut gefrieren ließ.

„Ich habe keine Ahnung, was David vor hat", gab Broc zu. „Aber ich weiß, dass er hier in Dubhtolargg war und ich weiß, dass alles, was er dir vorgeschlagen hat, Verrat in sich birgt."

Dann kam Lìli in die Halle und Aidan blinzelte, als er sie sah und zögerte plötzlich, sie seinem Gast vorzustellen. Sein Herz stolperte beim Gedanken an Brocs Warnung.

Was auch immer er dir vorgeschlagen hat, es ist Verrat im Spiel.

Sie wird dich mindestens einmal verraten, bevor sie ihre wahre Bestimmung findet.

Sein Bauchgefühl, das er bei ihrem ersten Treffen hatte, könnte sich bewahrheiten, obwohl er es nicht ertragen konnte. Trotzdem rief er sie nun herüber und stellte sie vor. Aidan lächelte, als alle seine Gäste aufstanden, um sie zu begrüßen und wie sich ihre Augen weiteten beim Anblick seiner hübschen schottischen Braut. Sie hatte wahrlich die Macht, einen Mann verstummen zu lassen.

Aidan stand auch auf.

Broc war der erste, der sprach. *„S mise le meas – Mit Respekt,* my Lady. Ich wünsche Euch beiden ein langes Leben und viele Kinder. Meine Frau schenkt mir in zwei Monaten wieder eines und diesmal hoffen wir, dass es wieder ein Junge wird."

Lìli nickte und sagte: „Herzlichen Glückwunsch an dich und –"

„Elizabeth", ergänzte Broc und bei dem Gedanken an seine Frau grinste er über das ganze Gesicht. „Sie erinnert mich ein wenig an dich", gab er zu.

Sein Cousin Cameron lachte. „Er hat schon drei Töchter, alle so hübsch wie du, my Lady, aber nur einen Sohn. Bald kann er seinen eigenen Frauen*clan* aufmachen, einen, der selbst Dubhtolargg in nichts nachsteht.

Aidan lachte. Die Liebe zu seinen Schwestern gab sicher viel Anlass zu Gerüchten, aber nur wenige waren jemals dabei gewesen. Es machte ihm nichts aus.

„Nun ja", sagte Broc und wurde etwas rot, was umso dunkler erschien wegen seines hellen Haars. „Was das betrifft …" Er nahm sein Schwert aus der Scheide und Aidan richtete sich auf. Die Haare in seinem Nacken stellten sich plötzlich auf. Aber der blonde Koloss legte nur sein Schwert vorsichtig neben sich auf den Tisch, so dass man die Gravur gut erkennen konnte.

Cnuic 'is uillt 'is Ailpeinich.

Hügel und Bäche und MacAilpín.

Laut Legenden gab es seit Anbeginn der Zeit das eine nicht ohne das andere.

Aidan sah zu seiner Frau. Erkennung flackerte tief in ihren Augen und er merkte, dass sie verstand, was sie sah.

Das war ja klar, denn sie konnte ja die alte Sprache und dann war es klar, dass sie die Geschichten auch kannte. Es war das Schwert des *Righ Art,* des Hochkönigs und *Chiefs* der *Chiefs*. Es war das geweihte Schwert des Kenneth MacAìlpìn. *Es war unter den Sìol Ailpín,* den zersplitterten Highland *Clans*, die sich alle auf eine direkte Abstammung der ursprünglichen Ailpín-Linie beriefen, verloren gegangen und war seit mehr als einem Jahrhundert nicht mehr gesehen worden. Das Schwert und der Stein gehörten dem rechtmäßigen Erben des schottischen Throns und war zu ihnen über die Dalriadic Könige gekommen, zusammen mit dem Stein namens *clach-na-cinneamhain* und war dann laut der Legende von einer Pikten-Prinzessin gesegnet worden. Als der Stein und das Schwert wieder rechtmäßig vereint waren, setzte sich der *Chieftain* auf den Stein und schwang das Schwert und schwor, dass er ein ungeteiltes Land regieren würde. So hätte es auch sein sollen, außer dass Kenneth MacAilpìn nach der Segnung und einem Waffenstillstand sieben Pikten-Rivalen ermordet hatte im Kampf um den Thron. Danach war der Stein verflucht und brachte jedem, der unrechtmäßig darauf saß, Krieg unter seinen eigenen Leuten. Als dies klar wurde und nachdem Kenneths Sohn Aed kaltblütig ermordet wurde, entfernte Aidans *Clan* den Stein und versteckte ihn an einem geheimen Ort, wo er immer noch lag.

Lange Zeit starrte Aidan auf das Schwert und obwohl er es in Erwägung zog, schickte er Lìli nicht aus der Halle fort. Denn ohne das Wissen über den Stein konnte sie nicht wirklich verstehen, was es bedeutete, das Schwert hier vor sich liegen zu haben. Und andererseits, wenn sie ein echtes Mitglied des *Clans* werden sollte, dann musste er anfangen, ihr zu vertrauen.

Er setzte sich wieder und sah sich die Gravur genauer an. Sie war genau wie die auf dem im Berg versteckten Stein.

Lìli hatte lange neben ihm gestanden, bevor auch sie sich setzte.

Als sich seine Frau gesetzt hatte, setzten sich die Männer in Brocs Begleitung ebenfalls, blieben aber still und warteten, was Aidan über das alte Schwert auf seinem Tisch sagen würde.

„Wem gehört es?", fragte Aidan und täuschte Unkenntnis vor.

Broc zögerte einen Moment und sah seine Gastgeber lange an. „Mir", sagte er endlich. „Das Schwert gehört mir."

KAPITEL SECHSUNDZWANZIG

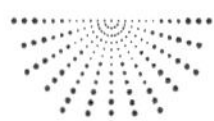

Lìli blickte auf und sah direkt in die hellblauen Augen des Riesen.

Sein Blick war abschätzend und er wartete auf ihre und Aidans Reaktion.

Aidan schien kaum beunruhigt beim Anblick des Schwertes. Aber Lìli wusste genug, um zu realisieren, dass Männer für das Schwert, das Broc auf ihren Tisch gelegt hatte, töten würden.

„Woher hast du es?", fragte ihr Mann beiläufig. Aber Lìli spürte die Anspannung in seiner steifen Haltung.

„Es gehörte meinem Vater", verriet Broc.

Aidan nickte nur. „Gut erhalten."

Ein Schatten lief über Brocs Gesicht und verdunkelte das Funkeln, das beim Gespräch über seine Frau in seinen Augen war. „Ich habe es bei der Leiche meines Vaters gefunden", fuhr er fort. „Aber ich wusste damals nicht, was für ein Schwert es war. Ich wusste nur, dass es meinem Vater gehört hatte. Als Alma kam, um Iain MacKinnon von Davids geheimer Versammlung zu erzählen, sah die alte Frau das Schwert in der Scheide und fing zu meinen Füßen bitterlich an zu weinen.

Und wieder sah er Lìli direkt in die Augen. Tränen,

die er niemals in der Gegenwart von so vielen Männern vergießen würde, glänzten in seinen Augen. Sein goldenes Haar war recht lang und fiel ihm über die breiten Schultern, ähnlich wie bei ihrem Mann. Ansonsten sah er Aidan in keinster Weise ähnlich. Broc erschien eher wie ein goldener gälischer Gott, während ihr Ehemann doch eher das dunkle Aussehen seiner piktischen Vorfahren geerbt hatte. Und obwohl Broc aussah wie ein Engel, wenn es denn welche gab, fühlte sie eine Stärke in ihm, die aus seiner Vergangenheit stammte. Es war schon eine gewisse Ironie darin, dass er sein Schwert dem MacKinnon versprochen hatte und dass dies ausgerechnet das Schwert der Könige war. Diese Vorahnung ließ sie ein wenig zittern.

Broc atmete tief durch und seufzte. „Alma bat mich um Verzeihung und hat mir die Geschichte des Schwertes erzählt. Es wurde in meiner Familie seit vier Dutzenden Jahren vererbt."

Lìli erkannte die Anspannung in Aidans Stimme. „Aber du nennst dich MacEanraig?"

Broc sah Aidan direkt an. "So wie du schmücke ich mich nicht mit einem Titel. Ian MacKinnon nannte mich Ceannfhionn als Kind. Kaum jemand nennt mich noch MacEanraig, aber ja. Um meine Blutslinie vor mordenden Rivalen zu schützen, wurde der Name Ailpín irgendwann abgelegt. Und vielleicht als Erinnerung, dass Macht keine rechtmäßige Herrschaft ist, wählten meine *Clan*sleute den Leitspruch: 'Sola Virtus Nobilitat.'"

Tugend alleine adelt.

Aidan holte tief Luft und Lìli dachte, dass die Worte ihm vielleicht etwas bedeuteten, aber sie wusste nicht genug, um es ganz zu verstehen.

Mit jedem Wort wurde es stiller in der Halle. Das Feuer in der runden Feuerstelle knackte laut. Es stand nur noch eine einsame Tasse auf dem Tisch. Es kam wie ein Donnerschlag.

„Da war noch etwas", sprach Broc ernst weiter. „Sie verriet mir die Namen der mordenden Hurensöhne, die mein Dorf dem Erdboden gleich gemacht hatten." Seine Stimme war ruhig während er sprach, aber als er Lìli ansah, hielt sie die Luft an und ahnte schon irgendwie, dass das, was er nun sagen würde, ihre Weltansicht zerstören würde.

„Dougal MacLaren, der unter Alasdair mac Mhaoil Chaluim, dem König des Nordens, vor dessen Tod kämpfte." Er blickte wieder zu Aidan.

„Stuart und Rogans Vater und der Großvater ihres Sohnes."

„Davids Bruder unterstützte den Überfall auf dein Dorf?"

Broc nickte. „Keppenach ist mein Geburtsrecht. "Jetzt will ich es zurück haben."

Kellen ist noch dort.

Lìlis Herz zog sich zusammen. Sie stand auf und schob ihren Stuhl mit einem lauten Geräusch auf dem Holzboden nach hinten. Ihr Magen drehte sich. Sie konnte nicht mehr zuhören. Die Männer sahen sie einfach alle an, sagten aber zu ihrer Erleichterung nichts. „Entschuldigt mich", sagte sie eilig und floh.

Alles stand plötzlich still, die Männer hörten sogar auf zu kauen. Die Halle blieb noch lange nach Lìlis Abgang in tödlicher Stille.

Keane sah sich vorsichtig um. Er spürte die unterschwellige Spannung, obwohl er mit seinen vierzehn Jahren noch kein Schlachtfeld gesehen hatte.

„Weißt du, dass ich Padruig Caimbeuls Tochter geheiratet habe?"

Broc nickte. „Ich will dich nicht beleidigen, Aidan, aber ihr Schwiegervater war ein treuloser Hund, genau wie sein anderer Sohn. Es täte mich nicht wundern, wenn einer von beiden den alten Bastard in seinem Bett umgebracht hat. Ich habe Gerüchte über Stuarts Tod gehört. Mir erscheint, dass das Ganze nicht mit rechten Dingen zuging und irgendein blöder Fluch nichts damit zu tun hat!"

Aidan sah dem Mann direkt in die Augen. „*Ich* bin Lìlis Ehemann. Stuart MacLaren ist tot und ich möchte nicht an ihn als ihren Mann erinnert werden."

Er konnte sein Spiegelbild in Brocs Augen sehen, wie auch das Licht des Feuers hinter ihm. „Verzeih mir, aber hat sie nicht auch einen Sohn von dem Mann?"

Aidan verschränkte die Arme und einen ganz kurzen Moment hätte er am liebsten ein Schwert in der Hand gehabt. „Ja, das ist richtig. Aber wenn der Junge zu ihr kommt, werde ich ihn als meinen eigenen annehmen."

Die Stimmung zwischen den beiden Männern wurde immer ernster, während sie einander abschätzten.

Broc war kein Feigling. Selbst in der Unterzahl zögerte er nicht, Antworten auf seine Fragen zu fordern. „Man könnte argumentieren, dass Keppenach an den Sohn deiner Frau gehen müsste. Interessiert dich die Burg nicht?"

Obwohl es eine wichtige Verteidigungsposition unterhalb der *Am Monadh Ruadh* war, brauchte Aidan gar nicht darüber nachdenken. „Nein."

„Dann denke wenigstens darüber nach, dich mit mir zu verbünden, zusammen mit dem MacKinnon, den mac Brodies und den Montgomeries, damit die Burg zurückgeführt wird."

„An dich?"

„An meine Söhne", entgegnete Broc. „Ich bin der rechtmäßige Erbe von Keppenach."

Aidans Blick fiel wieder auf das Schwert und er dachte über Brocs Geschichte nach. Trotz allem, was er gehört hatte, könnte jeder das Schwert für sich beanspruchen. Es war nicht Aidans Aufgabe, Einfluss zu nehmen darauf, wer die Machte hatte und auf Schottlands Thron sitzen würde. Nicht, dass Broc überhaupt soweit gehen würde. Aber es war Aidans Pflicht, den Stein in Sicherheit zu hüten und das bedeutete, sich aus Schottlands Kriegen herauszuhalten, egal ob große oder kleine Kriege. Der richtige Mann würde es auch ohne Aidans Hilfe auf den Thron schaffen, oder auch nicht. Bis dahin musste der Stein gehütet werden, koste es, was es wolle.

Broc wartete immer noch auf Aidans Antwort und dieser wählte seine Worte sorgfältig. „Wenn ich Padruig Caimbeul nicht wegen des Mordes an meinem Vater in seinem Bett verbrannt habe, warum sollte ich dann meine Männer in einen Krieg schicken, um dir deine Burg zurück zu erobern?", fragte er endlich. „Nein. Ich mische mich nicht in Schottlands Politik ein."

Broc legte den Kopf leicht auf die Seite. „Noch nicht einmal, um Bündnisse zu sichern?"

Aidan war angespannt. „Ist das eine Drohung, Broc?"

Broc antwortete schnell. Er schüttelte den Kopf. „Nein. Überhaupt nicht. Obwohl ich der Meinung bin, dass kein Mann alleine stehen sollte.

„Unsere Einsamkeit war nützlich für uns über die Jahre", entgegnete Aidan. „Und sie wird uns weiterhin nützlich sein."

Broc runzelte die Stirn. „Ja, aber willst du nicht für das kämpfen, was richtig ist?", fragte er beharrlich. „Wenn die Geschichte, die Alma erzählt hat, stimmt, könnten meine Söhne eines Tages Herrscher sein."

Aidan sah Broc genau an und überlegte die ganze Zeit, wieviel er wohl verraten sollte. „Und wenn ihre Geschichten nicht stimmen?", mutmaßte Aidan. „Was, wenn das Schwert irgendwo auf einem Schlachtfeld seinem rechtmäßigen Eigentümer abgenommen wurde. Was, wenn dein Vater es durch Krieg und nicht durch Vererbung bekommen hat? Möchtest du, dass deine Söhne einander bekämpfen, um es zu besitzen?"

Kein *Clan* in *Scotia*s Geschichte hat mehr unter kaltblütigen Morden gelitten als der Ailpín *Clan*. Das wusste jeder *Highlander*. Selbst heute noch klebte Ailpín-Blut an dem Stein mit seinem Fluch, denn David selbst war ein achter Sohn und alle Brüder mussten sterben, bevor er seinen Platz auf dem Thron einnehmen konnte.

Brocs Gesicht fiel zusammen, denn er hatte wohl nicht den Preis bedacht, den er für den Kampf um sein Erbe würde zahlen müssen. Nach einer längeren Pause sagte er stur: „Ich möchte, dass meine Söhne in Keppenach aufwachsen."

„Dann soll es so sein", sagte Aidan und er hoffte wirklich, dass der Mann eines Tages unter dem Dach Keppenachs schlafen würde, sofern Lìlis Sohn nicht mitten in die kriegerischen Handlungen geriet.

„Wir lassen es hier", gab Broc nach und gerade in diesem Moment tauchte Cailin hinter Aidan auf mit einem frischen Krug *uisge* und die Diskussion war beendet.

Camerons Gesicht leuchtete auf beim Anblick der zweitjüngsten Schwester. Er saß nun direkt neben Aidan, wo Lìli gesessen hatte. „Hat jemand den Mut, hiervon einen Schluck zu trinken?", fragte sie kokett in die Runde. „Una schickt eine besondere Abfüllung für unsere Gäste", sagte sie.

„Ich mach's", rief Cameron sofort und hob die Hand.

Vor ihrem inneren Auge sah Lìli das Aufeinanderschlagen der Schwerter, das Blutvergießen und die Schreie in den Hallen der Burg Keppenach.

Leichenblass eilte sie den Steg entlang und konnte die

Bilder des Krieges, der wohl sicher kommen würde, kaum ertragen. Man brauchte kein Hellseher sein, um sich solch einen Schrecken vorzustellen. Sie kannte die Burg gut genug, um sich auszumalen, wo die Rinnsale mit Blut fließen würden. Ihr Sohn könnte unter den Toten sein, wenn sie nicht bald einen Weg fand, ihn dort weg zu holen. Aber scheinbar war der einzige Weg ihn zu retten der Verrat des Mannes, in den sie sich verliebt hatte.

Was konnte sie tun?

Sie musste nachdenken!

Sie wollte jetzt nicht Aveline um sich haben und auch nicht Lael, aus Angst, dass Aidans schlaue Schwester ihre Gedanken erraten könnte. Una wollte sie jetzt auch nicht sehen. Sie ging in die Richtung von Glennas Kate, aber sie glaubte, dass sie auch Glenna nicht gegenüber treten konnte, denn diese Freundschaft war auch auf Lügen aufgebaut. Glenna, wie Aidan und seine Leute, hatte ihr absolutes Vertrauen entgegen gebracht. Sie war wahrlich verflucht und brachte jedem, den sie liebte, nur Unglück. Das wurde immer offensichtlicher.

Sie fand einen Platz am Hang des Hügels mit Moos bewachsen und setzte sich auf einen Felsen neben einen Vogelbeerbaum. Seine Äste waren grau und ein einsames Blättchen hing von einem dünnen Zweig und sah aus, als wollte es jeden Moment auf die vielen anderen Blätter auf dem Boden fallen. In diesem Moment fühlte sich Lìli wie das Blatt, alleine an einem Abgrund, bereit zu fallen.

Sie war so verwirrt.

Sie liebte den Mann, vor dem sie eigentlich Angst hatte. Aidan dún Scoti war wahrlich ein Mann unter Männern, ehrbar, stolz und treu. Diejenigen, die sich für etwas Besseres hielten, waren noch nicht einmal gut genug, den Saum seines *Breacan* zu küssen. Er behandelte die Menschen, die er liebte, mit mehr Höflichkeit, als sie jemals irgendwo erlebt hatte.

Und dann war da noch ihr dummer Fluch. Was war, wenn er sich bewahrheitete. Sie war dankbar, dass sie es nicht wusste, denn sonst hätte Aidan gar keine Zeit, sie zu lieben.

Aber nein, sie konnte es nicht tun.

Sie konnte Aidan nicht töten.

Sie würde es nicht tun!

Und dann dachte sie wieder an das Schwert und überlegte erneut, ob sie Aidan nicht doch würde töten müssen. Sie könnte auch Informationen im Gegenzug für Kellens Rückkehr senden.

Würde das reichen?

Sie kannte Broc Ceannfhionn nicht und schuldete dem Mann nichts. Aber sie schuldete ihrem Mann und ihrem Sohn Treue.

Sie wischte sich die Tränen ab und legte sich auf das Moos, wo sie nachdachte und plante.

KAPITEL SIEBENUNDZWANZIG

Der Ausdruck in Lìlis Gesicht, als sie aus der Halle rannte, verfolgte Aidan noch Stunden später.

Es war ihm klar, dass sie Angst um ihren Sohn hatte, aber ein kleiner Teil von ihm hatte auch Angst, dass sie sich über das, was Broc über Stuart MacLaren gesagt hatte, grämte. Der Gedanke, dass ihr Herz vielleicht doch noch dem schon lange Verstorbenen gehören könnte, verursachte Bauchschmerzen bei ihm und verdarb ihm den Appetit.

Nach dem Essen ließ er seine Gäste alleine und suchte seine Frau. Er fand sie in der Nähe des Vogelbeerbaums, wo seine Mutter begraben lag. Nach all den Jahren konnte man das Grab nicht mehr erkennen, denn der Grabhügel war vom Regen weggewaschen worden und alles war mit Moos bedeckt. Der Vogelbeerbaum war Aidans Markierung. An seinen Vater wurde, wie bei den Kriegern üblich, mit einem Haufen Steine erinnert. Die Leiche eines Kriegers wurde auf dem Scheiterhaufen verbrannt. Es gab keine Friedhöfe im Tal und doch hatte Aidan nicht die Kraft gehabt, die Frau, die ihn zur Welt gebracht hatte, zu verbrennen.

Er war erst dreizehn gewesen, also nur wenig jünger als Keane jetzt, als sie starb.

Scheinbar hatte seine schöne Frau geweint, was er daran erkannte, dass ihre Nase noch etwas gerötet war. Aber als er näher kam, musste er lächeln, denn sie war eingeschlafen. Daran erkannte er, dass sie doch recht mitgenommen gewesen war von Brocs Geschichte, aber dass sie sich nun wieder beruhigt hatte. Wenn Lìli hier am helllichten Tag mitten auf der Wiese einschlafen konnte, dann hatte er seine Arbeit für die Sicherheit seiner Leute gut gemacht. Er setzte sich zu ihr und sie öffnete die Augen. Sie blinzelte ein wenig und sein Herz ging bei dem Anblick ihrer schönen Augen auf. Sie runzelte jedoch die Stirn, als sie ihn sah. „Ich hatte Angst um Kellen", gab sie zu.

Er legte einen Finger auf ihre Wange und zeichnete damit den Weg ihrer getrockneten Tränen nach. „Mach dir keine Sorgen, Lìli. Wir werden deinen Sohn holen. Ich habe gemeint, was ich gesagt habe. Ich werde ihn als meinen eigenen aufziehen."

Sie schluckte und Aidan konnte sich nicht mehr zurückhalten und küsste seine Frau auf ihre schönen Lippen.

Ihre Augen waren geöffnet und bettelten ihn an und er wusste, dass er alles tun würde, um ihre Wünsche zu erfüllen. Tief in seinem Herzen wusste er, dass sie mit irgendetwas kämpfte, aber sie würde ihm davon erzählen, wenn sie bereit dazu war. Er fühlte, dass sie ein reines und gutes Herz hatte. Auch wenn Una behauptete, dass sie ihn verraten würde, glaubte er es nicht. Und wenn es so war, dann musste er es akzeptieren, denn das Schicksal war wechselhaft und er konnte es nicht beeinflussen. Jeder Mann und jede Frau musste den eigenen Weg finden. Nur dann konnte der Stein in die richtigen Hände gelangen.

Und doch gingen ihm Unas Worte nicht aus dem

Kopf. *Sie wird dich mindestens einmal verraten, bevor sie ihre wahre Bestimmung findet.*

Aber wie konnte Lìli ihn verraten, wenn in ihren Augen nur Offenheit und Ehrlichkeit zu lesen war? Ihre Gefühle lagen dort offen.

Er legte sich neben sie und stützte den Kopf auf den Ellbogen und sah sich um. „Das sind wahrscheinlich die letzten milden Tage in diesem Jahr", sagte er und schaute auf den Berg aus Blättern unter dem Vogelbeerbaum.

„Du hast Recht, aber ich liebe den Winter", gab Lìli zu.

Sie hatte festgestellt, dass ihre Vorfahren die Jahreszeiten außerordentlich liebten und das tat sie auch. Sie fühlte es ganz besonders hier in Dubhtolargg, an diesem Zufluchtsort fernab vom Rest der Welt. Die Blätter unter dem Baum bewegten sich in dem leichten Wind und sie sog die Schönheit des Ortes und ihres Mannes tief in sich hinein.

Sie legte die Hand auf seine nun der Jahreszeit entsprechend bekleidete Brust. Aber sie konnte seinen Herzschlag auch durch das Hemd fühlen. Es klopfte gegen ihre Hand wie eine heidnische Trommel, perfekt angepasst an den Rhythmus ihres eigenen Herzens. Sie war sich ihres Herzschlags immer bewusst, wenn sie in seiner Nähe war. Er machte ihren Körper *lebendig* und ließ sie all die Jahre vergessen, in denen sie sich als eine Abscheulichkeit unter ihren eigenen Leuten gesehen hatte.

Wenn ihr Mann sie ansah, war sie nicht Lìli, die Hexe, oder Lìli, die Verfluchte, oder Lìli, die arme Witwe des Mannes, der sich getraut hatte, sie zu lieben. Sie war einfach Lìli.

Und erst jetzt, als sie in Aidans Augen sah, wurde ihr klar, dass Stuart sie nie wirklich geliebt hatte. Für Stuart war sie ein Preis, eine Trophäe, mit der er bei seinen Männern angeben konnte. Sie kannte den Unterschied jetzt und dies erfüllte sie mit neuer Angst, denn ob mit oder ohne Fluch wollte sie diese Liebe, die ihr das Schicksal ganz unerwartet hatte zuteil werden lassen, nicht wieder verlieren. Sie wollte Aidan zeigen, wieviel er ihr inzwischen bedeutete.

Sie ließ ihre Hand zu seinem Bauch und zwischen seine Oberschenkel gleiten. Sein Oberkörper blähte sich überrascht auf. Sein Schwanz wurde hart in ihrer Hand.

„Lìli", sagte er heiser und dieses einzelne Wort war eine Warnung.

Aber Lìli ließ sich nicht beirren. Sie lächelte schelmisch und drückte leicht zu. Ihr Herz raste bei dem Gedanken an Sex genau dort unter dem Herbsthimmel. Der Gedanke daran berauschte sie.

Aidan verschluckte sich fast.

Solange Lìli ihn fest in der Hand hielt, war er nicht in der Lage zu sprechen. Er war so hart wie der Felsen neben ihnen.

„Frau", sagte er leise. „Du hast keine Ahnung, was du mir antust."

Sie lächelte wie eine Sirene. „Ach, aber das weiß ich doch, Mann und ich will, dass du mich auch außerhalb des Schlafgemachs liebst."

„Du bist eine verdammte Verführerin", fluchte er.

Sie lächelte leicht und war scheinbar ganz ohne Reue.

Er grinste etwas schurkenhaft. „Sag nachher nicht, ich hätte dich nicht gewarnt", sagte er und küsste sie wieder. Sie schmeckte wie Regen an einem Sommertag, süß und frisch. Für einen kurzen Moment dachte er daran, dass jemand sie beobachten könnte, aber es war ihm egal. Seine Gäste wurden bewirtet und ein neues Leuchtfeuer wurde vorbereitet. Morgen würden sie das Tal verlassen, aber heute würden sie verwöhnt werden.

Aidan wurde nicht gebraucht und er verspürte ein plötzliches, verzweifeltes und unaufschiebbares Verlangen nach seiner hübschen Frau.

Er drückte Lìli auf das weiche Moos und legte sich auf sie. Sie hatte einen Platz gewählt, wo das Moos so dick wie seine Matratze war. Sie stöhnte leicht unter ihm und Aidan lächelte, während er sich bereit machte, seine Drohung in die Tat umzusetzen.

Er streichelte sie am ganzen Körper und erfreute sich an der Leidenschaft in ihren Augen. Sie war eine Göttin. Seine Göttin. Seine Frau. Die Mutter seiner zukünftigen Kinder und verdammt – er würde ihren Körper anbeten. Bei dem Gedanken glitt er nach unten und küsste ihre Brüste unter dem Kleid. Er ließ sie bedeckt wegen der kühlen Luft. Er musste sie für das, was er vorhatte, nicht komplett ausziehen.

Er nahm ihr Kleid am Saum und schob es hoch. Dann bewegte er sich so, dass sein Kopf zwischen ihren Oberschenkeln lag.

Lìli schnappte überrascht nach Luft und ihre Augen waren weit aufgerissen, als sie ihn zwischen ihren Beinen sah. Sie wollte protestieren, aber er lächelte nur und bevor sie etwas sagen konnte, fühlte sie seine Zunge an ihrem geheimsten Ort.

Lìli stöhnte und lehnte sich zurück, während er sie an einer Stelle küsste, wo kein Mann sie je geküsst hatte. Seine Zunge war überall und sie machte nun willenlos die Beine breit.

Sollte er doch tun, was er wollte.

„Gut, meine Blume“, flüsterte er und sein Atem fühlte sich heiß an auf ihrer Haut.

Im nächsten Moment waren alle Sorgen wie ein Schwarm Vögel verflogen, verbannt von dem Geflüster ihres Mannes und seiner Zunge.

KAPITEL ACHTUNDZWANZIG

Als ihre Gäste abreisten, hinterließ ihr Besuch eine schale dunkle Vorahnung, die wie eine Wolke über ihnen hing und die Lìli nicht vertreiben konnte. Es war ein Gefühl, das jeden Tag stärker wurde. Zum Teil war sie sich sicher, dass das so war, weil sie jeden Tag verzweifelter nach einem Weg suchte, ihren Sohn zurückzuholen ohne ihren Mann oder seinen *Clan* zu Schaden kommen zu lassen.

Die vielen Wochen, in denen niemand krank wurde, fanden ein jähes Ende. Aveline beichtete, dass sie schwanger war und verbrachte die Tage sich übergebend in der Kate. Dann erkrankte Fergus Tochter Meara an der gleichen geheimnisvollen Krankheit wie Duncan. Es war kaum zu glauben, dass Lìli schon zwei Monate bei diesen Menschen war; zwei Monate getrennt von ihrem süßen Sohn. Der Gedanke, dass es lange dauern würde bis sie ihn wiedersah, schmerzte sie. Wenn nicht bald etwas passierte, würde Schnee fallen und die Pässe wären unpassierbar.

Lìli nahm mal wieder den Ring aus der Kiste und betrachtete ihn. Er war noch nicht einmal hübsch. Es war nichts Besonderes daran, aber das sollte wohl so sein. Sie streifte ihn über einen Finger und starrte darauf. Aidan würde es merken, denn sie trug sonst keinen Schmuck. Sie war eigentlich mit nichts außer den Kleidern an ihrem Körper gekommen. Und doch ...

Sie nahm den Ring wieder ab und legte ihn wieder in seinen Beutel, den sie ganz unten in ihrer Kiste verstaute. Sie konnte ihre Liebe für Aidan nicht beschmutzen, in dem sie auch nur darüber nachdachte.

Mit Meara ging es schnell bergab.

Aidan schlief, als sie kamen, um Lìli Bescheid zu geben und so machte sie sich mitten in der Nacht auf den Weg zu Fergus Haus, in Begleitung von dessen Sohn. Sie erinnerte sich an Unas Rat, ihrem Instinkt zu vertrauen und auf dem Weg hielten sie an einem kleinen Bach, um etwas Wasser zu holen. Fergus Junge ging ein wenig voraus, um zu pinkeln und während er weg war, sah Lìli hinauf zum Mond und bat stumm, dass die Geister die Flüssigkeit in ihrer Hand segnen würden. Sie nahm eine Prise Salz aus ihrem Beutel, den sie in der Taille befestigt hatte und streute es in die Tasse. Dann schwenkte sie den Becher im Uhrzeigersinn bis sich das Salz aufgelöst hatte. Dann hielt sie die Tasse hoch, so dass sie vom Mondlicht erhellt war und sagte: „Beim Licht des vollen Mondes, mit helfenden Händen, verbreite ich Gesundheit im ganzen Land.“ Sie nahm das gesegnete Wasser mit zu Mearas Haus und stellte es auf den Boden in der Nähe des Kamins zwischen zwei brennende Kerzen. Dann nahm sie die anderen Medikamente aus ihrem Beutel.

Das Mädchen war sehr krank und Lìli sah, dass sie stark schwitzte und dass sie trotzdem am ganzen Körper zitterte. Fergus Frau war das erste Opfer des Fiebers und er machte sich nun große Sorgen und lief auf und ab.

Lìli tat, was sie konnte, um dem zitternden Mädchen zu helfen. Ihr Bruder saß auf einem Stuhl am Feuer und streichelte den jaulenden Hund und hatte die Stirn sorgenvoll gerunzelt. Seit Meara krank geworden war, sah ihr zu Hause aus, als sei eine Horde Räuber durch gezogen. Deswegen hatte Lìli das Wasser auf den Boden gestellt, denn sonst gab es keinen freien Platz mehr. Als sie alles getan hatte, was sie konnte und Meara in einen unruhigen Schlaf gesunken war, saß Lìli an ihrem Bett und betrachtete sie im Schlaf.

Ihr Vater war total verängstigt und sein Sohn schlief erst, als der Hund zu seinen Füßen schlief. Lìli war eingenickt, als sie hörte, dass der Hund das Wasser von dem Bach auf schlabberte. Als sie es merkte, war die Tasse schon leer.

Sie war müde und frustriert und daher dankbar, als Aidan in der Tür erschien. „Komm ins Bett", forderte er sie auf.

„Nein. Ich sollte nicht", protestierte sie.

„Hast du alles getan, was du tun konntest?"

„Ja, aber..."

„Der *Chief* hat recht", unterbrach Fergus sie. „Das Warten ist der schlimmste Teil, aber du kannst meiner Tochter nicht helfen, indem du selbst krank wirst. Geh und ruhe dich aus und komme morgen wieder."

Fergus sah so verzweifelt aus, dass Lìli ihn nicht alleine lassen wollte. Dies waren nun ihre Leute und sie konnte es nicht ertragen, auch nur einen von ihnen zu verlieren.

Aidan spürte, dass sie zögerte und nahm sie zärtlich an die Hand. Er zog sie von dem schlafenden Mädchen weg und schnappte ihren *Arisaid* an der Tür. Dann sah er Fergus noch einmal an und sein Blick wurde weich. „Ruf uns, wenn sich etwas ändert."

„Ja", sagte Fergus. „Du weißt, dass ich dann komme."

„Scheinbar kann ich nicht mehr ohne dich neben mir schlafen", sagte Aidan zu Lìli, als sie in das dunkle Schlafzimmer kamen. Es hörte sich zwar an wie eine

Beschwerde, aber Lìli hörte die Zärtlichkeit in seiner Stimme.

Das Feuer war ausgegangen, aber Lìlis Gedanken waren viel zu sehr mit Meara beschäftigt, als dass sie die Kühle im Zimmer bemerkt hätte. Sie lächelte Aidan an und war dankbar, dass er da war und für seine Fürsorglichkeit. „Ich habe keine Ahnung, was das für eine Krankheit ist", sagte sie besorgt, als sie auf dem Bett saß und ihre Pantoffeln auszog.

Aidan schürte das Feuer erneut. „Ich werde nicht zusehen, wie du dadurch krank wirst, Lìli." Sie liebte es, wie er ihren Namen mit so viel Zärtlichkeit in der Stimme aussprach. Trotzdem konnte sie die Gedanken nicht einfach abschütteln, nicht so lange das Mädchen in Lebensgefahr schwebte.

„Was kannst du mir von denen erzählen, die zuerst krank wurden?", beharrte sie.

Dann drehte er sich zu ihr um: „Fergus Frau war eine der ersten, die starben."

„Sie wohnen in der Nähe von Glenna", sagte Lìli und überlegte. „Wer noch?"

„Einer meiner ältesten Krieger; ein Mann, der schon an der Seite meines Vaters kämpfte."

„Wo wohnte er?"

„In einer Kate am Berg."

Lìli dachte weiter nach und überlegte, ob das wohl in der Nähe der anderen beiden war. Sie war so in Gedanken, dass sie gar nicht merkte, dass ihr Mann nackt vor ihr stand.

„Was muss denn ein Mann noch tun, um die Aufmerksamkeit seiner Frau zu erregen?", fragte er und stand da zwar nackt, aber nicht erregt.

Lìli lachte und sah ihn an. Er lächelte und seine weißen Zähne strahlten in der Dunkelheit. Das Feuer hinter ihm schlug Schatten im Zimmer.

„Sogar deine heulende Dienerin, die ihre Stellung

immer noch nicht realisiert hat, hat einen dicken Bauch", beschwerte sich Aidan, aber ohne viel Ernst in der Stimme. „Ich will einen Sohn von dir", sagte er leise und kniete vor ihr, um ihr direkt ins Gesicht sehen zu können.

Er legte eine Hand auf ihr Knie.

Lìli hielt die Luft an, als das Lächeln in seinem Gesicht verschwand und Sorge darin geschrieben stand. „Wer weiß denn, was morgen ist", sagte er. „Das hat mir Mearas Krankheit wieder vor Augen geführt. Wenn sie stirbt, wird mein Bruder um das trauern, was er niemals hatte oder haben würde. Komme, was wolle, ich will keinen Moment bereuen, den ich auf dieser Erde verbracht habe. *Buin mo chridhe dhuit"*, sagte er schroff und Lìlis Herz zog sich zusammen, als sie die Worte hörte, die sich auch in seinen Augen widerspiegelten.

Du bist die Liebe meines Herzens.

Es erfüllte sie mit Glück, wenn er es sagte, aber auch mit Sorge, denn sie hatte Angst vor dem, was dann kam. Es zu erwidern schien ihr Schicksal zu besiegeln und sie konnte nicht sprechen.

Sie liebte ihn so sehr.

So verzweifelt.

Irgendwie stiegen die Gefühle in ihr hoch, obwohl sie sich dagegen wehrte und selbst jetzt erschreckte sie die Möglichkeit, dass der Fluch doch wahr werden könnte.

Sie konnte nicht sprechen, aber sie konnte es ihm zeigen und sie zog ihn zu sich auf das Bett und wünschte sich so sehr, dass sie schwanger würde.

KAPITEL NEUNUNDZWANZIG

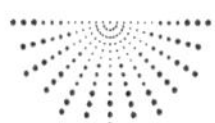

Meara starb kurz nach Mitternacht.

Fergus kam nicht, um sie zu holen, denn er und sein Sohn waren erschöpft von der Krankenwache eingeschlafen. Als der arme Mann aufwachte, war seine Tochter schon tot. Mit traurigen Herzen verbrannten sie das Mädchen am nächsten Tag zusammen mit dem Hund, der nur wenige Stunden später gestorben war. Fergus glaubte, dass der Hund an gebrochenem Herzen gestorben war, aber Lìli hegte die leise Hoffnung, die Ursache der Krankheit zu entdecken, auch wenn sie der Tod des Hundes auch traurig machte.

Ohne die trauernde Familie zu belästigen, machte sie vorsichtige Nachforschungen darüber, wo die Familie ihr Wasser herbekam. Wenn sie Recht hatte, dann wusste sie, woher die Krankheit kommen könnte. Die Kate war recht weit vom Dorfbrunnen und so holten sie stattdessen das Wasser von einem Bach in der Nähe, vom gleichen Bach, von wo Lìli das Wasser für ihre Segnung geholt hatte. Scheinbar benutzte Glenna den Bach auch manchmal, wenn sie gerade nicht zum Brunnen gehen konnte. Manchmal hatte Duncan keine Lust, den weiten Weg zu laufen. Und als Lìli weiter nachforschte, entdeckte sie, dass die anderen Verstorbenen auch das Wasser aus dem Bach geholt hatten. Als die Trauerfeierlichkeiten vorbei waren, ging sie alleine los, um die Gegend zu inspizieren.

Sie entdeckte, dass der Bach in einen winzigen Teich floss, der zwischen Glennas und Fergus Katen lag. Dann folgte sie dem Bach den Hügel hinauf in Richtung Quelle und fand den Übeltäter. In einer kleinen Senke lagen riesige Haufen menschlicher Ausscheidungen. Sie erinnerte sich, dass nach der Einrichtung von Toiletten im Bergfried ihres Vaters, damit die Fäkalien in den Burggraben entsorgt werden konnten, einige Leute im Dorf krank geworden waren, bis sie merkten, dass das Wasser aus dem Burggraben nicht mehr genießbar war.

Lìli seufzte und setzte sich auf einen Felsen und dachte an Keanes erste Worte, die er bei ihrer Ankunft an sie richtete. *Wenn du pinkeln must ... Ich kann dir zeigen, wo du hingehen kannst damit die Nesseln dir nicht den Arsch verbrennen.*

Keanes Herz war nun gebrochen. Die Augen des armen Kerls waren diesmal vor Trauer angeschwollen. Wenn sie erzählte, was sie herausgefunden hatte, würde er sich wahrscheinlich Vorwürfe machen. Also musste sie ihre Entdeckungen sehr überlegt mitteilen. Sie konnte es aber auch nicht für sich behalten, damit sonst niemand krank wurde. Arme Meara! Armer Keane! Armer Fergus!

Während sie dort über das nachdachte, was sie sagen sollte, sah sie einen Haufen Steine, aus denen Dunst wie ein dünnes Band aufstieg. Sie ging hinüber und räumte ein paar Steine beiseite.

Plötzlich und ohne Vorwarnung gab der Boden unter ihr nach und bröckelte wie ein alter Kuchen unter ihren Füßen und sie fiel in ein kaltes, muffiges und dunkles Loch im Boden.

Aidan fand, dass seine Frau sich etwas ausruhen sollte und durchsuchte ihre Medizinkiste. Es war wohl ihre Medizinkiste, denn ansonsten war nicht viel darin. Es überraschte ihn immer noch, dass sie mit so wenigen Dingen von Keppenach gekommen war. Die Kiste enthielt vorwiegend Kräuter. Er erinnerte sich an den kleinen Beutel, den sie genommen hatte, als sie Keane einen Schlaftrank zubereitete, damit er trotz der Schmerzen ruhen konnte. Also suchte er nach diesem und fand ihn, aber er fand auch einen weiteren Beutel, der etwas Hartes enthielt. Da sie außer drei Kleidern und einem Kamm nichts hatte, war er neugierig, was der Inhalt des Beutels denn wäre. Er zog den Beutel zwischen ihren Kleidern heraus und drückte ihn.

Ein Ring vielleicht? Versteckte sie ein Schmuckstück von Stuart?

Jetzt war er wirklich neugierig und er leerte den Beutel aus in seine Hand: ein Fläschchen mit einem Puder und ein hässlicher Ring. Er drehte den Ring hin und her und sah das Loch, das auf einer Seite eingearbeitet war. Irgendwie wusste er, wofür es gedacht war, obwohl er so etwas noch nie gesehen hatte. Er inspizierte den Ring genauer, hob ihn hoch und schüttelte ihn. Etwas Puder fiel auf seine Hand.

Wollte sie ihn vergiften?

Für so ein Ding konnte es keine andere Erklärung geben. Aber sie hatte es nicht benutzt. Was hatte sie davon abgehalten? Sie hätte es schon längst tun können und dann verschwinden können. Aber sie hatte Duncan gerettet und dann Keane. Sparte sie sich den Verrat nur für ihn auf?

Er dachte an die Anbetung in ihren Augen, wenn sie sich liebten und bei dem Gedanken wurde ihm schon schlecht. Und was war mit seinem Herz, denn er liebte die eingetauschte Braut.

Akzeptiere die Dinge, die dir das Schicksal auferlegt,

hatte seine Mutter kurz vor ihrem Tod zu ihm gesagt. Nach der Beerdigung seines Vaters hatte er sich gegen das Schicksal aufgelehnt und obwohl sie das Kind eines anderen Mannes unter ihrem Herzen trug, ein Kind, das durch eine grausame Vergewaltigung entstanden war, hatte sie ihren schwangeren Bauch liebevoll gestreichelt, so dass Aidan Sorcha direkt nach ihrer Geburt schon lieb haben konnte.

Akzeptiere die Dinge, die dir das Schicksal auferlegt, sagte ihre Stimme jetzt zu ihm. Nur dann konnte er sicher sein, dass das, was passierte, vorbestimmt war und mit dem Willen der Menschen nichts zu tun hatte. Genau wie der Stein eines Tages in die richtigen Hände gelangen würde.

Aber jetzt wusste er zumindest Bescheid, damit er nichts zu sich nahm, was Lìli zubereitet hatte. Gott sei Dank schwang Lael immer noch das Zepter in der Küche. Erst einmal würde er seiner Schwester nichts sagen, denn Lael würde Lìli zu seiner Verteidigung aufspießen.

Tatsächlich zögerte er, mit überhaupt irgendjemandem darüber zu sprechen, denn Lìli hatte noch niemandem von seinen Leuten irgendwelchen Schaden zugefügt. Er konnte sie für die seltsame Krankheit bei ihnen nicht verantwortlich machen, denn die hatte vor ihrer Ankunft begonnen. Seit sie gekommen war, hatte sie Leben gerettet.

Vielleicht hatte sie niemals vor, den Ring zu benutzen.

Aber er musste wissen, auf wessen Seite ihr Herz war.

Er *musste* wissen, was sie damit vorhatte.

Er legte den Ring zurück in den Beutel und zog die Schnur fest. Dann steckte er ihn zurück in ihre Kiste ungefähr an die Stelle, wo er ihn gefunden hatte.

Zumindest wusste er jetzt Bescheid und von diesem

Moment an würde er genau auf jeden seiner Becher achten und auf jede Bewegung seiner Frau.

Der Boden unter dem Spalt war hohl. Lìli war durch den Boden, der dünn war wie das Dach eines alten Hauses, in eine kleine Höhle gefallen. Sie hatte auf dem Weg nach unten außer Schrammen an Armen und Beinen keine größeren Blessuren davongetragen.

Ihr *Arisaid* hing am Rand fest und sie schöpfte Hoffnung. Aber als sie daran zog, fiel er aber auf sie hinab. Sie spuckte den Staub in ihrem Mund aus und inspizierte die Höhle nun richtig.

Ein kalter Nebel wehte um ihre Füße. Wie das Innere einer hohlen Kugel mit den abgerundeten Seitenwänden in konkaver Form. Es war unmöglich nach oben zu klettern, außer an einer Stelle, wo die Wand einen Vorsprung hatte. Wenn sie den erreichte, könnte sie sich halten und hinaus klettern. Aber diese Seite der Höhle war feucht und Wasser rieselte aus der Senke oben drüber hinunter. Es hinterließ einen dunkelgrünen Fleck auf dem Stein. Trotzdem versuchte Lìli es und merkte, dass der Absatz zu glitschig war, um sich daran fest zuhalten. Außerdem roch das Wasser aus der Nähe wie eine Kloake. Der Gedanke alleine ließ sie würgen. Sie wischte sich die Finger an der Wand gegenüber ab, da sie ihr Kleid nicht beschmutzen wollte. Dann wischte sie sie noch einmal mit er trockenen Erde zu ihren Füßen ab. Offensichtlich hatten sie die Senke oben schon seit langer Zeit als Toilette benutzt. Ein Teil des Wassers tröpfelte den Felsen hinunter und ein Teil war scheinbar in dem winzigen Teich bei Glennas Kate gelandet.

Sie blickte an sich herunter auf ihr Kleid. Es war am Saum gerissen. Glenna war sehr geschickt mit der Nadel. Sie würde es reparieren können. Jetzt musste sie aber erst einmal einen Weg nach draußen finden und die Leute wegen der Senke und dem Teich warnen.

Es war dunkel, aber durch einen Spalt in der Wand schien ein schwaches Licht. Sie sah sich den Spalt genauer an und schrie dann um Hilfe, wenn auch mit wenig Hoffnung. Sie war alleine am Berg gewesen heute. Alle waren noch bei den Trauerfeierlichkeiten für die arme Meara.

Langsam wurde ihr kalt. Sie hob ihren *Arisaid* vom Boden auf, schüttelte ihn aus und wickelte sich hinein. Sie ärgerte sich über sich selbst, dass sie niemandem gesagt hatte, wo sie hin wollte. Da sie keine andere Wahl hatte, erkundete sie den Spalt in der Wand.

Abgesehen von der eingestürzten Decke erschienen die Wände recht stabil und wenn es nirgendwohin führte, konnte sie ja immer noch zurückkommen. Aber der schwache Lichtschein ließ vermuten, dass es noch einen Ausgang gab. Die Dämmerung kam und sie wollte nicht in der dunklen Nacht in der Höhle gefangen sein.

Der Spalt war kaum breit genug, dass sie hindurch passte. Sie musste ein paar Steine lösen, aber dann passte sie durch. Es führte in eine weitere, aber etwas größere Höhle. Licht kam aus der Richtung aus der sie gekommen war und von einem Loch in der Decke, an der eine Strickleiter hing. *Seltsam, dass man eine Strickleiter in einer unterirdischen Höhle finden sollte.* Nun, da sie die Leiter gesehen hatte, war sie nicht mehr so panisch und sie nahm sich die Zeit, den Raum einen Moment lang zu inspizieren.

In der Mitte lag ein länglicher Steinblock, vielleicht ein wenig länger als ein Arm. Er war glatt, wie poliert und die Oberseite glänzte ein wenig. In ihrem Hinterkopf war der Gedanke an den Stein bei Scone, wo die Könige gekrönt wurden. Sie hatte den Stein noch nie gesehen, aber dieser hier erinnerte sie an Erzählungen darüber.

Könnte es sein?

Aber nein ...

Sie strich mit ihren Händen über den Stein und überlegte, warum ein solcher Stein hier wie auf einem Altar lag.

Sie ging um den Stein herum und fand eine Tafel, aber sie konnte sie im schummerigen Licht der Höhle kaum erkennen. Aus reiner Neugier drehte sie den Stein, so dass er im Lichtschein, der durch den Spalt, durch die sie gekommen war, schien.

> Wenn die Schicksalsgöttinnen Fehler
>   machen
> Und die Worte des Propheten vergeblich
>   sind,
> Wo auch immer dieser heilige Stein von
>   Alba gefunden wird
> Die Linie derer von Alba regieren wird.

Sie blinzelte auf die Wörter auf der Steintafel, die vor so langer Zeit geschnitzt worden waren und dann wurde ihr bewusst, dass diese Schnitzerei nicht neueren Datums war. Ihre Finger zeichneten die Linien nach. Auf dem Stein selbst waren noch mehr. Sie erkannte die Markierung von dem Schwert des *Righ Art,* das kompliziert verzierte Schwert, das Broc Ceannfhionn auf Aidans Tisch gelegt hatte. Und dann, unter dem Stein auf dem Altar, waren drei lateinische Worte: *Sola Virtus Nobilitat.*

Ein Zittern überkam sie, ein Zittern, das nicht aufhören wollte, denn die Bedeutung dessen, was sie hier entdeckt hatte, war ihr sehr wohl bewusst. Aber sie wusste von nur einem Stein, auf dem Könige gekrönt wurden. Aber das war doch nicht dieser? Oder doch? Der Stein war bei Scone. David war darauf gekrönt worden. Das wusste sie, weil Rogan zur Krönung gereist war und er hatte angeberisch behauptet, dass auch er auf dem Stein gesessen hatte. Aber er war dadurch nicht zum König geworden.

Ihre Haut prickelte komisch, ein Gefühl, das nichts mit der Kälte zutun hatte und sie zitterte schrecklich. Als hätte sie es herauf beschworen, kam plötzlich kalter Dunst aus dem Loch im Dach und nun verlor Lìli endgültig die Nerven und wollte nur noch weg von dieser Höhle und dem Stein.

Sie kletterte schnell die Leiter hoch und realisierte dann erst, dass sie etwas entdeckt hatte, das Aidan nicht wollte, dass sie es sah. Sie fühlte sich klamm und geschwitzt trotz der kalten Luft.

Aber sie war in keinster Weise auf den Raum vorbereitet, in dem sie nun landete. Während die unteren Höhlen schon längst vergessen schienen, war diese bewohnt und wurde von einer dicken Kerze an der Wand beleuchtet. In der Mitte des Zimmers stand ein kleiner Tisch mit einer kleineren Kristallkugel ungefähr so groß wie Lìlis Kopf. Auf der einen Seite standen Mörser und Stößel und die Reste eines Puders lagen rund herum. Lìli erkannte die Szenerie, denn ihr Arbeitstisch in Keppenach, wo sie ihre Kräuter mörserte, hatte ähnliche Gebrauchsspuren wie der Tisch.

Als sie den Rest des Zimmers untersuchte, fand sie einige sehr alte Manuskripte auf einem Regal an der Wand und ein altes Wolfsfell auf dem Boden. Auf dem Stuhl unter der Fackel lag eine alte Decke in den Farben des *Clans*. Spinnenweben hingen an der Decke und offensichtlich war im Moment niemand da.

Das war also Unas zu Hause, dunkel und tief in der Erde.

Lìli wurde von dem Keek-stane magisch angezogen und sie streckte die Hand danach aus. Sie kannte so etwas nur vom Hören-Sagen und sie hatte noch nie einen gesehen. In dem Moment, wo ihre Finger ihn berührten, fuhr ein weißes Licht durch ihren Kopf und sie erschrak. Sie zog sofort ihre Hand zurück und trat von dem Tisch zurück. Dann sah sie sich nach einem Ausgang um.

Hier gehörte sie nicht hin und plötzlich wollte sie nur noch weg, weg bevor jemand sie beim Schnüffeln erwischte.

Und wieder fand sie eine Leiter, die durch das Dach nach oben führte. Diese war aus Holz und sie traute sich nicht, auch nur einen Moment länger zu warten. Sie fühlte sich, als würde sie einen heiligen Ort entweihen. Sie kletterte so schnell sie konnte nach oben.

Die Höhle führte wieder in eine weitere. Diese war jedoch eine Speisekammer gefüllt mit den Wintervorräten. Dies war sicher von großem Vorteil, denn sie war sich sicher, dass im Winter hier sogar Wasser gefrieren würde. Aber Lìli nahm sich nicht die Zeit, um zu sehen, welche Speisen hier gelagert wurden

Wie durch ein Höhlenlabyrinth lief sie durch jede einzelne, bis das Licht endlich heller wurde in der letzten Höhle. Von da eilte sie in das schwindende Tageslicht und kam auf den ausgetretenen Pfad, der vom Berg herunter führte. Sie war noch nie in ihrem Leben so fertig mit den Nerven und doch fühlte sie eine aufkeimende Hoffnung, als sie den Berg hinunter lief, denn sie realisierte, dass sie einen Weg gefunden hatte, ihren Sohn und ihren Ehemann zu retten.

Una war eine der letzten, die die Trauerfeier verließ.

Der Rauch würde noch viele Stunden in den grauen Himmel aufsteigen und den unmittelbaren Horizont verdunkeln. Sie würde sich nie an den Gestank von verbranntem Fleisch gewöhnen, egal wie alt sie wurde. Aber sie wusste, dass Mearas Seele nicht verloren war. Sie war nur dahin zurück gegangen, woher sie gekommen war, dahin, wo sie eines Tages alle hingehen würden.

Der Stein in ihrem Stab blinkte, obwohl die Sonne weg war und sie bewegte ihn über den Scheiterhaufen und sprach die Worte:

„Der Friede der Seen sei mit dir, Kind.

Der Friede der Erde sei mit dir, Kind.
Der Friede der Sterne sei mit dir, Kind.
Jetzt und für immer."

Dann seufzte sie und schloss die Augen und verabschiedete sich von Meara. Sie versuchte, nicht über jene junge Frau zu trauern, die nie das Weinen ihres Kindes hören würde, oder das Wachsen eines Kindes in ihrem Bauch spüren würde oder noch nicht einmal die Liebe eines guten Mannes erleben würde. Keane hatte eine andere Bestimmung, eine, die seinem Bruder nicht besonders gefallen würde.

Aber das war eine ganz andere Geschichte.

Als sie hochsah, sah sie eine Gestalt den Berg hinunter laufen und ihre Faust umschloss den Stab fest, als sie den Gang und die langen offenen roten Haare erkannte. Sie kam aus der Richtung von Unas zu Hause und lief, so schnell sie konnte.

Ein schreckliches Kribbeln überkam sie und es kroch in ihren ganzen Körper. Traurigkeit kam in ihr hoch und sie holte tief Luft und schloss die Augen. Jetzt ging es also los.

Das Schicksal des *Clans*, des Steins selbst, war in den Händen der jungen Frau.

KAPITEL DREISSIG

Als Lìli wieder im *crannóg* ankam, war die Sonne schon fast untergegangen. Aidan stand draußen auf dem Steg, als sie ihn fand. Sie stellte sich neben ihn und knabberte nervös an ihrer Unterlippe. Sie hatte eigentlich warten wollen bis sie ganz alleine waren, aber sie war so aufgeregt und wollte mit ihm reden. „Mein Liebster, ich habe mir überlegt ..."

Er drehte sich mit einem halbherzigen Lächeln um. „Mein Liebster?"

Ihr Herz raste bei der Art, wie er die Worte sagte und der Art, wie er sie ansah. Sie brauchte einen Moment, bis sie merkte, dass er ihre eigenen Worte wiederholte.

„Das ist das erste Mal, dass du mich so nennst.

Lìli blinzelte. Es stimmte wahrhaftig. Sie wollte zwar etwas von ihm in diesem Moment, aber sie liebte ihn tatsächlich. Diese Worte waren ihr ganz automatisch über die Lippen gekommen. Sie wollte nicht sein Herz erweichen; sie könnte niemals Süßholz raspeln, um von einem Mann zu bekommen, was sie wollte. Sie wusste gar nicht wie. Sie drehte sich weg, denn sie fühlte sich unwohl, weil sie ihn um etwas bitten musste. Sie starrte auf den orange-farbenen Himmel über dem See.

Eine Schar von Gänsen flog in ihrer typischen V-Formation an ihr vorbei und ihre Silhouette war im ruhigen See zu sehen. Lìli konnte sich lange Zeit nicht von diesem Anblick losreißen. Sie beobachtete die Vögel bis diese außer Sichtweite waren.

„Meinst du es auch so, Lìli?"

Lìli antwortete schnell, konnte ihn dabei aber nicht ansehen, aus Angst, dass er ihre Geheimnisse, die sie unbedingt für sich behalten musste, in ihren Augen sehen würde. „Ja", sagte sie und spürte seinen Blick auf ihr ruhen. Dann wendete er sich ab und sie hatte das Gefühl, dass sie nun wieder atmen konnte.

Es gab keinen anderen Weg, überzeugte sie sich selbst.

Sie hatte schon mit Aveline gesprochen. Aveline wusste schon, was sie tun musste. Es war der einzige Weg, sie aus dieser Situation zu befreien. Sie hatte jetzt die Möglichkeit, ihren Sohn zurück zu bekommen und vielleicht Aidans Tod zu verhindern, zumindest den Tod durch sie.

Lange starrte Lìli auf das funkelnde Wasser. Irgendwo hörte sie etwas Schilfrohr rascheln; das Geräusch war so melancholisch, dass es ihr Herz berührte. Einen Moment lang war sie durch das Geräusch abgelenkt. „Wie geht es Keane?"

„Ganz gut", sagte Aidan, ohne sie anzusehen.

Lìli spürte, dass er sich zurückgezogen hatte und als er sie endlich ansah, sah sie nur Trauer in seinen Augen. Sie nahm an, dass Mearas Tod ihn traurig machte, insbesondere, da ja nur Lìli wusste, dass die Krankheit nichts Geheimnisvolles an sich hatte. Es würde sonst niemand sterben müssen. Als sie an diese Entdeckung dachte, wollte sie ihn eigentlich sofort beruhigen, aber sie wusste nicht, welche Spuren sie hinterlassen hatte. Würde er merken, dass sie in die Höhle gefallen war?

Solange er sie ansah, hielt sie sich zurück und schaute nicht, wie schlimm ihre Arme und Beine verschrammt waren. Sie hatte ihre Verletzungen in der Aufregung fast vergessen. Plötzlich brannte die Haut an ihrem Ellbogen und die Flecken auf ihrem Kleid schienen Beweise für ihre Sünden zu sein.

Seine Stimme war zärtlich. „Worüber hast du nachgedacht, *mo chride*?"

Lìli räusperte sich und konnte die Neuigkeiten nicht mehr vor ihrem Mann zurückhalten. „Ich glaube, ich weiß jetzt, was das für eine Krankheit ist, die deine Leute befällt."

Tiefe Falten erschienen auf Aidans Stirn.

Lìli zog ihren *Arisaid* höher um ihre Schultern, um ihr Zittern zu verbergen. „Ich werde es dir zeigen", versprach sie. „Aber erst muss ich noch etwas von dir erbetteln."

„Du musst um nichts betteln, Lìli. Niemals. Alles, was ich habe, gehört dir und dies sind deine Leute genauso wie meine."

Lìlis Herz flatterte bei diesen Worten. Scheinbar meinte er jedes Wort und das machte sie umso entschlossener, dies zu Ende zu bringen. Sie nahm also ihren Mut zusammen und bat ihn, Aveline nach Keppenach zurück zu schicken, damit sie Rogans Kind dort gebären könnte. Es gab keinerlei Hinweise, dass Rogan sich Aveline oder dem Kind gegenüber anständig verhalten würde, aber sie wollte nicht mehr in Dubhtolargg bleiben. Das Mädchen war traurig und weinte jeden Tag aus Liebeskummer, weil sie glaubte, dass Rogan sie lieben würde. Lìli wusste es besser, aber es war nicht ihre Sache, dem Mädchen sämtliche Hoffnung zu nehmen und vielleicht lernte Rogan Aveline zu lieben, wenn er sein Kind sah.

„Du willst, dass ich das Mädchen zurück zu Rogan schicke? Warum dieser Sinneswandel?"

„Weil ich nicht ohne meinen Sohn leben kann", antwortete Lìli mit gefühlvoller Stimme und man konnte ihr Herz in ihren Augen sehen. „Das war die Wahrheit, aber sie wollte auch den Mann retten, den sie liebte. Aber das konnte sie ihm nicht erzählen. Wenn es tatsächlich einen Fluch gab, würde sie ihn zu verhindern wissen, damit das, was Una vor so vielen Jahren vorhergesagt hatte, nicht eintreten würde. Die alte Frau *musste* eine Lösung kennen. Bis zu diesem Zeitpunkt schien es die einzig richtige Handlung zu sein, um ihn vor einem Schicksal, das geringere Männer für ihn bestimmt hatten, zu bewahren.

„Bald wird es Schnee geben und dann werden die Berge unpassierbar", argumentierte sie. „Ich möchte meinen Sohn gerne in der Weihnachtszeit bei mir haben.

Er starrte sie einfach an und Lìli verkrampfte aus Angst vor der Antwort.

Er *musste* ihr dies zugestehen! Aveline zurück zu schicken war der einzige Weg, Rogan eine Nachricht zukommen zu lassen. Sie wollte ihren Sohn gegen Informationen tauschen und sie war sich ganz sicher, dass diese wertvoller für David von Schottland waren als der Tod des Aidan dún Scoti. Aber wenn sie Kellen nicht herausgaben, würden sie gar nichts bekommen.

„Rogan hat mir versprochen, dass ich meinen Sohn bekomme, sobald ich mich eingelebt habe", log sie. „Er wollte nur sicher sein", in ihrem Schädel brummte es auf der Suche nach weiteren Worten.

„Dass wir keine Wilden sind, die seinen Neffen verderben könnten?", sagte Aidan und seine grünen Augen glitzerten.

Lìli nickte und hasste sich für diese Lüge. Es war nicht die Wahrheit, auch wenn Rogan sie für Barbaren hielt und sie es auch getan hatte.

„Bitte", flehte sie. „Bitte ..."

Seine grünen Augen bohrten sich bis tief in ihre Seele. Zu ihrem Missfallen und zur gleichzeitigen Erleichterung stimmte er ohne Diskussion zu und meinte nur, dass es nicht sein Wunsch sei, eine Frau gegen ihren Willen im Tal fest zuhalten.

Lìli atmete erleichtert aus. Sie hatte gar nicht gemerkt, wie lange sie vor Aufregung die Luft angehalten hatte.

Es war so einfach. Er würde Aveline mit dreien seiner besten Krieger nach Hause schicken und Aveline würde eine Nachricht an Rogan von Lìli übermitteln. Falls Rogan sich traute, Kellen freizugeben, würden die Männer ihren Sohn nach Hause begleiten; aber sie wusste, dass es nicht so einfach werden würde.

Als sie sich einig waren, nahm Lìli Aidan an die Hand und führte ihn den Berg hinauf, um ihm die Senke zu zeigen, die sie entdeckt hatte. Wie sie befürchtet hatte, sah er auch den Spalt und Lìli musste mit einigen Halbwahrheiten aufwarten.

„Ich wäre fast gefallen", erklärte sie und zeigte ihm, wo sie ihr Knie auf geschrammt hatte. „Ich bin rückwärts gestolpert und auf meinen Hintern gefallen." Sie zeigte ihm die Kratzer auf ihrer Handfläche und sein Blick wurde immer düsterer. Er biss die Zähne zusammen. „Ich war so aufgeregt, dass ich den Berg hinunter gelaufen bin, um dir zu erzählen, was ich gefunden hatte."

„Du hättest dich umbringen können dabei", schimpfte er. Das war alles, was er sagte und Lìli zuckte mit den Schultern und erklärte ihm alles über das Wasser, das sowohl Glenna wie auch Fergus aus dem kleinen Teich geholt hatten. Sie zeigte ihm alles ganz genau.

Lìli glaubte, dass die Exkremente den Teich vergiftet hatten, denn er war sehr klein und er hatte kein klares Wasser. Dies hatte sie an dem Abend, als sie zu Meara ging, nicht sehen können.

Von diesem Moment an konzentrierte sich Aidan auf das Füllen des Spaltes, der so plötzlich aufgetreten war und er stellte sicher, dass das Wasser aus der Senke nicht in die Nähe des Dorfbrunnens fließen konnte.

Er stellte keine weiteren Fragen, aber Lìli meinte eine Gemütsänderung in ihm zu spüren, ein Gegrübel, das nur noch intensiver wurde, während er mit seinen Männern oben am Berg arbeitete. Von jenem Abend an kam er erst spät ins Bett und stand schon vor Sonnenaufgang wieder auf. Mehr als eine Woche lang fasste er sie kaum an und Lìli beschäftigte sich damit, Aveline bei ihren Reisevorbereitungen zu helfen.

Es gab einen Moment, da hatte Aidan an etwas Besonderes, etwas Magisches geglaubt. Lìlis wundersame Heilungen waren jedoch nur auf ihre harte Arbeit zurück zuführen. Unas Tricks waren genau das – nämlich die Tricks einer alten Frau. Der Fluch war eine Phantasie, der Zorn einer alten Frau in Gedichtform. Männer neigten dazu, an Märchen zu glauben und so war Aidan nicht überrascht, dass der verdammte Fluch von Barden aufgegriffen und von Tür zu Tür getragen worden war. Stuarts Tod war wahrscheinlich nur ein Unfall. Er war wohl ein tollpatschiger Jüngling gewesen, der nichts Besseres zu tun gehabt hatte als dem Pfeil, den er in die Luft geschossen hatte, hinterherzuschauen. Ach, aber er liebte die Frau nun mal wie verrückt und hier stand er nun mehr tot als lebendig und schaufelte Dreck in ein Loch im Boden. Ihr Zweck in diesem Tal kam ihm in dem Moment ziemlich lächerlich vor. All die Jahre hatten sie den Stein gehütet für einen würdigen König. Und nun war alles umsonst gewesen, weil er eine Outlander Braut geheiratet hatte.

Jeder weitere Spaten voll Erde, die er in den Spalt

warf, wurde schwerer und schwerer und seine Laune wurde so ekelig wie die Flecken auf seiner Kleidung.

Seine Männer arbeiteten alle stumm vor sich hin und hatten Angst vor seiner Laune. Und das war auch besser für sie! Am liebsten hätte er jedem Einzelnen mit seinem Spaten den Hintern versohlt, einschließlich Keane, der sich immer noch davon erholen musste, dass er das Leben seiner *Clan*sleute bedroht hatte. Und alles wegen eines vulgären Spiels von ‚Wer kann die längere Wurst scheißen!'

Er sah nach unten und Aidan hatte das Gefühl, als würde das Loch niemals voll. Seine Neugier reizte ihn. Er *musste* wissen, was Lìli gesehen hatte. Von wo er stand, konnte er den Stein nicht sehen und sie *behauptete,* dass sie nicht da unten gewesen war. Er hatte aber den Verdacht, dass sie doch dort war und es gab nur einen Weg, seine Neugier zu befriedigen. Der einzige Grund, warum er noch nicht unten gewesen war, war, weil er ein Feigling war. Er *wollte* seiner Frau glauben. Aber er wäre ein Dummkopf, wenn er es nicht überprüfte.

Zornig schmiss er seine Schaufel auf den Boden und befahl seinen Männern, einen Moment aufzuhalten. Dann sprang er nach unten und fand den Spalt in der Wand. Fluchend schlüpfte er hindurch auf die andere Seite direkt in die Höhle, in der der wertvolle Stein aufbewahrt wurde. Von da aus kletterte er direkt in Unas Grotte und fand sie alleine vor, als sie mit leerem Blick in ihren *Keek-stane* starrte. Als sie ihn sah, erschien sie nicht überrascht, dass er da war.

„Ich habe den Verdacht, dass Lìli den Stein gesehen hat."

Ihr Kopf wackelte langsam. „Ich glaube es auch."

Für Aidans Geschmack hatte sie nicht ausreichend reagiert und er erzählte ihr: "Sie hat mich gebeten, Aveline nach Keppenach zurück zu schicken." Verdammt noch mal, er hatte es noch niemandem erzählt und das nervte ihn gewaltig.

Die alte Frau blinzelte nur. „Das weiß ich."

Aidans Schultern verkrampften sich und Zorn stieg in ihm auf. „Bei allen Göttern, Una! Was ist, wenn sie Aveline von dem Stein erzählt hat? Was ist, wenn Aveline sie hierher zurückführt?", fragte er und wollte Antworten. Dann überlegte er, ob Lìli Una von ihrer Bitte erzählt hatte und warum war Una nicht zu ihm gekommen, um mit ihm darüber zu sprechen?

Die alte Frau sah ihn an und stützte sich auf ihren Stab. Der Nebel war heute nicht da. Wahrscheinlich waren die Höhlen durch die zweite Öffnung durchgelüftet worden. Ohne die Nebelschwaden auf dem Boden sah die Grotte eigentlich nur schmutzig aus, roch modrig und hatte nichts Geheimnisvolles mehr.

Aber Unas gesundes Auge hatte sein Funkeln nicht verloren, auch wenn ihr Stab grau und dumpf war. „Es ist unsere Aufgabe, den Stein zu hüten bis zu dem Tag, wenn der rechtmäßige Erbe den Weg zum Thron findet. Es ist nicht unsere Aufgabe zu wählen, wer das sein soll."

Aidan versuchte sich zu beruhigen. Er sah den klapprigen Stuhl und ließ sich darauf nieder. Er war plötzlich müde bis auf die Knochen. Wenn Lìli es irgendjemandem erzählte, würde David in das Tal einmarschieren, wenn seine Rivalen nicht schon vorher da waren. Bei allem, was heilig war, wenn sie kämpfen würden, um den Stein zu beschützen, würde an ihrer Türschwelle Blut vergossen werden. Das würde Aidan nicht zulassen! Sie waren einfach nicht stark genug, ein kleines Tal gegen ganz Schottland zu verteidigen. Dann würde er eher eine Schleife um den Stein binden und ihn dem ersten, der darum bitten würde, geben.

Una humpelte zum Stuhl, stand vor ihm und erinnerte ihn daran, dass sie da war. Im Licht der Kerze, die über ihnen brannte, sah sie müde und alt aus. Ihre Stimme war ernster und doch schwächer jetzt, als sie am Tag zuvor schien. „Unsere Geschichte ist nicht unser Schicksal, Aidan. Ich dachte schon, dass wir am Ende unserer Tage angelangt seien, aber jetzt erscheint es mir, dass wir erst am Anfang stehen."

Aidan sah sie ungläubig an und sein Herz schmerzte fürchterlich. „Wie kannst du so etwas behaupten, Una? Das Ende war noch nie so nah. Wir können genauso gut Cailin und Sorcha nach England verheiraten und Keane mit irgendeiner Schottin verbandeln. Unser Piktengeschlecht wird dann zu Ende sein!"

Una stand einen kurzen Moment vor ihm und schüttelte enttäuscht den Kopf. Dann wendete sie sich ab und humpelte zu ihrem Arbeitstisch. „Ich denke, das könnte stimmen, wenn du kein Vertrauen in die Frau hast."

„Warum sollte ich?", schrie Aidan zurück. Er streckte die Hände aus, um Una zu überzeugen.

„Ach! Scheinbar vertrauen Männer weniger ihren Ohren als ihren Augen. Und noch weniger vertrauen sie ihren Herzen!" Dann schmiss sie ihren Stab auf den Tisch. So hatte sie ihn noch nie malträtiert. Er rollte laut über den Tisch und kam am *Keek-stane* zum Liegen.

Aidan runzelte die Stirn. Er hatte Magenschmerzen. Er stand da und sah Una niedergeschlagen und tief betrübt an. Bei Gott, sie war vielleicht nicht wirklich die Mutter des Winters, aber in vielerlei Hinsicht war sie ihrer aller Mutter. „Verzeih mir", bat er sie und schluckte den Kloß in seinem Hals herunter. Und dann ging er zurück an den Berg.

Ohne ein weiteres Wort von irgendjemand, verfüllten Aidan und seine Männer die eingestürzte Höhle und hinterließen keinerlei Hinweis auf darunter liegende Höhlen.

KAPITEL EINUNDDREISSIG

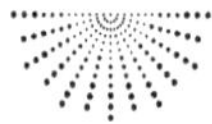

Im gleichen Maße wie Avelines Laune sich aufhellte und sie bei dem Gedanken an die Rückkehr wieder mehr lächelte, so wurde Aidans Laune immer düsterer.

Lìli dachte, dass er vielleicht Verdacht geschöpft hätte, aber sagte kein Wort. Sie machte sich Sorgen wegen seiner Laune und überprüfte wieder ihre Kisten, um sicher zu sein, dass das Fläschchen und der Ring noch da waren. Wenn ihr Mann das schreckliche Ding entdeckt hätte, hätte er doch sicher Fragen dazu gestellt. Aber nein, es war genau da, wo sie es hingelegt hatte und so hatte sie keine Erklärung für die Änderung in seinem Verhalten.

Sie hatte zwar oft daran gedacht, den Beutel irgendwo auf den Wiesen im Freien zu verstecken; aber scheinbar war der sicherste Ort genau hier, wo sie ihn hingelegt hatte. Aidan hielt sich kaum drinnen auf und es gab keine Garantie, dass irgendjemand den Beutel nicht im Freien finden würde. Nur sie und Aidan betraten dies Zimmer ohne Erlaubnis und im Gegensatz zu Stuart und Rogan verspürte ihr Mann nicht das Bedürfnis, alles in ihrem Leben bestimmen zu wollen. Seit er ihre Kisten in ihrem Zimmer abgesetzt hatte, hatte er sie nie auf ihre Habseligkeiten angesprochen. Und trotz seiner Polterei bei ihrer Ankunft, hatte er sie als seine Frau angenommen und ihr nichts als Respekt und Liebe entgegengebracht. Er hatte ihr noch keinen Wunsch abgeschlagen und tatsächlich war es so, dass sie noch nicht einmal bitten musste. Er kümmerte sich um sie auf eine Art, in der es noch kein Mann je getan hatte, nicht einer.

Mit seiner Hilfe schrieb sie eine formale Bitte an Rogan, oder vielmehr schrieb Aidan den Brief selbst. Er war ein sehr fähiger Schreiber, weit besser als Stuart oder Rogan. Es war eine Ironie, dass der Mann, den sie als Wilden bezeichnet hatten, viel gebildeter war als die meisten Männer, die sie kannte. Trotz seiner selbst gewählten Einsamkeit, kannte sich Aidan viel besser aus bei den Bezeichnungen und Positionen der Männer, die das Land regierten, als sie es tat. Seine Wahl, sich von der Politik fernzuhalten, hieß nicht, dass er die ganze Maschinerie nicht kannte.

Er verlieh dem Gesuch genügend Gewicht, dass Rogan ihre Bitte nicht würde abschlagen können.

An Rogan, high chief des MacLaren Clans, Laird von Keppenach und kleinerer Burgen,

In der Angelegenheit von Aveline von Teviotdale, da die Dame schwanger ist und zu trübselig, um in Dubhtolargg zu bleiben, sende ich sie hiermit zurück nach Keppenach mit meinen Entschuldigungen an David. Aber es ist der Wunsch der Dame, dass ihr Kind unter der Obhut seines Vaters, des Lairds von Keppenach, geboren wird. In der Sache von Kellen MacLaren, dem Sohn von Stuart MacLaren, Enkel von Dougal MacLaren, bitte ich um die Rückführung zu seiner Mutter Lìleas. der jetzigen und zukünftigen Herrin von Dubhtolargg …

Die jetzige und zukünftige Herrin von Dubhtolargg.

Lìlis Herz ging auf bei dieser Erklärung, denn damit erklärte er allen, dass sie wahrlich seine Frau war und dass er sie niemals maßregeln würde.

Sie bemerkte jedoch, wie vorsichtig er die nächsten Worte formulierte, um David keine Entschuldigung für einen Einmarsch zu liefern.

Hiermit bestätige ich, dass, da noch kein ganzes Jahr der Eheverbindung vorüber ist, ein ordentlicher Dispens von David mac Maíl Choluim, Prinz der Cumbrians, Earl von Northhampton und Huntingdon, King der Schotten, aber nicht der Pikten, eingeholt werden muss. Da er sicherlich erfreut ist, dass mir diese Verbindung gut gefällt, lassen Sie mich bitte wissen, wann das Kind abgeholt werden kann, damit ich dann eine voll ausgerüstete Garnison schicken kann und den Jungen vor dem ersten Schnee bei seiner Mutter abliefern kann.

Geschrieben und versiegelt am 4. Oktober von mir, Aidan, High Chief der dún Scoti, Laird of Dubhtolargg, Nachfahre von Kenneth MacAilpín, dem Righ Art, dem Hochkönig und Chief aller Chiefs.

Aber die wichtige Nachricht, die Lìli sich nicht getraute aufzuschreiben, musste Aveline heimlich abliefern: Rogan sollte Kellen zu einem Steinhügel in der Nähe des Feentals bringen. Dort waren die alten Ruinen, die auf dem Weg hinunter in das Tal lagen. Er sollte ihren Sohn am ersten Tag der Mondfinsternis im Oktober bringen. Irgendwie würde Lìli es schaffen, sich weg zu schleichen und ihm die Informationen mitzuteilen. Sie musste außerdem versuchen, ihr schlechtes Gewissen zu beruhigen, denn es gab keine andere Möglichkeit.

Aidan versiegelte den Brief und übergab ihn an einen seiner Männer, die Aveline begleiten würden. Ein weiterer Bote wurde mit einem ähnlichen Brief zu David geschickt. Und danach fand sich Lìli damit ab, erst einmal zu warten. Man konnte nicht wissen, ob Rogan ihren Handel annehmen würde oder nicht. Aber so oder so konnte er den Brief ihres Mannes nicht einfach ignorieren. Er musste antworten und egal, wie er antwortete, sie würde sich zum Feental begeben in der ersten Nacht der Mondfinsternis.

Zu Lìlis Unmut zog Aidan sich nach Avelines Abreise noch mehr zurück. Er ließ seine Männer üben, als würde er sich auf einen Krieg vorbereiten. In dieser Zeit beschäftigte sich Lìli mit dem Entwurf eines Gartens für den Frühling. Sie bereitete unter Unas Leitung ihr Saatgut vor. Die Erde war anders als die unterhalb des Berges in Keppenach. Obwohl das Tal einen grünen Teppich vorwies, war die Lehmerde recht arm und darunter war Stein. Die Pflanzen, die etwas tiefer wurzelten, würden ein Hochbeet benötigen.

Auf ihre Bitte hin ließ ihr Mann ihr einen Arbeitstisch bauen und dieser wurde am Fenster ihres Zimmers aufgestellt, damit sie bei der Arbeit den Blick über den See genießen konnte.

Aber als der erste Schnee fiel und es immer noch keine Nachricht von Rogan gab, begann sie sich Sorgen zu machen. Dicke Schneeflocken tanzten wie Schmetterlinge im Himmel. Lìli schaute ihnen zu und dachte an den Bergpass, über den sie erst vor einigen Monaten gekommen war und sie überlegte, wie der Weg unterhalb der Berge wohl beschaffen war.

So viel war seit jenem Tag passiert. Sie war nicht mehr die Frau, die sie einmal gewesen war und es überraschte wohl kaum, dass sie Keppenach nicht mehr als ihr zu Hause betrachtete. Dies waren nun wahrlich ihre Leute.

Sie wurde von Schuldgefühlen geplagt, weil sie

Aidan angelogen hatte und sie sorgte sich so sehr um ihren Sohn. Darum ließ sie ihren Frust an Mörser und Stößel aus.

Una stand da und schaute ihr zu, wie sie ein Stück Rinde der weißen Weide bearbeitete und ein weiteres Stück Baldrian. Die Weidentinktur war die gleiche, die sie für Duncan und Keane als Schmerzmittel und Fieber senkendes Mittel verabreicht hatte. Der Baldrian ... nun. Sie hoffte, dass Una nichts auffallen würde und sie die Wurzel nicht erkennen würde. Manchmal nahm Lìli eine leichte Dosis, wenn sie ihre Periode hatte. Aber eine stärkere Dosis konnte als Schlafmittel für erwachsene Männer benutzt werden. Der einzige Nachteil war der bittere Geschmack, aber darüber machte sie sich keine Gedanken. Der *uisge* war so stark, dass er den Geschmack der Wurzel leicht unterdrückte und der Alkohol verstärkte die Wirkung der *Droge* um ein Vielfaches.

Una und sie hatten eine seltsame Kameradschaft entwickelt. Die alte Frau war wohl kaum liebevoll und doch verspürte Lìli die große Liebe, die sie für ihren *Clan* empfand. Es war um dieser Liebe Willen, dass Una Lìli überhaupt verflucht hatte.

Una schaute, wie sie die getrocknete Baldrianwurzel mahlte und sagte wenig. Dann traute sich Lìli, sie nach dem Fluch zu fragen und hoffte, sie dabei von der Tinktur, die sie herstellte, abzulenken. Denn welchen Nutzen hätte ihre Arbeit, wenn es Aidans Schicksal war zu sterben?

Die alte Frau verlagerte ihr Gewicht von einem Bein auf das andere, als wenn sie Schmerzen in einem Bein hätte. Sie stützte sich sauf ihren Stab und sagte: „Alles, was wir sind, mein Kind und alles, was wir werden, kommt aus unserem tiefsten Herzen. Ihr beiden sollt wie eins sein und dann wird euch noch nicht einmal der Tod trennen."

Lìli dachte über die Antwort der alten Frau nach, war aber noch nicht zufrieden. Sie wollte nicht nur im Geiste mit Aidan verbunden sein. Sie wollte seinen Körper und seine Seele, sein Fleisch und Blut. Die Möglichkeit ihn zu verlieren war herzzerreißend.

Während Gedanken an Aidans Tod Lìlis Gedanken verdunkelten, sprach die alte Frau weiter: „Es ist unmöglich, vergossenes Blut unvergossen zu machen oder im Zorn gesprochene Worte zurückzuholen. Und doch habe ich einmal gehört, dass Vergebung die Rücknahme von Sünden sei", schloss sie. „Wenn es Hoffnung gibt, dann wird man sie darin finden."

Lìli runzelte die Stirn und sah auf den Stößel in ihrer Hand. Vergebung? Für das, was sie vorhatte? Prophezeite die alte Frau Blutvergießen wegen ihrer Pläne? Oder wollte sie vielleicht damit sagen, dass Lìli ihnen den Kummer, den sie wegen des Fluchs erlitten hatte, vergeben sollte? In Wahrheit war sie schon längst bereit zu vergeben, denn wenn die alte Frau sie nicht verflucht hätte, hätte sie nie den Weg zu Aidan gefunden und sie liebte ihn inzwischen von ganzem Herzen.

Die Sprüche der alten Frau waren frustrierend und so arbeitete sie weiter und mörserte die Baldrianwurzel zu Staub. Scheinbar war alles, was Una tat oder sagte irgendwie geheimnisvoll. Vielleicht war sie einfach nur eine alte Schachtel, aber Lìli spürte etwas Jenseitiges bei ihr. Sie hatte auch die Reaktion nicht vergessen, die sie erfahren hatte, als sie den Keek-stane berührt hatte. Bis jetzt hatte Lìli nicht zugegeben, dass sie in ihrer Grotte war, aber sie hatte das Gefühl, dass Una es wusste.

Der Blick aus den grünen Augen der alten Frau war pfiffig. Sie hatte die gleiche Augenfarbe wie Aidan und seine Geschwister; aber heute schien sie etwas reserviert, während sie zusah, wie Lìli die gemahlene Wurzel beiseite stellte.

Una kam immer häufiger vorbei, entweder, um zu helfen oder nur zu zuschauen. Und manchmal hatte Lìli das Gefühl, als wolle sie nur auf sie aufpassen. Manchmal kam auch Sorcha zum Zuschauen oder um zu helfen und dann erzählte Una manchmal Geschichten aus den frühen Tagen von Dubhtolargg.

Sie erzählte Lìli von einem *Chief*, der seinem Vater voller Zweifel den Berg hinauffolgte. Sein Vater starb und der neue *Chief* beerdigte ihn oben auf dem Kamm unter dem gleichen Felsen, den sie gesehen hatte, als sie in das Tal kam. Und dann wäre er fast den Berg hinunter gestiegen, geplagt von Zweifeln und Trauer. Scheinbar war er von einer Fee besucht worden, in die er sich später verliebte und ihre Kinder lebten dort jetzt. Es war eine schöne Geschichte, die Sorcha besonders gefiel. Nachdem sie sie gehört hatte, rannte sie los auf der Suche nach jemandem, dem sie die Geschichte weitererzählen könnte.

Als sie weg war, drehte sich Una zu ihr und sagte: „Es stimmt schon, dass Schwestern nur verschiedene Blumen aus ein und demselben Garten sind."

„Ich hätte gerne eine gehabt", sagte Lìli abwesend. Das war immer ihr geheimer Wunsch gewesen, der nun etwas abgeschwächt war, weil sie das Zusammengehörigkeitsgefühl mit Aidans Leuten hatte. Sie hatte lange Zeit gar niemanden gehabt.

„Ach, die Augen sind blind!", schimpfte Una plötzlich. „Schau mit deinem Herzen, mein Kind!" Und dann humpelte sie mit ihrem Stab kopfschüttelnd von dannen.

Aber dann hörte sie plötzlich Sorchas Stimme, wie sie Keane die Geschichte erzählte und ihr Lachen war so vertraut. In diesem Moment verstand Lìli das ganze Ausmaß der Sünden ihres Vaters. Sorcha, das kleine

Mädchen, das sie so lieb willkommen geheißen hatte, war ihre Schwester.

Nun verstand sie endlich. Und tief in ihrer Seele wusste sie, dass diese Erkenntnis die perfekte Wahrheit war, die ans Licht gekommen war. Sie fühlte sich wie benommen. Das erklärte, warum sie sich schon im Moment ihrer Ankunft so verbunden mit diesem Ort gefühlt hatte.

Sie war schon durch eine Blutsverwandtschaft hier gebunden.

Als die Dämmerung hereinbrach, hörte der Klang der Schwerter auf.

Aidan wollte alleine sein und wollte das Prickeln auf seiner Haut fühlen. Er zog sich vollständig aus und stand neben Caoineag's Pool.

Ein eisiger Dunst stieg vom Wasser auf. Bald würde Eis sich am Ufer türmen, wie der Frost im Bart eines alten Mannes, so würde das Gras eine kristalline Struktur bekommen. Aber selbst dann würde Aidan Zeit finden, sich in das eisige Wasser des Sees zu begeben, denn er liebte das euphorische Gefühl, wenn er wieder auftauchte und als Blut wieder in seine Gliedmaßen zurück floss wie warmer *uisge*. In solchen Momenten fühlte er sich lebendiger als sonst, außer den Momenten, die er in den Armen seiner Frau verbrachte.

Die *Am Monadh Ruadh* konnten ein bitterer Feind sein, wenn ein Mann nicht eins war mit dem Land. Durch seinen täglichen Sprung in den See konnte Aidan die Kälte nichts anhaben. Heute Abend, als die Sonne über dem *crannóg* in der Ferne unterging, empfand er ein Gefühl der Ruhe, das nicht nur dem Training mit dem Schwert geschuldet war, sondern ein friedliches Gefühl, weil er wusste, dass Lìli zu Hause auf ihn wartete.

Im schwindenden Tageslicht sah er die ersten Anzeichen des kommenden Winters. Dann atmete er tief ein und sprang in den eisigen See. Wenn der Krieg in sein Tal kam, würden er und seine Männer bereit sein. Dieser Gedanke schoss durch ihn wie die Kälte, als er in das Wasser des Sees eintauchte.

KAPITEL ZWEIUNDDREISSIG

Es war das Privileg des Königs, seine Meinung zu ändern.

Es war ein Brief von David angekommen. Mit einem Funkeln in seinen grünen Augen hatte er Lìli den Brief gegeben, als sie an ihrem Arbeitstisch stand. Mit zitternden Händen, die steif von der Kälte waren, hatte sie das Pergament schnell aufgefaltet. Ihr Herz schlug ihr bis zum Hals. Während sie las, hielt sie die Luft an. Scheinbar hatte er Aidans vorsichtig formulierten Brief als Bündnisangebot missverstanden. Er schrieb:

An Aidan, High Chief der dún Scoti, Laird of Dubhtolargg, Nachfahre von Kenneth MacAilpín, ich grüße dich.

Es freut mich sehr, dass du mit der Verbindung so zufrieden bist und ich sehe keinen Grund, dem Wunsch der Dame nicht zu entsprechen. Grüße deine schöne Braut von mir und übermittle ihr mein tiefstes Bedauern über die Art und Weise, wie alles zustande kam. Ich wünsche dir und den Deinen ein langes Leben.

Geschrieben und versiegelt an diesem 20. Oktober von mir, David mac Maíl Choluim, Prince derCumbrier, Earl von Northhampton und Huntingdon, the Righ Art, the

Hochkönig der Schotten und Chief aller Chiefs, Nachfahre von Kenneth MacAilpín.

Lìlis Hände zitterten vor Erleichterung, als sie Aidan das Pergament zurückgab. Davids Nachricht war eindeutig für sie und selbst Aidan konnte nichts zwischen den Zeilen lesen. Der König hatte seine Meinung geändert und bereute seinen Teil an Rogans Plan.

Ich wünsche dir und den Deinen ein langes Leben.

Das war eine Zustimmung und der Segen für ihre Heirat von Schottlands regierendem König.

Aber sie wusste, dass Rogan nicht so schnell klein beigeben würde. Und sobald ihr Sohn in ihrer Obhut war, würde Rogan es nicht wagen, seine Lehenspflichten aufs Spiel zu setzen. Da es nur noch ein Tag bis zur Mondfinsternis war, wusste sie, dass Davids Brief Rogan nicht mehr in Keppenach hatte erreichen können, denn er würde schon auf dem Weg nach Norden sein, wenn er denn überhaupt auf den Handel eingehen wollte. Und ganz tief in ihrem Herzen wusste sie, dass er es tun würde. Sie musste Rogan jetzt nur noch zu dem Handel überreden und dazu, dass er ihr ihren Sohn zu übergab.

Zum ersten Mal seit langer Zeit schöpfte sie Hoffnung. Sie sah ihren Mann an; sie liebte sein Gesicht und alles an ihm. Wenn einer von ihnen sterben müsste, würde sie Aidan vorher sagen, wie sie sich im Herzen fühlte.

Verschmelzt zu einem, hatte Una gesagt.

Das war genau das, was Lìli vorhatte, nun da sie verstand, was die alte Frau damit gemeint hatte.

Mit einem Funkeln in den Augen ging sie zur Schlafzimmertür und schloss diese. Dann drehte sie sich zu ihrem Mann und lächelte. Das war alles, was sie tun musste; ein Lächeln von ihr und sie sah, dass sich sein *Breacan* unterhalb seines Gürtels bewegte. Und als er merkte, dass sie seine Erregtheit bemerkt hatte, lachte er heiser auf und sie warf sich in seine Arme, nahm sein Gesicht in beide Hände und küsste ihn lüstern und wollte ihn fühlen lassen, was in ihrem Herzen war. Er küsste sie ohne Zurückhaltung zurück und legte den ganzen Frust der letzten Wochen in die Leidenschaft dieses Kusses. Sie traute sich nicht, ihn los zulassen und wollte ihn lieben wie eine echte Ehefrau. Dieses Mal war der Sex nicht zärtlich. Lìli wollte, dass er verstand, dass noch nicht einmal der Tod sie scheiden könnte, weil er ihre wahre Liebe war.

Una sah, dass Lìli sich in Richtung Feental vom *crannóg* davonschlich.

Die dunkle Jahreszeit stand vor der Tür, wenn die Nächte kalt und lang wurden. Frischer Schnee lag oben auf dem Bergkamm unter dem kupfer-farbenen Blutmond. Aber dies würde nicht irgendein Blutmond sein. Heute Nacht würde es eine Mondfinsternis geben und die Grenze zwischen dieser und der nächsten Welt würde am schmalsten sein. Es war eine Zeit für eine Wiedergeburt, für Wachstum. eine Zeit für Sühne und eine Zeit zum Ausruhen für die Mutter des Winters ...

Aber heute Nacht, in der Zeit vor der vollständigen Finsternis, konnte sie sich nicht ausruhen.

Sie hatte ihr Gesicht weiß angemalt wie der Schnee und ignorierte die Erschöpfung, die sich in ihren alten Knochen breit machen wollte. Sie stand und schaute in die Nacht. Zu ihren Füßen schwebte der Nebel. Sie hielt den Stab mit seinem Stein fest in der Hand unter dem roten Mond.

Eine Zeitlang beobachtete sie die junge Frau, wie sie den Berg erklomm mit ihrem roten Umhang. Und dann, mit einem zufriedenen Lächeln im Gesicht blies sie auf den milchigen Stein in ihrem Stab.

Ihr Atem war warm im Gegensatz zur Nacht und sie blies bis der Dunst mit ihren Lippen verschmolz.

Einen Moment später pustete sie es weg und blies weiter leicht bis der kalte Nachtnebel den ganzen Berg wie eine Schutzhülle umgab.

Einen Moment war Lìli wegen des Nebels nicht mehr zu sehen. Lìli sah in Unas Richtung, als ahnte sie, dass sie beobachtet wurde. Lìli sah hoch auf den flachen Gipfel und lief weiter. Jetzt wusste Una sicher, dass Lìli eines Tages die Eine sein würde.

Es lief der alten Frau kalt den Rücken hinunter und trotz ihrer alten Knochen fühlte sie die Kälte nicht mehr und sie war zutiefst zufrieden. Sie fühlte sich erleichtert.

Obwohl sie seit gestern Abend, seit bevor dem Brief des Königs, nicht mehr gesprochen hatten, wusste sie in ihrem Herzen, dass Lìli das Richtige tun würde. Dies würde nicht das Ende sein, denn sie hörte trotz der Geräusche des Windes, der durch die Ritzen wehte, nicht das Weinen Caoineags.

Nicht heute Nacht.

Der Sturm kam scheinbar ohne Warnung.

Mit jedem Schritt auf dem Kamm sanken Rogans Stiefel tiefer in den Schnee. Und als wäre das nicht genug, versperrte der Nebel ihnen die Sicht. Der Schnee war kein Problem für ihn. Er war ein *Highlander* durch und durch. Aber die Farbe des Mondes ließ ihn innehalten. Trotz der Beschwerden seiner Männer über den ominösen Ort, wo sie ihr Camp aufgeschlagen hatten und trotz seiner Versicherungen, dass dieser Ort nicht mehr verzaubert war als sein kleiner Zeh, hatte er doch ein seltsames Gefühl des Unbehagens. Es würde bald vorbei sein, versicherte er sich selbst während er im Camp auf- und abging. Er ignorierte das Zittern und die sorgenvollen Blicke seiner Männer.

Damit sie beim Aufstieg auf den Berg nicht zu viel Aufmerksamkeit auf sich zogen und von Aidans ganzen

Clan von Barbaren verfolgt würden, war er mit nur sechs bewaffneten Kriegerne gekommen.

Er hatte eine einfache Entscheidung fällen müssen: Lìlis Aufforderung ignorieren und seinen Hintern hinter den Mauern Keppenachs verstecken; oder mit seiner Armee bis an die Zähne bewaffnet erscheinen, was als eine Möglichkeit für ihn in Frage kam. Er hatte sich entschieden, mit einer Handvoll vertrauter Männer heimlich über den Berg kommen mit dem Kind bei sich, obwohl er wusste, dass Aidans Männer in der Überzahl wären und sich viel besser auskannten. Er wusste ohne jeden Zweifel, dass Lìli ihr Kind nie in Gefahr bringen würde.

Selbst jetzt hatte einer seiner Männer ein Messer am Rücken des Jungen und Lìli wusste sicher, dass er die Tat ohne mit der Wimper zu zucken ausführen lassen würde. Er mochte den Jungen nicht sonderlich.

Wenn es eine Sache gab, die Rogan über Lìli wusste, dann war es die Tatsache, dass sie nicht in der Lage war, zu lügen. Davon hatte Aveline ihn unter Tränen überzeugt: Lìli hatte etwas Wichtiges in Dubhtolargg entdeckt. Rogan wusste nicht, was es war, denn scheinbar hatte Lìli sich geweigert, Aveline davon zu erzählen. Aber da war etwas ... Und um sicher zu gehen, dass Aveline nicht log, hatte er die Klinge seines Dolches unter jeden ihrer Fingernägel geschoben bis sie vor Schmerzen schrie und ihn anbettelte, damit aufzuhören.

Die Schlampe würde niemals wieder widersprechen.

Sie würde auch niemals seine Kinder bekommen. Der Gedanke alleine verursachte Übelkeit. In Keppenach nutzte sie ihm nichts mehr und wenn man ihre Leiche entdeckte, würde man ihre blutigen Fingernägel mit dem verzweifelten Versuch, sich aus dem hölzernen Gefängnis zu befreien, erklären. In diesem hatte er sie eingesperrt.

Aber sie würden sie nicht finden.

Er hatte sich mit seinem halben Dutzend Männer den Bergpass hinauf geschlichen und sie achteten darauf, im Schatten der Felsen zu bleiben. Als sie hier angekommen waren, hatte er sich geweigert, trotz der Kälte ein Feuer zu zünden und er wollte dort nicht lange verweilen. Er hatte das Kind in eine kleine steinerne Ruine gesteckt, weil er das Gejammer wegen des kalten Windes nicht mehr hören konnte. Da saß der Junge nun, schon etwas blau und zitterte vor sich hin. Im Licht des roten Mondes sah der Junge aus wie ein Teufelchen und das machte seinen Männern Angst. Sie wollten, dass er den Kleinen tötete und dann wäre Ruhe.

„Glaubst du, dass sie kommt?", fragte einer seiner Männer besorgt und stotterte wegen seiner halb-gefrorenen Zunge.

Als Antwort sah Rogan hinunter auf den Bergpfad und kehrte seinen Männern den Rücken. „Natürlich kommt sie", sagte er eher zu sich selbst. „Sie wollte ja schließlich dieses Treffen, oder?"

Aber die Nacht war dunkel und weiter unten war nicht eine Fackel zu sehen. Das Tal sah aus wie ein großes schwarzes Loch, wenn man von der Reflektion des Mondes im Wasser des Sees einmal absah.

„W-was, wenn es eine Falle ist?", sorgte sich ein anderer.

Es war Rogan egal, dass das Kind mithören konnte. „Dann schneiden wir dem Jungen den Kehle durch", sagte er völlig gefühllos. Er war nicht so verstört von der Kälte, denn der Gedanke an Rache hielt ihn aufrecht. Ihre Schwäche nervte ihn und er verfluchte sie alle als Narren und fragte sich, warum er keine guten Krieger für seine Burg fand.

Wo zum Teufel war sie?

Lìli würde ihren Sohn nicht zu lange in der Kälte leiden lassen, das wusste er. Und wenn sie kam, würde er nur so lange bleiben, bis er herausgefunden hatte, was sie wusste und dann würde er sie und das Kind mit nach Keppenach nehmen, wo sie hingehörten und mit ihrer Information könnte er seine Stellung beim König verbessern und mit dem Kind würde er sie in Schach halten.

Er beobachtete den Weg und stand mit dem Rücken zum Feental, denn er wusste instinktiv, dass diese abergläubischen Leute niemals aus der Richtung kommen würden. Er hatte ihre Pferde hinter dem Berg versteckt. Und endlich wurde er belohnt. Weiter unten sah er etwas Rotes und er grinste.

Seine Männer sahen nun auch Lìlis Umhang, der blutrot im Wind wehte. Aber noch konnte man ihr Gesicht nicht ausmachen. „Ach! Und was, wenn es ein *Doonie* ist?"

Ihre leichtgläubigen Köpfe stellten sich zweifellos alle möglichen *Brollochans* im wirbelnden Schnee vor. Es war kein Wunder, dass sie sich alle möglichen Gestalten vorstellten, anstelle des hübschen bekannten Gesichts. Rogan sah sie strafend an und sagte dann in einer Sprache, die sie nicht verstanden: „Toll-tòin." *Arschloch*. „Wir sind bald wieder auf dem Heimweg."

Wind und Schnee schlugen in Lìlis Gesicht und versperrten ihr die Sicht auf dem Weg nach oben, aber sie war diesen Weg schon tausend Mal in Gedanken gegangen. Zu wissen, dass ihr Sohn direkt hinter dem Berg wartete, ließ ihre Haut vor Aufregung und Angst kribbeln. Wenn etwas schief ging, würde Kellen dafür bezahlen.

Zu ihrer Überraschung hatte Rogan Aidans Brief überhaupt nicht beantwortet; aber sie kannte ihn gut genug, um zu wissen, dass er trotzdem dort sein würde, weil er das haben wollte, von dem Lìli behauptete, dass es für David wertvoller war als Aidans Tod.

Ja, aber sie hatte schon entschieden, es ihm nicht zu geben.

In ihrer Hand trug sie ein Geschenk, *uisge*, den stärksten, den sie in der Vorratskammer finden konnte, ausreichend für Rogan und all seine Männer, um sich zur Besinnungslosigkeit zu betrinken, denn sie hatte etwas *zugesetzt*.

Ihre Nase fror in der Kälte und Schneeflocken fielen auf ihre Wimpern, aber sie wischte die Flocken weg und marschierte weiter. Sie wusste, dass es nun keinen Weg zurück mehr gab. Was auch immer passierte, der Weg war nun vorgezeichnet.

Trotz des Nebels und des Schnees fand sie Rogans Lager recht leicht. Die silberne Rüstung der Männer glitzerte im Mondlicht. Aidan würde ihre Rüstung schrecklich finden, aber sie war froh darüber heute Nacht. Und weil sie nach ihm suchte, sah sie ihren Sohn sofort zitternd in der Ruine. Als er sie sah, stand er sofort auf und sah zuerst zu Rogan und dann zu Lìli. Lìli wollte ihn in diesem Moment nur in die Arme schließen und war einen Moment so verwirrt, dass sie nicht mehr klar denken konnte. Sein süßes Gesicht sah genauso aus wie an dem Tag, wo sie ihn verlassen musste, obwohl seine Augen voller Angst waren.

„Lìli!", sagte Rogan zur Begrüßung und wollte sie umarmen. Lìli zwang sich, die Umarmung zuzulassen und sie sogar zu erwidern, allerdings ohne jegliches Gefühl, um keinen Verdacht zu erregen. „Bitte ... Ich muss erst meinen Sohn sehen", flehte sie und wollte zur Ruine gehen.

Rogan zog sie am Ellbogen zurück und sie zwang sich zu einem Lächeln. „Was ist das?", fragte er und hob ihre Hand mit dem Krug mit *uisge*.

Sie lächelte ihn matt an. „Ich habe ein bisschen

Wärme mitgebracht", sagte sie. „Aber du kannst es erst haben, wenn ich meinen Sohn gesehen habe." Sie sah ihn nichtssagend an.

Mit seiner freien Hand nahm er den Krug und lachte. Aber er ließ sie nicht gehen.

„Bitte, Rogan! Ich *muss* meinen Sohn sehen. Ich habe ihn so sehr vermisst!"

Er lockerte plötzlich seinen Griff und sie riss sich los und rannte zu Kellen. Er warf sich in ihre Arme und rief: „Mama!"

Lìli hielt ein Schluchzen zurück. So hatte er sie nicht genannt seit er drei war. „Kellen, Kellen, mein süßer kleiner Junge!" Sie stellte ihn ab und sah ihm prüfend direkt ins Gesicht. Dabei zog sie seinen Umhang fester um seinen Hals. „Geht es dir gut?", fragte sie und fand, dass er ein wenig hager aussah.

Er nickte heftig und sie merkte, dass Rogan direkt hinter ihr stand und zuhörte. Also fügte sie schnell hinzu: "Morgen gehen wir wieder nach Hause."

„Nach Keppenach?", fragte er und seine dunklen Augen schauten verwirrt.

„Ja", schwor sie. „Nach Keppenach. Und dann besuchen wir vielleicht deine Großmutter, weil die bestimmt gerne ihr einziges Enkelkind sehen würde."

Der Junge lächelte. „Ach, Mama!" Es funktionierte. Seine Augen funkelten, als er seine Hand aufmachte und der kleine Talisman, den er damals im Garten gefunden hatte, zum Vorschein kam. Der kleine Stein sah aus wie ein Stück schwarze Kohle in seiner blassen Hand. Es schneite weiter und die Flocken fielen auf seine Wimpern und von dort auf seine roten Wangen. Er lächelte.

Er zitterte und Lìlis Herz drohte zu zerbrechen. Sie nickte und versuchte, nicht zu schluchzen und schloss seine Hand, damit er seinen Talisman festhalten konnte. Sie wusste, dass der schwierigste Teil ihrer Lügerei noch vor ihr lag.

Hinter ihr roch Rogan an dem Korken und beobachtete sie genau. Der Mann, der in der Ruine auf Kellen aufgepasst hatte, kam mit einem glänzenden Messer in der Hand heraus. Sein Grinsen offenbarte einige Zahnlücken.

„Du warst schon immer eine schlechte Lügnerin", sagte Rogan. „Glaubst du, dass du mich mit *uisge* bestechen kannst, Lìli?"

Lìli stand da und hielt ihren Jungen vor sich fest. Sie zog ihren *Arisaid* auch um seine Schultern, um ihn warm zu halten. „Nein, aber ich überbringe dir gute Nachrichten", beschwor sie ihn. Sie hob ihr Kinn selbstbewusst und schaute nervös, während Rogan den Krug begutachtete. „Wenn du sie hörst, wirst du wirklich etwas trinken wollen", schlug sie vor.

Seine Augen glitzerten in der Dunkelheit. „So wurde mir berichtet."

Lìli zählte die Männer, die er mitgebracht hatte. Es waren viel weniger als sie angenommen hatte. Sechs, wenn sich nicht noch einer irgendwo versteckt hielt. Die Pferde hatten sie wohl irgendwo versteckt.

Während sie zusah, ging Rogan zu einem seiner Männer und hielt ihm den Krug hin. „Du siehst aus, als sei dir kalt", sagte er zu dem Mann. „Trink einen Schluck."

Der Mann sah erst Lìli mit verunsichertem Blick an und dann den Krug, den er zögerlich entgegennahm. Er zögerte immer noch und Rogan befahl ihm: „Trink!"

Zitternd nickte der Mann und sah Lìli argwöhnisch an.

Lìli betete, dass die Dosis nicht so stark war, dass sie ihn sofort in die Knie zwingen würde. Sie würde ihn nicht umbringen, aber wenn er in den Schnee fiel und ihn niemand wärmte, würde er sicher erfrieren.

Der Mann nahm dann den Krug an sich. Er zog den Korken mit den Zähnen heraus und spuckte ihn aus. Dann nahm er einen großen Schluck und wischte sich anschließend den Mund ab. Eine ganze Zeit lang hielt Lìli die Luft an. Sie hielt ihren Sohn fest. Ihr Herz schlug wie wild ,während Rogans Mann dort stand und sie ansah und den Krug fest an sich hielt.

„Als er keine Wirkung zeigte, drehte sich Rogan endlich zu ihr um mit einem Glitzern in den Augen. „Also, was ist denn so wichtig, dass David dafür das Leben deines dún Scoti schonen würde?"

Lìli hob wieder den Kopf und beobachtete den Mann mit dem Krug. So lange es eine Chance gab, dass Rogan davon trinken würde und dass sie mit ihrem Sohn ohne Blutvergießen entkommen könnte, so lange beabsichtigte sie, ihre Rolle weiter zu spielen. „Erstens bitte ich um Geleitschutz zum Haus meines Vaters. Egal, wie Aidans Gefühle für mich sind, wenn er merkt, dass ich ihn verraten habe, wird er mich umbringen wollen und ich weiß sonst nicht wohin."

Das hörte Rogan gern, denn er lächelte und Lìli zitterte mehr vor Angst als vor Kälte. Sie fühlte, wie ihr Sohn unter ihrem Umhang zitterte. Er konnte hier nicht so lange ohne ein wärmendes Feuer bleiben. Rogans Lager war dunkel und kalt. Es war offensichtlich, dass er nicht vorhatte, lange zu bleiben und sie hatte nur noch wenig Zeit.

„Ich sage dir, was wir machen, Lìli", sagte Rogan und schien handeln zu wollen. „Wenn ich die Nachrichten, die du mir erzählst, mag, dann bringe ich dich zu deinem Vater, wenn der dich nimmt. Und wenn nicht, dann kannst du immer noch die Lady von Keppenach werden. Ist das in Ordnung?"

Lìli blinzelte. Sie zwang sich zu atmen. Aber die Möglichkeit, auch nur einen Tag unter Rogans Dach gefangen zu sein, verursachte ihr Bauchkrämpfe. Unwillentlich presste sie ihre Finger in die Schultern ihres Sohnes und hielt in richtig fest. Er wehrte sich nicht, denn er beobachtete Rogan auch. Rogan war wie eine freigelassene Natter in einem Zimmer, gefährlich und jederzeit bereit, mit einem tödlichen Biss zu zubeißen.

„Ja", stimmte Lìli zu. Aus dem Augenwinkel sah sie jedoch, dass der Mann, der den uisge getrunken hatte zu schwanken begann und sie musste ein Keuchen unterdrücken.

Rogan lachte. Er hatte den taumelnden Mann noch nicht bemerkte. „Also, was weißt du, was den Verlauf der Welt ändern könnte?"

Lìli atmete tief ein und begann zu sprechen, aber der Mann, der den Trank genommen hatte, ließ plötzlich den Krug fallen. Ohne ein Geräusch fiel er in den Schnee und die auslaufende Flüssigkeit schmolz das Eis zu seinen Füßen. Ohne ein Wort folgte der Mann dem Krug und brach zusammen.

Rogans Blick fiel auf ihn.

Lìli hielt ihren Sohn fest, bereit bis zum letzten Atemzug zu kämpfen.

Aidan bemerkte, dass Lìli ihn in dem Schneetreiben nicht sehen konnte.

Seine Männer und er warteten auf den verbotenen Feldern, denn sie wussten, dass die Schotten nicht erwarteten, dass sie das Feental schänden würden. Die meisten Männer glaubten, dass man dadurch den Zorn der Götter auf sich ziehen würde.

Sieben Reiter hatten sich und ihre Pferde zur Tarnung weiß angemalt. die Pferde waren Schimmelstuten, die in diesem Terrain zu Hause waren und auch über zerklüftete Klippen gingen. Die Schotten und die Engländer bevorzugten Wallache; aber Aidan mochte die temperamentvollen Stuten, deren Stammbaum so rein und alt war wie sein eigener. Die schlanken und robusten Pferde waren die wichtigsten Verbündeten eines Kriegers, abgesehen von seinen Leuten, die ihm den Rücken freihielten.

Lael und er sahen sich an. Seine Schwester hatte Fell um ihre Messergriffe gewickelt, um zu verhindern, dass sie bei der Kälte an der Handfläche klebten und ihr heller Schein sie nicht verraten würde. Das hätte in dieser dunklen Nacht nicht passieren können. Sie sprachen nicht, aber er wusste, dass sie ihren Teil erledigen würde. Seine Schwester war genauso eine gute Kämpferin wie jeder einzelne seiner Männer.

In der Ferne sah er einen Mann in die Knie gehen und dann vornüber in den Schnee fallen. Fünfzehn weitere seiner Krieger erklommen die Klippen, um den Schotten den Rückzug abzuschneiden. Er musste sicher sein, dass sie an Ort und Stelle waren, bevor er das Signal geben konnte; aber sie waren etwas spät dran. In seiner Brust brannte der Zorn, als er seinen Kriegerne das Signal zum Angriff gab.

Lìlis Herz machte einen Satz, als sie die weißen Reiter im Dunst erkannte.

Sie erschienen aus der Dunkelheit und sahen aus wie Dämonen auf Geisterpferden, bemalt mit blauer Kriegsfarbe auf ihren weißen Gesichtern.

Sie öffnete ihren Umhang und schrie: „Lauf, Kellen! Lauf!" Sie schob ihn in die Richtung, in die er laufen sollte. Er zögerte jedoch einen Moment und Lìlis Augen flehten ihn an los zulaufen.

Rogan knurrte wie ein gereiztes Tier und griff sie an. Erst dann rannte Kellen los.

Lìli sah die funkelnden grünen Augen des Reiters, der ihrem Sohn nachritt. Sie hatte ihre schwarzen Haare mit dem Fell eines Silberwolfs bedeckt und Lìli und sie sahen sich nur einen kurzen Moment an, bevor sie zu Kellen ritt und ihn zu sich hochzog ohne langsamer zu werden.

Kellen schrie, aber Lìli hatte keine Möglichkeit, ihn zu beruhigen, denn Rogan zog sie hoch auf ihre Füße und hielt ihr ein Messer an den Hals in dem Moment, als ihr Mann auf seinem Pferd vor ihnen zum Stehen kam.

Unheimlicher Stolz stieg in ihr auf und sie fühlte weder Rogans Messer so wirklich auf ihrer Haut noch hörte sie die Worte, die Aidan zu ihm sagte, denn sie konnte nur noch ihren eigenen Herzschlag in ihren Ohren hören. Sie sah Aidan an und versuchte ihm mit den Augen klar zumachen, dass er diesem Dämonen nicht klein beigeben sollte. Wenn sie heute Nacht starb, dann war das ein Schicksal, das sie akzeptierte, nun da sie wusste, dass ihr Sohn sicher war. Tränen stiegen in ihr auf und gefroren sofort.

Der Mond verschwand in diesem Moment komplett und es sah aus, als ob Gott blinzelte. Sogar ihr Herzschlag wurde in diesem Moment etwas ruhiger. Wenn dies das Ende war, dann sollten diese Worte nicht unausgesprochen bleiben. Ihr Herz zog sich schmerzhaft zusammen. *„Tha gaol agam ort"*, flüsterte sie.

Die Worte blieben in der Luft hängen.

Mit zornigen Schreien sah Rogan, dass die letzten vier seiner Männer nun auch die Flucht ergriffen. Sie glaubten ohne Zweifel, dass die dún Scoti Dämonen aus dem Feental waren.

Verlogene Schlampe. Sie hatte ihn verraten!

Einer seiner Männer lag mit dem Gesicht nach unten im Schnee, vergiftet von der Hure in seinen Armen. Er hatte ihrem Wort vertraut und einen Mann verloren und er hatte gedacht, dass sie so tugendhaft war, dass sie niemals lügen würde, um ihr Leben zu retten. Aber da lag er nun tot im Schnee und Rogan weigerte sich, dafür die Verantwortung zu übernehmen, auch wenn er dem Mann den Krug aufgezwungen hatte. Ein weiterer Mann wurde getötet, bevor er das Schwert überhaupt aus der Scheide ziehen konnte.

Lìlis Worte waren der letzte Schlag, den sein verletzter Stolz erleiden musste und er schlug sie hart mit dem Griff seines *Claymore*s gegen die Schläfen. In diesem Moment sprang Aidan dún Scoti aus dem Sattel.

Bei Gott, wenn er heute Nacht sterben müsste, würde er wie ein Schotte sterben und nicht wie ein Feigling.

Lìli sank vor ihm zusammen und das letzte was er sah, war ihr Blut, das so rot wie Rosenblätter war.

Mit Kriegsgeschrei schwang dún Scoti sein Schwert.

Aidan sah nur rot – den Blutmond und das Blut seiner Frau. Beides entfachte einen nie da gewesenen Zorn in ihm.

Rogans letzte Krieger ließen ihren *Laird* nun im Stich und flohen den Bergpass entlang. Leider würde keiner überleben, um von dieser Nacht zu berichten. Rogan besiegelte sein Schicksal, als er Lìli zu seinen Füßen ablegte.

Mit einem zornigen Schrei schwang Aidan seinen schweren *Claymore*. Das Schwert traf Rogans Schwert und Funken flogen. Durch die Wucht des Schlags flog Rogans Schwert nach hinten aus seiner Hand in den Schnee. Lìli lag noch immer regungslos im Schnee. Aidan scheuchte Rogan nach hinten weg von seiner Frau.

Er stolperte und kam auf die Füße, als Aidan die Axt aus seinem Gürtel zog und sobald er weit genug von Lìli weg war, warf er die Waffe zu Rogan. „Keiner soll jemals sagen, dass ich einen unbewaffneten Mann umbringen würde. Aber du kannst gewiss sein, Roger MacLaren. Ich werde dich heute Nacht töten!"

Rogan atmete schwer. Seine schwarzen Augen sahen aus wie die eines wilden Tieres, das in die Enge getrieben worden war.

Irgendwo entlang des Bergpfads konnte man das Klirren von aufeinander treffenden Schwertern hören. Aber Aidan interessierte nur der Tod eines Mannes. Die armen Teufel da unten hatten einfach nur den Fehler gemacht, dem falschen Mann die Treue zu schwören.

Rogan trat zurück, als Aidan immer näher kam und fühlte nach seinem Schwert. *„Faigh bàs!"*, fauchte er.

Aidan grinste. „Ja. Aber wenn ich in die Hölle gehe, treffe ich dich dort!"

Als wäre der Himmel auf seiner Seite, kam in diesem Moment der Mond wieder zum Vorschein und Aidan konnte genug sehen, um Rogans Bewegungen zuerkennen. Er kannte dieses Land wie den Körper einer Geliebten. Er kam seiner Beute immer näher und sammelte dabei seine Axt auf, die er aber nicht wegsteckte. Es war ein Fehler von Rogan gewesen, die Waffe nicht zu nehmen, denn Aidan beherrschte die Axt viel besser als sein Schwert.

Endlich fand Rogan sein Schwert wieder, auf dem Lìlis Blut war. Er wurde wieder mutiger, hob den *Claymore* und stürzte sich auf Aidan.

Dieser schwang seine Axt. Sie landete mitten in Rogans Brust. Rogan sah ein wenig überrascht aus, als er nach hinten in den Schnee fiel. Er griff nach der Axt, aber diese saß fest in seinem Gerippe. Da die Klinge sein Herz verfehlt hatte, war er nicht auf der Stelle tot.

Aidan zögerte nur einen Moment und versuchte, wieder einen klaren Gedanken zufassen. Als er die Rufe seiner Männer hörte, die sich auf dem Rückzug vom Bergpfad befanden, holte er den Krug *uisge*, den

Lìli mitgebracht hatte. Er ging damit zu Rogan und warf ihn neben ihn. „Genieße ihn, solange du noch kannst", er spuckte. Er erwies dem Mann mehr Gnade, als dieser verdiente. „Es ist der letzte, den du jemals trinken wirst."

Er stellte seinen Stiefel auf den Bauch des Mannes und zog die Axt aus seiner Brust. Dabei brach er noch ein paar Rippen mehr. Dann überließ er den Bastard seinem Schicksal. Die Wölfe würden ihn fressen. Ohne ein weiteres Wort drehte er sich um, nahm seinen Umhang ab, um seine Frau zu bedecken. Dann hob er sie hoch und betete, dass es noch nicht zu spät sei.

EPILOG

Die Schmerzen waren kaum auszuhalten.

Lìli legte voller Sorge eine Hand auf ihren Bauch. Solange man denken konnte, war Una die einzige gewesen, die Kinder hier im Tal auf die Welt geholfen hatte. Sie war noch nie zuvor in den Wintermonaten weggegangen. Aidan versicherte ihr jedoch, dass sie vor den *Beltane* Feierlichkeiten zurück sein würde, um den Frühlingssegen auszusprechen, bevor sie zu ihrer Reise durch die Highlands aufbrach.

Der Schnee war jedoch schon längst geschmolzen und sie war noch nicht wieder da. Wenn Lìli über die gelegentlichen Bemerkungen der alten Frau nachdachte, dass sie „alt wurde" und dass „Lìli jetzt da war, um sich um die Leute zu kümmern", dann machte sie sich Sorgen, dass Una dieses Mal nicht zurückkommen würde.

Die Leuchtfeuer für das *Beltane* Fest wurden aufgebaut und Lael und sie hatten die Schafe gezählt, die für das Fest geschlachtet werden sollten. Der Rest des Viehs wurde verschont und sollte von Una gesegnet werden. In der letzten Nacht vor dem Fest waren alle Kaminfeuer bereits gelöscht worden. Sie würden wieder mit einem glühenden Stück Holz vom Leuchtfeuer wieder angezündet werden, nachdem auch dies von Una gesegnet worden war.

Sorcha, Duncan und Kellen waren auf den Wiesen mit den anderen Kindern und pflückten Butterblumen, mit den sie jedes lebendige Wesen im Tal schmücken würden. Es war endlich Frühling und die Vogelbeerbäume blühten.

An einem Tag wie heute machte sich Lìli nicht so viel Sorgen um Kellen und sie freute sich, dass der Junge jetzt endlich frei war, Kind zu sein. Das Baby in ihrem Bauch war eine ganz andere Sache. Es musste erst einmal in diese Welt kommen und dafür brauchte sie Una.

Lael runzelte die Stirn, als sie sah, dass Lìli die Hand auf ihren Bauch legte. „Geht es dir gut?", fragte sie besorgt.

„Mir geht es gut", versicherte ihr Lìli.

Seit der Nacht, in der Rogan umkam, und von dem Moment an, als Aidans Schwester ihre Arme um Lìlis Sohn gelegt hatte, hatte sich ihr Verhalten gegenüber Lìli geändert. Außer Glenna war sie nun Lìlis beste Freundin. Manchmal wünschte sie, dass Aveline geblieben wäre, denn sie hatte von einem Boten gehört, dass das arme Mädchen vermisst wurde und noch nicht gefunden worden war. Natürlich befürchtete Lìli das Schlimmste und nun hatte sie hier so viel Schönes erlebt und sich gedacht, dass es Aveline auch so hätte ergehen können. Wie schade.

„Du siehst aber nicht so gut aus", schimpfte Lael. „Oder was meinst du, Glenna?"

Glenna wusste, dass Lìli versuchte, die Geburt hinauszuzögerne und sie verstand auch warum. „Lìli, meine Liebe, überlasse uns die Zählerei und ruhe dich ein wenig aus. Una wird bald da sein."

Aber Lìli lief die Zeit davon!

Und wieder schoss der Schmerz durch ihren Bauch und das Baby bewegte sich.

Sie sah hinauf zum Bergkamm, wo Aidan die Männer beim Baumstammtransport beaufsichtigte. Einige waren für die Spiele, aber die meisten waren für die Reparatur der Winterschäden am *crannóg* gedacht. Einige Traditionen sollten fortgeführt werden. Andere waren zu Ende. Glücklicherweise hatten sie weder einen weiteren Mann oder Frau oder Kind beerdigen müssen seit Lìli den Grund für die Krankheit gefunden hatte. Sie hatten noch nicht einmal in der schicksalhaften Nacht auf dem Berg ein einziges Leben verloren.

Rogans Truppe war etwas anderes. In jener Nacht hatten sie Rogans Leiche und die seiner Männer oben auf dem Berg verbrannt. Nur einer hatte überlebt. Aber weil Lìli niemandem etwas über den Stein verraten hatte, wusste auch niemand, was sie Rogan an Informationen versprochen hatte. Und wenn es nach ihr ging, würde auch niemand je etwas erfahren. David wusste nur, dass es bei der Übergabe ihres Sohnes ein kleineres Gefecht gegeben hatte.

Zwei Tage danach hatten sich die MacKinnon Männer in das Tal getraut und noch einmal gefragt, ob Aidan bei ihrer Sache mitkämpfen würde. Broc hatte bei David einen Antrag gestellt für die Rückgabe Keppenachs, aber David hatte abgelehnt mit der Begründung, dass das Schicksal der Burg nun ungewiss sei, da Lìli geheiratet hatte. Obwohl man durchaus die Meinung vertreten konnte, dass Lìlis Sohn immer noch der rechtmäßige Erbe war, war es kein Grund, gegen die MacKinnons in den Krieg zu ziehen. Trotzdem hatte sie das Gefühl, dass es um das Erbe ihres Sohnes eine Schlacht geben würde und sie machte sich Sorgen, dass Aidan meinte, die Burg gegen jeden Eindringling in die *Am Monadh Ruadh* zu verteidigen. Sie hoffte nur, dass dies alles nicht passieren würde bevor das Baby kam, und so wie die Wehen kamen, konnte das nicht mehr lange dauern.

Was Sorcha betraf, so wusste diese immer noch nicht, dass sie und Lìli blutsverwandte Schwestern waren. Aidan hatte Lìli gebeten, nichts zu sagen, denn er wollte nicht, dass sie die wahren Umstände ihrer Geburt kannte. Lìli war sich nicht so sicher, dass dies richtig war; aber es war ja schließlich am Wichtigsten, dass sie das Mädchen in ihr Herz schloss, egal was sie über ihre Herkunft wusste.

„Lìli?" Glenna stupste sie an.

Die Arbeit war jetzt fast getan für den Tag. Lìli wollte endlich fertig werden und sich hinlegen, damit sie sich nicht so sehr anstrengte und die Wehen noch verstärkte. Sie sah noch einmal den Berg hinauf und ihr Herz hüpfte vor Freude und Erleichterung. Im gleichen Moment ging sie vor Schmerzen in die Knie. „Oh!", rief sie und hielt ihren Bauch.

Das Baby kam.

Jetzt.

Und gerade zur rechten Zeit begann Una den Abstieg ins Tal mit ihrem wehenden weißen Haar und der Stein in ihrem Stab funkelte in der Mittagssonne.

„Oh je!", rief sie noch einmal wegen einer Wehe, die durch ihren Unterleib schoss. Ob die Aufregung die Geburt in Gang gesetzt hatte oder ob Una dem Kind nun die Erlaubnis zur Geburt erteilt hatte, würde man nie wissen. Lìli hatte das Gefühl, als hätte ihr jemand Unas *Keek-stane* direkt auf den Unterleib fallen lassen. „Oh", rief sie und wurde fast ohnmächtig, als sie fühlte, wie der Kopf des Kindes durchkam.

Junge oder Mädchen? Auf jeden Fall war das Kind genauso ungeduldig wie sein Vater.

Glenna schrie und fing Lìli auf und Lael lief schreiend den Berg hinauf, um ihren Bruder zu rufen.

Sie hatten kaum genug Zeit, um Lìli in den *crannóg* zu tragen.

Ihre Tochter wurde am Abend vor *Beltane* geboren. Sie hatte rabenschwarze Haare, die schon so lang waren, dass Cailin versuchte sie zu flechten. Umgeben von geliebten Menschen, wusste Lìli ohne Zweifel, dass sie gar nicht verflucht war, sondern gesegnet.

Mit Tränen in den Augen forderte ihr Mann alle auf, das Zimmer zu verlasssen. Dann kam er zu Lìli und fiel auf die Knie.

„Sùilean geala", flüsterte er zu ihrer Tochter – *Helle Augen*. Sie hatte eine seltsame Augenfarbe für ein Baby. Sie waren mehr grün als blau und unnatürlich hell wie bei Aidans Eltern. Una behauptete, das sei das Geburtsmal der Hüter, wenn auch nicht das Einzige. Lìlis Augen waren blau und doch behauptete Una, dass sie eines Tages Unas Stab erben würde. Es war auf jeden Fall klar, dass in ihrer Tochter Aidans königliches Blut floss.

Und Aidan verstand plötzlich und schluckte den Kloß in seinem Hals herunter. Er verstand, was Una ihm in jener Nacht vor langer Zeit hatte sagen wollen, in der Nacht, als sie ihn aufforderte auf die Sterne zu schauen, um sein Vertrauen zu erhalten.

Aidan starrte in die Augen seines namenlosen Kindes und er wusste, dass er nie wieder an seiner Frau zweifeln würde und auch nicht mehr an ihrer Treue. Vor der Nacht auf dem Berg hatte Lìli ihm alles gebeichtet und hatte ihm vertraut, dass er sie und ihren Sohn beschützen würde, nun war es sein Sohn. Er hatte jetzt zwei kostbare Kinder und das Kleine hier war der Stern, von dem Una wollte, dass er es mit seinem Herzen sehen sollte.

„Ich möchte sie gerne Ria nennen", sagte er zu seiner Frau. Er konnte kaum sprechen. *„Riannag,* nach meiner Mutter. Es bedeutet Stern."

Lìli hatte Tränen in den Augen, als Aidan mit dem Finger die kleine Narbe an ihrem Hals nachzeichnete. Es war die Narbe, die Rogan ihr kurz vor seinem Tod zugefügt hatte. Das war alles, was zurückgeblieben war, um ihn daranzuerinnern, dass er um ein Haar alles verloren hatte.

„Nichts würde mich mehr freuen", sagte sie.

„Ach ..." seine Stimme war voller Gefühl." Ich werde dir niemals eine Burg aus Stein bieten können", flüsterte er. „Und ich werde niemals als König über Untertanen herrschen. Ich bin nur ein Mann. ein Hüter des Steins. Kannst du einen einfachen Mann lieben, Lìli, der keine großen Ambitionen hat?"

„Von ganzem Herzen", schwor sie und er glaubte ihr, denn ihre Augen zeigten, was in ihrem Herz war. „Aber ich bin nicht ganz deiner Meinung, mein Liebster. Der Vater meiner Tochter ist der großartigste Mann überhaupt!"

Tränen standen auch in seinen Augen, als er die verschwitzten Haare seiner Frau aus der Stirn strich. „Ich liebe dich, Lìli", sagte er.

„Tha gaol agam ort-fhèin", antwortete sie. *Ich liebe dich auch.*

Ihr Kind zwischen ihnen gluckste und Una verweilte im Schatten der Halle. Als Lìli sie ansah, lächelte sie und humpelte von dannen.

NACHWORT

Als erstes möchte ich anmerken, dass ich es mit der Geografie nicht so genau genommen habe. Bei dem Tal, in dem die Geschichte spielt, habe ich mich von Loch Einich und seiner Umgebung inspirieren lassen. Ich wollte den Schauplatz bewusst etwas geheimnisvoll gestalten. Es sollte ferner angemerkt werden, dass die ersten Erzählungen zum Brennen von Whiskey erst viel später kommen. Das gilt auch für Kilts, Plaids (Decken) und Karomuster, wie auch für die Pikten an sich. Gemäß der meisten Darstellungen waren die Pikten im neunten Jahrhundert bereits verschwunden.

Es gibt viele Legenden zum *An Lia Fàil,* auch bekannt als der Stein des Schicksals, oder der Stein von Scone, und bei einigen als *clach-na-cinneamhain,* Im Laufe der Geschichte wurde er gestohlen, versteckt, entwendet und unter Throne gelegt und bis zum heutigen Tag kann niemand mit hundert-prozentiger Sicherheit sagen, wo und welches der echte Stein ist.

Eine Geschichte besagt, dass der Stein in den Bergen bei Scone versteckt lag, wo er von Mönchen im Jahr 1296 vor der Zeit des Hammers der Schotten, auch bekannt als König Edward von England, hingebracht worden war, damit Letzterer ihn nicht benutzen konnte, um die *Highlander* zu unterwerfen. Es gibt aber auch eine Geschichte aus dem 19. Jahrhundert über zwei Jungen, die am Schauplatz eines Erdrutsches am Dunsinane Hill in der Nähe einer alten Burg, die als MacBeths Schloss bekannt war, spielten. Dort fanden die Jungen einen Spalt und eine versteckte Höhle, wo sie einen schwarzen Stein mit geheimnisvollen Schnitzereien fanden. Als man später wieder nachsah, fand man nicht nur den Stein, sondern auch zwei Tafeln. Unter großer Aufregung wurde der Stein zur Untersuchung nach London geschickt und ward nie wieder gesehen. Diese Geshichteinsirierte die Autorin.

Die magische Frage ist doch: was, wenn der Schicksalsstein tatsächlich versteckt war, aber nicht in 1296, wie die Chroniken uns glauben machen wollen? Was, wenn er viel früher versteckt wurde, ... zum Beispiel zu einer Zeit, als Schottlands Geschichte noch in den Kinderschuhen war? Und was, wenn die Hüter des wahren Steins von den kriegerischen Handlungen von Albas Stämmen enttäuscht waren? Was, wenn der wahre Stein von den letzten Pikten verflucht worden war nach Kenneth MacAilpíns Verrat, als er sieben Rivalen um den piktischen Thron tötete? Und was, wenn dann nachdemKenneths Sohn Aed ermordet worden war, die Hüter des Steins Angst hatten, dass die heilige Reliquie in die falschen Hände gelangen könnte? Was, wenn sie den wahren Stein gestohlen hätten und ihn in einer Höhle versteckt hätten; und was, wenn er bis heute versteckt in den Hügeln Schottlands liegt? Das könnte die Geschichte der Hüter des Steins sein.

Die Wahrheit ist, dass die Pikten so ziemlich aus der schottischen Geschichte verschwunden sind und wir wissen nicht, was passiert ist und warum. Aber ich möchte sie mir gerne so vorstellen: als ein Volk, dass seine Traditionen bis zum Schluss bewahrt hat und die uns ihre Traditionen mit Hilfe ihres zähen Überlebenswillen weitergereicht hat.

Diese Geschichte ist für alle diejenigen, die wie ich nicht wollen, dass diese Menschen ganz aus den Annalen der Geschichte verschwinden.

Slàinte mhòr agad!

GÄLISCHES/SCHOTTISCHES WÖRTERBUCH

Eingefügt für mehr Lesegenuss. Bei den hier nicht aufgeführten gälischen Wörtern ergibt sich die Bedeutung aus der Geschichte an sich. Suchen Sie nach den gälischen Wörtern, die kursiv im Text zu finden sind.

Am Monadh Ruadh: die Cirngorms, aber wörtlich genommen die roten Hügel; im Gegensatz zu Am Monadh Liath, den grauen Hügeln

Arisaid: die Damenversion des echten *großen* Kilts, wurde in früheren Zeiten eher als Umhang getragen, da der karierte schottische Stoff erst viel später in der schottischen Geschichte aufkam.

Aurochs: große wilde Rinder, die heute ausgestorben sind.

Bean sìth: Todesfee

Beltane: Feiertag am 01.Mai, um den Frühlingsanfang zu feiern.

Ben: Berg

Borderland: das Grenzland zu England im Süden Schottlands.

Breacan: Kurzform von breacan-an-feileadh, oder echter großer Kilt

Brollachans: Ghule

Chief oder Chieftain: Nachfahre des Clanbegründers und Repräsentant des Clans nach außen

Clan: der erweiterte Familienverbund in Schottland

Claymore: ein in Schottland im Mittelalter übliches Schwert

Corries: Berge oder Hügel

Crannóg: hölzerne Behausungen, die den Pikten als Wohnung dienten und oft direkt über einem Gewässer gebaut wurden.

Dwale: Ein Getränk, das aus Nachtschatten und Belladonna gemacht wurde und oft für die Anästhesie verwendet wurde

Highlander: eine Person, die aus den schottischen Highlands im Norden stammt oder dort wohnt.

Keek stane: ein Sehstein oder eine Kristallkugel

Laird: Landbesitzer in Schottland, ausgestattet mit einigen feudalen Rechten; gehört zum niederen untitulierten Landadel.

Loch: ein See

Lowlander: eine Person, die in den Lowlands im Süden Schottlands wohnt oder von dort stammt.

Mo chreach: Ausruf zum Ausdrücken von Überraschung oder Enttäuschung

Outlander: eine Person, die nicht aus irgendeinem Teil Schottlands kommt.

Quintain: Teil der Trainingsausrüstung für das Lanzenstechen; oft geformt wie ein Mensch.

Reiver: ein Räuber oder Plünderer an der englisch-schottischen Grenze

Sassenach: schottische Bezeichnung eines Engländers oder einer Engländerin

Scotia: Schottland, auch als Alba bekannt

Sluag: Gott der Unterwelt

Targe: ein rundes Schild zur Verteidigung

The Mounth: eine Hügelkette am südlichen Ende von Strathdee im Nordosten Schottlands

Trews: eng anliegende karierte Hosen

Uisge-beatha: Whisky, wortwörtlich bedeutet es das Wasser des Lebens

Vin aigre: Essig oder saurer Wein

Woad: Ein Färbemittel, das aus der Waidpflanze gewonnen wurde

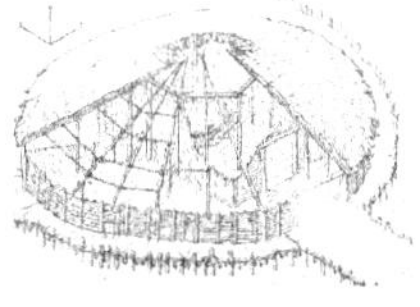

EBENFALLS VON TANYA ANNE CROSBY

Die Frauen der Highlands

Eine Frau für MacKinnon

Lyons Geschenk

Ein unverhoffter Antrag

Unbezähmbare Herzen

Die Magie der Highlands

Neue Hoffnung für MacKinnon

Die Hüter des Steins

Es war einmal eine Highland-Legende

Das Feuer der Highlands

Das Schwert des Königs

Für den Laird

Anthologien & Novellen

Mit Herz und Hündin

Eine Bescherung für den Herzog

Romantischer Spannungsroman

Der Zunge Gewalt

Du sollst nicht lügen

ÜBER DIE AUTORIN

Tanya Anne Crosbys Romane waren auf vielen Bestsellerlisten, einschließlich der New York Times und USA Today, zu finden. Sie ist am besten bekannt für Geschichten voller Gefühl und Humor und nicht ganz perfekter Charaktere bekannt. Ihre Romane werden von Lesern wie auch von Kritikern in den höchsten Tönen gelobt. Sie lebt im Norden Michigans mit ihrem Mann, zwei Hunden und zwei launischen Katzen.

Weitere Informationen:
www.tanyaannecrosby.com
www.tanyaannecrosby.com

www.ingramcontent.com/pod-product-compliance
Lightning Source LLC
Chambersburg PA
CBHW051009180726
48291CB00006B/2034

* 9 7 8 1 9 4 7 2 0 4 3 1 7 *